지지 않는 달

지지 않는 달
消えない月

하타노 도모미 장편소설

김영주 옮김

문학동네

차례

지지 않는 달 __ 007

일러두기

본문의 주석은 모두 옮긴이 주다.

1

창문을 열면 벚나무길이 보인다.

내 방은 다세대주택 이층에 있고, 베란다에서 손을 내밀면 닿을 듯한 곳까지 벚나무 가지가 뻗어 있다.

그저께 밤에 목욕을 마치고 보았을 때는 벚꽃이 만개했다. 달이 구름에 가려 별도 보이지 않는 캄캄한 하늘 아래, 희미하게 빛나는 연분홍색 꽃들이 보였다. 그러다 어제저녁 비가 내리면서 꽃이 지기 시작했다.

밤 동안 비는 그쳤고 오늘은 맑고 화창하다. 하지만 꽃은 이미 시들었을 것이다.

바람이 불자 눈이 내리듯 꽃잎이 흩날린다.

만개해 흐드러지게 핀 것도 예쁘지만, 꽃잎이 흩어져가는 모습에 넋을 잃고 보게 된다.

전부 지고 나면 내년까지는 벚꽃을 볼 수 없다.

스마트폰으로 사진을 찍어도 내가 느끼는 그대로 찍히진 않았다. 내 솜씨가 부족해서는 아닐 것이다. 눈으로 보는 세계와 마음이 느끼는 세계는 조금 다른 것 같다.

찍은 사진을 엄마에게 메시지로 보낼까 생각했지만 그러고 있을 시간이 없다.

흩날리는 꽃잎에 넋을 놓고 있는 사이, 출근할 시간이 되었다.

집안으로 들어와 창문을 닫아 잠근다.

퇴근이 늦을 테니 커튼도 닫는다.

가방에 스마트폰을 넣고 지갑과 수첩, 화장품 파우치 등 빠진 물건이 없는지 확인한다. 식탁에 놓아둔 읽다 만 책도 일이 비는 시간에 읽으려고 챙기고, 주방으로 가서 미리 싸놓은 도시락도 가방에 넣는다.

13제곱미터 크기의 방과 3제곱미터짜리 주방이 깔끔히 정리되었는지 확인하고 집을 나선다.

내가 일하러 간 사이에 집에 놀러올 남자친구가 있는 건 아니다. 정돈되지 않은 침대와 개어놓지 않은 세탁물, 아무렇게나 펼쳐진 잡지를 보면 퇴근하고 집에 왔을 때 더 피곤해져 미리 가볍게라도 치우고 나가려고 한다.

문을 닫고 열쇠로 잠근다.

복도에서는 벚나무가 보이지 않지만, 꽃잎이 바람에 날려 들어왔다.

계단 구석에 벚꽃잎이 쌓여 있다.

일층으로 내려가 계단 밑 자전거보관소에서 자전거를 꺼낸다.

근무지인 후쿠후쿠도 마사지숍까지는 자전거로 십 분도 걸리지 않는다. 매물용 주택과 1인 가구용 다세대주택이 늘어선 주택가를 빠져나와 초등학교 옆을 지나고, 커다란 아파트에 둘러싸인 공원 내 녹지대 산책로를 달려 역 앞 상점가로 들어간다. 초등학교 교정에도 녹지대 산책로에도 벚나무가 있어서 아이들이 떨어지는 꽃잎을 잡으려 한다. 상점가에는 큰 마트도 있지만, 청과상이나 생선가게나 양품점처럼 개인이 운영하는 작은 가게들도 남아 있다. 한 블록 뒤의 길로 들어가면 작은 카페와 레스토랑과 잡화점이 늘어서 있고, 이탈리안 레스토랑 맞은편에 후쿠후쿠도가 있다.

마사지숍 앞에 자전거를 세운다.

직원용 출입구가 따로 없어서 고객과 마찬가지로 정문으로 들어간다.

유리문을 열면 접수대가 바로 눈에 들어온다.

접수는 여자 직원 둘이서 전담하는데, 일손이 부족해 마사지사가 겸임하고 있다. 전문학교에 다니며 안마 마사지 지압사 자격증 공부를 하는 남자 아르바이트생이 두 명 있어서 그들이 맡아주는 경우가 많다. 나도 이 년 전 봄까지 전문학교에 다니며 이곳에서 공부했고, 접수대 일을 맡거나 실내 청소를 하기도 했다. 지금은 무사히 자격증을 취득해 마사지사로 근무중이다.

오늘은 접수 담당 직원도 남자 아르바이트생들도 없는지 후쿠시마 원장과 아내인 부원장이 접수대에 있었다.

파티션 하나를 사이에 두고 접수대 뒤쪽으로 시술실이 줄지어 있다. 커튼으로만 구분된 일반 시술실 외에도 벽으로 칸막이가 된 아로마 릴렉세이션실이 있다. 고객은 없는 듯하다. 말소리도 들리지 않고 인기척도 없다. 점심시간이 끝난 뒤인 이맘때는 언제나 한산하다.

"안녕하세요." 스니커즈를 벗어 직원용 신발장에 넣는다.

"왔어?"

"오늘 접수 보는 사람 아무도 없어요?"

"아, 신경쓰지 않아도 돼." 원장이 말한다.

"제가 맡을까요?"

"가와구치 선생한테 예약 들어왔어." 부원장이 말한다.

"누구예요?" 접수대 안을 들여다보며 예약표를 확인한다.

"마쓰바라 씨, 오후 두시 삼십분부터 60분 코스."

"알겠습니다."

이제 곧 두시가 된다.

마쓰바라 씨는 항상 예약시간보다 일찍 온다.

예약이 없으면 편의점에 갈까 했는데 나중에 가야 할 것 같다. 접수대 옆에 발 마사지용 소파 세 개가 나란히 있다. 소파 앞쪽 대각선 방향으로 고객용 화장실 문이 있고, 대각선 뒤쪽으로는 마사지사 대기실 문이다.

대기실 문을 열면 거기에는 계단뿐이다. 이층으로 올라가 복도의 왼쪽으로 더 들어간다. 오른쪽에는 원장과 부원장 전용 대기실이 있다. 직원은 마사지사든 접수 담당이든 아르바이트생이든 왼쪽 안에 있는 대기실을 이용한다.

"안녕하세요."

문을 열자 다들 싱크대 앞에 모여 있었다.

싱크대 옆에는 1구 가스레인지가 있고, 그 안쪽의 냉장고 위에는 전자레인지가 올려져 있다. 마사지에 사용하는 수건과 마사지용 천을 세탁하기 위한 세탁기가 있고 TV도 있어, 여기서 생활한다 해도 모자람이 없을 정도다.

이케다 선생님과 접수 직원 기자키 씨가 남자 아르바이트생 둘에게 뭔가를 시키고 있는 듯하다. 남자 마사지사 중에서 이케다 선생님은 원장님과 더불어 가장 인기가 많다. 지금은 이케다 선생님도 예약이 없는 건가? 다른 선생님들은 네 사람을 에워싸듯 서 있다.

"잠깐만." 이케다 선생님이 말한다.

"뭐하시는 거예요?"

"기다려봐." 기자키 씨도 말한다.

"뭔데요?"

에워싼 선생님들 틈새로 케이크가 보였다. 초에 불을 붙이는 데 시간이 걸리는 것 같다.

오늘은 나의 스물여덟번째 생일이다.

"다 됐어요!" 아르바이트생이 큰 소리로 말하자 기자키 씨가 그의 머리를 때린다.

"가와구치 선생님, 생일 축하해요!" 이케다 선생님의 말에 이어서 거기 있던 사람들 모두 "축하해요!" 하고 말했다.

이케다 선생님과 기자키 씨가 숫자 2와 8 모양의 초가 꽂힌 생크림 케이크를 내 앞으로 가져온다. 역 맞은편에 있는 케이크 가게에서 사 왔을 것이다. 원장과 부원장의 결혼기념일 축하 케이크를 사러 이케다 선생님과 함께 간 적이 있었다. 그때 생일 얘기를 했다.

빤히 다 보이는 깜짝 이벤트지만 기뻤다.

생일축하 노래가 끝나고, 나는 후 불어 촛불을 껐다.

"고맙습니다."

싱크대 앞에는 작은 창문이 있어 뒤쪽의 신사가 보인다. 거기에도 벚나무가 있다.

창문 너머에서 바람에 꽃잎이 흩날리고 있다.

스피커 설정으로 해둔 내선전화가 울린다.

"가와구치 선생님, 예약 고객 오셨습니다. 60분 코스 부탁합니다." 부원장의 높은 목소리가 대기실에 퍼진다.

"알겠습니다." 내선전화를 향해 대답한다.

아직 괜찮을 듯해 케이크를 먹고 기자키 씨와 얘기를 나눴더니 금세 시간이 되었다.

홍차를 마신 머그잔과 접시를 싱크대에 둔다.

"제가 이따가 치울 거니까 그냥 놔두세요."

"내가 할 테니까 신경쓰지 마." 이케다 선생님이 말한다.

"아니에요, 그대로 두세요." 사물함에서 시술복을 꺼낸다.

여자 마사지사와 접수 직원에게는 간호사복 상의 같은 분홍색 셔츠가 유니폼으로 지급되고 있다. 가슴에는 후쿠후쿠도라고 자수가 새겨져 있다. 여자 마사지사는 시술할 때도 이 셔츠를 입는다. 남자 마사지사의 셔츠는 흰색이고 여자 유니폼보다 헐렁한 스타일이다.

"오늘은 특별한 날이니까."

"선생님도 금방 고객이 오잖아요."

"예약은 세시부터라 그때까진 한가해."

"그래도요."

"얼른 내려가자." 기자키 씨가 문을 열고 복도로 나간다.

"그대로 두세요." 이케다 선생님에게 한번 더 그렇게 말하고 나도 복도로 나간다.

아무리 그렇게 얘기한들 이케다 선생님은 뒷정리를 해줄 것이다. 아르바이트생들은 케이크를 먹은 뒤 마사지 연습을 하러 아래층으로 갔다. 그들이 없을 때 자질구레한 일은 마사지사 중에서 제일 막내인 내가 하는 게 맞다.

"오늘밤에는 뭐할 거야?" 계단을 내려가면서 기자키 씨가 묻는다.

"일 끝나면 집에 가야지."

"파티해주는 사람 없어?"

"없다니까, 알면서."

기자키 씨와 나는 동갑내기다. 이케다 선생님은 두 살 많고, 다른 선생님들과는 열 살에서 스무 살쯤 차이가 난다. 퇴근 후에 나와 이케다 선생님, 기자키 씨까지 셋이서 밥을 먹으러 갈 때가 가끔 있다. 같은 여자라 기자키 씨에게는 이케다 선생님에게 말할 수 없는 것도 얘기하곤 한다.

"좋은 사람 없어?"

"없어."

"마쓰바라 씨 멋있던데."

"음."

나도 그렇게 생각했지만 고객을 그런 식으로 보아선 안 된다.

"여자친구 있을까?"

"그런 걸 어떻게 물어."

"시술중에 이것저것 얘기하잖아. 그때 한번 물어봐."

"못 물어본다니까."

문을 열고 안으로 들어간다.

기자키 씨는 부원장과 교대해 접수대 뒤로 가고, 나는 안쪽 시술실로 간다. 빈 시술대에서는 원장이 아르바이트생들에게 마사지를 가르치고 있다. 부원장은 원장에게 몇 마디를 건넨 뒤 대기실로 올라갔다.

"들어가도 될까요?" 커튼 너머로 말을 건다.

"네, 좋습니다."

"그럼 실례하겠습니다." 커튼을 살짝 열고 안으로 들어간다.

마쓰바라 씨는 시술대에 앉아 있었다. 기자키 씨가 괜한 말을 하는 바람에 왠지 쑥스러워진다.

"무슨 일 있나요?" 내 얼굴을 살피더니 마쓰바라 씨가 말한다.

"아뇨, 아무것도 아니에요. 자리에 서보시겠어요?"

"네."

마쓰바라 씨가 내 맞은편에 선다. 시술용으로 입는 마사지숍의 티셔츠와 반바지를 입고 있어도 멋있는 사람은 태가 난다. 이목구비가 반듯하고 체격이 좋다. 특별히 운동을 했던 것 같진 않은데 키가 크고 근육이 탄탄하다. 자세도 좋아 보이긴 하지만 전체적으로 약간 오른쪽으로 기울었다.

맨 처음 마쓰바라 씨가 후쿠후쿠도에 온 건 작년 10월이다. 두 번째 방문부터 내가 담당하고 있다. 이 주일에 한 번은 꼭 오는데, 일이 바빠 피로가 쌓였을 때는 일주일에 두 번 방문할 때도 있었다. 기울어졌던 몸은 서서히 교정되고 있지만, 일에 집중하면 긴장을 이완하는 걸 잊어버리는지 어깨와 등이 둥글게 굽어간다. 지지난 주에 왔을 때보다 쇄골이 더 올라가 있었다.

"일이 많이 바빴어요?" 내가 묻는다.

"그렇죠."

"오늘은 쉬는 날인가요?"

"아뇨, 아직 어제라는 느낌이네요."

"그게 무슨 뜻이에요?"

"밤을 새고 조금 전까지 쭉 일했거든요."

"저런, 그럼 몸에 안 좋을 텐데요."

"바빴는지 아닌지, 보기만 해도 알아요?"

"집중을 하면 어깨에 힘이 들어가서 쇄골이 V자 모양으로 올라가거든요. 지난번에 마사지를 받고 가실 때, 마쓰바라 씨의 쇄골은 곧았어요. 쇄골이 올라간 상태로 자세가 굳을 만큼 지난 이 주간 뭔가에 집중하셨다는 의미죠."

"그렇군요. 가와구치 선생님한테는 사생활까지 다 들켜버리네요."

"사생활까진 저도 몰라요."

"그래도 가와구치 선생님은 제 여자친구보다 제 몸을 잘 알잖아요."

"여자친구, 있어요?"

"네?"

"죄송합니다. 제가 이상한 걸 물었네요. 자, 이제 엎드려주세요." 가슴 보호 쿠션 위의 담요를 치운다.

시술대는 덩치 큰 남성이 그럭저럭 누울 수 있을 만한 침대로, 엎드려 있어도 숨을 쉴 수 있도록 얼굴 쪽에 동그란 구멍이 뚫려 있다. 그 구멍에 맞춘 U자형 베개에 얼굴을 대기 위한 수건을 깐다. 침대 매트리스가 딱딱하기 때문에 가슴 보호 쿠션도 함께 놓아둔다.

"없어요." 엎드리는 자세를 취하며 마쓰바라 씨가 말한다. "예를 들면 그렇다는 거죠."

"그렇군요." 나는 마쓰바라 씨의 등부터 다리에 걸쳐 담요를 펼친다.

"일이 바빠서요."

"조금 쉬시는 게 좋지 않을까요?" 내 손이 피부에 직접 닿지 않도록 담요 위로 마사지를 계속한다.

"그것도 쉽지 않더라고요."

"출판업계도 힘들죠?"

마쓰바라 씨는 누구나 알 만한 대형 출판사에 근무하며 문예지를 편집한다. 많은 베스트셀러 작가를 담당하고 있고 연예인과 일하는 경우도 있는 모양이다. 책이 영상화되었을 때는 촬영 현장도 보러 간다고 전에 얘기했었다.

"여자랑 놀 시간이 전혀 없어요."

"바쁜 건 알지만 그래도 스트레칭 정도는 꼭 하세요." 목부터 어깨까지 너무 굳어서 손가락이 들어가지 않는다.

"그건 그렇고, 아까 무슨 일 있었어요?"

"왜요?"

"커튼 열고 들어올 때 평소보다 즐거워 보이는 얼굴이길래요."

"아, 죄송해요. 접수 직원이랑 얘기하느라 그랬나봐요." 기자키 씨가 한 얘기 때문에 쑥스러워서 그랬다는 말은 할 수 없다.

"그래요? 그것만은 아닌 것 같던데."

"아, 그리고 작은 생일파티를 해서요."

"누구 생일인데요?"

"제 생일이요."

고객에게 얘기할 건 아니지만 굳이 감출 일도 아닐 테다.

"언제예요?" 마쓰바라 씨가 엎드린 몸을 일으킨다.

"오늘이요."

"그렇군요. 그럼 저녁엔 남자친구와 파티라도 하나요?" 그가 다시 엎드리며 묻는다.

"남자친구 없어요."

"그럼 친구들이랑?"

"아뇨."

"생일인데 밥 먹으러 안 가요? 역 맞은편에 새로 생긴 중화요리집 맛있어요."

"오늘은 늦게까지 일해야 해서요."

후쿠후쿠도의 마지막 접수는 밤 열시다. 근무시간도 열시까지로 정해져 있지만 그 시간에 접수가 들어오면 야근을 한다.

"거기도 늦게까지 영업해요. 칠리새우가 맛있더라고요."

"저도 가보고 싶네요."

"오늘이 아니더라도 언제 한번 가보세요. 그럼 이제 몇 살인 거예요?"

"스물여덟 살이요."

"저보다 세 살 어리네요. 저는 스무 살 정도로 생각했어요."

"그렇게 어려 보여요?"

"우리 회사의 여자들과는 분위기가 달라서 그런가."

"그럴지도 몰라요."

출판사에 근무하는 여성은 왠지 예쁜 사람이 많을 것 같고 옷차림이나 화장도 제대로일 것 같다.

나는 마사지하면서 땀을 흘리기 때문에 BB크림을 바르고 눈썹을 그리는 정도의 화장만 한다. 예전에는 머리를 어깨까지 길렀는데 전문학교를 졸업하고 정식 마사지사로 일하기 시작하면서 짧게 잘랐다. 그후로 줄곧 짧은 머리를 고수하고 있다. 출퇴근할 때도 편의점에 가는 듯한 옷차림이다. 집과 후쿠후쿠도를 자전거로 왕복하는 것뿐이라서, 유니폼만 입으면 바로 일할 수 있도록 티셔츠에 후드집업을 걸치고 트레이닝팬츠를 입는다. 매일 하이힐을 신으면 다리도 피곤하고 건강에도 좋지 않지만, 가끔은 그런 무리를 할 필요도 있다. 여자로서 지녀야 할 마음가짐이란 게 내게는 부족하다. 어려 보이는 게 무조건 좋은 건 아니다.

"4월에 태어나서 사쿠라인 거군요."

"네?"

"이름이 사쿠라, 맞죠? 이곳 홈페이지에 적혀 있었어요."

"맞아요."

"사쿠라 선생님." 마쓰바라 씨가 엎드린 채 고개만 들어 나를 바라본다.

고객을 상대로 그런 생각을 하면 안 된다는 건 알고 있다.

그래도 기분이 좋았다.

그가 내 이름을 안다는 것도, 성이 아닌 이름으로 불러준 것도 몹시 기뻤다.

나는 나가노현 마쓰모토시의 작은 마을에 있는 작은 병원에서 태어났다. 스물세번째 생일을 조금 앞둔 봄에 도쿄로 올 때까지 그 동네에서 자랐다.

도쿄에서 벚꽃이 질 무렵, 마쓰모토에서는 벚꽃이 피기 시작한다.

아빠는 오전 회의중에 이제 곧 아이가 태어날 거라는 연락을 받고 서둘러 병원으로 향하는 택시 안에서 그해의 첫 벚꽃이 피는 순간을 보았다고 한다. 모든 것이 슬로모션처럼 느껴지고 세상이 이상하리만치 아름답게 빛났었다고 했는데, 어쩌면 꿈을 꾼 건지도 모른다. 내가 태어난 때는 자정이 막 지나 날짜가 바뀐 한밤중이었다. 열다섯 시간 넘게 기다려 마침내 엄마를 대면한 아빠는 녹초가 된 엄마에게 고마운 마음을 전한 뒤 잠시 쉬도록 하고는 혼자 병원 마당으로 나갔다. 초승달이 뜬 밤, 하늘을 뒤덮은 무수한 별들 가운데 유성을 몇 개 보았다고 하는데 이것도 꿈인 것 같다. 그곳은 별이 무수하다고 할 만큼 잘 보이는 곳이 아니다. 정말로 초승달이었는지 아닌지도 의심스럽다.

하지만 첫아이가 태어난다는 일이 아빠에게는 그만큼 감정이 고양되는 사건이었던 건 분명하다.

벚꽃이라는 뜻의 '사쿠라'와 초승달을 의미하는 '사쿠'의 두 가지 의미를 담아, 나는 '사쿠라'라는 이름을 갖게 되었다.

나도 이케다 선생님도 야근이 없어 열시에 일을 마칠 수 있었다. 기자키 씨와 셋이서 마쓰바라 씨가 알려준 중화요리집으로 밥을 먹으러 갔다.

"너무 먹었어." 기자키 씨가 배를 가볍게 문지르며 말한다.

"그러게." 나도 배를 쓸어내린다.

시간도 늦었고 오후 늦게 도시락을 먹었기 때문에 음식은 조금만 먹고 가볍게 한잔할 생각이었다. 그런데 음식이 너무나 맛있어 이것저것 주문하고 사오싱주와 맥주까지 더해 배가 터질 만큼 먹고 마셨다. 그쯤에서 멈췄으면 좋았을 텐데, 기자키 씨와 나는 디저트로 안닌도후*와 망고푸딩까지 먹었다.

"가끔 이런 날도 있어야지." 이케다 선생님이 웃으며 말한다.

"가끔이라면 괜찮지만요."

"가끔이라면야."

원장과 부원장, 베테랑 선생님들이 주로 아침이나 낮 근무로 배정될 때가 많고, 나와 이케다 선생님 같은 젊은 직원들은 오후 근무로 배정되는 경우가 많다. 그렇다보니 식사를 하러 가는 건 대체로 밤 열시를 넘겨서다. 그런 시간에 고칼로리 음식을 먹으면 안 된다고 생각하면서도 왠지 진하고 든든한 것이 당긴다. 식사에 신경쓰라고 고객에게 말하기 전에 나 자신의 흐트러진 식생활부터 다잡아야 한다.

"두 사람 다 날씬하니까 더 먹어도 돼."

식욕을 참지 못하고 음식을 먹어버린 우리가 무얼 잘했다는 건지, 이케다 선생님은 굳이 감싸준다.

"전 가와구치 선생님처럼 가녀리지 않아요." 기자키 씨가 말한다.

"난 그저 마르기만 한 체형이라 여기서 살찌면 유치원생처럼

---

* 살구씨 분말에 젤라틴을 넣어 만든 부드러운 디저트.

된다니까."

"나 같은 애는 살찌면 덩치가 장난 아니란 말이야."

"볼륨감 있고 좋잖아."

기자키 씨는 키가 크고 몸매가 좋다. 그냥 날씬하기만 한 게 아니라 살집이 있어야 하는 곳에는 제대로 붙어 있다. 후쿠후쿠도의 접수대 일을 하기 전에는 모델 일을 했다고 한다. 나는 가슴도 엉덩이도 빈약한데 살이 찌면 배만 볼록 나온다.

"화장실 다녀올 테니까 차라도 마시고 있어." 이케다 선생님이 자리에서 일어나 화장실 쪽으로 간다.

"차를 마신다고 칼로리가 줄어드는 건 아니지만." 기자키 씨가 보이차를 마시며 말한다.

"그러게." 나도 보이차를 마신다.

"시술하던 중에 마쓰바라 씨랑 즐겁게 얘기하던데."

"그런 거 아니야."

"여자친구 있냐고 물었잖아."

시술실은 커튼으로만 칸이 나뉘어 있기 때문에 고객과의 대화가 접수대까지 들린다.

"얘기하다보니 그렇게 된 거지, 별 의미는 없어."

"좋겠다, 나도 마쓰바라 씨 같은 사람이랑 사귀고 싶어."

"기자키 씨는 남자친구 있잖아."

"헤어질지도 몰라."

"왜? 결혼한다고 하지 않았어?"

전에 들은 얘기로는 모델 일을 할 때 알게 된 레스토랑 사장과 사귀는 중이고 서른 살이 되기 전에는 결혼할 거라고 했다. 긴자와 롯폰기에서 몇 군데의 가게를 운영하는 사람이고 부자인 듯하다. 그 사람이 집세와 생활비도 내주기 때문에 후쿠후쿠도의 접수대 일은 그와 만나지 못하는 시간에 하는 소일거리에 지나지 않는 모양이다.

"요즘 전혀 못 만나거든."

"그렇구나. 그런데 마쓰바라 씨도 바쁘다고 했어."

"진짜로 바쁜 거 맞나? 이 주에 한 번은 마사지 받으러 오잖아. 일주일에 두 번 올 때도 있고. 그 정도 빈도로 만나서 데이트할 수 있으면 충분하지 않아?"

"그런가?"

삼 년 넘게 남자친구가 없다보니 보통 연인끼리 얼마나 자주 만나는지도 잘 기억나지 않지만, 이 주일에 한 번은 적은 것 같다. 하지만 이제 곧 서른을 앞두고 있으니 학생 때처럼 매일같이 만나거나 수시로 연락하지는 않는 게 보통일지도 모른다.

"이제 갈까?" 이케다 선생님이 돌아오며 말한다.

"네. 아참, 계산." 계산서를 아직 받지 않았다.

"했어."

"네?"

"오늘은 내가 사는 거야."

"그러면 제가 죄송하죠."

"가와구치 선생님의 생일축하 턱이니까 괜찮아."

"잘 먹었습니다." 기자키 씨가 웃으며 말한다.

"잘 먹었습니다." 나도 웃는 얼굴로 말하려고 했는데 자연스레 웃음이 지어지지 않았다.

함께 일하고 있으니 이케다 선생님이 월급을 얼마나 받는지는 대강 안다. 후쿠후쿠도는 온전히 성과급제라 예약이 많이 들어오는 마사지사일수록 수당도 많다. 이케다 선생님은 예약이 많아 꽤 수입이 된다. 근근이 먹고살 액수 정도를 버는 나와는 다르다. 무리해서 밥을 사주는 건 아니다. 그러니 괜찮다고 생각하면서도 왠지 미안한 마음이 든다. 상대가 꼭 이케다 선생님이 아니더라도 남자에게 밥을 얻어먹는 건 불편하다.

식당을 나와 전철을 타고 가는 이케다 선생님과는 역 앞에서 헤어진다.

"수고하셨습니다." 개찰구로 들어가는 뒷모습을 향해 손을 흔든다.

"내일 봐." 우리 쪽을 돌아보며 이케다 선생님도 손을 흔든다.

이케다 선생님이 승강장으로 가는 계단을 올라가는 모습을 지켜본 뒤 나와 기자키 씨는 역을 나와 자전거를 밀면서 나란히 걷는다. 기자키 씨는 내가 사는 다세대주택에서 조금 떨어진 아파트에 산다. 동네로 출퇴근하는데도 기자키 씨는 여성스러운 옷을 입고 앞이 뾰족한 펌프스를 신고 있다. 또각거리는 구둣굽 소리가 밤길에 울려퍼진다.

역 앞 상점가를 빠져나오면 사람이 별로 없다.

녹지대 산책로를 걷는 우리 앞뒤에도 아무도 없었다.

혼자서 늦게 퇴근할 때는 멀리 돌아가더라도 아파트 맞은편의 큰길로 다니려고 한다.

"이케다 선생님, 안됐다." 기자키 씨가 말한다.

"왜?"

"나 같은 방해꾼의 밥값까지 냈잖아."

"방해꾼?"

"진짜 눈치 못 챈 거야?" 기자키 씨는 내 얼굴을 빤히 들여다본다.

이목구비가 또렷한 얼굴에 가로등 불빛이 그림자를 만들었다.

"뭘?"

"이케다 선생님이 가와구치 선생님 좋아하잖아."

"아아, 음……"

"음이라니, 뭐야?"

"그건 아닐 거야."

"무슨 소리야? 누가 봐도 분명한데. 케이크도 이케다 선생님이 말을 꺼낸 거야."

"그럴 거라고 생각은 했는데, 연애 감정은 아니야. 오빠와 여동생 같달까."

"그 여동생 같다는 데 흑심이 든 거겠지. 진짜 남동생은 생일 축하해줬어?"

"안 했지."

두 살 어린 남동생 가즈키는 대학 때부터 도쿄에 와서 그대로 취직까지 했다. 같은 세타가야구에 살지만 만나는 일은 거의 없다.

"오빠와 여동생 같다는 건 그만큼 특별한 사이라는 거 아냐?"

"그렇긴 하지만 흑심은 아니라니까. 동지애 같은 거지."

"그렇게 느긋한 소리 하는 사이에 이케다 선생님한테 여자친구라도 생기면 어떻게 할 거야?"

"축하해줘야지, 그뿐이야."

"진심으로 하는 말이야?"

"응."

내가 후쿠후쿠도에서 일을 시작한 건 오 년 전이다. 도쿄에 와서 전문학교에 들어간 지 얼마 안 되었을 무렵이다. 그때 이케다 선생님은 전문학교 3학년이었고, 우리는 원장님 밑에서 함께 공부했다. 접수 업무와 실내 청소 및 그 밖의 잡다한 일에 대해서는 이케다 선생님이 전부 가르쳐줬다.

오 년 동안, 나에게 남자친구가 있던 적도 있고 이케다 선생님에게 여자친구가 있던 적도 있다. 그렇다고 서로 연애 감정을 품은 적이 전혀 없다면 거짓말일 것이다. 이케다 선생님의 감정을 직접 들은 적은 없지만 나에게 호감이 있다는 것을 느낀 적은 있었다. 타이밍이 맞았다면 사귀었을 수도 있다. 그런데 거의 매일같이 있는데도 타이밍이 맞지 않았다. 오누이 같을 때는 친하게 지낼 수 있어도 연애를 의식하면 대화가 어색해진다. 이케다 선생님과 연인 사이에 오가는 말을 할 수 있을 것 같지도 않고, 키스는커녕 손을 잡는 것도 상상할 수 없다.

지금은 둘 다 애인이 없지만, 이제 와 사귄다는 생각은 새삼스럽게 느껴진다. 부담 없이 대화할 수 있으니까, 일을 계속하는 데 편하니까 같은 조건을 고려해 합리적으로 좋아할 수밖에 없다. 이대로 직장 동료로서 사이좋게 지내는 게 낫다.

"아무나 좋으니까 남자친구 좀 만들어."

"알았어. 그 말이 하고 싶었던 거지? 마쓰바라 씨가 좋다고 했다가, 이케다 선생님이 좋다고 했다가. 하지만 아무나 좋다고 사귈 순 없잖아."

"걱정돼서 그래."

"걱정 안 해도 돼."

"상점가 구석의 마사지숍에서 꽃다운 이십대를 썩힐 거야?"

"썩히긴 뭘 썩혀."

"썩히고 있다니까!"

"연애가 전부는 아니거든요. 지금은 공부해야 할 것도 있고."

"자격증 땄으니까 이제 됐잖아. 그걸로 평생 먹고살 수 있는
거 아냐?"

"먹고살기 힘들어. 좀더 기술을 쌓아야 해."

연애보다 일이 중요하다고 생각하는 건 아니지만, 지금은 일
에 매진해야 하는 때다. 매번 나를 찾아 예약해주는 고객은 마쓰
바라 씨뿐이다. 여자 마사지사는 힘이 약해서 싫다는 고객도 많
다. 보디 케어나 릴렉세이션처럼 '마사지'라는 명칭이 붙지 않는
코스라면 자격증이 없어도 담당할 수 있는데, 그조차 남자가 좋
다면서 남자 아르바이트생을 요청하는 고객도 있다. 후배를 라
이벌로 생각하는 것도 말이 안 되고, 자격증을 취득한 지 아직
이 년밖에 안 되었으니 조바심을 낼 필요는 없다. 하지만 이케다
선생님은 삼 년 차에도 요청을 많이 받았다. 남자보다 힘이 부족
한 점을 어쩔 수 없다고 여길 게 아니라 그걸 상쇄할 기술을 익

혀야 한다. 무조건 몸을 세게 누른다고 좋은 것이 아니다.

언젠가는 나가노로 돌아가 나만의 마사지숍을 개업하고 싶다.

그러기 위해서는 마사지사로서만 아니라 경영자로서도 공부해야 하는 것이 있다.

집에 돌아오면 아무도 없다. 혼자 사니까 당연한 일이고, 만약 누군가 있다면 오히려 곤란하다. 하지만 역시 빈집을 마주하면 쓸쓸해진다. 집이 지저분하면 피로가 더 쌓일 것 같아 청소를 하고 출근한 것인데, 정리정돈된 방에서 쓸쓸함이 더 크게 느껴진다.

가방을 내려놓고 침대 앞에 앉아 멍하니 집안을 둘러본다.

조리도구는 얼추 갖춰져 있고 세탁기와 청소기, 다리미도 있다. 그런데 생활감이 없다. 나 아닌 다른 누군가의 냄새나 기척이 없는 탓인 것 같다. 몸을 단정히 하려면 먼저 정신을 단정히 해야 한다. 정신을 단정히 하기 위해서는 주변 환경을 정돈하는 편이 좋다. 그렇게 생각해서 미니멀리즘과 정리정돈에 관한 책을 읽고 필요 없는 물건을 전부 처분했더니 인테리어숍의 카탈로그 같은 무미건조한 집이 되어버렸다.

남자친구가 있을 때는 전문학교와 아르바이트에서 지쳐 돌아왔는데 방이 지저분하거나 밥을 해달라고 하면 짜증이 났다. 집에 왔는데 나는 보지 않는 만화책이나 DVD가 그대로 놓여 있으면 버려버릴까 하는 생각도 들었다. 지금 생각해보면 그건 그것대로 즐거웠던 것 같다.

오늘은 후쿠후쿠도에서 동료들의 축하를 받았고, 마쓰바라 씨와도 많은 얘기를 나눴으며, 이케다 선생님과 기자키 씨와 함께 중화요리도 먹으러 갔으니 제법 괜찮은 생일이었다.

하지만 그걸로 만족할 순 없다.

일에 매진해야 하는 시기라는 걸 알고는 있지만, 역시 남자친구를 갖고 싶다.

기자키 씨의 말마따나 소중한 이십대를 썩히고 있다는 기분이 든다.

그렇다고 연인이 있으면 더 분발할 수 있다는 생각은 환상에 불과하다. 잘하려고 애써도 마음처럼 잘되지 않으니 사생활에 변화가 있으면 일도 잘 풀릴 거라고 믿는 것뿐이다. 사생활과 일은 관계가 없다. 마사지 기술이 늘지 않는 건 공부가 부족하기 때문이다. 남자친구를 만나고 다닐 시간은 없다. 머리로는 이런 사실을 다 알고 있지만, 연애도 하지 않고 날마다 마사지와 건강법만 생각하고 있으니 조만간 내가 남자인지 여자인지도 모를 신선이라도 될 것만 같다. 이십대 여성이라면 당연히 괜찮은 남자에게 호감을 느끼거나 상대의 말을 신경쓰고 고민하기 마련인데, 그런 감정도 최근에는 잘 들지 않는다.

누구 괜찮은 사람 없을까 하는 생각을 하자, 마쓰바라 씨의 얼굴이 떠오른다.

이성을 대하듯 고객을 대하면 안 된다고만 생각하지 말고 한 걸음 내디뎌보면 뭔가 달라질까?

그러나 내가 그런 감정을 품는다 한들 그쪽은 아무 생각이 없다. 마사지를 받으러 후쿠후쿠도에 오는 것이지 나를 만나러 오는 게 아니다. 시술중에 즐겁게 대화할 수 있는 건 마쓰바라 씨의 말솜씨가 뛰어나기 때문이다. 내가 특별해서가 아니라 그 누구와도 즐겁게 대화할 수 있는 사람인 것 같다. 업무상 여성과 자주 만날 테고 연예인과도 일한다고 하니 그가 나 같은 사람을 연애 상대로 볼 일은 없다. 지금은 어쩌다 잠시 여자친구가 없을 뿐이지 마음만 먹으면 금방 생길 것이다.

중고등학생 시절에는 말 한번 걸기도 힘든 선배나 반에서 인기 많은 남자애를 좋아하기도 했지만, 지금은 내 분수를 잘 안다.

마쓰바라 씨를 좋아하는 것 자체가 바보 같은 일이다.

그럼에도 불구하고 머릿속에 떠오른 그의 얼굴이 좀처럼 떠나지 않는다.

비가 내린다.

오늘로 벚꽃은 거의 다 져버릴 것 같다.

마사지숍은 비 오는 날에 한가하다. 굳이 우산까지 쓰고 마사지를 받으러 오는 사람은 별로 없기 때문이다. 뭉친 근육이 풀리고 몸이 따뜻해져도 돌아가는 길에 비를 맞으면 도로 차가워질 테다.

대기실은 마사지사와 아르바이트생 모두가 있기에는 비좁다. 오늘은 이케다 선생님과 나 말고도 마사지사 세 명이 출근했다. 다섯 사람이 가만히 앉아서 각자 TV를 보거나 책을 읽곤 한다. 아르바이트생 두 명은 성과급제가 아닌 시급제로 일하기 때문에 청소나 수건 세탁 같은 잡무라도 쉬지 않고 해야 하지만, 할일이 없는 듯 대기실 구석에서 마사지 연습을 하고 있다. 너무 한가한 나머지 원장과 부원장은 둘이서 어딘가로 외출했다.

따로 특정 마사지사를 요청한 고객이 없을 때는 순서대로 호출된다. 출근해서 확인해보니 나는 네번째였다. 한동안은 호출될 일이 없겠지만 내 담당 고객이 갑자기 올 수 있을뿐더러, 오늘은 여자 마사지사가 나뿐이라서 아로마 릴렉세이션 코스도 담당해야 한다. 오일을 사용하는 아로마 릴렉세이션은 여성 전용 코스로, 일회용 속옷 차림으로 마사지를 받아야 해서 여자만 담당할 수 있다.

근처 카페나 편의점에 가는 것도 괜찮겠지만 그마저 귀찮다.

소리도 없는 약한 빗줄기가 이대로 영원히 그치지 않는 건 아닐까 싶을 정도로 하염없이 내리고 있다. 옷이 다 젖은 건 아니지만 출근길에 온몸이 눅눅해졌다. 여벌 티셔츠를 가져오지 않아 옷을 갈아입을 수도 없다. 대기실도 눅눅하다. 남자 여섯이 있는 곳에 나 혼자 여자라 거북하긴 하지만, 그래도 밖에는 나가고 싶지 않다.

"출장 같은 것도 없나?" 이케다 선생님이 책을 읽다 말고 고개를 든다.

"아까 접수대에 물어봤을 땐 없었어요." 내가 대답한다.

아로마 릴렉세이션과는 반대로 고객의 집으로 가서 시술하는 출장 마사지는 남자 마사지사만 갈 수 있다. 고객은 남녀 상관없지만, 만일에 대비해 여자 마사지사는 갈 수 없게 되어 있다. 신체를 접촉하다보니 말썽이 생기는 경우도 있다.

"새로 예약 들어온 거 없는지 확인하고 올까요?"

"괜찮아."

"괜찮아요. 기자키 씨랑 얘기도 할 겸."

복도로 나가 계단을 내려간다.

숍 안으로 들어가자 접수대에서 기자키 씨도 한가롭게 유리 출입문 너머를 보고 있었다.

"예약 들어온 거 있어?"

"없어. 전화도 안 오고 메일도 없고."

"오늘은 공칠 모양인가보네."

"그래도 이런 날은 저녁 무렵에 비가 그치면 갑자기 고객이 몰리기도 하니까."

"비가 그치려나?"

"일기예보에선 다섯시 넘어서 그친다고 했어."

"앞으로 한 시간이면 그칠 것 같아?"

이제 곧 오후 네시다. 두시에 출근한 뒤로 두 시간 동안 아무 것도 하지 않았다.

날씨가 맑은 날이어도 한가할 시간대다. 고객이 전혀 없는 건 평일에는 종종 있는 일이지만 왠지 불안해진다. 이대로 고객이 한 명도 오지 않으면 오늘 치 급여는 1엔도 들어오지 않는다. 성과급제라서 수입이 괜찮은 시기에는 좋지만 그렇지 않은 시기는 힘들다. 흔히 마사지숍은 음식점과 다르게 고객이 한꺼번에 몰리는 시간대가 없다고 생각하기 쉬운데 기복은 있다.

후쿠후쿠도에서는 부상 치료를 위한 마사지를 하는 게 아니기 때문에 건강보험 적용이 되지 않는다. 도쿄 시내 마사지숍의 시세대로, 30분 코스 3천 엔에 부가세가 별도로 붙는다. 일주일에 한 번씩 30분 시술을 받는 걸 권장하고 있지만, 한 달에 네 번 해서 총 1만 2천 엔이라는 금액을 누구나 쉽게 낼 순 없다. 외출 후

피곤할 때만 마사지를 받는다는 고객이 대부분이다. 연휴가 끝
난 다음날이나 일요일 저녁이 가장 붐빈다.

"한 시간 이내로 안 그칠 것 같은데."

"그렇지?" 나는 접이식 의자를 꺼내 접수대 뒤로 가 기자키
씨 옆에 앉는다.

"위에 안 올라가?"

"답답해서."

"무슨 일 있었어?"

"아무 일도 없어."

"그런데 왜 답답해?"

"정신적으로가 아니라 물리적으로."

"아, 그런 거였구나. 남자 선생님들만 있어서."

끊임없이 내리는 비를 바라보며 얘기를 나눈다. 맞은편의 이
탈리안 레스토랑에도 손님은 없는 듯하다. 길을 걸어다니는 사
람도 없다.

"기자키 씨도 마사지 공부하면 좋은데."

"됐어, 난 학교 다니기 싫어."

"보디 케어나 아로마 릴렉세이션은 원장님과 부원장님한테
배우면 할 수 있어. 나도 가르쳐줄 수 있고."

자격증이 필요 없다면 학교에는 다니지 않아도 된다.

"됐어. 별로 하고 싶지 않아."

"함께 아로마 공부하자."

"싫어. 관심 없어."

"그럼 왜 여기서 일하는 거야?"

"시간 때우는 거라고 말했잖아."

"그런 것치고는 요즘 일 열심히 하네."

접수 직원도 아르바이트라서 시급제로 일한다. 또 한 사람은 주부라서 일주일에 이틀인가 사흘만 나와 오전에 잠깐 일한다. 기자키 씨도 전에는 일주일에 사나흘만 나오다가 요즘은 주 오일로 일하고 있다.

"그야 남자친구를 못 만나니까 그렇지."

"헤어질지도 모르는 상황이면 이참에 아로마 공부해두면 좋을 것 같은데. 아로마테라피 검정시험은 인터넷 강좌로 공부할 수도 있고."

"헤어지면 다음 남자를 찾을 거야."

"여기 있어도 남자 만날 기회는 없잖아."

"있어. 마쓰바라 씨처럼 대형 출판사에 다니는 고객도 있고, 이케다 선생님 고객 중에는 유명 디자이너나 뮤지션도 있으니까."

"아, 있긴 있구나."

세타가야에는 연예인이 많이 사는지 TV나 잡지에서 본 듯한 고객이 몇 명 있다. 내가 직접 시술한 적도 있지만 아는 척하지 않는 것이 기본 방침이기도 하고, 마사지하며 신체를 접촉하고 있어도 너무 먼 존재처럼 느껴졌다. 예민한 성격이 몸으로 드러나는 사람도 있어서 아무리 겉모습이 좋아도 부럽다는 생각은 들지 않았다.

"앗, 호랑이도 제 말 하면 온다더니." 기자키 씨가 정면을 가리킨다.

유리문 너머에 마쓰바라 씨가 있었다. 업무용 가방과 큼직한 흰색 종이가방을 들고 있어서 우산을 접는 데 애를 먹고 있다.

나는 접수대에서 나가 유리문을 열었다. "안녕하세요."

"안녕하세요. 저기, 저, 잠깐만요." 언제나 차분해 보이는 마쓰바라 씨가 허둥지둥한다.

"짐, 들어드릴까요?"

"아뇨, 이건 안 돼요. 안 되는 건 아닌데 아직은 안 돼요."

"네."

"잠시만요." 종이가방을 팔꿈치에 걸듯 바꿔 들더니 우산을 접는다.

안으로 들어와 유리문을 닫는다.

"갑자기 방문해주셔서 깜짝 놀랐어요. 수건 드릴까요?"

접수대 앞에 선 채 얘기한다. 마쓰바라 씨는 언제나 예약을 하고 오기 때문이다.

"괜찮아요. 저도 갖고 있어서." 가방에서 손수건을 꺼내 젖은 종이가방과 셔츠를 닦는다.

"어제 마사지한 부분이 혹시 불편하신가요?"

"오늘은 마사지 받으러 온 게 아니에요. 선생님한테 이걸 드리려고요."

그가 내미는 종이가방을 받아들었다.

"이게 뭐예요?"

"생일선물이요. 어제 생일이라고 했잖아요."

"어머! 고맙습니다. 아, 그런데 이렇게 큰 선물을 받으면 제가 죄송해서."

"크기만 하지 비싼 거 아니에요."

"제가 이걸 받아도 될지……"

고객한테 뭔가를 받는 일은 가끔 있다. 하지만 중노년 고객들이 친척한테서 받은 귤이라든가 백중이나 연말에 선물로 받은 주스 같은 것을 나눠 먹자고 가져오는 정도다. 이런 식으로 선물을 받아본 적은 없다.

"지금은 원장님도 안 계시니까 괜찮아." 기자키 씨가 말한다. "비밀로 해줄 테니 그냥 받아."

"응." 일부러 가지고 와준 건데 돌려보내는 것도 미안하다.

"제가 드리고 싶어서 드리는 것이니 부담 갖지 마세요."

"죄송해요. 제가 괜히 생일 얘기를 해서 신경쓰시게 했네요."

"아니에요. 괜히 난처하게 해드린 것 같아 저야말로 미안해요. 정말로 부담 갖지 않아도 돼요. 그럼 이만 가보겠습니다."

마쓰바라 씨는 빗속에 우산도 쓰지 않고 나가버린다. 뒤따라 나도 밖으로 나간다.

"고마워요."

뒷모습을 향해 말하자 마쓰바라 씨가 나를 돌아보며 웃는 얼굴로 손을 흔들었다. 나도 손을 흔들어준다.

온몸이 비에 흠뻑 젖었지만 아무렇지 않았다.

습하고 눅눅해서 다 귀찮기만 했던 기분이 단숨에 날아갔다.

마음속에서 의욕이 샘솟았다.

종이가방 안에는 사방 20센티미터쯤 되는 흰색 상자가 들어 있었다.

상자를 열자 빨강과 분홍 장미가 빼곡하게 채워져 있었다. 시들지 않도록 가공된 프리저브드플라워라 당분간 이대로 장식해둘 수 있다. 장미에 파묻히듯 꽂혀 있는 하얀 카드에는 마쓰바라 씨의 메일 주소와 전화번호가 적혀 있었다.

사흘간 망설이다 답례 메시지를 보냈다.

몇 차례 메시지를 주고받은 뒤 모바일 메신저로 연락하기 시작했다. 이모티콘을 쓰니 친한 사이처럼 여겨졌다. 내 휴무일에 둘이서 밥 먹으러 갈 약속을 했다. 마쓰바라 씨가 먼저 말을 꺼내줬다.

마쓰바라 씨가 정한 가게에서 만나기로 했다. 역 맞은편에 있는 캐주얼한 프렌치 레스토랑이다. 이층이라 밖에서 내부가 보이지도 않고, 나한테는 너무 고급스럽게 느껴져서 들어가본 적도 없는 가게였다.

동네지만 좀 꾸미고 가야겠다 싶어서 오랜만에 원피스를 입고 굽이 높은 펌프스를 신었다. 남자와 둘이 만나는 자리에 입고 갈 만한 원피스가 없어서 결혼식 뒤풀이라도 가는 차림이 되고 말았다. 그래도 티셔츠에 후드집업보다는 나을 것이다. 적당한 옷을 살 만한 돈은 없다.

가게에 도착했더니 마쓰바라 씨가 먼저 와 있었다. 카운터석 말고는 테이블석이 네 개뿐인 아담한 가게다. 마쓰바라 씨는 창가 자리에 앉아 스마트폰을 보고 있었다. 옆에서 보이는 표정이 매섭다.

"안녕하세요." 옆에 서서 내가 말을 걸자 마쓰바라 씨가 고개를 든다.

"앗, 안녕하세요."

"일하는 중이신가요?"

"아니에요, 괜찮습니다." 그가 대답하며 가방에 스마트폰을 넣는다. "평소랑 분위기가 달라서 못 알아봤어요."

"이상하죠. 이런 차림."

잔뜩 신경쓰고 온 것이 너무도 창피해진다. 마쓰바라 씨는 파란색 셔츠에 베이지색 바지를 입은 캐주얼한 복장이다. 무리를 해서라도 옷을 살 걸 그랬다.

"예뻐요. 저도 정장이라도 입고 올 걸 그랬네요."

"안 예뻐요."

"그렇지 않아요. 가와구치 선생님은 예뻐요."

"아니에요. 그럴 리가요." 점원이 의자를 빼줘서 나는 안쪽 자리에 앉는다.

"아니라고 하면서 은근히 제가 그 말을 하도록 만드는 건가요?"

"네?"

"그런 여자들 있잖아요. 예쁘다는 말을 듣고 싶어서 오히려 계속 아니라고 하는 사람."

"아뇨, 저는 그게 아니라 정말 안 예쁘다고 생각해서……"

"자꾸 부정하면 계속 예쁘다고 말할 겁니다."

"그러지 마세요. 마쓰바라 씨야말로 누구에게나 예쁘다고 말하는 사람 아닌가요?"

"그런 말 안 해요."

"그래도 주변에 예쁜 사람들 많죠?"

"음, 제 주변의 예쁜 사람들은 옷 치장이 화려하거나 화장으로 가리고 있을 뿐이어서요. 뭐, 그 나름대로의 노력이라고 생각하지만 저는 별로 좋아하지 않습니다. 가와구치 선생님처럼 소박한 분이 좋아요."

"소박……이요?"

"죄송해요. 제 표현이 좀 이상했네요."

"괜찮아요."

"음료는 뭘로 하시겠어요? 술 드세요?" 마쓰바라 씨는 내가 보기 편하게 메뉴판을 펼친다.

캐주얼하다고는 해도 프렌치 레스토랑이라 듣지도 보지도 못한 이름의 와인들이 줄줄이다.

"제가 이런 가게는 잘 몰라서요." 솔직하게 말한다.

괜히 아는 척하는 것보다 덜 창피당하는 방법이다.

"그럼 제가 적당히 주문해도 될까요?"

"네, 알아서 해주세요."

"요리도 주문할게요. 혹시 못 먹는 음식 있습니까?"

"없어요. 사람들이 평범하게 먹는 거라면 뭐든 먹을 수 있어요."

"사람마다 평범하다는 게 다르니까요. 가와구치 선생님, 고향은 어디예요?"

"나가노예요."

"나가노 어디요?"

"마쓰모토시예요."

"마쓰모토시에서만 먹을 수 있는 것, 없나요?"

"노자와나*가 항상 집에 있긴 한데, 특별한 걸 먹진 않아요. 농사하는 집은 다른 뭔가가 있을지도 모르지만 저희 집은 평범한 직장인 가정이라서요. 마쓰바라 씨는 고향이 어디세요?"

"도쿄요. 지금은 자취하고 있지만 본가까지 전철로 삼십 분도안 걸려요. 그럼, 주문할게요."

마쓰바라 씨는 점원을 불러 먼저 요리를 주문하고, 그에 어울리는 와인으로 무엇이 좋을지 상의한다.

"저기, 꽃, 감사했어요." 주문이 끝나기를 기다렸다가 내가 말한다.

"별말씀을요."

---

* 잎채소의 일종으로, 일본 나가노현 노자와 지역의 특산품이다.

"그거, 가격이 제법 나가죠?"

악취미라고 생각하면서도 기자키 씨와 함께 인터넷으로 꽃의 가격을 알아봤다. 내가 받은 것과 비슷한 건 8천 엔 정도였다.

"어머니 지인 분의 가게에서 싸게 샀어요."

"아, 그렇군요."

"여자 선물로 뭐가 좋을지 고민하고 있다고 했더니 이게 좋다면서 어머니가 골라줬어요."

"어머님이랑 사이가 좋은가봐요."

"제가 대학생 때 아버지가 돌아가셔서 어머니 혼자 사세요. 그래서 거의 매일 전화나 메시지로 어떻게 지내는지 확인하며 지내죠. 가와구치 선생님은 가족분들과 사이가 좋은 편이세요?"

"저희 집은 보통인 것 같아요. 엄마와는 가끔 메시지 주고받고, 새해에는 본가에 가요. 전화도 좀더 자주 하고 집에도 가야 하는데, 빵점짜리 딸이죠?"

"부모님이 건강하시면 괜찮지 않나요? 저는 어머니 혼자 계셔서 언제 무슨 일이 있을지 알 수 없으니 그런 거죠. 실은 함께 사는 게 좋겠지만, 일이 바빠 늦게 퇴근하면 어머니는 제가 올 때까지 안 주무시고 기다리세요. 아버지한테 했던 것처럼. 오히려 그러다 건강을 해치실까봐 제가 독립했어요. 이런, 죄송해요, 얘기가 너무 길었죠?"

"괜찮아요. 뭐든 말씀하세요."

가족 얘기를 기꺼이 들려주다니, 내가 그와 특별한 사이라도 된 듯한 기분이다.

"가와구치 선생님은 고등학교를 졸업하고 바로 마사지사가 된 건가요?"

"아뇨, 전문대에 진학했어요. 졸업하고 고향의 신용금고에 취직해 일 년 반쯤 일한 뒤 도쿄에 와서 전문학교에 다녔어요."

"마사지사가 되려면 전문학교에 다녀야 하는군요. 후쿠후쿠도에서 가끔 학생 같아 보이는 남자 아르바이트생들이 마사지 연습을 하고 있길래 그런 과정을 밟는 건가 싶었어요."

"마사지사라는 명칭을 쓰려면 자격증이 필요해요. 정확하게는 안마 마사지 지압사라고 하고요. 연습중인 아르바이트생들도 고객을 담당할 순 있지만 릴렉세이션처럼 마사지라는 명칭이 안 붙는 코스만 할 수 있어요."

"와, 그렇군요. 신용금고는 마사지사가 되기 위해 그만둔 거예요?"

"그만둘 때는 이후에 뭘 할지 생각하지 않았어요. 그만두고 나서 반년 사이에 정했거든요."

"왜 그만뒀어요?"

"……문제가 좀 있었어요."

"문제?"

"그게……"

"말하고 싶지 않으면 안 해도 돼요."

"대수로운 일은 아니에요. 창구 업무를 보다가 고령자 스토커한테 피해를 당해서요."

"고령자 스토커?"

"스토커라고 할 만큼은 아니지만, 자주 오던 할아버지가 저한테 너무 열렬하게 호감을 표현해서요. 그게 신용금고 내에서 문제가 되는 바람에 계속 다니기가 불편해졌어요."

나는 업무상 친절하게 대했다고 생각했는데, 상대방은 특별 대우를 받는 것처럼 느꼈던 모양이다. 처음에는 창구에서 정기 예금과 연금 거래를 하며 손자 얘기를 하는 정도였다. 얼마 안 가서 할아버지는 예금의 계약과 해약을 반복했고, 어느 정도 시간이 지나서는 아무 용건이 없는데도 와서 창구 앞에 붙어앉아 얘기를 계속했다. 경비원이 주의를 주자 앙상한 팔을 휘두르며 난동을 부려 아들에게 연락했다. 며느리와 손자가 데리러 오고 나서야 할아버지는 순순히 돌아갔다. 그후로는 다시 오지 않았고 몰래 숨어 있는 일도 없었다. 이제 괜찮겠지 싶었는데 함께 일하는 사람들이 "가와구치 씨도 실수를 했다"느니 "착각하게 할 만한 짓을 한 게 아니냐" 같은 말을 해서 더는 일을 할 수 없게 되었다.

"저도 스토커 같나요? 저도 가와구치 선생님을 좋아해서 열렬히 호감을 표현하고 있잖아요."

"그럴 리가요. 마쓰바라 씨는 스토커가 아니잖아요."

"후쿠후쿠도에도 고령자 고객이 많죠?"

"그렇죠. 그래도 마쓰모토에서 있었던 일을 원장님과 부원장님한테도 말해둬서 여러모로 고려해주고 계세요."

면접 때 신용금고에서의 일을 얘기했더니 원장과 부원장은 "힘들었겠네, 가엾어라" 하고 말했다. 실은 나도 누군가에게 위로를 받고 싶었다는 걸 깨닫고, 스스로 한심하다고 생각하면서도 눈물이 날 뻔했다.

"그렇다면 다행이네요."

"네."

점원이 잔에 든 샴페인을 가져온다.

"늦었지만 오늘은 가와구치 선생님의 생일을 축하하기 위한 자리니까 샴페인으로 시작하려고요." 마쓰바라 씨가 잔을 든다.

"어머나, 왠지 미안하네요." 나도 잔을 든다.

"그리고 아까 제가 고백 비슷한 걸 했는데, 그냥 넘어가는 건가요?"

"네? 언제요?"

"좋아해서 열렬히 호감을 표현하고 있다고 했던 거요."

"아, 저는 그게 고백이라거나…… 그런 식으로 저를 좋아하시는 거라고는 생각 안 했어요."

마사지사로서 마음에 든다는 의미라고 생각했다. 무슨 의미인지 되묻는 게 오히려 우스운 듯해 묻지 않았다.

"그런 식으로 좋아하는 게 아니라면, 생일선물을 주거나 함께 식사하자고 하지 않죠."

"그렇네요."

"가와구치 선생님을 좋아합니다." 내 눈을 바라보며 마쓰바라 씨가 말했다. "갑자기 결혼을 전제로 만나보자는 말을 들으면 부담스러우시겠지만, 제 감정은 그 정도예요. 후쿠후쿠도에서 마사지를 받으며 나눈 대화가 아무리 즐거워도 어디까지나 마사지사와 고객으로서 대화한 것이니 선생님을 그런 기분으로 바라봐선 안 된다고 생각했어요. 그런데 멈추자고 생각해서 멈출 수 있는 감정이 아니에요. 오늘 이렇게 얘기를 나누니 감정이 더욱 강렬해졌어요."

"네." 나는 작게 고개를 끄덕인다.

"사귀어줄 수 있다는 뜻인가요?"

"네." 얼굴이 뜨겁다.

이렇게 얼굴을 마주하고 고백을 받는 건 처음이다. 그것도 내가 괜찮다고 생각했던 사람에게서 받는 고백이라니 꿈만 같다.

"그럼 오늘은 저와 가와구치 선생님의 기념일이네요."

"사귀는 사이에 선생님이라는 호칭은 좀…… 그리고 존댓말도요."

"그런가?"

마쓰바라 씨는 잔을 들지 않은 반대쪽 손을 입가에 대더니 뭔가를 생각하는 듯한 표정을 짓는다. 생각이 정리됐는지 고개를 여러 차례 끄덕인 후에 다시 내 눈을 바라본다.

"생일 축하해, 사쿠라."

"고마워."

샴페인잔을 들어올리고 건배한다.

2

일은 한가하고 따분하다.

그보다 근본적인 문제는 이게 다 무슨 의미인지 도통 모르겠다는 것이다.

분명 내가 함께 편집한 잡지인데 이해할 수 없는 말들이 줄지어 나온다.

편집장인 가부라기 씨 혼자서 만들다시피 한 잡지다. 오늘도 아침부터 가부라기 씨는 모 대학의 교수인지 부교수인지 하는 사람을 취재하러 갔다. 저녁때까지 돌아오지 않을 것이다. 나는 회사에서 멍 때리고 있으면 그만이다.

작년 10월에 파친코잡지에서 과학잡지 편집부로 부서를 옮기게 되었다. 정규직인 가부라기 씨와 나 말고는 계약직 여직원 두 명뿐이다. 인원이 적어 바쁠 줄 알았는데 취재도, 외주 작가가 보내온 기사 확인도 가부라기 씨가 혼자 다 하고, 자료 수집이나 전화 응대 같은 잡다한 일은 계약직 사원 둘이서 한다. 나는 홈페이지를 담당하게 되었는데, 잡지 발매일에 차례가 제대로 업로드됐는지 확인하는 정도라 특별히 할일은 없다. 다른 업무라고 해봐야 최종교나 다들 바빠서 일손이 부족할 때 떨어지는 잡일, 아니면 다른 세 사람은 응대하기 어려운 활동적인 사람을 대신 취재하는 일 정도다.

파친코에도 관심이 가질 않아 뭐가 재미있다는 건지 전혀 이해되지 않았는데 과학은 더 모르겠다.

나는 대학에서 문학을 전공했다. 센터시험*을 보기 위해 생물과 화학을 공부하긴 했지만 수험생 수준의 지식밖에 없다. 그것도 벌써 십 년 이상 지났으니 거의 다 잊어버렸다. 어째서 나는 전공도 아닌 분야의 편집부로 이동된 걸까?

그러나 우리 회사는 내 취향에 맞는 잡지를 발행하지 않는다. 파친코나 경정 같은 도박 관련 잡지, 과학이나 지리학 같은 비주류 전문지, 지나치게 마니악한 스포츠지, 그런 것뿐이다. 문예지나 소년만화지나 패션지처럼 대형 출판사가 내고 있는 분야에는

---

* 일본의 대학입학공통시험.

손을 대지 않는다.

여기 있어봐야 별 볼 일 없으니 얼른 그만두고 싶다.

"잘돼가?" 경정잡지 편집부의 곤노가 뒤에서 말을 걸더니 내 옆자리로 와서 앉는다.

옆자리는 비어 있는데, 책과 잡지와 뭐가 들었는지 알 수 없는 봉투가 책상 위에 산더미처럼 쌓여 있다. 지진이 있을 때마다 조금씩 흐트러져간다.

"어. 무슨 일이야?"

"오늘 한잔하러 안 갈래?"

"안 가."

"다자와 씨는?"

"점심 먹으러 갔어."

곤노는 계약직 사원인 다자와 씨를 마음에 들어하는 눈치다. 다자와 씨는 올봄에 대학을 갓 졸업했다. 교토에 있는 국립대에서 물리학을 전공한 그녀는 대학원에 진학하거나 기업의 연구소에 들어가기를 희망했으나 둘 다 이뤄지지 않아 도쿄로 와서 우리 회사의 계약직이 되었다.

"그럼 이따가 다시 올 테니까 다자와 씨도 잘 구슬려서 셋이 마시러 가자."

"안 간다고 했잖아."

곤노는 입사 동기다. 하지만 나는 일 년 재수를 했기 때문에 나이는 곤노보다 한 살 위다. 친한 척 말 좀 걸지 않으면 좋겠다. 삼류대를 나오고 경정을 좋아해 제 발로 이 회사에 들어온 녀석과는 친해지고 싶지도 않다.

"왜? 볼일도 없잖아?"

"있어."

"뭔데? 여자친구라도 생겼어?"

"아니."

실은 한 달 조금 전부터 사귀고 있는 여자친구가 있다. 이 사실을 곤노에게 말하면 한 시간도 안 되어 온 회사에 퍼질 게 뻔하니 알려주기 싫다.

"또 본가에 가려고?"

"아니야."

"그럼 뭔데?"

"내가 그걸 말할 필요는 없잖아."

"매정하다니까, 너란 녀석은." 곤노는 자리에서 일어나 같은 층에 있는 자신의 자리로 돌아간다.

오늘은 여자친구인 사쿠라가 우리집에 와서 저녁밥을 해줄 것이다.

사쿠라는 주말에도 일을 하고 평일에도 밤늦게까지 일하기 때문에 우리가 만날 수 있는 건 그녀가 쉬는 날뿐이다. 좀처럼 별 진척이 없이 한 달 동안은 밖에서 만나 식사만 했다. 결혼을 약속했으니 조급해할 필요는 없겠지만 그녀를 더 자주 만나고 싶었다. 지난주에 처음으로 사쿠라가 내 아파트에 왔다. 여벌 열쇠도 건네줬으니 앞으로는 만날 수 있는 시간이 늘어날 것이다.

후쿠후쿠도에서 고객과 마사지사로 만난 것을 계기로 우리는 교제하게 되었다. 당시에는 사귀게 될 줄 몰랐기에 마사지를 받으면서 거짓말을 했다. 중소 출판사에서 과학잡지를 편집하고 있다는 말 따위는 할 수 없어 대형 출판사에서 문예지 편집을 한다고 했다.

언젠가 이직해서 그렇게 될 예정이고, 사쿠라는 나를 이해해 줄 테니 괜찮다.

집에 돌아오니 사쿠라가 벌써 와 있었다.

"나 왔어."

"어서 와. 일찍 왔네." 주방에서 사쿠라가 현관으로 나온다.

"기다리게 하면 미안하니까 서둘러 왔지."

"아직 밥이 덜 돼서 천천히 왔어도 됐는데."

"아, 응, 그래도." 신발을 벗고 안으로 들어간다.

일부러 서둘러서 온 건데 그렇게 말하는 건 아니다 싶었지만

화는 내지 않는 게 좋다. 사쿠라는 솔직하지 않은 면이 있다. 기쁘다고 말하는 게 쑥스러운 것일 테다. 한동안 남자친구가 없었던 듯한데 그래선지 남자와 교제하는 것에도 익숙하지 않다.

"금방 되니까 조금만 기다려줘."

주방으로 돌아가려는 사쿠라를 뒤에서 끌어안는다. 팔에 힘을 주면 그 가녀리고 자그마한 몸은 부서져버릴 것 같다. 사쿠라의 몸을 내 쪽으로 돌려 키스를 한다.

입술을 떼고 얼굴을 보았더니 부끄러워하는 듯했다.

"왜 그래?" 내가 묻는다.

"놀라서."

"왜?"

"얼마 전까지만 해도 고객이었는데 싶어서."

"이렇게 하고 있는 게 안 믿겨?"

"응, 왠지." 사쿠라는 부끄러운지 주방으로 돌아간다.

더 부끄러워하게 하고 싶지만 그건 밥을 먹고 나서 하는 편이 좋겠다.

침실로 가서 옷을 갈아입는다.

도쿄 시내에 있는 본가에서 나와 이 아파트로 이사한 지 삼 년이 지났다. 근처에 후쿠후쿠도라는 마사지숍이 있는 건 전부터 알았지만 가본 적은 없었다. 부서 이동을 한 무렵부터 어깨 결림이 심해져 작년 10월에 처음으로 후쿠후쿠도에 갔다. 두번째 갔을 때 나를 담당한 사람이 사쿠라였다. 나는 사쿠라를 스무 살 정도로 생각했다. 화장기가 거의 없이 웃는 얼굴에서 순수함이 묻어났다. 어리고 몸도 가녀린데 괜찮을까 싶었지만, 힘으로 세게 누르기만 하는 것이 아닌 그녀의 마사지가 내게는 맞았다. 그 다음부터는 사쿠라를 내 담당 마사지사로 요청했고, 시술을 받으며 서로에 대한 얘기를 하게 되었다. 얘기를 나누다보면 몸뿐 아니라 마음도 치유되어간다. 4월에 갔을 때 생일 얘기를 했고, 사쿠라가 나보다 세 살 어린 스물여덟 살이라는 것을 알았다. 이런저런 얘기를 하다보니 둘 다 애인이 없다는 것도 알게 되었다.

이건 운명이라고 생각했다.

내가 그런 출판사에 취직한 것도, 파친코잡지 편집부에서 혹사당해 퇴근이 늦어졌던 것도, 어머니에게 폐를 끼칠까봐 본가를 나온 것도, 부서 이동이 된 것도, 이 모든 게 사쿠라와 만나기 위해서였던 것이다.

사쿠라를 만남으로써 비로소 내 인생이 바라던 대로 바뀌어간다.

외롭고 어두웠던 방 하나뿐인 좁은 아파트도 사쿠라가 있는 것만으로 밝은 장소가 된다. 집이 좁은 덕분에 둘이 딱 붙어 있을 수 있다고 생각하면 더 큰 집을 바랄 이유가 없다. 처음 사쿠라가 왔던 날, 곁에서 잠든 그녀의 옆얼굴을 보며 내 인생이 충만해져감을 느꼈다.

옷을 갈아입고 침실에서 나오자 식탁에 저녁밥이 차려져 있었다.

지난주에는 밖에서 식사를 한 뒤 집으로 왔다. 사쿠라가 밥을 해주는 건 처음이다.

"어떤 음식을 할까 고민하다 간단한 걸로 만들어봤어." 사쿠라가 말한다.

식탁에는 하이라이스와 감자샐러드가 놓여 있다.

"이게 다야?"

"더 만들 걸 그랬나? 그런데 조리도구도 없고 재료도 전부 사와야 해서."

"꼬박꼬박 말대답 안 했으면 좋겠는데."

"어?"

"아, 미안."

화를 내선 안 된다는 걸 알면서도 무심코 말이 나와버렸다. 하지만 사쿠라는 이따금 나에게 반항하는 듯한 말을 하기에 그런 건 일찌감치 못하게 해야 한다.

"나야말로 미안해. 생각해보니 일하고 와서 피곤할 거잖아. 이것만으로는 부족하겠지. 조리도구나 조미료 같은 걸 우리집에서 가져올 걸 그랬어."

"다음에 사러 가자. 가져오려면 힘들고, 우리집에도 여러 가지가 있는 게 좋겠지?"

"응."

"돈은 나중에 줄 테니 알아서 적당히 사 와도 되고."

나는 요리를 거의 하지 않는다. 냉장고에 들어 있는 건 생수와 맥주, 그대로 먹을 수 있는 술안주 정도다. 이사왔을 때 부엌칼 한 자루와 냄비 하나에 생활에 필요한 최소한의 식기를 샀지만 전혀 사용하지 않았다. 작년 초까지 반년간 교제했던 여자친구가 사 온 조리도구와 조미료는 헤어질 때 몽땅 버리게 했다.

"돈은 내가 내도 돼."

"괜찮다니까." 나는 의자에 앉는다.

사쿠라는 뭔가 얘기하고 싶어하는 눈치였지만 말없이 내 맞은편에 앉는다.

말대답을 해선 안 된다는 걸 이해한 듯하다.

"맥주 마실 거야?" 방금 막 앉았으면서 사쿠라가 곧바로 다시 일어선다.

"아, 응."

전기밥솥도 없는데 밥을 어떻게 했을까? 냄비 하나로 완성하기에는 어려운 요리라는 게 보이기 시작했다. 하이라이스와 감자샐러드를 좋아한다고 마사지를 받다가 얘기한 적이 있었다. 그걸 기억하고 있다가 힘들게 만들어준 건지도 모른다.

맥주와 유리컵을 식탁에 놓고 사쿠라는 자리에 앉는다.

"식기 전에 먹어."

"미안, 이만큼 만드느라 힘들었겠다."

"괜찮아. 요리 순서를 정해서 했더니 냄비 하나로 어찌어찌 됐어. 전자레인지도 있고."

알지도 못하면서 나무라는 듯한 말을 해버린 나를 사쿠라는 웃는 얼굴로 용서해준다.

"미안해."

"그런데 입에 맞을지 자신이 없네. 늘 맛있는 것만 먹을 텐데."

"그렇지도 않아."

본가에 갈 때 말고는 항상 밖에서 식사를 한다. 맛없는 것은 먹고 싶지 않으니 인터넷으로 맛집을 찾지만 가끔 꽝을 뽑기도 한다.

"전에 알려준 중화요리집에도 갔었어. 참, 그 얘기 안 했지?"

"중화요리?"

"왜, 우리 아직 사귀기 전에. 생일 얘기하던 날 내게 알려준 곳. 그날 후쿠후쿠도에서 함께 일하는 선생님이랑 접수 직원이랑 셋이 갔었어."

"생일에 갔었다는 거야?"

"응. 엄청 맛있더라. 또 가고 싶으니까 다음에 같이 가자."

"잠깐만. 함께 일하는 선생님이라면 여자인 거지?"

후쿠후쿠도에서 일하는 마사지사는 남자가 많지만, 여자 마사지사도 사쿠라와 부원장 말고 두 명이 더 있다. 접수 직원은 기자키라는 사람일 것이다. 둘이 친한지 사쿠라의 얘기에 종종 등장한다.

"남자 선생님이야. 이케다 선생님이라고, 몰라? 처음 후쿠후쿠도에 왔을 때 이케다 선생님이 담당했을 텐데."

"아, 알아, 알아."

피부가 희고 우파루파처럼 밋밋하게 생긴 남자다. 고객들의 평은 좋은 듯한데 나한테는 맞지 않았다. 자세를 바르게 해야 한다는 둥, 근육이 너무 뭉쳤다는 둥, 엄청 스트레스를 받는 일을 하는 게 아니냐는 둥 말이 많았다.

"이케다 선생님도 아주 맛있다고 했어."

"이케다 선생님이라는 사람은 몇 살이야?"

"두 살 위."

"나보다 한 살 아래구나."

"응."

"남자면서 대학도 안 나왔지?"

"아니야. 이케다 선생님은 대학을 졸업한 다음에 전문학교에 들어갔어."

"어차피 삼류대 아니야?"

"음, 글쎄. 하지만 상관없잖아?"

"어느 쪽이 됐든 남자랑 밥 먹으러 가지 마. 그때는 사귀기 전이니까 넘어가지만, 생일 같은 특별한 날 아무 남자하고 어울리는 거 아냐."

"하지만 이케다 선생님은 직장 동료기도 하고, 전문학교 다닐 때부터 알고 지내서 오빠와 동생 같은 사이거든."

"상대방도 그렇게 여기는지는 모르는 일이잖아. 지금도 나랑 안 만나는 날에 함께 밥 먹으러 가고 그런 건 아니지?"

"퇴근하는 길에 함께 가는 것도 안 돼?"

"당연히 안 되지. 기자키 씨랑 갈 때도 나한테 보고해."

"기자키 씨랑은 함께 가면서 이케다 선생님한테 오지 말라고는 말 못하지."

"잠깐만, 스마트폰 꺼내봐."

"왜?"

"남자 관계 확인하고 싶어서."

"나중에 하면 안 돼? 먼저 밥부터 먹자. 다 식겠어."

하이라이스에서 윤기가 사라졌다. 식어서 표면이 굳기 시작했다. 빨리 먹어야 된다는 건 알지만 지금 그럴 때가 아니다.

"안 돼, 먼저 스마트폰부터 꺼내봐. 그리고 다음에 만날 때까지 집 여벌 열쇠 준비해놔."

집 앞까지 바래다준 적은 있지만 사쿠라의 집에 들어간 적은 없다. 스마트폰뿐 아니라 집안도 확인하는 게 좋겠다.

"이케다 선생님이랑은 정말 아무 사이도 아니야."

"말대답하지 말라고 했지! 아무것도 없으면 당장 꺼내봐!"

화를 내선 안 된다고 생각해 참아주고 있는데, 어째서 고분고분하게 내 말을 듣지 않는 거지? 고함을 치지 않으면 알아듣지를 못하니 어쩔 수 없다.

"잠깐만." 사쿠라가 자리에서 일어나 거실에 있던 가방을 가져와 스마트폰을 꺼낸다.

뭔가를 하려고 하길래 그녀가 잠금을 해제한 순간 나는 그걸 그대로 낚아챈다.

"남자 연락처는 전부 지운다."

"뭐? 그러지 마."

"왜? 어차피 필요 없잖아. 일 때문에 반드시 연락해야 하는 게 아니잖아. 무슨 일 있으면 후쿠후쿠도에 전화하면 되니까."

"그렇긴 하지만."

"그럼 됐네."

연락처를 열어 남자 이름을 하나하나 삭제한다. 일과 무관해 보이는 사람들의 연락처가 저장되어 있다. 여자 연락처는 일 때문에 연락할 필요가 있는 상대만 저장한다.

"이건 누구야?" 사쿠라에게 묻는다.

"전문학교 친구."

"이건?"

"고향 친구."

"이건?"

"전에 일하던 곳의 선배."

"신용금고?"

"응."

"다니기 거북해서 그만둔 건데 왜 남겨놨어?"

"그 선배는 친절하게 대해줬고, 내가 그만둘 때도 걱정해줬으니까."

"아, 그래."

그런 건 나하고 관계없는 일이다. 걱정했다는 건 흑심이 있었다는 것뿐이다. 친구든 뭐든 모조리 삭제한다.

"이 자식은 왜 이름만 있어?"

다른 사람은 성과 이름으로 저장되어 있는데, 딱 한 명만 '가즈키'로 되어 있었다.

"남동생이니까 그것만은 지우지 마."

"흐음. 그럼, 이건 남겨놓을게." 사쿠라의 남동생이면 언젠가 내 처남이 된다.

남자 이름과 남자인지 여자인지 가늠이 안 되는 이름을 전부 삭제하고, 문자 내역과 모바일 메신저의 친구들도 삭제한 다음 사쿠라에게 스마트폰을 돌려준다.

"나, 오늘은 이만 갈게."

"왜?"

"그야, 뭔가 좀……" 하더니 사쿠라는 울음을 터뜨린다.

"왜 우는 거야?"

"……미안해."

자기가 했던 행동이 얼마나 나쁜 일이고 나에게 상처를 준 건지 이해한 모양이다.

"괜찮아, 사과 안 해도 돼." 울고 있는 사쿠라의 맞은편에 서서 그녀를 세게 끌어안는다.

"미안해."

"사랑해."

품안에 들어온 이 자그마한 몸을, 나는 평생을 걸고서 지켜야 한다.

나는 일요일에 쉬지만 사쿠라는 출근해서 만날 수 없으니 본가에 가기로 했다.

내 아파트에서 본가까지는 전철로 삼십 분도 걸리지 않는다.

같은 도쿄 시내라 굳이 따로 방을 구할 필요는 없을 듯해 대학 졸업 후에도 본가에서 지냈다. 신문기자였던 아버지는 내가 대학교 2학년이던 해 6월에 죽었다. 할아버지와 할머니는 내가 고등학교를 졸업할 때까지 함께 살았는데, 지금은 온천지의 아파트에서 은퇴 후의 나날을 보내고 있다. 어머니와 내가 둘이서 살기에는 본가에 방이 너무 많다. 넓은 집에 어머니를 혼자 남겨두자니 걱정스러웠다. 아버지를 내조하고 나를 키우고 집안일도 하면서 어머니는 법률사무소에서 정년까지 사무 일을 했다. 독립적인 여성이고, 자기 한몸 챙기지 못하는 한심한 사람은 아니지만 어느 날 갑자기 쓰러질 수도 있다. 그런 때를 대비해 되도록 옆에 있고 싶었다.

하지만 내가 함께 있어서 어머니가 더 무리하는 것 같기도 했다. 일이 늦게 끝나도 내가 올 때까지 안 자고 기다려주고, 아침에도 내 출근시간에 맞춰 일어난다. 직장 동료였던 친구가 여행을 가자고 권해도 집안일이 있어서 안 된다고 거절한다. 어머니가 좀더 자신을 위해 시간을 쓰기를 바랐다.

그래서 나는 삼 년 전에 독립을 했다.

처음에는 본가에서 한 정거장 떨어진 곳에 있는 아파트를 구할까 생각했는데, 그러면 어머니가 매일같이 청소와 세탁을 해주러 집에 올 것 같았다. 부담을 주고 싶지 않아 집을 나오는 건데 괜히 더 어머니를 힘들게 하는 셈이 된다. 매일 오는 건 어렵도록 조금 떨어진 곳에 사는 편이 좋다. 그래도 무슨 일이 있을 때를 대비해 택시로 곧장 도착할 수 있는 지역으로 정하고 싶었다. 너무 가깝지도 멀지도 않은 동네에서 지금의 아파트를 골랐다.

어머니가 잘 지내는지 확인하기 위해 되도록 자주 집에 가려고 한다.

상점가 근처에 있는 아파트 주변과 달리 본가 주변은 조용하다. 역에서 조금 떨어진 주택가로, 넓은 정원이 딸린 큰 집들이 늘어서 있다. 일요일이라도 아이들이 근방을 뛰어다니거나 하지 않는다. 들리는 건 어느 집 정원에 있는 새의 지저귐뿐이다.

"어서 오렴." 어머니가 집 앞에 있었다.

"왜 나와 계세요?"

"이제 곧 욧 군이 올 것 같아서."

내 본명은 요시후미지만 어머니는 나를 어릴 적 애칭 그대로 '욧 군'이라 부른다.

"기다리시게 하는 게 미안해서 일부러 연락 안 했는데."

"엄마의 감이지."

"역시 어머니는 대단해요."

이렇게 집 앞에서 기다리고 있거나 다른 일정을 취소해버리곤 해서 본가에 올 때는 어머니한테 연락을 하지 않았다. 혹 어머니가 없다면 없는 대로 상관없다. 하지만 아들의 감으로 어머니가 집에 있으리라는 건 알고 있었다.

"점심 먹었니?"

"아직이요."

"준비해놨어."

"몸은 괜찮아요? 기다리느라 덥지 않았어요?"

"괜찮아, 지금 막 나왔어."

5월 하순으로 접어들면서 여름 같은 날이 계속되고 있다. 아직 오전인데도 햇볕이 따가울 만큼 강렬하다.

문을 열고 정원을 통과해 집안으로 들어간다.

집에 오면 우선 다다미방으로 가서 아버지에게 분향을 한다. 불단 앞에서 손을 합장하고 직장과 사쿠라의 일을 보고한다.

"밥, 바로 먹을 거지?"

아버지와 내가 얘기를 마칠 때까지 기다렸다 어머니가 묻는다.

"네." 나는 불단 앞에서 일어나 다이닝룸으로 간다.

식탁 위에 준비된 채소샐러드 옆에 스푼과 포크가 나란히 놓여 있었다.

"네가 올 것 같아서 만들어놨어." 어머니가 하이라이스를 담은 접시를 주방에서 가지고 온다.

"얼마 전에 사쿠라도 만들어줬어요."

"그럼 다른 요리로 할 걸 그랬나?"

어머니가 나를 마주보고 앉는다. 하지만 함께 밥을 먹진 않는다. 내가 어릴 때부터 그래왔다. 시원한 음식은 시원하게, 따뜻한 음식은 따뜻하게 먹을 수 있도록 아버지와 나, 할아버지와 할머니가 식사하는 동안 시중을 들었다. 오늘처럼 한번에 담아내는 음식일 때도 내가 언제든 더 달라고 할 수 있도록 기다려준다.

"아뇨. 사쿠라가 만든 것도 맛이 없진 않았는데, 어머니가 만든 것에는 못 미친다는 느낌이었어요."

"그렇게 말하면 사쿠라 씨한테 미안한걸."

"그렇긴 하지만 그걸 먹으면서 내내 어머니표 하이라이스가 먹고 싶었어요."

"그럼 마침 잘됐구나."

"네. 잘 먹겠습니다." 숟가락을 들고 한 입 먹는다. "역시 어머니가 만든 게 맛있어요."

사쿠라가 만든 것과는 감칠맛이 다르다.

"사쿠라 씨는 시판용 고형 가루를 쓰는 거 아니니?"

"아마 그럴 거예요."

"그럼 맛이 덜하지. 하지만 직장 다니면 시간이 없으니까."

"어머니도 직장 다니면서 했잖아요."

그러면서 어머니는 단 한 번도 집안일을 소홀히 한 적이 없다.

"아빠가 엄격했으니까."

"이제 좀 대충하셔도 돼요."

"나는 이렇게 하는 게 편해. 대충해서는 이 집을 유지할 수도 없고."

아버지도 엄격했지만 그보다 더 엄했던 사람은 할머니다.

할머니는 자주 어머니에게 "마쓰바라 집안의 며느리로 어울리지 않는다"라고 했지만 실은 절대 그렇지 않다. 어머니만큼 뭐든 잘하는 여성은 전 세계를 뒤져도 찾지 못할 것이다. 결혼 당시 어머니는 서른 살이었다. 일을 계속하고 싶다는 어머니에게 할머니는 그 대신 모든 것을 완벽하게 해내야 한다는 조건을 내세웠다. 할머니는 손 하나 까딱하지 않으면서 어머니를 감시하듯 지켜보곤 했다. 노려보듯 쳐다보는 할머니도, 그걸 모른 척하는 할아버지도 나는 좋아할 수 없었다. 할아버지와 할머니가 여행을 가고 아버지도 일을 나가서 나와 단둘이 있는 날이어도 어머니는 결코 집안일을 대충하지 않았다.

"결혼하면 이 집으로 들어올게요. 집안일은 사쿠라가 하면 돼요."

"그러면 미안하지. 사쿠라 씨, 일 계속하겠지?"

"글쎄요. 자격증이 있으니 계속하지 않을까요? 그래도 며느리로서 집안일을 하는 건 당연하잖아요."

"할머니 같은 소리 하지 마."

"어머니가 할 수 있었던 일을 하지 못하는 여자랑은 결혼하고 싶지 않아요."

"그런 말을 하니까 계속 결혼을 못하는 거야. 나도 어서 손주 얼굴이 보고 싶어."

"사쿠라와는 결혼할 거예요. 약속했으니까."

어머니와 얘기하며 하이라이스와 샐러드를 다 비운다. 할아버지 할머니와 함께 살 때는 식사중에 말하는 것도 금지였다. 이렇게 대화할 수 있을 만큼 어머니도 편해진 것이리라.

"더 먹을래?"

"조금만 더 주세요."

"잠깐만." 그릇을 들고 어머니는 주방으로 간다.

오래된 집이라 주방과 다이닝룸이 떨어져 있다. 리모델링을 하고 싶어도 할아버지와 할머니가 살아 있는 동안은 불가능하다.

"아, 맞다. 어머니 손가락 사이즈, 몇 호예요?"

다이닝룸으로 막 돌아온 어머니에게 묻는다.

"왜? 반지 사주려고?"

"사쿠라의 손가락 사이즈랑 비슷할 것 같아서요."

"벌써 반지 맞추려고?"

"프러포즈 반지는 아니에요. 애인이 있다는 징표 같은 걸로 사려고요. 사귄 지 한 달도 지났고."

남자가 다가오면 사쿠라는 착해서 제대로 거절을 못할지도 모른다. 그런 순간을 위해 반지가 있는 편이 좋다.

"사쿠라, 사쿠라. 사쿠라 씨 얘기뿐이네. 아이고, 외로워라."

"아까는 빨리 손주 얼굴이 보고 싶다고 하시더니."

"그야 그렇지만." 토라지듯 말하면서도 어머니는 웃는다.

어린 시절, 어머니의 웃는 얼굴은 어쩌다 한번 볼 수 있었다. 좀더 웃었으면 하는 마음에 내가 장난스러운 행동을 하면 아버지에게 야단을 맞았다.

"다음엔 사쿠라도 데려올게요."

"아버지 기일에?"

"아버지를 만나게 하는 건 아직 좀 이른가."

그때 이층에서 무슨 소리가 들려 어머니와 나는 천장을 올려다보았다.

누군가 있을 리 없다. 책장이나 서랍장 위에서 뭔가 떨어진 것일 테다. 그렇다는 걸 알면서도 왠지 누군가 있는 듯한 느낌이

지지 않는 달 73

든다. 도둑이 들었다거나 그런 게 아니다. 지금은 분명히 존재하지 않는 인간의 기척이 이 집에는 배어 있다.

다음달 12일이면 아버지가 죽은 지 십 년이 된다.

비가 내리는 날이었고, 아버지는 아침부터 머리가 아프다고 했다. 두통약을 먹어도 가라앉지 않아 병원에 가보는 게 좋겠다고 어머니가 말했지만, 오전에 있을 회의에 나가봐야 한다며 아버지는 집을 나섰다. 그리고 역으로 가는 도중에 쓰러졌다. 지주막하출혈이었다. 옆에 있던 사람이 구급차를 불렀지만 근방에서 사고가 난 탓에 아버지를 받아줄 병원을 좀처럼 찾지 못했다.

수술하기까지 시간이 지체되는 바람에 골든타임을 놓쳐버렸다. 의식을 회복하지 못한 채 아버지는 일주일 후 죽었다.

병실에서 울고 있는 할머니와 울지 않는 어머니를 보며 나는 어떻게 해야 할지 생각했다.

창밖을 보니 하루종일 내리던 비는 어느새 그치고, 손톱 자국 같은 희미한 달이 밤하늘에 떠 있었다.

밖으로 뛰어나가 소리를 지르고 싶은 기분이었다. 슬퍼야 하는데 전혀 슬프지 않았다. 온몸을 꽁꽁 묶고 있던 밧줄이 풀린 듯한 해방감을 느꼈다.

어릴 적부터 줄곧 아버지처럼 되고 싶다고 생각했다.

어머니와 할머니에게도 "아버지처럼 되거라" 하는 말을 들었다. 아버지는 대형 신문사의 정치부 기자였다. TV에 얼굴을 비추는 일도 가끔 있었다. 아버지와 같은 대학에 들어가고, 같은 일을 하겠다고 결심했다.

　그러나 재수를 하고도 나는 아버지가 졸업한 도쿄 시내의 국립대에 들어갈 수 없었다.

　아버지는 취재하느라 바빠 며칠씩 얼굴을 못 보는 일도 잦았다. 부모 자식 간의 추억은 전혀 없다고 해도 좋다. 타인처럼 느꼈기에 동경할 수 있었는지도 모른다. 아버지의 등을 올려다보며 끊임없이 그 뒤를 좇는 일에 지쳤던 것 같다. 내가 대학에 떨어졌다고 알렸을 때, 무엇을 해도 칭찬해주는 법이 없던 아버지는 안타깝다는 듯 깊은 한숨을 내쉬었다. 나에게 기대는 하고 계셨구나, 라고 생각했던 것도 잠시, 아버지 입에서 나온 말은 "삼수는 창피하니 사립으로 가라"였다.

　불단을 향해 무엇을 알리더라도 이제 더이상 칭찬받을 일은 없다.

　어차피 칭찬받을 만한 일을 하지 못하고 있었다.

　곤노가 다자와 씨 옆에 서서 필사적으로 호소하고 있다.

　무난한 대화로 시작해 술 마시러 가자고 꾀려는 작전인 듯한

데 계속 무시당하고 있다. 어떤 질문을 해도 다자와 씨는 컴퓨터 화면에서 눈을 떼지 않은 채 최소한의 대답만 한다.

"대학생 때는 어디 살았어?" 곤노가 다자와 씨에게 묻는다.

"교토요."

"교토 어디?"

"시내요."

"시내 어디쯤?"

"대학 근처요."

"대학이 시내 어디쯤에 있는데?"

"그걸 모르는 사람한테 설명할 필요가 있나요?"

"그게 무슨 뜻이지?"

"제가 다닌 대학이 어디에 있는지 모른다는 건 곤노 씨가 교토에 대해 거의 모른다는 뜻이죠."

"왜?"

"교토를 잘 아는 사람이라면 제가 다닌 대학이 어느 부근에 있는지는 알 테니까요."

"그런 거야?"

"네."

대화가 도중에 끊겨도 포기할 마음이 없는지 곤노는 다음 질문을 생각하고 있다. 이 정도면 둘이서 대화가 아예 안 통한다기보다 그 나름대로 죽이 잘 맞는다고 해야 할 듯하다.

다자와 씨는 기를 쓰고 공부해서 국립대에 들어간 유형일 것이다. 공부만 하느라 남자를 사귄 적도 없을 것 같다. 수수한 복장에 유행과는 상관없는 은테 안경을 쓰고 있다. 곤노처럼 가볍고 실없는 남자를 사귀어서 진짜 여자가 되어봐야 한다.

"곤노, 시끄러우니까 당장 돌아가." 가부라기 씨가 말한다.

가부라기 씨는 며칠째 집에 안 들어가고 있기 때문에 심기가 언짢다. 기분이 좋을 때가 없긴 하지만, 오늘은 평소보다 더 안 좋다. 계약직 사원 두 명과 나에게 일을 더 할당하면 될 텐데 모든 업무를 자기가 하려고 한다. 그런데다 뚱뚱하고 땀냄새가 나서 회사 여직원들에게 비호감을 사고 있다.

"네, 죄송합니다." 곤노가 사과하며 나를 본다.

뭔가 하고 싶은 말이 있는 듯하지만 나는 무시한다. 이제 곧 여섯시다. 바빠 보이는 가부라기 씨와 계약직 두 명에게는 미안하지만 나는 퇴근할 것이다. 오늘은 중고등학교 동창인 스미요시와 약속이 있다. 곤노 따위를 상대할 시간이 없다.

"먼저 가보겠습니다." 인사를 하고 자리에서 일어난다.

"수고하셨습니다." 계약직 두 명이 작은 목소리로 말한다.

"갈 거야?"

엘리베이터를 타러 가는데 곤노가 따라온다.

"가야지. 내일 봐."

곤노가 뭔가 말하기 전에 얼른 엘리베이터에 탄다.

스미요시와는 신주쿠3가의 이탈리안 레스토랑에서 만나기로 했다. 회사에서 두 정거장 거리라 약속 시간인 여섯시 삼십분까지 여유 있게 갈 수 있다. 그런데 스미요시가 더 일찍 올 수도 있다고 했기에 나도 서둘러 택시를 탔다.

가게에 도착했으나 스미요시는 아직 오지 않았다.

너무 일찍 왔나 싶어 먼저 들어가서 기다렸지만 약속 시간이 되어도 스미요시는 오지 않는다. 모바일 메신저도 문자도 온 게 없었다. 연락을 해볼까 망설이는데 드디어 그가 왔다.

"오랜만이다." 스미요시는 우렁찬 목소리로 크게 손을 흔들며 가게로 들어온다.

"오랜만이야."

"날이 덥네." 내 맞은편에 앉은 그가 넥타이를 푼다.

"지각에 대한 변명 같은 건 없어?"

"에이, 십 분이잖아."

"십오 분이야." 실제로는 십이 분이었다.

"아, 미안, 미안. 취재에 시간이 걸리는 바람에."

스미요시는 내가 들어가고 싶었던 국립대에 단번에 합격했고, 내가 되고 싶었던 대형 신문사의 정치부 기자가 되었다. 밤낮없이 여기저기 취재를 다니느라 가끔밖에 만나지 못한다.

"어떤 취재?"

"아직 공표할 수 없는 뉴스."

"아, 그래."

"넌 요즘 어때?"

"먼저 주문부터 하자." 나는 스미요시가 보기 편하게 메뉴판을 펼친다.

"난 맥주."

"여기 그런 가게 아니야."

"왜? 뭘 마시든 자유잖아?"

"자유긴 해도 말이지……"

신문기자가 되었으니 파티에 나가기도 하고 비싼 음식을 먹기도 할 텐데, 스미요시의 술 취향은 대학생 시절 그대로다. 자라온 환경이 그다지 좋지 않으니 아무리 시간이 지나도 좋은 가게에 익숙해지기 어려운 것이겠지.

스미요시와 내가 다닌 중고등학교는 사립 남학교로, 전국에서도 상위 수준에 속하는 입시 명문이다. 매년 국립대 합격자를 여럿 배출한다. 중학교에 입학하자마자 "국립대를 목표로 하자!"라는 담임의 선언을 시작으로, 센터시험 전날까지 똑같은 말을 육 년간 계속 듣는다. 사립이라고 해서 잘사는 집안의 애들만 있는 건 아니다. 간신히 학비를 낼 만큼 밖에 벌지 못하는 집 애들도 몇 명 있었다. 자식이 국립대에 합격해 고위공무원이 되거나 좋은 회사에 취직하면 학비로 지불한 돈을 보상받을 수 있다고 생각하는 것일 테다. 똑같은 교복을 입고 있어도 그런 집 애들은 금방 티가 났다. 평소의 행동거지가 우리와는 달랐다.

큰 소리로 떠들고 모든 동작이 큼직큼직한 스미요시는 그런 애들의 대표 주자였다. 중학교 입학식 날부터 눈에 띄었다. 엮이고 싶지 않다고 생각했는데 어째선지 스미요시가 먼저 말을 걸어왔다. 아무리 피하려고 해도 자꾸 따라다니는 바람에 어느새 제일 친한 친구가 되었다.

스미요시네 가족은 서민 아파트 단지에 살았다. 남동생과 여동생까지 다섯 식구가 지낼 수 있다고는 도무지 생각할 수 없을 정도로 좁은 집이었다. 사립학교에 보낼 만한 형편으로는 보이지 않았지만, 남동생과 여동생도 사립 중학교와 고등학교로 진학해 국립대에 들어갔다.

"뭘 주문하면 되는데?" 음료 메뉴를 보며 스미요시가 말한다.

"원하는 거 마셔."

"원하는 거 시키면 화낼 거잖아?"

"화 안 낼게."

"그럼 맥주."

"그럼 나도 그냥 맥주로 할까. 덥기도 하고."

녀석의 방식에 말려들면 안 된다고 생각하면서도 함께 있으면 거스를 수 없게 된다. 휘둘린다고 느끼던 때도 있었지만 이제는 익숙해졌다.

카운터에 있는 점원을 불러 먼저 맥주와 가벼운 안주를 주문한다.

"그래서 요즘은 어때?" 스미요시가 물어온다.

"너는?"

"뭔가 할 얘기 있어서 연락한 거 아니야?"

사쿠라와 사귀기 시작한 일을 말하고 싶어 오늘은 내가 스미요시를 불러냈다. 그렇다고 다짜고짜 얘기할 일은 아니다.

"맥주 오면 얘기할게."

"어, 그래."

"애들은 잘 크고?"

스미요시는 사회인이 되자마자 결혼했다. 대학교 1학년 때부터 사귄 여자친구에게 아이가 생겼기 때문이다. 그녀는 우리와 동갑이고, 원서에 이름만 쓰면 들어갈 수 있는 여대에 다녔다. 둘은 바비큐파티만 하며 노는 아웃도어 동아리에서 만났다. 여대생들이 즐겨 읽는 잡지에서 그대로 튀어나온 듯한 여자였다. 학벌 좋은 대학의 동아리에 참가해 남자를 물색하는 유형이라는 걸 한눈에 알 수 있었다. 그 계획에 걸려든 것뿐이겠지만 아무튼 스미요시는 그녀에게 완전히 푹 빠져들었다. 그녀가 임신한 사실을 알았을 때도 자기 탓이라며 진심으로 반성했다.

그녀는 블로그에 요리나 생활용품을 소개하며 용돈 벌이를 하는 전업주부가 되었고, 남자아이 둘에 여자아이 하나를 낳았다.

대학생 때는 스미요시가 하숙했던 다세대주택에서 몇 번인가 만났다. 요즘은 아이들의 축하행사 때나 만나는데, 그럴 때마다 나는 생각한다. 이런 멍청한 여자와는 사귀고 싶지 않다고.

"작은아들 초등학교 책가방을 누가 사느냐 하는 문제로 실랑이하고 있어."

"너무 이른 거 아냐? 4월이 되려면 거의 일 년이나 남았는데."

"어째선지 그런 건 해마다 빨라지는 거 같아. 아내는 사립 초등학교 입시를 아직 포기 안 했고."

"그렇군."

"우리 어머니는 초등학교가 아닌 중학교부터 사립을 보냈어도 자식 셋을 다 국립대에 보냈다는 자부심이 있으니까."

"힘들겠다."

첫째가 초등학교에 입학할 때도 비슷한 일로 아웅다웅했다. 아이들은 셋 다 스미요시를 닮지 않아 귀엽게 생겼다. 나도 어서 결혼해서 아이를 갖고 싶다고 생각하지만, 스미요시 집안의 고부 갈등 얘기를 듣다보면 무서워진다. 그래도 어머니랑 사쿠라는 잘 지낼 것이다. 어머니 말씀을 사쿠라가 거역할 리 없을 테니까.

점원이 맥주를 가져온다.

"일단 오늘도 수고했어."

"너도."

건배 후 한 모금 마신다.

"그래서 할 얘기가 뭔데?"

"여자친구 생겼어."

"그게 다야?"

"결혼하려고."

"오! 그래? 그거 잘됐네!" 스미요시가 온 가게에 울려퍼지는 큰 소리로 말했다.

"목소리가 너무 크잖아."

"미안." 목소리를 낮춘다. "그래서 언제할 건데?"

"이제 막 사귀기 시작한 거라 아직은 알 수 없지만 차차 얘기해나가려고."

"그래, 그래."

"마사지사 자격증이 있고 직장에도 다니는 사람이다보니 경력도 생각해야 하니까."

"그렇구나." 스미요시는 내 얘기를 기쁘다는 듯 들어준다.

대학과 직업을 두고 질투한 적도 있지만, 스미요시와 나는 절친이라고 부를 수 있는 사이다.

그러면서도 마음속으로는 어떻게 얘기해야 스미요시의 아내보다 사쿠라가 우위에 있다는 게 전해질까 고민했다. 전업주부밖에 되지 못하는 여자와 사쿠라는 다르다는 걸 느끼게 해주고 싶다.

하지만 스미요시에게는 내 빈정거림 따위가 통하지 않는다.

중학교 때부터 공부든 운동이든 무엇을 해도 스미요시에게는 이길 수 없었다. 이따금 내 성적이 더 좋을 때면 스미요시는 "잘했네" 하고 말했다. "대학도 함께 가자"라고 했는데 그러지 못했다. 스미요시의 밝음과 선량함에는 거짓이 없다. 그래서 답답해진다.

똑같은 답답함을 맛보게 해주고 싶다는 생각이 들 정도로.

내일도 아침부터 취재하러 가야 한다고 해서 스미요시와는 일찍 헤어졌다.

역에 도착해도 아직 밤 열시 전이었다.

후쿠후쿠도가 열려 있는 시간이라 사쿠라와 만나서 함께 갈까 하다가 집 앞에서 기다리기로 했다. 그래야 더 깜짝 선물 같기도 하고 사쿠라도 좋아해줄 것이다.

사쿠라가 사는 다세대주택은 역에서 멀다. 걸어서 이십 분쯤 걸린다. 인적이 드문 공원과 주택가를 지나가야 하니 이사시키는 것이 좋겠다. 다세대주택은 보안도 허술하고 여러모로 여자 혼자 살 곳이 못 된다. 내가 사는 아파트도 둘이 살기에는 좁으니 되도록 함께 살 수 있는 집을 서둘러 찾아야겠다.

걷다보니 열시가 되었다. 자전거로 퇴근하는 사쿠라에게 따라잡히면 재미있겠다 싶었지만 집에 도착할 때까지 그녀를 마주치진 못했다.

문 앞에 서서 기다린다.

제일 안쪽 집이라서 전망이 좋지 않다. 베란다가 길가에 접해 있지만 안전하다고는 할 수 없는 집이다.

근무시간표는 한 달 치가 정리되어 나오기 때문에 미리 들어뒀고, 변경 사항이 생기면 연락하라고 말해뒀다. 오늘은 오후 출근이라 열시까지 일한다. 문 닫는 시간이 열시니까 그보다 늦어질 일은 없다. 후쿠후쿠도에서 집까지는 자전거로 십 분도 안 걸릴 것이다.

하지만 열시 십분이 되어도 사쿠라는 돌아오지 않는다.

모바일 메신저로 지금 뭐해? 하고 보낸다. 어디에 있는지, 왜 아직 안 오고 있는지, 또 이케다와 만나고 있는 건 아닌지. 이것저것 캐묻고 싶었지만 여기 있다는 걸 들키지 않도록 신경써야 한다.

메시지를 읽었다면 '읽음' 표시가 나타날 텐데 아무 반응이 없다. 한번 더 뭐해? 하고 보낸다. 그런데 아무리 기다려도 읽었다는 표시가 뜨지 않는다. 이번에는 일 끝났어? 하고 보낸다. 이것도 읽지 않는다. 일 끝나고 기자키 씨와 밥을 먹으러 간다면 당연히 나에게 연락이 올 것이다. 집에 오는 도중에 무슨 일이 생긴 건지도 모른다.

전화를 걸어도 받지 않는다.

두 번, 세 번 걸어도 받지 않았다. 무슨 일 있어? 집 앞에서 기다리고 있어 하고 메시지를 보낸다. 깜짝 놀라게 해주겠다는 생각을 할 때가 아니다.

읽었다는 표시도 없고, 전화도 다시 걸려오지 않는다.

경찰서에 가는 것이 좋겠다.

우선 후쿠후쿠도에 가보자.

집 앞에서 발길을 돌려 계단을 내려간다.

"어머? 웬일이야?"

계단 밑에서 누군가 말을 걸어온다. 자전거보관소에 사쿠라가 있다.

"웬일이라니. 그런 말이 나와?"

"어? 왜?"

"스마트폰, 안 봤냐고!"

"미안." 사쿠라가 자전거 바구니에서 가방을 집어 스마트폰을 꺼낸다. "자전거를 타고 있어서 못 봤어."

"뭐했어? 일 끝나고 곧장 나오면 이렇게 늦을 리 없잖아!"

"아홉시 정각에 60분 코스 고객이 와서 열시 넘어 끝났어. 그러고서 뒷정리하고."

"핑계대지 마!"

"야근할 때도 있다고 전에 말했잖아."

"들은 적 없는데."

"내가 깜빡하고 말 안 했는지도 모르지만, 일하다보면 그럴 때도 있어. 후쿠후쿠도의 영업시간은 알고 있지?"

"말대답하지 말라고 몇 번을 말해야 알겠어?"

"미안해." 사쿠라는 내게서 시선을 돌리고 불만스러운 듯한 얼굴을 한다.

"뭐야! 그 표정은?"

"큰 소리 내지 마."

그렇게 큰 소리는 아니었는데 주택가라서 목소리가 울린다.

"일단 집으로 가자."

"오늘은 이만 가줬으면 좋겠어."

"왜?"

"피곤해서. 오늘 바빴거든."

"그러니까 집에 가서 얘기하자는 거잖아."

"오늘 아니면 안 돼?"

"안 돼."

"알았어."

사쿠라가 먼저 계단을 올라가 집 앞으로 가서 열쇠로 현관문을 연다.

그녀의 집에 들어가는 건 처음이다.

밖에서 보았을 때 예상했던 것보다 더 협소하다.

"저쪽 편한 곳으로 앉아."

"아, 응." 나는 탁자 앞에 앉는다.

"뭐라도 마실래?"

"괜찮아."

"그래서 뭔데? 내가 어떻게 하면 되는 거야?" 사쿠라가 내 맞은편에 앉는다.

"조금이라도 늦어지면, 내게 늦는다고 연락해줬으면 좋겠어."

"연락을 할 수 없을 때도 있어."

"메신저로 한마디쯤은 보낼 수 있잖아?"

"그렇네요. 알겠습니다. 앞으로는 그렇게 할게요." 고개를 숙인 채 말하고 있어 표정이 보이지 않는다.

"난 걱정돼서 그런 거야."

"알아. 고마워. 미안하고."

"알아주면 됐어." 일어나서 사쿠라의 옆자리로 옮겨 앉는다.

고개를 숙인 사쿠라의 얼굴을 살짝 들어올려 키스를 하고 셔츠 안에 손을 넣는다.

"이러지 마."

저항하려는 사쿠라의 손을 있는 힘껏 제압하고 그녀를 바닥에 넘어뜨린다.

샤워도 하지 않고 불 켜진 방에서 하는 건 사쿠라가 싫어할 것 같았지만 참을 수 없었다. 알코올이 들어간 탓인지 지금 당장 하고 싶었다. 왼손으로는 사쿠라의 몸을 누르고 오른손만으로 겉옷과 속옷을 잡아뜯듯 벗긴다. 오므린 다리 사이에 손을 찔러넣고 손가락을 안까지 넣자 계속 저항하던 사쿠라의 온몸에서 힘이 빠졌다. 손가락을 빼고 나도 옷을 벗는다. 사쿠라는 부끄러운 듯 양손으로 얼굴을 가리고 "부탁이니까 하지 마" 하고 몇 번인가 말했다. 하지만 진심으로 그만두길 원해서 그렇게 말하는 것이 아니다. 진심으로 싫다면 악을 쓰거나 훨씬 더 필사적으로 저항할 것이다. 이렇게 조금은 거친 섹스도 연인 사이에는 필요하다.

관계가 끝나자 사쿠라는 곧장 샤워를 하러 가려고 했다. 뒤에서 손을 붙잡아 내 앞에 앉히고는 껴안는다.

"샤워하게 해줘." 사쿠라가 말했다.

"이대로, 조금만 이러고 있자."

"응."

"아까는 화내서 미안해. 그런데 정말로 걱정됐단 말이야."

"알았어, 나도 미안해."

"아니야. 괜찮아."

그렇게 말하며 사쿠라의 몸에 손을 댄다. 작은 가슴은 갓 성장하기 시작한 중학생의 그것 같다. 만지고 있으면 마치 우리가 어린아이들처럼 느껴진다. 어른이 되기 전에 사쿠라를 만나고 싶었다. 좀더 빨리 만났다면 다른 남자의 손을 타지 않아도 되었을 것이다.

"될 수 있는 한 연락할 테니까 이제 화내지 말아줘."

"알았어."

"부탁할게."

"여름휴가 낼 수 있어?"

"8월 말이라도 괜찮다면 낼 수 있어."

"본가에 갈 거야?"

"가려고 생각했는데."

"했는데?"

"다른 계획이 있으면 안 가고."

나와 어딘가 가고 싶은데 먼저 말을 꺼내지 못했던 거다.

"여행 갈까? 사쿠라한테 맞춰서 나도 휴가 낼게."

"괜찮겠어?"

"여름은 그렇게 바쁘지 않으니까."

그동안 거짓말을 한 것에 대해서는 여행 가서 말해야겠다.

거기서 솔직하게 말하고, 이직을 고려중이라고 알릴 것이다.

"어디로 갈 거야?"

"바다가 좋지. 어릴 때 가족끼리 갔었어. 8월 말이면 수영은 못할지도 모르지만, 근처에 온천도 있을 테니 느긋하게 보내자."

초등학교 1학년 때, 부모님과 함께 셋이서 여행을 갔다. 아버지 지인이 소유한 별장을 빌렸다. 바다에서 수영을 하고 산으로 곤충도 잡으러 갔다. 산에서 돌아오는 길의 강변을 따라 벚나무가 늘어서 있었기에 다음에는 봄방학 때 오자고 약속했다. 그러나 그것이 마지막이었다. 세 식구가 나들이한 건 그때가 전부다. 즐거워하는 아버지를 본 것도 그때뿐이었다.

"좋아. 나가노에는 바다가 없어서 여름방학 때 바다 가는 게 꿈이었어."

"바다에 가본 적 없어?"

"가보긴 했지만 몇 번 못 갔어. 서해안만 가봤고."

"나는 서해안은 가본 적 없는데."

"동해안은 한 번밖에 안 가본 것 같아. 아, 오다이바 포함하면 한번 더 있다."

누구랑 갔는지는 묻지 말고 넘어가자. 전 남자친구와 갔다고 하면 또 다투게 될 것이다. 우리는 서로 다른 인간이니 이해할 수 없는 일도 있다. 충분히 대화를 나누고 그녀가 나를 이해해주면 된다. 나를 어떻게 대해야 하는지 사쿠라를 이해시킨 다음에 과거의 연애사를 털어놓게 하는 편이 좋겠다.

"샤워하고 와도 되지?" 사쿠라가 나에게 묻는다.

"같이 할래."

"좁아서 힘들어."

"그래. 아, 잠깐만." 구석에 놓아둔 가방에 손을 뻗어 안에서 상자를 꺼낸 뒤 사쿠라에게 건넨다.

어제 퇴근길에 반지를 샀다. 심플한 디자인의 은반지로 했다. 사이즈를 수정해서 오늘 점심시간에 찾았다.

"뭐야?"

"열어봐."

"응." 리본을 풀어 상자를 연다.

"어때?"

"어?" 사쿠라가 놀란 얼굴을 한다. "갑자기 왜? 이런 건 받을 수 없어."

"괜찮아. 신경쓰지 마. 프러포즈 반지는 좀더 나중에 할 생각
이라 우선은 저렴한 걸로 했어."

"……그래도."

"왼손 약지에 해봐."

"응." 반지를 끼운다.

생각한 대로 딱 맞았다.

"사이즈가 딱 맞네. 비슷할 것 같아서 어머니한테 물어봤거
든."

"그렇구나. 고마워." 사쿠라가 내 얼굴을 보고서 아주 살짝 웃
었다.

쑥스러워서 어떤 표정을 지어야 할지 모르는 것일 테다.

"답례로 전에 부탁한 여벌 열쇠 줘."

"아직 준비 못했는데."

"현관에 있는 건?"

신발장 위에 열쇠를 넣어두는 작은 바구니가 있는 걸 봐뒀다.
사쿠라가 집에 들어와 자전거 열쇠와 집 열쇠를 놓기 전에도 그
바구니에는 열쇠 하나가 들어 있었다.

"그건 누가 놀러왔을 때 빌려주는 용도라서."

"누구?"

"고향 친구가 도쿄에 놀러왔을 때라든가. 아 물론, 여자친구."

"가까운 시일 내에 누가 와?"

"……아니."

"그럼 그걸 쓸게." 나는 일어나서 현관으로 가 바구니 제일 밑에 있는 열쇠를 챙긴다.

이걸로 언제든 이 집에 들어올 수 있다.

한밤중에 잠에서 깼더니 옆에서 사쿠라는 자고 있었다. 샤워를 한 뒤 한번 더 섹스를 하고 침대에서 얘기를 나누는 사이에 잠들었기에 알몸 그대로다.

침대에서 일어나 현관 옆 화장실에 간다.

나 때문에 깨는 거 아닌가 했는데, 방으로 돌아와도 사쿠라는 여전히 자고 있었다. 가방에서 스마트폰을 꺼내 그녀의 자는 얼굴을 사진으로 찍는다. 플래시를 터뜨려도 깨지 않았다. 추우면 일어날까 싶어 이불을 걷어봤지만 깨지 않는다. 전신 사진도 찍어뒀다.

연애가 순조로워선지 평소에는 싫다는 생각밖에 안 드는 회사 생활조차 즐겁다. 유치한 여성지에나 나올 법한 이런 생각을 하는 나 자신도 재미있다. 사쿠라와 만나지 않았더라면 몰랐을 모습이다.

일에 대한 의욕이 샘솟아도 딱히 할일은 없다. 사쿠라에게 말한 바다에 대해 컴퓨터로 검색이나 한다.

어느 부근이었다는 건 기억하지만 정확히 어디인지는 몰라서 어머니에게 전화를 걸어 확인했다. 어머니도 "그때 즐거웠지" 하고 말했다. 사쿠라와 가기 전에 어머니와 먼저 가야 했는데. 언젠가 나와 사쿠라의 아이가 태어나면 어머니도 모시고 다 같이 가면 된다.

어릴 적에 갔을 때는 민박이 많았던 것 같았는데, 요즘은 리조트 호텔과 료칸이 늘어나는 듯하다. 해수욕을 즐기는 가족보다 여성이나 커플을 대상으로 한 숙박 패키지가 많다. 개별 노천탕이 있는 료칸으로 범위를 좁혀 검색한다. 산책을 하고 방에서 느긋한 시간을 보내며 서로에 대해 얘기를 나누는 것이 이번 여행의 목적이다. 밥도 객실에서 먹을 수 있는 편이 좋겠다.

괜찮아 보이는 곳을 결정해 연락하려고 했더니, 마침 사쿠라에게서 메시지가 도착했다.

헤어지고 싶어라는 문장만 적혀 있었다.

3

귓가에서 모바일 메신저 수신음이 계속 울린다.

아침 점심 저녁, 한밤중에도 마쓰바라 씨에게서 메시지가 온다. 한 번만이라도 좋으니까 만나줘 하고 부탁할 때도 있고, 왜 메시지를 바로 안 읽는 거야! 하고 화를 낼 때도 있으며, 겁먹은 듯한 눈빛을 한 곰이나 토끼 이모티콘이 연속으로 올 때도 있다.

메신저로 헤어지고 싶어라고 보낸 후, 딱 한 번 둘이서 만났다.

사귀어보니 성격이 맞지 않는 것 같다고 얘기했지만 마쓰바라 씨는 이해해주지 않았다. 역 앞에 있는 카페에서 그는 고함을 지르고 "내가 잘못한 점이 있다면 고칠게" 하며 울었다. 바로 그런 점이 문제라고 생각했지만 그가 또 화를 낼 것 같아 말하지 못했다. '그런 점'이 무엇인지도 조리 있게 설명할 자신이 없었다. 툭하면 화내는 점, 별것 아닌 일도 과장되게 생각하는 점, 기분이 수시로 바뀌는 점. 이렇게 말로 표현해보지만 어느 것도 아니다. 마쓰바라 씨가 그런 태도를 보이는 이유가 분명히 있을 텐데 그게 무엇인지 도무지 알 수 없어 두려웠다.

둘이 있지만 마쓰바라 씨는 본인이 이상적으로 생각하는 나와 함께 있는 것 같았다.

현실의 나는 그의 이상에 맞춰 왜곡되어간다.

울고 있는 마쓰바라 씨에게 "미안해요" 하고 고개를 숙이고 카페를 나왔다.

그후 줄곧 연달아 메시지가 오고 있다. 답장을 하지 않으면 며칠 지나 진정될 거라고 생각했다.

그렇게 벌써 한 달이 넘어가고 있다.

알림을 꺼서 소리가 울리지 않는데도 마치 울리는 것처럼 느껴진다. 마사지 시술중에도 대기실에 놓아둔 스마트폰이 신경쓰인다.

"좀더 세게 해도 돼요." 고객이 말한다.

"네."

남성 고객이라 나름 세게 힘을 주었다고 생각했는데 약했던 모양이다. 체중을 실어 손끝에 힘을 넣는다.

"너무 세요."

"죄송합니다."

잠을 자지 못하는 날이 이어지고 있어 육체적으로도 정신적으로도 피로가 쌓였다. 전에는 고객의 목과 등을 만져보면 어느 정도의 힘으로 눌러야 할지 알 수 있었는데 그새 감각이 둔해졌다. 고객의 몸을 책임지고 있는 순간이니 집중해야 한다. 하지만 그렇게 생각할수록 어떻게 해야 좋을지 몰라 그저 순서대로 마사지를 끝내기에만 급급하다.

엎드려 있던 고객을 바로 눕게 하고 목과 어깨 주변을 마사지한다. 일어나서 침대에 앉도록 한 뒤 가볍게 스트레칭을 한다.

"어떠세요?"

"음."

고객이 오른쪽으로 고개를 기울인다.

지금처럼 할말을 고를 때가 아니더라도 평소 오른쪽으로 고개를 기울이는 버릇이 있는 듯하다. 가방을 오른쪽 어깨에 메거나 오른손으로 들 때도 많을 것이다. 몸을 곧게 뻗어도 금세 전신이 오른쪽으로 기운다.

보통은 왼쪽으로 치우쳤다고 느낄 만큼 몸을 쭉 뻗으라거나 가방을 왼손으로 들어보라는 조언을 할 수 있다. 고객이 여성이라면 집에서 할 수 있는 스트레칭을 알려주기도 한다. 하지만 남성 고객에게는 아무 말도 할 수 없다.

신용금고에서 할아버지가 따라다녔을 때, 동료들은 나에게 "착각하게 할 만한 행동을 했겠지"라고 했다. 나는 평소대로 고객을 대했고, 상대가 어르신이라 친절하게 대했을 뿐인데 주위에서는 그렇게 본 것이다.

나는 그럴 마음이 없었더라도 상대방이나 주변 사람들이 그렇게 느꼈다면 내가 잘못한 거다.

마쓰바라 씨의 일도 성급히 들뜨지 말고 교제하기 전까지 좀 더 신중했어야 했다. 후쿠후쿠도에서 마사지사와 고객으로 만나는 것과 사적으로 만나는 것은 다르다는 걸 알면서도 이성적으로 판단하지 못했다.

앞으로는 더욱 행동에 주의해야 한다.

"옷 갈아입으시면 됩니다." 고객의 옷이 들어 있는 바구니를 꺼내고 시술대에서 나와 커튼을 닫는다.

"뒷정리는 내가 할 테니까 들어가도 돼." 접수대에서 부원장이 나온다.

원래 부원장이 접수대에 있을 때는 마사지사가 고객이 사용한 베개와 수건을 다시 세팅한다. 그걸 부원장이 대신 한다는 건 고객이 다음에는 다른 선생님을 요청할 가능성이 있을 때다. 평이 좋은 마사지사도 "저하고는 안 맞으니까 바꿔주세요"라는 말을 들을 때가 있다. 사람과 사람의 관계인 이상 어쩔 수 없는 일이라고 생각하면서도 거부당하는 기분은 쓰라리다.

"죄송합니다."

"괜찮아."

"네."

문을 열고 계단을 올라 이층으로 간다.

대기실에 들어가자 사물함 앞의 커튼이 닫혀 있었다.

"안녕." 커튼을 살짝만 열어 안으로 들어간 다음 금세 닫는다.

출근한 기자키 씨가 옷을 갈아입고 있었다. 검은색 바탕에 빨간색 장미 무늬가 들어간 브래지어 밖으로 가슴이 흘러넘칠 듯했다. 나나 다른 여자 선생님이 옷을 갈아입을 때는 티셔츠 위에 시술복을 걸치는 정도라서 굳이 커튼을 치지 않는다. 접수 아르바이트생인 두 사람만 옷을 갈아입을 때 커튼을 친다.

두 달 전쯤 마쓰바라 씨와 순조롭게 교제할 무렵에는 조금이라도 잘 보이고 싶어 나도 퇴근하기 전에 옷을 갈아입었다. 커튼을 닫고 있으면 다른 선생님들에게 놀림을 받았다. 그때는 그걸 행복이라고 느꼈다.

"안녕." 기자키 씨가 말한다.

"브래지어 너무 작은 거 아냐?"

"요즘 더 커진 것 같아."

"흐음." 나는 대답하며 사물함에서 스마트폰을 꺼낸다.

메신저를 열자 한 시간이 조금 넘는 사이에 마쓰바라 씨의 메시지가 삼십 개나 와 있었다. 한 줄짜리 짧은 메시지가 세 개, 삼 분 뒤에는 다섯 개, 다시 십 분 뒤에는 읽을 엄두도 나지 않는 장문의 글이 오는 패턴이 반복되었다. 짧은 메시지는 기분이 좋거나 화가 났다는 등 그 내용이 달라지는데, 장문의 메시지는 오로지 나를 비난하는 말뿐이다.

스무 살 연인 사이라면 잠깐 사귀고 헤어질 수도 있다고 생각해. 하지만 우리는 서른한 살과 스물여덟 살의 어엿한 성인이잖아. 한 달 반도 채 안 되어 제대로 된 대화도 하지 않고 헤어진다는 건 상식적으로 받아들일 수 없어. 나는 우리가 만나서 대화를 하고 다시 한번 사귀어야 한다고 생각해. 서로에 대해 얘기하고 서로를 이해하고, 그런 다음에 앞으로의 일을 결정하길 바라는 게 뭐가 잘못된 거지? 몇 번이나 연락하는데도 나를 계속해서 무시하는 태도 또한 상식적으로 용납할 수 없어.

문장은 조금씩 달라도 언제나 비슷한 내용이다. 상식 없는 어린아이처럼 행동한 내가 잘못했다는 건 알지만, 만나서 얘기해봐야 마쓰바라 씨는 또 화만 낼 것이다.

스크롤을 내려 메시지를 전부 훑어본다.

"메시지 아직도 와?" 옷을 다 갈아입은 기자키 씨가 스마트폰을 들여다본다.

"응."

"알림 안 꺼놨어?"

"꺼놨는데, 안 읽으면 또 뭐라고 하니까 읽기는 해야지."

"그러니까 그냥 차단하고 삭제하면 된다고 말했잖아."

"그렇긴 한데, 나도 미안한 점이 있고."

차단하고 삭제하면 아무것도 오지 않을 테고, 친구 목록에서도 지울 수 있다. 메일처럼 '전송에 실패했습니다'라는 안내가 상대방에게 가는 건 아니다. 그쪽에서는 지금까지 한 것처럼 내게 메시지를 보낼 수 있다. 하지만 언제까지고 '읽음' 표시가 뜨지 않으면 자신이 차단당했음을 알 수 있다. 그렇게 하면 마쓰바라 씨가 포기할지도 모르지만, 그런 어린아이 같은 짓을 해선 안 된다. 제대로 된 대화를 회피한 나에게 책임이 있으니 마쓰바라 씨의 마음이 풀릴 때까지는 받아줘야 한다.

대형 출판사에 근무하는 마쓰바라 씨 주변에는 연예인이나 모델도 있다. 그는 그런 사람을 별로 좋아하지 않는다고 말했지만 만남의 기회는 많을 것이다.

새 연인이 생기면 나 같은 건 잊어버릴 것이다.

옷을 갈아입고 계단을 내려간 기자키 씨가 대기실로 되돌아오더니 당황한 기색으로 문을 닫는다.

"왜 그래?" 이케다 선생님이 묻는다.

"마쓰바라 씨가 왔어요. 아래층에서 부원장님이랑 얘기하고 있더라고요." 기자키 씨가 말한다.

"뭐?" 대기실에 있는 선생님들이 화들짝 놀란 소리를 냈다.

마쓰바라 씨와 사귈 때는 대기실에서 이케다 선생님과 기자키 씨에게 그에 대한 얘기를 하곤 했다. 그러다보니 다른 선생님들도 나와 마쓰바라 씨의 관계를 알게 되었다. 하지만 고객과 사귀는 게 알려지면 문제가 될 수 있다고 생각해 원장과 부원장에게는 말하지 않았다. 교제를 시작하면서 마쓰바라 씨는 후쿠후쿠도에 오지 않게 되었다. 원장과 부원장은 갑자기 그의 발길이 끊긴 것을 걱정했지만, 일이 바빠서 그럴 거라는 기자키 씨의 말에 납득한 듯했다.

"마사지 받으러 온 거야?" 내가 묻는다.

"그렇지 않을까? 여기 올 이유는 그것뿐이잖아?" 기자키 씨가 내 옆에 앉는다.

"부원장님한테도 사정을 말해둘 걸 그랬나." 이케다 선생님도 내 앞으로 와서 앉는다.

"그래도 저는 이제 퇴근이라."

오늘은 아침부터 일했기 때문에 저녁 여섯시에 마칠 수 있다. 이후에 다른 일정이 없으면 퇴근 직전에 오는 고객을 받기도 하지만 마사지사도 거절할 권리는 있다.

"아, 그런가? 잠깐 확인하고 올게." 기자키 씨가 일어나 대기실에서 나간다.

"괜찮아?" 내 눈을 보며 이케다 선생님이 말한다.

"네."

대답만 하는데도 목소리가 떨렸다.

아무리 메시지를 보내오더라도 마쓰바라 씨가 후쿠후쿠도에 직접 오는 일은 이제 없을 거라고 생각했다. 얼굴을 마주하고는 그렇게 할 수 없을 테니까. 한 달이 넘는 기간 동안 누군가를 계속해서 공격한다는 건 비정상적인 일이다. 마쓰바라 씨도 자신이 누구를 공격하고 있는지 모르게 된 건 아닐까. 후쿠후쿠도에서 마쓰바라 씨의 아파트까지는 걸어서 오 분도 안 걸린다. 마쓰바라 씨는 역 주변의 레스토랑이나 카페에 곧잘 가곤 했다. 우리집은 역에서 조금 멀지만 생활권은 가깝다. 이토록 메시지가 빗발쳐 오는데도 여태껏 마주치지 않았던 건 상대가 나를 피했기 때문이라고 생각했다. 메시지를 계속 보내면서도 직접 만나는 건 거북하다고 느끼는 것일 테니까.

기자키 씨가 대기실로 돌아온다.

"마사지 받으러 온 건 아니야."

"그럼 뭐하러 온 거야?" 이케다 선생님이 묻는다.

"부원장님이 홈페이지에 게시한 건강법에 대해 물어보고 싶어서 들렀대요. 화기애애하게 얘기하더라고요."

"그게 다야?" 내가 물었다.

"이제 갔어."

"그렇구나."

조금 기다렸다가 나가면 그와 마주치는 일은 없을 것이다.

"그런 이유로 왔다고?" 이케다 선생님이 미간을 찌푸린다. "홈페이지를 확인하고 있다는 얘기네. 그 정도는 할 거라고 생각했지만. 원장님이랑 부원장님 블로그에 가와구치 선생님의 정보도 올라가 있으니까. 마사지 말고 여기에 올 구실을 찾고 있었던 거아닌가?"

"과민반응이에요." 기자키 씨가 웃으며 말한다.

"맞아요." 나도 동조한다.

"아니야, 이런 건 과민하게 여기는 편이 좋다니까." 미간을 찌푸린 채 이케다 선생님이 말한다.

이케다 선생님은 언제나 웃음을 잃지 않는 다정한 사람이다. 알고 지낸 지 오 년이 넘어가지만 그간 화내는 모습을 본 적은 손에 꼽는다. 남자 아르바이트생들이 고객 응대를 하다 실수할 때는 나무라기도 하지만, 그건 오직 엄격해야 일을 배우는 데 도움이 된다고 판단할 때다. 마쓰바라 씨에게서 대량의 메시지가 쏟아져들어오고 있다고 얘기하자 이케다 선생님은 "남자로서 용납할 수 없다"며 화를 냈다. 나 같은 애 때문에 미간에 주름이 잡힐 만큼 고민하거나 화내지 않았으면 좋겠다.

"괜찮다니까요."

그렇게 말하고 기자키 씨는 대기실을 나간다.

여섯시 삼십분까지 기다렸다가 나도 후쿠후쿠도를 나섰다.

하지가 지난 지 얼마되지 않아 이 시간이면 아직 밝다.

장마가 시작된 뒤로 어제까지는 거의 매일 비가 내렸다. 오늘 오전에는 오랜만에 날이 개어 파란 하늘이 펼쳐졌지만, 오후부터 흐려지더니 하늘이 잿빛 구름으로 뒤덮였다.

밤에는 다시 비가 내린다는 예보가 있다.

만약 비가 오면 자전거를 두고 퇴근해야 하기 때문에 숍까지 걸어왔었다. 집까지는 걸어가면 이십 분쯤 걸린다.

이케다 선생님은 남자 아르바이트생들에게 집까지 데려다달라고 하는 게 좋겠다고 했지만 나 혼자서도 괜찮다고 거절했다. 무슨 일 있으면 연락하겠다고 말했지만 이케다 선생님의 연락처는 마쓰바라 씨한테 삭제당한 그대로다. 마쓰바라 씨가 지웠으니 다시 알려달라는 말은 할 수 없었다. 일주일에 사오 일은 후쿠후쿠도에서 만나니까 메신저나 전화로 연락할 일이 거의 없어서 아직도 연락처를 삭제당한 일을 말하지 못했다.

이 시간대라면 녹지대 산책로에는 개와 산책하는 사람들이 많다. 개를 데려온 사람들끼리 모여 담소를 나누기도 한다. 하지만 이런 날씨에는 산책하러 나왔더라도 산책로를 통과해 다들 금세 돌아갈 것이다. 상점가를 통과한 뒤에는 큰길로 나가는 편이 좋을 것 같다.

마쓰바라 씨에게 건넨 여벌 열쇠를 아직 돌려받지 않았다.

카페에서 헤어지자는 얘기를 할 때 돌려달라고 부탁했지만 그날은 가져오지 않았다고 했다.

이대로 계속 메시지가 오거나 마쓰바라 씨가 또 후쿠후쿠도에 온다면 이사를 하는 게 나을 수도 있다. 누군가 집안에 들어온 흔적도 없는데 지나치게 예민한 건가 싶지만, 만약 그가 열쇠로 문을 열고 들어온 뒤에는 도망치려 해도 이미 늦다. 일단 열쇠를 교체해야겠다고 생각해 다세대주택 관리업체에 전화했더니 2만엔쯤 든다고 했다. 이사하면 굳이 그 비용을 낼 필요가 없을 테니 바꾸지 않은 채로 지내고 있다. 집을 빼고 후쿠후쿠도도 그만두는 편이 좋을 것 같다. 생활비가 들어올 곳이 없어지겠지만 이대로라면 이케다 선생님과 기자키 씨에게 자꾸 폐를 끼치게 된다. 당분간 본가로 돌아가 스마트폰도 해지하고 다시 개통하는 게 제일 나을 듯하다. 부모님은 걱정하시겠지만, 언젠가는 마쓰모토에서 개업할 생각이었으니 계속 도쿄에 있을 필요는 없다.

스와에 사는 할아버지네 집에 가는 것도 괜찮다. 할아버지는 스와호수 근방에서 유도 정복사*를 하고 있다. 남동생 가즈키는 어릴 적부터 유도를 배웠는데, 가즈키가 시합에서 부상을 당하면 할아버지가 금세 낫게 해줬다. 그게 마법처럼 보였다. 신용금고를 그만두고 나서 그때의 일이 떠올랐고, 나도 마사지사가 되자고 마음먹었다.

할아버지 집에서 일손을 거들며 공부하면 된다. 스와호수에도 가고, 마쓰모토에 가서 친구도 만나며 지내다보면 마음도 후련해질 것이다.

하지만 그렇게 하자니 똑같은 일을 되풀이하는 듯한 기분이 든다.

신용금고에서 잘해내지 못해 도쿄로 갔고, 도쿄에서도 잘하지 못해 나가노로 돌아간다. 도망치기만 할 뿐이다. 마쓰바라 씨와도 제대로 마주하지 않고 도망치려고만 했기에 이런 상황이 되고 말았다.

상점가에 있는 마트 앞을 지나가려는 찰나, 뒤에서 누군가가 내 어깨를 두드렸다.

뒤를 돌아보니 마쓰바라 씨가 있었다.

---

* 뼈와 관절의 부상을 도수기술로 치료하는 대체요법 전문가.

"오랜만이야." 마쓰바라 씨가 내 얼굴을 보고 웃는다.

나한테 집요하게 메시지를 보내는 것과는 딴사람인 것처럼 너무도 평범해 보인다.

"오랜만이에요."

"잘 지내는 것 같네?"

"……네."

"잠깐 커피라도 한잔 할래?"

"아뇨, 집에 가봐야 해서요."

"역 앞 카페에서 잠깐만."

"저기, 그래도……"

"뭐, 약속 있어?"

"없어요."

"왜 그래? 존댓말을 다 쓰고."

"아니, 저기, 그……"

어떻게 해야 좋을까.

여기서 소리를 질러 도움을 요청한다고 될 일이 아니다. 마쓰바라 씨가 폭력을 쓰려는 것도 아닌데 괜히 소리를 지르면 사람들이 오히려 나를 이상하게 여길 것 같았다. 내가 취했다거나 히스테리를 부리는 거라고 마쓰바라 씨가 얘기한다면 주변 사람들은 그 말을 믿을 것이다. "그런 거 아니에요! 도와주세요" 하고 소란을 피울수록 나만 이상한 꼴이 되겠지. 혹시 누가 도와준다 한들 일만 커질 것이다. 상점가에서 소란을 일으키면 후쿠후쿠도에도 곧장 알려진다. 누구에게도 폐를 끼치지 않도록 스스로 냉정하게 대처해야 한다. 하지만 아무리 말로 설명한다 한들 그의 제안을 거절할 방도가 보이지 않는다. 거절하면 집까지 따라올 것 같다. 카페에 가서 얘기하면 열쇠를 돌려받을 수 있을지도 모른다.

기분이 좋은 걸로 보아 지금까지의 일을 사과하러 왔을 가능성도 있다.

교육도 잘 받았을 테고 유명한 회사에서 일하는 사람이니 감정에 치우쳐 상식에서 벗어난 행동을 한 일을 부끄러워할 수도 있다.

"잠깐이라도 좋으니 얘기 좀 하고 싶어. 삼십 분도 안 걸려."

"알겠어요. 딱 삼십 분이라면."

"가자."

앞장서서 걷는 마쓰바라 씨를 뒤따라간다.

카페에 도착할 때까지 마쓰바라 씨는 아무 말도 하지 않았지만, 내 쪽을 돌아보며 몇 번인가 미소를 지었다.

책 읽는 사람, 업무 미팅을 하는 사람들로 카페는 꽉 차 있었다. 안쪽의 2인석 자리가 마침 비어서 거기에 앉는다. 마쓰바라 씨가 내 몫의 커피까지 주문하러 계산대로 갔다.

4월 중순부터 한 달 남짓 사귀는 동안 그는 항상 다정했다. 여자를 배려하는 매너가 몸에 밴 사람이라 어디에 가더라도 내가 원하는 바를 물었다. 내가 주말에 쉬지 못하는 것도 이해했다.

처음 마쓰바라 씨의 집에 갔을 때부터 뭔가 이상하다는 걸 감지하기 시작했다. 섹스 때문은 아닌 것 같다. 하지만 그날부터 갑자기 태도가 달라지더니 걸핏하면 화를 냈다. 그의 집에 다시 갔을 때는 스마트폰에 있는 남자 연락처를 전부 삭제하더니 남자와 만나지 말라고 했다. 그로부터 일주일쯤 지난 밤, 야근을 하고 돌아왔더니 마쓰바라 씨가 집 앞에 있었다. 내가 늦게 돌아왔다고, 스마트폰을 보지 않았다고 화를 냈다. 내 의견을 말하는 건 허용되지 않았다. 하지 말라고 몇 번이나 말했는데도 억지로 내 몸을 제압하고 섹스를 강요했다. 샤워를 한 다음에도 한번 더 하자고 했다. 거절하면 또 화를 낼 것 같아 응하고 말았다. 어떻게 해야 좋을지 몰라 다음날 오후에 메신저로 헤어지고 싶어라고 보냈다.

시간이 지나면 기억은 흐려진다.

연인 사이에 흔히 있는 다툼이지 않았나 하는 생각도 든다. 마쓰바라 씨는 화를 내려던 게 아니라 걱정하는 마음에서 그런 것일지도 모른다. 이케다 선생님과 밥 먹으러 간 얘기를 별생각 없이 꺼낸 내가 무신경했던 것이다. 자전거를 타고 있더라도 마쓰바라 씨에게서 연락이 오진 않는지 신경썼으면 좋았을 것이다. 내가 좀더 주의를 기울였다면 이렇게 되진 않았을 것이다.

이처럼 생각해도 그에게 몸을 제압당했을 때의 공포심은 사라지지 않는다.

"기다렸지." 마쓰바라 씨가 돌아와 테이블에 커피를 놓는다.

"고마워요. 커피값은 줄게요."

"됐어. 이 정도는." 그가 의자를 빼고 앉는다.

"그래도 이제 헤어진 사이니까."

"우리 다시 시작할 수 없을까?" 그가 내 눈을 보며 온화하게 말한다.

흰색 바탕에 검은색 동그라미가 있을 뿐인데, 눈은 어째서 사람마다 이토록 다르게 보이는 걸까? 아까 내 눈을 보고 얘기한 이케다 선생님의 눈과 마쓰바라 씨의 눈이 똑같은 물질로 만들어진 것 같지 않았다.

"미안해요." 나는 시선을 피하며 고개를 숙인다.

"오늘 후쿠후쿠도에 갔었어."

"네."

"알고 있었어?"

"기자키 씨한테 들었어요."

112

"역시, 그때 대기실에 있었구나."

"네."

전에는 분명 마쓰바라 씨의 말투와 목소리가 좋았는데 지금은 어쩐지 섬뜩하다. 차라리 나에게 화를 내거나 우는 편이 낫겠다는 생각이 든다.

"오늘 아침부터 내가 메시지 보냈잖아."

"네."

"그래서 그걸 언제 읽는지 시간을 확인했어."

"네?"

내가 고개를 들자 마쓰바라 씨는 시선을 돌려 비스듬히 아래를 바라본다.

"오전부터 일하고 있으니 여섯시에는 끝나겠구나 싶어 후쿠후쿠도에 간 거야."

"아……"

"전에 여기서 얘기를 나눈 지도 한 달이 지났으니 이제 사쿠라도 제대로 상황을 판단할 수 있지 않을까 해서."

"제대로?"

"본인이 한 행동이 얼마나 이상하고 유치한지 이제는 깨달았겠지?"

"그건 나도 알고 있어요. 그래서 미안하게 생각해요."

"다시 시작하기 위해 서로에게 필요한 시간이었다고 생각해. 아니, 아니지. 앞으로 함께 살아가기 위해 필요한 시간이었어. 결혼을 생각하면 이 정도는 아무것도 아니지 않나? 덕분에 나도 나름대로 사쿠라가 무엇이 싫어서 헤어지자고 했는지 이해했고."

"……결혼?"

"사귀기로 할 때 말했잖아. 결혼을 전제로 하자고."

"아…… 그랬었죠."

그런 말을 듣긴 했지만 그가 진심으로 그렇게 생각하고 있을 줄은 몰랐다.

나이를 감안해 결혼할 가능성을 염두에 두고는 있었지만 고백하던 그 순간의 분위기와 열정에서 나온 말이라고 생각했다. 사귀는 중에도 몇 차례 '결혼'이라는 말을 들었다. 그러나 그것 역시 고양된 감정에서 나온 말이라 여기며 농담처럼 받아들였다.

강제로 섹스를 한 후에 반지를 받았다. "프러포즈 반지는 좀더 나중에"라는 말과 함께. 어차피 반품도 못할 듯해 받긴 했지만, 그와 결혼 따위는 절대 하지 않으리라 생각했다. 반지는 전에 이 카페에서 만나 얘기할 때 여벌 열쇠와 함께 돌려주려 했으나 그는 둘 다 받아주지 않았다.

"나는 사쿠라와 결혼하기 위해 처음부터 내가 원하는 바를 말하는 편이 좋겠다고 생각했어. 지금도 이건 내가 틀리지 않았다고 생각해. 그런데 사쿠라는 뭘 원하는지 아무것도 말해주지 않았어. 기껏해야 어디를 가고 싶다든가, 뭘 먹고 싶다든가, 그런 것뿐이었지."

"나는 그런 것 말고도 원하는 게 뭔지 말했어. 그런데 말대답 하지 말라고 그랬잖아."

"그게 내가 원하는 거였으니까. 당연한 거 아냐?"

"그게…… 그런 거라고?"

대화가 평온하게 흘러가니 내가 잘못 생각하고 있는 건가 하는 기분이 든다.

"나는 그렇게 서로를 이해하고 싶었던 건데 사쿠라는 그러려는 노력을 하지 않았어. 그래도 어쨌든 내가 너무 성급했다고 생각해. 아직 갈 길이 많이 남았으니 앞으로는 좀더 시간을 갖고 대화해나가자."

"미안해. 그건 힘들어."

"왜?"

"당신을 이제 좋아하지 않아."

연인 사이에서 필요한 건 그게 전부일 테다.

어느 한쪽이 더이상 상대방을 좋아하지 않는다면 헤어질 수밖에 없다.

"그건 아마 처음에 비해 덜 좋아하게 됐다는 거 아닐까? 나도 사쿠라를 처음 사귈 때와 똑같이 좋아하는 건 아니야. 시간이 흐르면 관계가 변화하는 건 당연하고, 지금은 처음에는 없었던 감정도 갖고 있어. 사쿠라를 진심으로 소중하게 생각해. 앞으로는 우리 서로 잘 만날 수 있을 거야."

우리가 만나지 않는 동안 그의 머릿속에서는 어떤 얘기가 만들어진 걸까? 그런 메시지들을 보내면서도 마쓰바라 씨는 머릿속으로 나와 보통의 연애를 하고 있었다. 그 메시지들을 받지 않은 상태에서 오늘의 마쓰바라 씨만 보았다면 다시 시작할 수 있었을지도 모른다.

나와 마쓰바라 씨가 생각하는 보통의 개념은 서로 다르다.

그에게는 그 메시지들 역시 보통의 일인지도 모른다.

"미안해. 도저히 안 될 것 같아." 내가 다시 한번 말한다.

"당장은 결정하기 어렵다는 뜻이야?"

"열쇠 돌려줘."

"8월 여행까지 두 달쯤 남았으니 그때까지 천천히 관계를 회복하자. 그래도 정 안 되겠다 싶으면 열쇠는 그때 돌려줄게."

"내가 함께 여행을 갈 리 없잖아."

"식사가 맛있다고 호평이 자자한 료칸이라 예약하기 꽤 어려웠는데, 마침 취소한 사람이 있었는지 내가 운좋게 예약했어."

"우리, 헤어졌잖아."

"방에 노천탕도 있고."

꿈을 꾸고 있는 것 같다.

내가 무슨 말을 해도 눈앞에 있는 이 남자에게는 들리지 않고, 대화는 완전히 어긋난다.

이건 도무지 헤어나올 길이 보이지 않는 악몽이다.

"아무튼 열쇠나 돌려줘!" 나는 크게 소리를 질렀다.

옆에 앉은 사람이 놀란 얼굴로 나를 보았지만 마쓰바라 씨는 표정 하나 바뀌지 않았다.

"나중에 다시 얘기하자."

그가 자리에서 일어서더니 먼저 돌아갔다.

자동문 너머에서 빗방울이 떨어지기 시작했다.

카페에서 대화한 뒤에도 일주일 동안 마쓰바라 씨에게서 메시지가 왔다. 무시했더니 더는 오지 않았지만, 이번에는 후쿠후쿠도에 전화가 걸려오기 시작했다.

일반적인 마사지 예약이 아니라 출장이나 아로마 릴렉세이션을 희망하며 나를 요청하는 것이다.

출장은 남자 선생님만 갈 수 있고, 아로마 릴렉세이션은 여성 전용 코스라고 몇 번이나 설명해도 전화를 걸어온다.

하루에 두세 번이나 걸려오는 통에 마쓰바라 씨와 무슨 일이 있었는지 원장과 부원장에게 털어놓았다. "가와구치 선생을 딸처럼 생각하고 있어. 무슨 일이 있어도 우리가 지켜줄 테니 신경 쓸 것 없어" 하고 원장이 말했다. 부원장 역시 "전에도 이런 비슷한 문제가 있었는데, 괜찮을 거야" 하고는 좀더 일찍 말해주지 그랬냐며 나를 걱정해줬다. 이케다 선생님과 내가 일을 시작하기 전에 이곳에서 한 고객이 여자 마사지사를 한 달 정도 따라다닌 적이 있었던 모양이다. 딱히 어떤 조치를 취한 건 아닌데, 어느 날 갑자기 발길을 끊었다고 한다. 내가 신용금고에서 겪었던 일을 밝혔을 때도 이처럼 과거의 사례가 있었기에 자신들의 일처럼 들어준 것일 테다.

마쓰바라 씨도 조만간 전화를 하지 않을 거라고, 원장과 부원장은 그렇게 말했지만 왠지 나는 그러지 않을 거라는 생각이 들었다. 내 예감은 적중했고, 장마가 끝나고 8월이 되어도 전화는 계속 걸려오고 있다.

하늘은 파랗고 매미가 열심히 우는데도 나만 아직 빗속에 있는 것 같았다.

"미안해." 나는 접이식 의자를 꺼내 접수대에 있던 기자키 씨 옆에 앉는다.

"괜찮아. 신경쓰지 마."

고객은 없고 원장과 부원장은 점심을 먹으러 갔다.

안쪽 신사에서 매미를 잡는 아이들의 목소리가 들려온다.

이케다 선생님과 다른 선생님들은 대기실에서 낮잠을 잔다.

"경찰서에 가는 게 좋을까?"

"과민반응이라니까."

"이대로 두면 원장님과 부원장님에게도 폐를 끼칠 텐데."

"괜찮아. 전화가 오면 받고서 죄송하다고 응대하면 그만이니까. 경찰을 개입시키는 게 오히려 더 폐일걸."

"그렇겠지?"

마쓰바라 씨가 나를 만나러 온 건 딱 한 번이다. 계속 따라다니는 건 아니므로 경찰에 신고할 필요까지는 없을 것이다. 경찰서에 찾아가 후쿠후쿠도로 계속 걸려오는 전화와 그곳에서 있었던 일을 얘기하면 괜히 원장님과 부원장님이 경찰서에 가야 하는 일이 생길지도 모른다. 더이상 두 분에게 폐를 끼치고 싶지 않았다.

"이런 말을 해도 되나 싶어서 좀 고민했는데." 기자키 씨가 유리문 너머를 응시하며 말한다.

"뭔데?"

"가와구치 선생이 의사를 분명하게 표현하지 않은 게 나쁜 거 아닌가?"

"어?"

"마쓰바라 씨한테 확실하게 말하지 않은 게 잘못 아니냐고."

"난 분명히 말했어. 헤어지고 싶다고, 열쇠를 돌려달라고, 더이상 좋아하지 않는다고도 말했어."

"말로만 그럴 뿐이지 감정적으로는 안 그런 거 아냐? 그래서 강하게 표현하지 못하는 거 아닌가?"

"그게 무슨 뜻이야?"

"메신저도 그래. 아이디 차단하고 삭제하면 연락 안 받을 수 있잖아. 전화나 문자도 수신 거부를 하면 되고. 그런 조치는 전혀 하지 않고 다른 사람의 조언도 듣지 않으면서, 자꾸 어떡하냐느니 난감하다느니 그런 말만 하고 싶은 것처럼 보여. 비극의 여주인공 행세를 하며 주변에 폐 끼치는 걸 즐기는 것처럼 보인다고."

"그렇지 않아."

"마쓰바라 씨도 짓궂은 장난 수준의 행동만 하고. 뭐랄까, 가와구치 선생이 그런 놀이에 장단을 맞춰주고 있다는 느낌이 들어."

"그런 거 아니라니까."

"그렇다면 수신 거부로 설정하고 마쓰바라 씨 연락처도 전부지우면 되잖아. 못 돌려줬다는 반지도 마쓰바라 씨의 아파트에 가서 우편함에라도 넣어두면 되는 거 아냐?"

기자키 씨가 나를 바라본다.

"그렇게는 할 수 없어. 한 달하고 조금 넘는 기간일 뿐이지만 사귀는 사이였고, 나도 잘못한 게 있으니까. 제대로 상식 있게 행동해야지."

"그런 태도가 꼭 함께 놀아주는 것처럼 보인다니까. 나였으면 분명히 의사를 말하고, 스마트폰에서 그와 관련된 모든 걸 지워서 더는 연락 못하도록 할 거야."

"그건 상대에게 무례한 행동인 것 같아."

"내가 무례하다고 말하고 싶은 거야?"

"그런 건 아니지만······"

어째서 기자키 씨는 이런 말을 하는 걸까.

언제나 얘기를 잘 들어주고, 걱정해주고, 내가 풀죽어 있을 때는 "과민반응이야" 하며 웃어넘기게 해줬다. 기자키 씨가 있었기에 혼자가 아니라고 생각하며 오늘까지 견딜 수 있었다.

"······미안. 남자친구랑 싸웠더니 짜증이 나서."

"아니야, 괜찮아. 나야말로 미안해. 내 얘기만 해서."

"괜찮아."

"남자친구랑 무슨 일 있었어?"

"얘기하고 말 것도 없어." 기자키 씨는 웃으며 말했다. "늘 있는 일이라 금방 화해할 거야."

"그래."

"연인 사이라는 게 그런 것 같아. 싸우고 서로 부딪치면서 사이를 다져가는 거. 가와구치 선생님이랑 마쓰바라 씨는 잘 싸우지 못해서 문제였는지도 모르지."

"그러니까 마쓰바라 씨의 직성이 풀릴 때까지는 차단하면 안 될 것 같아."

"그렇구나. 미안, 괜히 기분 나쁜 말을 해서."

"괜찮아, 신경쓰지 마. 무슨 일 있으면 뭐든 얘기해."

요즘은 내 얘기만 했지 기자키 씨의 얘기는 전혀 들어주지 못했다. 친구라면서 통 신경을 못 쓰고 있었다. 상대가 자상하게 대해준다고 어리광만 부려선 안 된다. 친구 사이도 연인 사이와 똑같다. 어느 인간관계에서나 서로 마음에 들지 않는 점이 있기 마련이고, 때로는 이런 부분을 입 밖에 낼 필요가 있다.

계단을 내려오는 발소리가 들리더니 문이 열린다.

이케다 선생님이 나와 접수대 옆으로 온다.

"잘 주무셨어요?" 나와 기자키 씨가 한목소리로 말한다.

"응." 졸려 보이는 얼굴로 이케다 선생님이 대답한다. "예약 들어온 거 있어?"

"다섯시부터 60분 코스 있어요."

"그때까지 아무도 안 올 것 같은데" 하며 이케다 선생님이 밖을 바라본다.

길을 걸어다니는 건 아이들뿐이다.

밖에 나갈 엄두도 나지 않을 만큼 햇볕이 강렬하다.

"마쓰바라 씨는? 오늘도 전화 왔어?"

"오전에 한 번 왔어요." 기자키 씨가 대답한다.

"가와구치 선생님은 오늘 오전 출근이었지?" 이케다 선생님이 나를 쳐다본다.

"네."

"내 추측일 뿐인데, 혹시 근무시간표가 알려진 거 아냐?"

"네?"

"가와구치 선생님이 오전 출근인 날은 자주 있는 일이 아닌데, 그 사람이 왠지 그걸 알고 있다는 느낌이 든단 말이야. 가와구치 선생님이 쉬는 날에는 전화가 걸려오는 일도 없고. 메시지를 더이상 보내지 않는다는 건, 메시지 확인 속도를 보고 가와구치 선생이 뭘 하는지 파악하는 게 아니라는 뜻이니까, 그럼 우연히 시간대를 맞힌 건가 싶었는데. 이렇게까지 들어맞으니 좀 이상하네."

"무서운 소리 마세요." 기자키 씨가 화난 목소리로 말한다.

"근무시간표가 유출될 리 없으니, 그건 아닐 거라고 생각하지만."

"아닐 것 같으면 그런 건 본인 마음에 담아두세요."

"그렇네. 미안. 나는 이만 돌아갈게."

이케다 선생님은 문을 열고서 계단을 올라가 대기실로 돌아간다.

나도 똑같은 생각을 하고 있었다.

마쓰바라 씨는 꼭 내가 후쿠후쿠도에 있을 때만 전화를 걸어온다.

내가 집에서 나오는 모습을 지켜보았을 수도 있지만, 자전거를 타고 장을 보러 가는 경우도 있다. 출근한 건지 아닌지는 후쿠후쿠도에 들어가는 모습을 직접 확인하지 않으면 알 수 없다. 출근시간은 날마다 다르다. 마사지숍 주변에서 누구의 눈에도 띄지 않고 나를 하염없이 기다리는 일은 불가능할 것이다. 그러고 있을 시간도 없을 테다. 이케다 선생님과 마찬가지로 근무시간표가 유출되었을 가능성도 생각해봤다. 하지만 엑셀 파일로 작성했더라도 그걸 메일로 보내지 않았는데 유출될 일은 없을 듯했다. 누군가가 일부러 마쓰바라 씨에게 시간표를 넘겨준다는 것도 있을 수 없는 일이다.

기분 탓으로 여기려 해도, 자꾸 뭔가를 놓치고 있다는 기분이 든다.

잠을 이룰 수가 없다.

창문을 열고 자는 건 이층이라도 위험할 것 같고, 에어컨을 켜고 자면 감기에 걸린다. 꽉 닫힌 방에서 선풍기를 틀어도 미지근한 공기를 순환시킬 뿐 전혀 시원해지지 않는다. 잠깐 잠이 들어도 금세 다시 눈이 뜨이고 만다.

침대에서 일어나 머리맡에 둔 시계를 확인한다.

새벽 두시가 조금 지났다. 삼십 분밖에 눈을 붙이지 못했다.

창문을 열고 베란다로 나가 바람을 쐰다.

밤에도 기온이 내려가지 않아 시원한 편은 아니다. 그래도 집안보다는 낫다.

저멀리서 자동차 달리는 소리는 들리지만, 길을 다니는 사람은 없다.

달도 별도 보이지 않았다.

달은 여기서 보이지 않는 곳에 떠 있을지도 모른다.

길가에 늘어선 벚나무와 정면에 있는 칠층짜리 아파트에 가로막혀 하늘이 좁아 보인다.

마쓰바라 씨와 얘기할 때 8월 말에 내겠다고 했던 여름휴가는 9월 초에 쓰기로 했다. 마쓰모토로 돌아가 느긋하게 시간을 보낼 것이다. 앞일은 그후에 생각하자. 마쓰바라 씨가 내 생일에 프리저브드플라워를 선물한 뒤로 줄곧 머릿속이 혼란스러웠고 냉정하지 못했다. 부모님과 대화를 나누고 고향 친구를 만나면 기분을 회복할 수 있을 것이다.

꽃은 버리면 안 될 것 같아 상자 뚜껑을 닫은 채 신발장 위 반지와 여벌 열쇠를 놓아둔 곳에 함께 두었다.

바람에 흔들리는 벚꽃잎 사이로, 아파트 계단에서 사람의 그림자가 움직인다.

흰색 티셔츠를 입은 남자가 나를 보고 있다.

마쓰바라 씨다.

사람을 잘못 본 거라고 생각하고 싶었지만 계단 위 전등이 마쓰바라 씨의 얼굴을 비추고 있었다.

집안으로 들어와 창문을 잠그고 커튼을 친 다음, 현관의 잠금장치와 걸쇠도 확인한다.

탁자에 놓아둔 스마트폰을 본다.

메신저는 오지 않았고 문자나 전화도 없다. 마쓰바라 씨는 언제부터 저기 있었던 거지? 전에도 와 있었을까? 밤에는 커튼을 닫지만 낮에는 열어두는데, 그때 나를 보았을지도 모르겠다. 아파트 계단은 사람들이 오가기 때문에 한낮이나 늦은 오후에 몇 시간씩 머무를 수 있는 장소가 아니다. 어린아이도 많기에 계속 그런 곳에 있으면 신고를 당한다. 오늘이 아닌 다른 날에 있었더라도 이 시간대에 고작 몇 분이었을 것이다. 그러니 너무 불안해할 필요는 없다.

그렇게 생각하지만 떨리는 온몸이 진정되지 않는다.

집에 혼자 있으면 안 되겠다.

근방에 사는 친구는 기자키 씨뿐이다. 하지만 그녀에게는 더 이상 폐를 끼치고 싶지 않다. 전문학교에서 알고 지내던 친구는 제일 가까이 살아도 전철로 세 정거장 떨어져 있는데다, 이 시간에 전화해서 재워달라고 할 만큼 친하지도 않다. 같은 다세대주택에 사는 사람들과는 복도에서 스쳐지나도 인사조차 하지 않는다. 옆집에 여대생이 산다는 건 알지만, 다른 집에 사는 사람들은 남자인지 여자인지도 모른다. 마쓰모토의 본가였으면 근처에 지인도 많고, 한밤중이라도 언제든 의지할 수 있는 친구가 여럿 있다. 도쿄에 오지 말았어야 했다는 기분이 든다.

스마트폰에 저장된 연락처 중 전화를 걸어도 괜찮을 만한 사람을 찾는다.

마쓰모토의 친구에게는 전화해봐야 걱정만 끼칠 뿐이다.

경찰에 신고해야 하는 일인지도 모르지만, 이렇게 늦은 시간에 경찰차가 오면 온 이웃에 폐를 끼친다.

원장이나 부원장에게 전화하는 것도 이상하다.

의지할 수 있는 건 한 사람뿐이다.

가즈키.

평소 사이가 좋은 남매라고 할 순 없지만, 누나의 위기를 모른 척할 만큼 매정한 동생은 아니다. 어릴 때 많이 돌봐줬으니 때로는 누나가 부탁하는 말을 들어주겠지. 내가 전화를 걸었다는 시점에 이미 뭔가 심각한 일이 일어났음을 알아챌 것이다.

같은 세타가야에 살아서 다행이다.

동생의 번호를 눌러 전화를 건다.

받지 않는다.

다시 걸어도 받지 않는다.

한번 더 걸어보지만 역시 받지 않는다.

시간이 시간인만큼 자는 중이려나.

나도 자면 된다.

자고 일어나면 아침일 테고, 그때가 되면 수선을 떨 일이 아니었다는 생각이 들지도 모른다. 하지만 무서워서 잠이 올 것 같지 않다.

마음속으로 미안함을 느끼며 하는 수 없이 기자키 씨에게 전화를 건다.

통화 연결음이 울린다.

"여보세요."

"미안해. 밤늦게 전화해서."

"무슨 일 있어?"

"마쓰바라 씨가 지금 우리집 앞에 있어. 미안하지만 기자키 씨 집에서 하룻밤 재워줄 수 있을까? 내가 택시 타고 그쪽으로 갈게."

"아, 그게."

"안 될까?"

"아니, 지금 남자친구가 와 있거든."

"아…… 그렇구나."

"나도 재워주고 싶은데, 얼마 전에 싸우고 막 화해한 참이라서. 돌아가라고 말하기가 좀 그렇네."

"그렇겠다. 미안해."

"나도 내 생활이라는 게 있고, 가와구치 선생님한테 맞출 수만은 없으니까."

"난 괜찮아. 신경쓰지 마."

"미안."

"참, 저기, 이케다 선생님 연락처 좀 알려줄 수 있어?"

이제 누구에게도 의지할 수 없다고 생각하니 이케다 선생님의 얼굴이 머릿속에 떠올랐다.

"연락처 알고 있잖아?"

"전에 마쓰바라 씨가 삭제해버려서. 남자 연락처가 전부 지워졌어."

"그런 일이 있었어?"

"응."

"메신저로 보낼게."

"부탁해."

"응, 그럼."

전화를 끊는다.

기자키 씨가 곧장 이케다 선생님의 연락처를 보내줬다.

폐라느니, 걱정을 끼친다느니, 이런 시간에 미안하다느니 하는 생각은 이제 할 수 없었다. 여기는 도쿄고 나는 완전히 혼자라는 절박함만 마음을 가득 메우고 있었다. 그 밖의 다른 생각은 떠올릴 수조차 없게 온몸의 감각이 사라져버린 듯했다.

이케다 선생님에게 전화를 건다.

무슨 일이 있었는지 얘기했더니, 이케다 선생님은 "바로 갈게" 하고 답했다.

"가와구치 선생님."

현관문 너머에서 작은 목소리로 나를 부르는 소리가 들리자 눈물이 쏟아졌다.

마쓰바라 씨와 헤어지고 나서 아무리 무섭고 불쾌하고 가슴이 답답할 만큼 괴로운 일이 생겨도 운 적은 단 한 번도 없었다는 게 생각났다.

현관문 외시경으로 밖을 확인한다.

연한 회색 티셔츠에 하늘색 반바지를 입은 이케다 선생님이 서 있었다.

안전고리를 풀고 잠금장치를 해제한 뒤 문을 연다.

"가와구치 선생님, 괜찮아?"

"죄송해요."

"그런 말은 됐어. 주변을 둘러보면서 왔는데 이제 없는 것 같아. 그래도 여기는 위험하니까 다른 곳으로 가자. 근처에 사는 친구 없어?"

"그게, 저, 있긴 한데요."

설명을 해야 하는데 눈물도 콧물도 멈추지 않아 제대로 말을 할 수 없었다.

"일단 들어가도 될까?"

"들어오세요."

이케다 선생님이 탁자 앞에 깔아놓은 방석에 앉고 나도 그 맞은편에 앉는다. 휴지로 눈물을 닦고 코를 푼다. 현실감각이 돌아오니 땀도 흐르기 시작해 에어컨을 켰다.

"울고 싶은 만큼 울어도 돼."

"죄송해요. 이런 시간에." 이제 곧 새벽 세시가 된다.

"괜찮아. 오히려 이런 일이 있어도 연락을 안 할까봐 걱정이지."

"선생님한테는 폐만 끼쳐서."

"괜찮다니까."

"남동생한테 전화했는데 안 받고, 기자키 씨는 남자친구가 와 있다고 해서. 그래서 달리 의지할 사람이 없었어요."

"그렇구나. 기자키 씨도 좀 차가운 면이 있지."

"기자키 씨는 잘못 없어요."

"응, 나도 알아. 나쁘다는 얘기가 아니야."

"죄송해요."

얘기하다보니 또 눈물과 콧물이 쏟아진다.

"잘 곳이 없다는 거구나."

"네."

"우리집이라도 괜찮지만, 가와구치 선생님이 불편하겠지? 그렇다고 내가 여기서 잘 수도 없고."

"그래도 괜찮은데요."

"아냐, 내가 곤란해."

"그렇겠네요."

이성적인 판단을 할 수 없어 무턱대고 전화를 하긴 했지만 이케다 선생님도 여자친구가 있을 것이다. 어쩌면 지금도 여자친구가 집에 있을지 모른다.

"저기, 혹시 여자친구가 와 있다면 이제 돌아가셔도 괜찮아요."

"아니, 그런 뜻이 아니야. 그리고 설령 여자친구가 와 있다고 해도 가와구치 선생님을 이대로 두고 갈 순 없지."

"죄송해요."

"사과하지 않아도 돼. 자꾸 같은 얘기를 하는 것 같은데, 그렇게 신경을 쓰는 게 오히려 더 걱정돼. 신경쓰지 말고 뭐든 얘기해주면 좋겠어. 가와구치 선생님은 후쿠후쿠도에서 오 년 넘게 함께 일한 동료고, 나의 소중한 친구로 생각하니까. 만약 무슨 일이 생긴다면 나도 제대로 살아갈 수 없을 거야."

"죄송해요."

"사과 안 해도 된다니까. 그보다는 차라리 고맙다고 해주면 좋겠어."

"그렇네요. 고맙습니다."

폐 끼치는 걸 미안한 일이라고만 여기느라 이케다 선생님의 다정함에 제대로 감사 표현을 하지 못했다.

"후쿠후쿠도로 갈까?"

"네?"

"밖에 택시 세워뒀으니까 그거 타고 후쿠후쿠도로 가자. 잠깐이라도 눈 좀 붙이고 오전 근무 선생님들이 출근하기 전에 나오면 돼."

"네."

"가져갈 물건 있으면 챙겨."

"네."

지갑과 스마트폰과 후쿠후쿠도의 열쇠를 가방에 넣는다. 후쿠후쿠도 열쇠는 오전 출근을 할 때 필요해서 다들 하나씩 가지고 있다.

에어컨을 끄고 문단속을 확인한 다음 집을 나선다.

집 앞에서 택시를 타려는데 거의 사라질 듯 가느다란 달이 밤하늘에 떠 있는 모습이 보였다.

달은 택시를 뒤쫓듯 후쿠후쿠도까지 따라왔다.

"택시비는 제가 낼게요." 나는 후쿠후쿠도 앞에 도착하자마자 지갑을 꺼낸다.

"됐어."

"그래도……"

"다음에 점심 사줘." 이케다 선생님이 기사에게 택시비를 지불한다.

"알겠습니다. 뭐든 사드릴게요."

"뭘 사달라고 할까."

택시에서 내려 후쿠후쿠도의 셔터 자물쇠를 풀고 한쪽만 올린다. 열쇠로 유리문을 열어 안으로 들어가 불을 켠 다음 셔터를 다시 내리고 유리문을 닫는다.

이케다 선생님은 에어컨을 켜고 시술대에 앉는다.

"조금 진정됐어?"

"네."

"다행이다."

"고맙습니다." 나도 옆에 앉는다.

"뭐든 얘기해도 괜찮아."

"네."

가방 속에서 전화가 울린다. 마쓰바라 씨인가 싶어 순간적으로 몸이 얼었으나 가즈키였다.

"남동생이에요."

이케다 선생님한테 말하고 전화를 받는다.

"여보세요."

"웬일이야, 전화를 다 하고? 무슨 일 있어?"

"누나, 사귀던 사람한테 스토킹을 당해서."

"뭐라고? 또?"

"신용금고 할아버지와는 사귄 게 아니니까, 또는 아니지."

지지 않는 달 135

신용금고를 그만두고 한동안은 아무것도 하고 싶지 않았다. 마쓰모토에 있고 싶지 않아 도쿄로 왔다. 가즈키의 집에서 묵었는데, 그때 신용금고에서의 일을 털어놓았다. 나도 잘못한 게 있었던 것 같다고 말했더니 가즈키는 그렇지 않다며 분노했다. 무슨 일이 있어도 내 편을 들어주는 남동생이 있다는 생각이 들자 비로소 앞일을 고려해볼 수 있게 되었다.

　"그래서? 어떻게 했어?"

　"너희 집에서 재워줬으면 좋겠는데."

　"그건 괜찮은데, 나 지금 회사야. 아침까지 기획서를 끝내야 해서."

　"이렇게 늦게까지 일하는 거야?"

　"아까 잠깐 눈 붙였어."

　"선잠 자지 말고 얼른 일을 끝내고 집에 가서 쉬어야 잠도 제대로 자고 효율적이지. 중고등학생 때도 시험 전날에 벼락치기 해봐야 의미 없다고 말했잖아."

　"지금 나에 대한 설교는 됐고요."

　"그러네."

　"택시로 데리러 가도 한 시간 가까이 걸릴 텐데 괜찮겠어?"

　"어쩌하지?"

　이케다 선생님이 내 어깨를 두드린다.

"잠깐만." 가즈키에게 말하고 스마트폰에서 얼굴을 뗀다.

"뭐래?"

"지금 회사에 있어서 한 시간 가까이 걸릴 것 같대요."

"오늘은 여기서 자고 아침에 데리러 오라고 하는 게 어때? 나는 신경쓰지 않아도 되니까."

"그래도……"

"괜찮다니까."

벌써 새벽 세시가 넘었고, 가즈키가 올 때까지 기다렸다가 이케다 선생님더러 돌아가라고 하는 것도 어려운 일이다. 여기서 조금 자고 아침이 된 다음에 돌아가는 편이 낫다.

"그럼, 말씀하신 대로 할게요."

"그러면 돼."

다시 전화에 대고 가즈키에게 상황을 설명한 뒤 아침에 데리러 와달라고 부탁한다. 아침이 되면 집에 돌아가도 괜찮지 않을까 싶지만, 그래도 가즈키가 함께 가주는 게 좋을 것 같다.

이제 혼자 있고 싶지 않다.

나는 이층 대기실에서, 이케다 선생님은 일층 시술대에서 눈을 붙였다.

여기에는 생활에 필요한 기본적인 것들이 갖춰져 있으니 만일의 경우에는 또 신세를 져야겠다. 근처에는 편의점 말고도 새벽까지 영업하는 선술집과 바도 있어서 사람들이 오가고 역 앞에는 파출소가 있다. 원장님과 부원장님도 안 된다고 하진 않을 것이다.

창문을 열자 뒤쪽 신사에서 시원한 바람이 불어왔다.

어떻게든 되리라고 생각했더니 그제야 마음이 조금 놓여 눈을 붙일 수 있었다.

신사에서 라디오 체조*를 하는 소리가 들려 눈을 떴다.

세수하고 이를 닦고 일층으로 내려간다.

이케다 선생님은 아직 자고 있을 줄 알았는데, 일어나서 접수대에 앉아 책을 읽고 있었다.

"안녕히 주무셨어요."

"좋은 아침." 책에서 고개를 든다. "잘 잤어?"

"네."

"세수 좀 하고 올게." 이케다 선생님은 이층으로 올라간다.

기다리는 동안 스마트폰을 확인한다.

마쓰바라 씨에게서는 아무 연락이 없다. 아파트 계단에 있던

---

* 국민 건강 증진을 위해 만든 체조를 음악에 맞춰 지도하는 일본의 라디오 방송.

건 비슷한 분위기의 다른 사람이었을 뿐, 내가 잘못 보았던 것일까. 하지만 아는 사람을 만났을 때는 순간 번뜩이듯 "앗!" 하고 알아챌 수 있다. 계단에 있던 사람이 이쪽을 보고 있다고 생각한 순간, 나는 그게 마쓰바라 씨라는 걸 바로 감지했다. 틀림없다.

손에 쥐고 있던 스마트폰에서 진동이 느껴진다.

가즈키의 전화다.

"여보세요."

"역에 도착했어."

"후쿠후쿠도 위치 알아? 역 앞 도로를 건너서 좁은 길로 들어오면 바로 있는데."

"위치 검색하고 왔으니 찾을 수 있어."

"그럼 앞에서 기다릴게."

"오케이."

전화를 끊는다.

"남동생?" 이케다 선생님이 계단을 내려온다.

"역에 도착했대요."

"그럼 이제 갈까? 위층은 내가 문단속하고 왔어."

"네."

실내 조명과 에어컨을 끈 뒤 유리문을 열고서 셔터를 올려 밖으로 나간다.

지지 않는 달 139

라디오 체조를 마치고 돌아가는 아이들이 앞질러 달려나간다.

습하긴 하지만 선선한 바람이 불어 여름 아침의 느낌이 물씬 났다.

구름 한 점 없이 파란 하늘에 아직 달이 떠 있다.

"누나." 뛰어가는 아이들을 피하며 가즈키가 후쿠후쿠도 앞으로 걸어온다.

"고마워."

"천만에."

"남동생 가즈키예요." 이케다 선생님에게 소개한다.

"처음 뵙겠습니다. 가와구치 선생님과 함께 일하는 이케다라고 해요."

"죄송합니다. 누나가 폐를 끼쳤네요." 가즈키가 이케다 선생님에게 고개를 숙인다.

"아니에요, 저는 괜찮으니까 누나를 잘 부탁해요."

"네. 감사합니다."

"그럼 이따 일할 때 봐." 내 쪽을 보며 이케다 선생님이 말한다.

"네. 오늘 감사했습니다." 나는 고개를 숙여 다시 한번 감사인사를 한다.

"무슨 일 있으면 연락해."

역 쪽으로 가는 이케다 선생님의 뒷모습을 가즈키와 둘이서 바라본다.

"저 사람이랑 사귀는 거야?" 작은 목소리로 가즈키가 말했다.

"그런 관계 아니야."

얼마 전까지만 해도 그런 관계가 될 가능성이 전혀 없는 건 아니라고 느꼈다. 하지만 오늘 일로 그 가능성은 제로가 된 거나 다름없다.

모퉁이를 돌기 전 이케다 선생님이 내 쪽을 돌아보며 손을 흔들었다.

걱정어린 미소였다.

가즈키와 함께 손을 흔든다.

나는 어떤 얼굴로 이케다 선생님을 보고 있을까.

4

9월이 되자 급격히 시원해졌다.

일기예보에서는 다음주 후반부터 다시 더워진다고 했지만 8월 만큼은 아닐 듯하다.

여름은 끝났다.

8월 말에 예정했던 여름휴가는 결국 쓰지 않았다. 사쿠라와 가려고 예약했던 료칸은 취소했다. 헤어지고 싶어라는 메시지가 온 지 삼 개월도 더 지났다. 역 앞 카페에서 딱 두 번 사쿠라와 만났지만 말이 통하지 않았다. 대화하는 내내 그녀는 뭔가에 겁먹은 듯한 얼굴로 바닥만 내려다보고 있었다.

자신의 의사로 헤어지고 싶다는 말을 한 것이 아니라 누군가에게 위협받고 있어서가 아닐까 하는 기분이 들었다.

메시지를 보내도 '읽음' 표시는 뜨지만 답이 없다. 마사지 예약을 하면 둘이서 얘기할 수 있을 듯해 후쿠후쿠도에 "출장 마사지나 아로마 릴렉세이션 부탁합니다"라고 전화를 걸어도 거절당한다. "여자 선생님은 출장 마사지를 하지 않습니다"라는 둥 "남성 고객은 아로마 릴렉세이션 대상이 아닙니다"라는 말을 들었다. 나는 후쿠후쿠도의 단골이다. 다른 고객과 똑같이 대우할 리 없다. 그리고 사쿠라도 접수 업무를 볼 때가 있을 텐데 언제 전화를 걸어도 늘 다른 사람이 받는다. 후쿠후쿠도의 마사지사나 접수 직원 중 우리 사이를 방해하는 녀석이 있는 거다. 그 누군가에게 들키면 안 되기 때문에 나를 만났을 때도 사쿠라는 겁먹은 얼굴을 하고 있었던 것이다.

어떻게든 도울 방법이 있을까 싶어 한밤중에 사쿠라가 사는 다세대주택 근처까지 가봤다.

맞은편 아파트로 들어가 계단에서 바라보고 있자니 사쿠라가 베란다에 나왔다. 그때 딱 한 번 얼굴을 마주칠 수 있었지만 그녀는 놀란 듯한 표정을 하더니 곧장 집안으로 들어가버렸다. 그 다음날부터 사쿠라는 밤에도 집에 돌아오지 않았다. 나와 얼굴을 마주친 게 들켜서 그 누군가가 집으로 돌아가지 못하게 했는지도 모른다. 후쿠후쿠도에 출근하고 있는 걸로 보아 감금을 당했다거나 사건에 휘말린 건 아닌 듯하다.

카페에서 만났을 때 사쿠라는 언성을 높였다.

그건 누군가를 향해 나와의 관계가 끝났다는 걸 믿게 하려는 행동이었을 것이다.

그 누군가가 근처에 앉아 사쿠라와 나의 얘기를 듣고 있었다는 뜻이다. 사쿠라의 행동이 어딘가 이상하다고 느껴져 나는 화를 내지 않으려고 했고 열쇠도 돌려주지 않았다. 그녀는 "열쇠를 돌려줘" 하고 말했지만 그게 본심이 아니라는 걸 알았다. 내가 좀더 신경써서 지켜봐줬더라면 이렇게 되진 않았을 것이다.

사쿠라가 집요할 만큼 열쇠 얘기를 한 건, 그 열쇠를 이용해 구하러 와달라는 메시지가 아니었을까.

"전철 운행이 중단된 것 같아요." 옆에서 걷던 다자와 씨가 스마트폰을 보며 말한다.

나는 걸어가며 사쿠라를 생각했다. 요즘은 사귈 때보다 더 자주 사쿠라에 대해 생각한다.

"진짜?"

"인명사고가 나서 상하행선이 전부 멈췄어요. 승강장에 있던 한 대학생이 통과하는 급행열차에 뛰어든 모양이에요. 뛰어들기에 좋은 시간이죠."

"왜?"

"모르세요?" 다자와 씨가 쏘아보듯 나를 쳐다본다.

"좋은 시간 같은 게 있어?"

"여러 사람에게 폐를 끼치고 죽기 위해 전철에 뛰어드는 걸 자살 수단으로 고르는 거잖아요. 아침이나 저녁의 혼잡한 시간대라면 보다 많은 사람에게 피해를 줄 수 있죠. 그중 좀더 늦은 시간이 낫지 않나 싶지만, 어쨌든 지금 이 시간에 전철이 멈추면 막차까지 운행시간이 전부 어그러질 거예요."

"아, 그렇구나. 그 말인즉, 우리는 폐를 당하고 있는 셈이네."

다자와 씨와 둘이 가나가와현에 있는 대학까지 취재를 하러 왔다. 여름방학이지만 연구실에는 학생들이 몇 명 나와 있었다. 가끔 TV에도 출연하는 어느 교수를 취재해 다음달 초에 발행하는 잡지에서 특집 기사를 꾸릴 예정이다. 가부라기 씨가 기획한 기사인데 내가 담당하게 되었다. 교수는 젊다고 할 만큼은 아니지만 스마트한 외모에 라이프스타일도 화제인 인물이다. 가부라기 씨가 상대하기 가장 자신 없어하는 유형. 그러면서도 동경하는 모양이다. 뚱보 아저씨의 복잡한 소녀 감성에 장단을 맞춰줄 여유가 없기에 성가시다고 생각하면서도 담당을 맡았다.

나는 특집 기사의 담당 같은 건 해본 적도 없고 전문적인 부분은 모르기 때문에 다자와 씨가 동행해줬다. 취재는 그녀가 진행하고 나는 옆에서 듣기만 했다.

좀더 이른 시간에 돌아갈 예정이었는데 대화가 한껏 무르익어

길어지는 바람에 늦은 오후가 되어서야 끝났다.

"어떻게 할까요?"

"다른 역까지 택시를 타고 간다고 해도 꽤 멀리 가야할 텐데."

도쿄 시내라면 조금만 걸어 다른 노선이 지나는 역에 갈 수 있겠지만 이 근방에서는 그럴 수 없다. 택시나 버스로 다른 역에 갈순 있지만, 길도 막힐 것 같고 도쿄까지 한참 돌아서 가야 한다. 한 시간 안에 전철은 재개될 테니 기다리는 편이 좋을 것 같다.

"전철이 다시 운행할 때까지 기다리는 게 제일 나은 선택지라고 생각됩니다." 다자와 씨가 말한다.

"그렇네. 그럼 각자 움직이기로 하자."

여자와 단둘이 있지만 도쿄에서 멀리 떨어진 곳이니 사쿠라의 눈에 띄는 일은 없을 것이다. 그래도 만일의 경우를 생각해, 비록 일 때문이더라도 되도록 둘이서 카페에 가거나 하진 않으려 한다. 상대를 불안하게 만드는 일은 하지 않는다. 사쿠라에게 무슨 일이 일어나고 있는지는 모르지만, 떨어져 있기에 더 그녀를 생각해야 한다.

"알겠습니다. 그럼 저는 대학의 자료관을 보러 갈게요."

"알았어. 그럼 이만."

"가보겠습니다." 다자와 씨는 가볍게 고개를 숙이고 대학 쪽으로 되돌아간다.

회사에 있을 때는 무뚝뚝하달까, 좀처럼 표정이 없는 그녀지만 취재중에는 즐거워 보였다. 지금이라도 대학원이나 기업의 연구소에 들어가고 싶다는 생각을 하는 것이리라.

역 앞으로 가서 카페나 찻집에라도 들어갈까 했는데 어디든 만석이었다.

패스트푸드점에 들어갔더니 창가 카운터석에 빈자리가 있었다. 커피를 마시면서 사쿠라에게 메시지를 보낸다.

아무런 예고도 없이 별안간 헤어지고 싶어라는 메시지를 받았을 때는 나도 혼란스러워 그녀를 비난하는 문장을 보내고 말았다. 두번째 만남 후, 얼마간의 시간이 흐르고 냉정을 되찾고서야 그녀에게 뭔가 사정이 있을 거라는 생각이 들었다. 후쿠후쿠도에 전화해도 거부당하자 그 생각이 옳다고 확신했다. 사쿠라가 집에 돌아오지 않게 된 후로는 전화하는 걸 그만뒀다.

지금은 일상적인 얘기를 메신저로 보내고 있다.

오늘은 취재차 가나가와현에 왔어. 돌아가려는 참인데 전철이 멈춰버렸어.

여기까지 보내고 나서 난감해하는 곰 이모티콘을 덧붙인다. 카페도 찻집도 다 자리가 꽉 차서 오랜만에 패스트푸드점에 왔어. 커피가 맛있어서 놀랐어. 이번에는 놀란 곰 이모티콘으로 한다. 사쿠라도 가보면 좋을 것 같아. 마지막으로 웃는 곰 이모티콘을 한번 더 보낸다.

곧장 '읽음' 표시가 떴다.

내 메시지를 기다리고 있었던 것이다.

만날 순 없어도 사쿠라는 나를 생각하고 있다.

삼십 분쯤 지나 전철은 운행을 재개했다.

열차에 바로 타면 혼잡할 테니 조금 시간을 두고 역으로 갔다.

회사에 도착해 한참 기다렸지만 다자와 씨는 돌아오지 않았다. 바로 퇴근했는지도 모른다. 가부라기 씨도 없는데 나도 곧장 퇴근할 걸 그랬다. 출근시간은 아침 아홉시, 퇴근시간은 저녁 여섯시로 정해져 있지만 아무도 지키는 사람이 없다. 적당히 점심때쯤 출근해서 막차시간 전에는 돌아간다. 집에 가지 않고 회사에서 자는 사람도 있다.

깔끔하지 않거나 지저분한 모습이 마치 일을 잘하는 증거라도 되는 양 말하기도 한다. 더이상 여기 있어선 안 되겠다고 느꼈다.

옆자리에 쌓인 책과 잡지, 봉투 더미가 점점 커지고 있다. 가부라기 씨가 배달된 우편물에 힐끗 눈길만 주고 그대로 쌓아올린 탓이다. 필요 없는 것이라면 쓰레기통에 버리면 되는데.

할일도 딱히 없고 여기 있어봐야 소용없다.

퇴근하려고 엘리베이터를 타러 막 나왔을 때 스마트폰이 울렸다.

스미요시의 전화였다.

복도 끝으로 가서 전화를 받는다.

"여보세요."

"여보세요, 오늘 뭐해?"

"일하지."

"몇시까지?"

"글쎄, 잘 모르겠는데."

이제 퇴근하려는 참이라고 솔직하게 말하면 되는데 거짓말을 해버렸다. 저녁 여덟시가 넘은 시간이지만 밤낮없이 일하는 스미요시 입장에서는 퇴근하기에 아직 이른 시간일 테니 내가 지금 간다고 하면 여유로워 보일 것이다.

"오늘 일찍 퇴근할 수 있어서 오랜만에 한잔하러 갈까 했는데."

"집에 가서 가족한테 점수라도 따."

"점수야 많이 따놨지. 오늘은 늦을 거라고 말해놔서 어차피 집에 가도 밥도 없을 거고."

"일찍 들어가게 되었으니 저녁 차려놓으라고 하면 되잖아."

"그랬다간 욕만 먹을걸."

연애할 때부터 스미요시는 여자친구가 하라는 대로 했는데, 결혼하고 나서는 그녀의 입김이 더욱 드세진 듯하다.

같은 직업을 가졌어도 스미요시와 나의 아버지는 다르다. 아버지는 가족에게 점수 따위를 따려고 하지도 않았고, 어머니가 원하는 것을 들어주지도 않았다. 그런 아버지를 어머니는 불평한마디 없이 따랐다. 그것이 부부라고 생각해 나는 사쿠라도 똑같이 해주기를 바랐지만 잘 전달되지 않았다. 말로 설득할 게 아니라 어머니와 직접 만나게 할걸 그랬다.

"어떻게 할까?" 스미요시가 말한다.

내가 거절하더라도 불러낼 친구는 얼마든지 있을 테다.

"알았어, 알았어. 그럼 아홉시에 신주쿠3가 근처에서 보는 거 어때? 지금 하던 일만 정리하면 나갈 수 있으니까."

"괜찮겠어?"

"얘기하고 싶은 것도 있고."

"알았어. 아홉시. 장소는 어떻게 할까?"

"메신저로 보낼게."

전화를 끊고 내 자리로 돌아간다.

인터넷을 보면서 어느 가게에 갈지 고민한다.

스미요시가 기죽을 만한 세련된 가게를 고른다.

조금 늦게 가려고 했는데 시간에 맞춰 도착해버렸다.

약속 장소는 상가 건물 오층에 있는 와인바다.

사쿠라와 사귀기 시작했다는 얘기를 했을 때 갔던 이탈리안 레스토랑보다 더 협소한 공간에 주로 단골손님이 오는 분위기의 가게다. 카운터석 외에는 2인용 테이블석 하나뿐이다. 파친코잡지 편집부에 있을 때 몇 번 온 적이 있다. 조용한 장소에 가고 싶어 퇴근길에 들르곤 했다.

아직 녀석이 안 왔겠지 싶었는데 스미요시는 먼저 와 테이블석에서 레드와인을 마시고 있었다.

"미안, 늦었지." 스미요시의 맞은편에 앉는다.

"괜찮아. 그건 그렇고 선술집 같은 데로 고르지. 이런 세련된 가게에선 어떻게 해야 할지 모르겠단 말이야."

내가 예상한 반응이었지만 기쁜 마음은 들지 않았다.

중학생 때부터 줄곧 스미요시를 이기고 싶었다. 그런데 막상 이기더라도 순순히 자신의 패배를 인정하는 녀석의 모습을 보게 될 뿐이라 나는 비참한 기분이 든다. 생선회가 맛있는 가게나 연기가 자욱한 닭꼬치집처럼 스미요시가 좋아할 법한 곳을 고를 걸 그랬다.

"여기는 일단 약속 장소라는 느낌으로."

"나는 밥을 먹고 싶어."

"그건? 어떻게 된 거야?" 나는 와인잔을 가리킨다.

"바텐더가 골라줬어."

"아, 그럼. 저도 같은 걸로 주세요." 카운터 안쪽의 바텐더에게 주문한다.

"지난번 일은 어떻게 됐어?"

"지난번?"

"전에 만났을 때 결혼을 생각하고 있다며."

"그렇구나, 그러고 나서 우리 안 만났던가?"

"그래. 그게 언제였지?"

"5월? 6월?"

나는 기억 못하는 척했지만, 5월이라는 걸 알고 있었다.

오늘처럼 갑자기 시간이 비었을 때가 아니면 스미요시가 먼저 술 마시러 가자고 권해오는 일은 거의 없다. 늘 내가 먼저 제안한다. 지난번에 만나고서 삼 개월이 넘어가 슬슬 연락해볼까 생각하던 참이었다.

중고등학교 시절에는 학교에서 매일같이 만났다. 그러나 졸업 후 나는 재수생이 되고 스미요시가 대학교 1학년이 되자 연락조차 하지 않게 되었다. 내가 대학에 입학하고 나서는 가끔 함께 술을 마시러 갔지만, 스미요시는 대학 친구들이나 여자친구와의 교제를 우선시했다.

나에게 스미요시는 단 하나뿐인 친구다.

하지만 스미요시에게 나는 많은 친구 중 하나일 뿐이다.

"그래서 어떻게 됐어?"

"자리 옮긴 다음에 얘기하자."

바텐더가 레드와인을 가져와 내 앞에 놓는다.

"왜? 잘 안 돼?"

"음, 잘 안 되고 있다고 해야 하나." 와인을 한 모금 마신다.

가볍고 달콤하고 입에 착 감긴다. 스미요시가 무난한 게 좋다고 요청했을 것이다.

"헤어졌어?"

"그렇긴 한데, 그건 아니고."

"그게 뭐야?"

무슨 일이 있었는지 얘기한다.

그러나 나와 사쿠라 사이에 무엇이 오갔는지 자세히는 말하지 않기로 했다. 아무리 친한 친구라도 연인 사이에서 일어난 일을 떠벌려선 안 된다. 한밤중에 사쿠라의 집 근처까지 갔던 일도 말하지 않았다. 그때 사쿠라와 텔레파시 같은 것이 통했다. 무엇을 말하고 싶은지 또렷이 알아들을 순 없었지만 나를 향한 사랑을 느꼈다. 다세대주택 위에는 금방이라도 사라질 듯 가느다란 달이 떠 있었고, 그 희미한 달빛만 우리를 감싸고 있었다. 우리 사이에서 일어난 일은 특별하고, 타인은 결코 이해할 수 없는 법이다.

스미요시는 묵묵히 듣고 있었지만 미간을 찌푸린 얼굴을 했다. 얘기를 이어갈수록 그 주름은 서서히 깊어졌다.

"힘들겠는데." 내 얘기를 끝까지 듣고 스미요시가 말했다.

"어? 뭐가?"

"그녀가 왜 갑자기 헤어지고 싶다는 말을 꺼냈는지 모르겠지만, 삼 개월 넘게 만나지 않았다는 거잖아?"

"6월 말에 한 번 만났으니까 안 만난 지는 이 개월쯤 되려나."

"이 개월이든 삼 개월이든, 힘들다니까. 여기서 말하기는 좀 그러니까 자리 옮기자."

"알았어."

결제를 마치고 와인바를 나선다.

오래된 건물이라 엘리베이터가 좀처럼 오지 않는다.

계단으로 내려가 밖으로 나가서 맞은편 건물 지하에 있는 선술집으로 들어간다.

좌식으로 된 자리를 안내받아 마주보고 앉는다.

주변 손님들은 몇시부터 마시고 있는 건지 완전히 거나하게 취해서 큰 소리로 떠들고 있다. 넥타이를 풀어젖힌 중년 남자들이 일본의 정치가 어떻고 총리가 어떻고 원자력발전소가 어떻다는 둥 떠들어대지만 영양가 없는 얘기뿐이다. 어떤 얘기를 해도 결론은 월급에 대한 불만이다. 우리 옆자리에 앉은 이십대 후반에서 삼십대 초반으로 보이는 여자들은 결혼을 하고 싶다는 둥 남자친구를 사귀고 싶다는 둥 하며 악쓰듯 말하고 있었다.

물수건을 가져온 점원에게 스미요시는 익숙한 느낌으로 맥주에 안주까지 주문한다. 이런 가게에서는 처음부터 끝까지 스미요시에게 주도권을 빼앗긴다. 그래서 스미요시가 어려워할 법한 가게를 고르게 되었다는 게 다시금 생각났다.

"그래서 이 개월간 안 만났다는 거지?" 스미요시가 말한다.

"안 만났어."

"그쪽에서 먼저 연락해온 적도 없지?"

"없어."

"헤어져도 친구처럼 지내자거나 하는 얘기도 없지?"

"없어. 그리고 헤어졌는데 어떻게 친구로 지낼 수 있어?"

"난 지낼 수 있어."

"전 여자친구가 한 사람뿐이니, 뭐."

스미요시는 지금의 아내를 만나기 전에 사귀어본 여자친구가 한 명뿐이다. 그것도 고등학교 1학년 여름부터 반년간 만났을 뿐이다. 동네에 사는 소꿉친구 같은 아이로, 시험삼아 사귀어봤다는 느낌이었다. 반년 동안 입술이 가볍게 닿을 정도의 입맞춤밖에 하지 않았다고 한다. 그런 녀석이 연애에 대해 이러니저러니 하는 말은 신뢰할 수 없다.

"한 명밖에 없어도 알지."

"아냐, 넌 모른다니까."

"그렇기도 하지만."

아르바이트생으로 보이는 여자가 흘러넘칠 듯 가득 담긴 생맥주잔을 가져와 우리 앞에 놓는다.

"아가씨, 남자친구랑 헤어져도 친구로 지낼 수 있어요?" 스미요시가 아르바이트생한테 묻는다.

"전 못해요."

"그래요?"

"헤어진 뒤 친하게 지낼 수 있더라도 애인이었던 사이와 친구 사이는 엄연히 다르니까요."

"어째서요?"

"친구 사이인 남자랑은 하지 않지만, 애인이었던 사람과는 할 수도 있잖아요. 뭐, 친구하고 해버리는 경우도 있을지 모르지만."

"아…… 그런가."

"네, 이만 가볼게요." 아르바이트생이 테이블에서 멀어진다.

모든 여자가 이 아르바이트생이나 옆자리의 여성들 같진 않을 것이다. 다자와 씨처럼 남자를 사귀어본 적도 없는 여자 역시 세상에는 많을 테다. 하지만 사쿠라처럼 몇 살이 되어도 수줍음을 간직한 채 사랑스러울 수 있는 여성은 별로 없다.

"네가 결혼까지 하고 싶다고 말한 사람이라 나도 웬만하면 응원하려 했는데, 관두는 게 좋지 않을까?"

"왜?"

"생각해봐, 네 말처럼 둘 사이가 누군가에게 방해를 받고 있다고 치자. 그건 남자겠지?"

"아마도."

"전에 사귄 남자가 갑자기 연락을 해와서 그녀가 너한테 헤어지고 싶다는 메시지를 보낸 걸 수도 있잖아."

"응."

"그 말은, 그러니까, 전 남자친구와 완전히 끝난 게 아니었다는 거잖아."

"그런 느낌은 아니야. 훨씬 복잡한 사정이 있다는 느낌이 들어."

전 남자친구가 연락을 해와 곤란한 상황이라면 나에게 의논했을 것이다. 사쿠라는 전 남자친구와 헤어지지도 않았으면서 나와 사귀고 그럴 여자가 아니다.

"나야 그녀를 잘 모르니까 뭐라고 말하긴 어렵지만, 그쪽에서는 이제 너에 대한 마음이 없는 게 아닐까?"

"왜?"

"지금이라도 마음이 있으면 연락하겠지? 메신저가 읽음 상태가 된다는 건 스마트폰을 무난하게 보고 있다는 거고."

"그러니까 분명 누군가가 답장하지 못하도록 시킨 거라니까."

"그런 거라면 메시지를 읽었다는 표시가 나타나지 않게 할 수도 있겠지. 구형 전화기가 아니니까 얼마든지 거부할 수도 있고."

"차단이든 뭐든 할 수 있을 텐데, 읽음 표시가 뜨니까 이상하다는 거야."

"하기야. 그건 그렇네."

연애 경험이 별로 없는 스미요시에게는 아무리 얘기해봐야 헛수고다. 사쿠라와의 관계는 지금껏 다른 여자들과 했던 연애와는 차원이 다르고, 누군가에게 그걸 이해받기도 어려울 것이다.

"너는 여자친구가 생겨도 오래가지 않았으니까. 그 사람이 특별하다는 건 알겠어. 하지만 세상에 여자는 많아." 스미요시는 생맥주잔을 들고 단숨에 절반을 마신다.

이전에 만났던 사람들과 오래가지 않았다는 건 하지 않아도 될 말이다.

한 사람과 쭉 사귀다가 결혼해 가정을 일군 자신이 얼마나 대단한지 내세우고 싶은 건가.

"사쿠라는 특별해. 처음 만났을 때 그렇게 느꼈다고."

"그래……" 스미요시는 나머지 절반의 맥주를 마저 비운다.

특집 기사의 담당이 된 뒤로 한동안 본가에 가지 못하다가, 최종교를 끝내고서야 오랜만에 갈 수 있었다.

어머니랑 둘이 거실에서 커피를 마시며 TV를 본다.

할아버지와 할머니가 집에 있고 아버지가 살아 있던 시절에는 이런 시간을 보내는 것도 불가능했다. 뉴스가 아닌 TV 프로그램을 보는 건 하루에 한 시간으로 할머니가 정해놨었다. 그 한 시간마저도 할머니와 함께 봐야 했다. 만화영화든 예능 프로그램이든 긴장한 채로 시청했다. 내가 웃고 있는 동안 할머니는 옆에서 TV를 노려보고 있었다. 할아버지는 안방에서 혼자 프로야구 중계를 보았다.

이렇게 느긋하게 시간을 보낼 수 있게 된 건 내가 집을 나간 이후다. 해야 하는 일이 줄자 어머니는 간신히 자신의 시간을 가질 수 있었다. 파친코잡지에 있을 때만큼 바쁘진 않으니 본가로 돌아올까 생각한 적도 있었지만, 지금의 상태가 어머니에게는 편할 것이다. 내가 결혼하면 다시 함께 살 테니 그때까지는 원하는 대로 하셨으면 좋겠다.

"저 교수의 특집 기사가 이번 호에 실려요. 제가 담당했어요."

얼마 전에 취재했던 교수가 퀴즈 프로그램의 해설자로 나오고 있었다.

"대단하다!"

"편집장님이 꼭 좀 맡아달라고 해서요."

"우리 욧 군, 믿음직스러운 직원이구나."

"네, 뭐, 우리 회사에서 믿음직스러워봐야 별거 아니지만."

"그런 말 하지 마. TV에 나오는 선생님이랑 일을 한다는 건 아무나 할 수 있는 게 아니잖아. 저 선생님, 세계적으로도 유명한 연구자 맞지?"

"그런 것 같아요."

기사 작성도 다자와 씨와 프리랜서 작가에게 맡기고 나는 확인만 했을 뿐이다. 옆에서 얘기를 들었는데도 기사 내용은 이해할 수 없었다. 교수의 전공은 뇌과학이라 TV에서도 뇌의 활성화와 기억법에 대해 알기 쉽게 설명하고 있다. 하지만 전문적으로 연구하고 있는 건 뇌와 범죄의 상관성인 모양이다. 뇌의 어느 부위에 이상이 있으면 폭력성이 증가할 가능성이 있다든가, 어느 부위에 상처가 생기면 충동적인 행동을 하기 쉬워진다든가 그런 얘기다. 이번 호 특집에서는 교수가 TV에서 설명하는 내용들을 포함해 뇌와 범죄의 관계, 양쪽을 다뤘다. 전문적인 내용 말고도 뇌를 자극하게 하는 퀴즈도 실었다. 누구나 풀 수 있는 간단한 문제부터 어려운 문제까지 골고루 준비했는데, 나는 이런 퀴즈에 약해서 누구나 풀 수 있는 문제를 못 푼다. 다자와 씨는 어떤 문제도 금세 풀곤 했다.

"아버지한테는 보고했니?"

"아까 했어요."

집에 와서 분향할 때 아버지한테도 얘기했다. 칭찬받고 싶어서 그 교수가 얼마나 대단한 사람인지 설명했다. 대답이 돌아올리 없다는 건 알지만, 허세를 부리고 싶어하는 마음을 아버지가 꿰뚫어보고 있는 듯한 기분이 들었다.

어릴 적에 아버지에게 칭찬받고 싶어서 거짓말을 하거나 과장해서 얘기한 적이 있었다. 그때 아버지는 눈을 크게 뜨고 말없이 나를 쳐다보았다. 노려보는 것과는 다르다. 그보다 더 강렬하게, 진심으로 화가 나 있었던 것 같다.

그런데도 나는 학교에서 있었던 일이나 학원에서 본 시험에 대해 거짓말을 하고 부풀려서 얘기하는 것을 멈출 수 없었다. 중학생, 고등학생이 되고 아버지가 돌아가실 때까지 이 버릇은 계속되었다. 친한 친구는 스미요시뿐이면서 학교에 친구가 많다고 얘기했다. 이 문제를 푼 학생은 얼마 없다고 말하며 스스로를 치켜세우려 했다. 칭찬받을 수 없다면 차라리 제대로 혼나고 싶었다. "그런 짓을 하면 안 돼" 하고 아버지가 나에게 말해주면 그만둘 수 있었다.

"새 여자친구는 생겼니?" 어머니가 말한다.

사쿠라와의 사이에서 무슨 일이 있었는지 어머니에게는 전부

보고했다. 전화로도 말했고, 전에 집에 왔을 때도 얘기했다. 스미요시에게는 하지 않은 얘기도 털어놓았다. 어머니와 나와 사쿠라는 언젠가 가족이 될 것이므로 무엇이든 말해둬야 한다.

"사쿠라와 진짜로 헤어진 건 아니니까."

"사쿠라 씨한테는 그만 마음 접는 게 좋지 않을까?"

"왜요?"

"너를 소중하게 여기지 않는다는 느낌이 들어."

"그렇지 않아요."

"엄마도 직장을 다녔으니까, 일을 계속하는 건 좋다고 생각해. 하지만 마사지사라는 게 좀."

"왜요?"

"그야, 남자 고객과 접촉하는 일도 있는 거잖아?"

"네."

"윳 군이랑 사귀기로 마음먹은 시점에서 여성 전용 마사지숍으로 옮겨서 일했어야 한다고 생각해."

"그야 그렇지만."

우리가 만나는 계기가 되기도 했으니 후쿠후쿠도를 관두게 하는 쪽으로는 생각하지 않으려 했다. 하지만 남자 마사지사가 있고 남자 고객도 많다는 건 아무래도 마음에 걸린다. 사쿠라가 나 말고 다른 남자와는 접촉하지 않고 대화도 하지 않았으면 좋겠다. 일하는 건 응원할 생각이니, 다시 사귀게 되면 일의 방향도 의논해야겠다. 어머니와 나와 사쿠라, 이렇게 셋이 식사를 하며 앞일을 얘기하면 될 것 같다.

"그리고 사쿠라 씨한테 무슨 사정이 있었다 하더라도 그런 태도는 눈감고 넘어가줄 만한 게 아니야. 여자는 당연히 남자가 하는 말을 들어야지. 아직 철없는 연인 사이라면 몰라도, 결혼하겠다고 마음먹었던 거니까."

"그건 저도 사쿠라한테 얘기했다고 했잖아요."

"그래."

"조금만 더 기다려줘요. 문제가 해결되면 바로 만나게 해줄게요."

"빨리 해결되면 좋겠다."

"만나면 친절하게 잘해줘요."

"당연하지. 우리 아들의 소중한 여자인데."

"맞아요."

"엄마보다 소중하지?"

"그런 거 아니라니까요."

내가 웃으며 부정하자 어머니도 따라 웃는다.

TV에서도 웃음소리가 커진다.

이렇게 평온한 일상 속으로 사쿠라가 들어오고, 이삼 년 뒤에는 우리의 아이도 더해진다. 아이에게 해주고 싶은 것이 많다. 퇴근하고 집에 오면 함께 숙제를 하고, 일요일 늦은 오후에는 캐치볼을 하고, 여름방학에는 바다에 간다. 그러기 위해서는 지금의 출판사에서 계속 근무하는 편이 좋을지도 모르겠다. 하지만 누구나 부러워할 만한 회사에서 바쁘게 일하는 아버지의 뒷모습도 자식에게는 보여주고 싶다.

"무슨 일 있으면 변호사님한테 부탁할 테니까 얘기해." 어머니는 TV에 시선을 고정한 채 말한다.

"아아, 네."

사쿠라 쪽 문제가 너무 길어질 것 같으면 어머니가 일했던 법률사무소의 변호사에게 자문을 구하기로 했다. 사쿠라에게도 그분을 소개해 문제 해결을 위한 상담을 받고, 나와 사쿠라의 관계 회복에도 도움을 받을 것이다.

"그리고 전화는 하지 마."

"무슨 전화요?"

"후쿠후쿠도에 이제 그만 전화하렴."

"이미 관뒀어요."

"메신저도 적당히 보내. 사쿠라 씨도 바쁠 거 아냐."

"네."

"소소한 얘깃거리를 조금 보내는 정도면 괜찮을 거야."

"요즘은 그렇게 하고 있어요."

"그래." 어머니는 잔을 들고 커피를 한 모금 마신다.

어머니가 무엇을 말하고 싶은지는 잘 모르겠지만, 어쨌든 하면 좋겠다고 말한 바에는 따른다.

어머니의 말대로 해서 실패한 적은 없다.

책상 위의 산더미를 무너뜨리지 않도록 조심하며 다자와 씨가 내 옆자리에 앉는다.

가부라기 씨는 취재하러 나갔고, 다른 계약직 사원은 점심을 먹으러 갔다.

"마쓰바라 씨, 이거 아세요?" 다자와 씨가 스마트폰 화면을 나에게 보여준다.

어느 남자 대학생의 트위터 계정이다. 프로필에는 나와 다자와 씨가 취재하러 갔던 대학의 자연과학부 3학년이라고 적혀 있다. 프로필 사진에는 동아리 술자리에서 찍은 사진이 올라가 있다. 헤어스타일이며 옷차림이며, 대학생들이 많이 읽는 잡지를 그대로 흉내낸 듯한 보통의 남자애다.

"뭔데?"

"전에 취재하러 갔던 날 자살한 남자애예요."

"뭐?"

"교수 연구실에 처음 갔던 날, 돌아오는 길에 전철 운행이 중단됐었잖아요?"

"응."

"그 남자애가 죽을 결심을 하고 전철로 뛰어들기 직전까지 실황중계를 했었어요."

"그렇구나."

"관심 없으세요?"

"으음."

전혀 관심이 없다고 하면 거짓말이겠지만, 그렇다고 특별히 관심이 있는 것도 아니다. 십대나 이십대 초반 때였다면 흥미로워하며 덥석 물었을지 모르지만, 지금은 꺼림칙하다는 느낌이 더 강하다.

취재를 하러 갔던 건 한 달도 더 전의 일이니 이제 와 새삼스럽기도 하다.

죽은 지 한 달 넘게 지났어도 트위터 계정은 그대로구나. 유족이 원하면 삭제할 수 있을 것이다. 하지만 자살하기 전에 학교에서 있었던 일이나 친구와의 일도 기록해뒀으니 삭제하기가 어려울지도 모르겠다. 일기나 사진 앨범이 인터넷상에 공개된 거나 마찬가지다. 안 좋은 기억을 담은 글만 삭제하고 즐거웠던 때의 글만 남길지 어떻게 할지, 유족도 금방 결정할 수 있는 문제는 아닐 테다.

아버지도 갑작스럽게 돌아가셨기 때문에 여러 가지를 결정하는 데 시간이 걸렸다. 할머니는 울기만 하면서 어머니가 무슨 말을 꺼내도 "이게 다 너 때문이다! 이 집에서 나가!"라고만 대꾸했다. 서로 대화가 통하지 않으니 어머니가 일했던 법률사무소의 변호사가 중재해줬다. 덕분에 어머니와 나는 이 집에서 계속 살 수 있었다.

"마쓰바라 씨는 이런 거 좋아하는 사람인 줄 알았어요."

"그게 무슨 의미지?"

"관심 없다면 됐습니다." 다자와 씨는 실망스러운 듯한 얼굴로 일어나 자신의 자리로 돌아간다.

누군가 쳐다보는 기분이 들어 뒤를 돌아보자, 곤노가 자신의 책상에 쌓인 잡지 더미 위로 얼굴을 내민 채 나를 보고 있었다. 시선이 마주쳐 뭔가 말을 걸어오려나 싶었지만 쌓여 있는 잡지 속으로 파묻히듯 다시 하던 일로 돌아갔다.

반년째 계속 작업을 거는데도 곤노는 아직 다자와 씨와 점심을 먹지도 술 마시러 가지도 못했다. 그런데도 아직 좋아하는 모양이다. 예전처럼 집요하게 말을 걸진 않길래 포기한 줄 알았더니, 회사 계정으로 메일을 계속 보내고 있다고 한다. 다자와 씨는 한 번도 답장을 하지 않았다. 취재하러 갔을 때 다자와 씨에게 어떻게 되었냐고 물었더니 그렇게 얘기했다. 이 정도면 서로 오기로 버티는 것 아닌가 싶다. 점심이라도 한번 같이 먹어보면 곤노는 마음을 접을 수 있을지도 모르고, 의외로 다자와 씨가 곤노를 좋아하게 될지도 모른다.

곤노가 남자인데다 선배이기 때문에 더이상 집요하게 굴면 성희롱이나 상사 갑질이라는 문제로 번질 수도 있다. 우리 회사는 그런 일에 의외로 엄격하다. 편집부에는 남자가 많고 총무부와 경리부에는 여자가 많기 때문에 대립구조가 형성되어 있다. 다자와 씨도 곤노의 행동이 진심으로 싫다면 가부라기 씨나 나한테 얘기할 테니 그때까지는 내버려두는 게 좋겠다. 남녀 간의 연애 문제이고, 부탁을 해온 것도 아닌데 괜히 타인이 끼어들어서 해결할 문제가 아니다.

꺼림칙하다고 생각하면서도 다자와 씨가 알려준 대학생의 트위터를 보고 만다.

자살하기 며칠 전까지 바다와 불꽃놀이 축제에 놀러갔던 일, 단기 아르바이트로 라이브 공연장 설치를 한 일, 연구실 엠티에서 바비큐파티를 한 일들이 사진과 함께 즐거운 어조로 쓰여 있었다. 취재했던 교수의 연구실 소속이었던 듯하다. 친구도 많고 여자친구도 있고, 바라던 연구실에도 들어가 알찬 대학생활을 보내고 있는 듯 보인다. 하지만 그 모든 것이 그가 바랐던 것과는 조금 달랐던 모양이다. 그 조금의 차이가 쌓여 거대한 위화감으로 변했다. 앞으로 대학을 졸업할 때까지 이 위화감은 더욱 커지겠지. 이윽고 그 감정에 삼켜져 아무것도 느끼지 않게 되리라. 그것이 어른이 되는 과정이다. 여름방학이라는 비일상 속에서 그 사실을 깨달았다. 깨닫고 나니 감정을 막을 수 없게 되었다. 인생을 원하는 대로 살 수 있도록 충분히 노력하지 못한 자신이 문제다. 입시 공부도 필사적으로 했다고 생각하지만, 전혀 게으름을 피우지 않았다고는 할 수 없다. 좋아하는 여자한테 고백하는 것이 두려워 자신을 좋아한다고 말해주는 여자밖에 사귀지 못한다. 친구들에게 미움받지 않으려고 TV나 인터넷, 잡지를 보고 평범함을 가장한다. 트위터 속 즐거워 보이는 자신이 낯선 사람처럼 여겨졌다. 그러나 잘못된 것은 자신뿐 아니라 시스템이다. 시스템을 파괴하기 위해서는 그 흐름을 막아야 한다. 그래서 전철에 뛰어들기로 했다.

제일 마지막 글에는 친구들과 여자친구뿐 아니라 모르는 사람들로부터도 "살아야 해!"라는 댓글이 달려 있다. 그를 말리려고 역으로 간 친구도 몇 명 있었던 모양이다. 하지만 그는 더이상 그 누구의 말도 귀에 들어오지 않을 만큼 자신의 사상을 확신했던 것이다.

그의 감정을 아주 잘 이해한다.

나도 대학생 시절 똑같은 생각을 했었다. 취직하고 난 뒤에도 그랬다. 내가 원했던 인생이 아니라고 느꼈고, 그 느낌에 적응할 수 없었다.

사쿠라를 만나고서야 비로소 이걸로 됐다고 여기게 되었다.

일찍 퇴근하는 날은 사쿠라의 집에 들르고 있다.

여벌 열쇠를 이용해 안으로 들어간다.

현관에는 내가 선물한 프리저브드플라워와 반지와 우리집 열쇠가 장식되어 있다.

냉장고에 후쿠후쿠도의 근무시간표가 붙어 있어서 사쿠라가 언제 출근하는지 알 수 있다.

우리 사이를 방해하는 누군가에게 발각되지 않도록, 사쿠라가 없을 때만 집에 들른다. 둘이 있는 장면을 들키면 문제가 커질지도 모른다.

사쿠라가 집에 전혀 들어오지 않는 건 아닌 듯하다. 책장에는 새 책이 늘었고, 옷장에 있던 가을옷이 사라졌다. 주방과 세면대를 사용한 흔적이 남아 있을 때도 있었다. 이 집을 아예 나갈 생각은 없는 것이다.

전에 왔을 때는 없던 택배 상자가 주방 한구석에 놓여 있다.

붙어 있는 송장을 보니 보낸 사람의 주소가 마쓰모토시로 적혀 있다. 가와구치라는 성을 보니 본가에서 보낸 것 같다.

그 밖의 다른 변화가 없는지 확인한다. 내가 여기 왔었다는 흔적이 남지 않도록 열었던 건 다시 닫고, 움직인 건 원래 자리로 돌려놓는다.

열쇠를 받자마자 헤어지고 싶어라는 메시지가 왔다. 그후 몇 번 이렇게 사쿠라의 집에 오고 있다.

이 일만은 어머니에게도 말하지 않았다.

처음에는 말할까 생각했지만, 왠지 섹스에 대해 얘기하는 느낌이 들어서 관뒀다.

이렇게 방에 있으면 사쿠라가 없어도 그녀의 기척을 느낄 수 있다. 사쿠라를 생각하며 그녀가 어떤 생활을 하고 있는지 상상한다. 방 한가운데에 앉아 있는 것만으로도 나와 사쿠라 사이의 사랑으로 포근히 감싸이는 듯한 기분이 든다.

그런데 최근에는 왠지 그 사랑이 옅어진 것 같다.

사쿠라가 짐을 두거나 가지러 올 때만 이 집에 들르기 때문일 테다.

그녀를 구하러 가기에는 아직 좀 이르다 싶었는데, 슬슬 어떻게든 손을 써야할 것 같다.

다시 한번 사쿠라와 만나서 얘기하는 게 좋겠다.

메신저를 보내도 답장을 해주지 않고, 후쿠후쿠도에 전화해도 만나게 해주지 않는다. 일반적인 마사지 예약이라면 후쿠후쿠도에서도 거절할 수 없을 것이다. 그러나 마사지중에 나누는 대화는 접수대에 있는 직원이나 다른 마사지사에게도 들린다.

전에 만났을 때처럼 퇴근길에 말을 거는 수밖에 없다.

후쿠후쿠도의 맞은편에 이탈리안 레스토랑이 있다.

점심과 저녁 사이의 시간대는 카페로 운영하는데, 그 안쪽 소파 자리에서 후쿠후쿠도의 입구가 보인다. 창가 자리에서는 주부들이 케이크를 먹으면서 얘기하거나 직장인들이 업무 미팅을 하기 때문에, 일부러 들여다보지 않는 이상 밖에서는 안쪽 자리가 보이지 않는다.

어떻게든 사쿠라의 모습을 보고 싶을 때는 이곳에 온다.

오늘은 유리문 너머의 접수대에 학생 같아 보이는 남자애가 앉아 있다. 마사지사가 되기 위해 공부하고 있다는 아르바이트생일 것이다.

사쿠라는 오후 출근을 할 때가 많아서 카페 영업시간에는 후쿠후쿠도를 잘 드나들지 않는다. 그래도 가끔 편의점에 가는 모습이나 접수대에서 부원장이나 기자키 씨와 얘기하는 모습을 볼 수 있다.

사쿠라는 볼 때마다 야위어가는 듯했다. 원래도 왜소했던 몸이 지금은 부러질 것 같았다. 기자키 씨와 얘기할 때는 곤란한 얼굴을 하고 있을 때가 많다. 누군가에게 위협을 받는 것, 나를 만나지 못하는 것, 그 밖의 여러 고민을 상담하는 것일 테다. 계속 지켜봐도 사쿠라를 위협하는 인물이 누구인지는 알아낼 수 없었다. 처음에는 이케다라는 마사지사가 유력한 인물이라고 생각했다. 하지만 사쿠라와 기자키 씨, 이케다까지 셋이서 대화하는 모습이 자주 보였다.

사쿠라가 "이케다 선생님이랑은 정말 아무 사이도 아니야" 하고 말했을 때는 믿기 어려웠다. 그런데 지금 보니 정말 동료에 불과한 듯하다. 나는 여자와는 친구로 지내지 않는다. 남녀 사이에 우정이 성립하지 않는다고 생각하기 때문이다. 선술집의 아르바이트생이 말했던 것처럼 친구 사이인 남녀라 해도 섹스를 할 가능성은 있다. 대학 시절, 친구라고 생각했던 여자가 몇 명 있었는데, 그중 여자로 의식하지도 않았던 상대로부터 고백을 받았다. 그 관계가 우정이 아니었다는 걸 그제서야 알았다. 교제하는 여자친구 말고는 될 수 있으면 다른 여자와 엮이지 않으려 한다. 그래도 일을 하다보면 대화를 하거나 함께 취재에 가야할 때가 있기 마련이다. 사쿠라와 이케다의 관계는 나와 다자와 씨 같은 것일 테다.

냉정해지면 그렇게 생각할 수 있는데 사쿠라에게 그 말을 들었을 때는 그럴 수 없었다. 업무상 엮일 수밖에 없더라도 퇴근 길에 남자 동료와 함께 밥을 먹으러 가서는 안 된다는 건 아무리 생각해도 내가 옳다. 연인인 내가 원치 않는다고 말했으니 사쿠라는 얌전히 내 말에 따라야 한다.

기자키 씨와 이케다 말고 다른 동료와는 그다지 친하지 않은 것 같다. 다른 마사지사나 아르바이트생과도 이따금 얘기는 하지만 가볍게 말을 주고받는 정도였다. 다만 그건 보이는 곳에서 그렇다는 것이지, 이층 대기실에서는 더 많은 얘기가 오갈지도 모른다. 대기실이 어떤 구조인지는 모르지만, 남자 마사지사 여럿과 같은 공간에 있다는 것도 납득하기 어렵다.

어머니가 말한 것처럼 여성 전용 마사지숍으로 옮기게 하는 편이 좋겠다. 마사지사나 접수 직원까지 전부 여성인 곳도 있다. 운영자도 포함해 여성으로만 영업하는 곳을 지금부터 찾아봐야겠다.

이제 곧 저녁 여섯시다.

오늘 사쿠라는 드물게 오전 출근을 했다. 퇴근하는 모습을 볼 수 있는 건 오전 출근 날뿐이다. 오후 출근이면 밤 열시가 넘어서 퇴근하는 경우도 있다. 이 이탈리안 레스토랑은 체인점이라 파스타도 피자도 맛이 없어서 먹을 마음이 안 든다. 저녁 시간대에 커피 한 잔으로 오래 앉아 있을 순 없으므로 카페로 영업하는 시간에만 오려고 한다. 사쿠라가 퇴근하는 모습을 보고 싶어 회사에는 밖에서 일하겠다고 말하고 빠져나왔다. 가부라기 씨가 없을 때라면 한참을 나와 있어도 아무도 뭐라고 하지 않는다.

대기실로 이어지는 문을 열고 사쿠라가 나온다. 접수대에 있는 아르바이트생과 뭔가를 얘기한다. 어디를 가는 건지 사쿠라는 하늘색 원피스를 입고 있었다.

나를 만날 때는 옷을 갈아입어도, 평소에는 그대로 일할 수 있는 복장으로 출근하던 사쿠라다.

기자키 씨는 휴무인 듯하니 함께 어디를 가는 건 아닐 것이다. 전문학교 시절의 친구를 만나는 걸지도 모른다. 고향 나가노에서 친구가 놀러올 때도 있다고 했다. 스마트폰 연락처에는 동성 친구의 이름이 여럿 등록되어 있었다. 일이 일찍 끝나는 날이라 그중 누군가와 밥을 먹으러 가는 것이지 남자를 만날 리 없다.

저 원피스는 나를 만나기 위해 산 옷이다.

역 맞은편의 캐주얼한 프렌치 레스토랑에서 처음으로 둘이 식사했을 때, 내가 고백을 해 사귀게 되었다. 두번째 데이트는 동네에 있는 가게가 아니라 조금 멀리 나갔다. 그때 사쿠라는 저 원피스를 입고 있었고, 내가 예쁘다고 했더니 새로 샀다고 말하며 수줍어했다.

그런 소중한 원피스를 입고 나 아닌 다른 남자를 만난다고는 생각할 수 없다.

평소에는 여기서 지켜보기만 할 뿐, 사쿠라가 퇴근하고 나면 잠시 기다렸다가 회사로 돌아가곤 한다. 사쿠라가 집으로 돌아가지 않고 어디를 가는지 궁금했지만 뒤를 쫓는 건 위험하다. 내가 따라가는 모습을 누군가가 본다면, 그 누군가에게 사쿠라가 또 위협을 받을지도 모른다. 하지만 언제까지 이대로 있을 순 없기에 오늘은 일단 말만 걸어볼 마음이었다.

그러나 그렇게 느긋하게 생각하고 있을 때가 아닌 듯하다.

가방에서 스마트폰을 꺼내 사쿠라에게 메시지를 보낸다.

여기에 있다는 말은 하지 않고, 날이 추워졌네. 감기에 걸리진 않았어? 하고 태연한 내용을 쓴다.

평소에는 곧장 읽음 표시가 뜨는데, 지금은 아니다. 사쿠라는 아직 후쿠후쿠도에서 아르바이트생과 재잘대느라 가방 속 스마트폰은 신경도 쓰지 않고 있다.

나는 컨디션이 좀 안 좋네라고 쓰고, 마스크를 한 채 기침하는 푸들 이모티콘과 함께 보낸다. 사쿠라의 마사지를 받으면 기운이 좀 날 것 같은데라고 이어서 보낸다. 스마트폰이 울리고 있을 텐데 사쿠라는 가방 속을 보려고도 하지 않는다.

어떻게 된 일이냐고 가서 따지고 싶지만, 그런 행동은 하지 않는 편이 좋다.

설마 그럴 리는 없겠지만 어쩌면 저 남자 아르바이트생이 사쿠라를 위협하고 있는지도 모른다. 즐겁게 얘기하는 듯 보이지만, 실은 그의 심기를 불편하게 하지 않으려 신경쓰고 있을 가능성도 있다. 안경을 쓰고 맹한 인상의 남자애지만 힘은 있어 보인다. 유도든 가라테든 운동을 꽤 했을 듯한 몸집이다. 대기실에 둘만 있을 때 완력으로 무슨 일을 당했기 때문에, 사쿠라는 그가 하라는 대로 할 수밖에 없게 된 것이다. 그때의 증거 사진이 있어 묵묵히 그가 하는 말을 들어야 한다. 그의 앞이라서 스마트폰을 꺼낼 수도 없다.

그렇게 생각하니 모든 게 앞뒤가 들어맞는다.

사쿠라가 얼마나 고통스러운 일을 겪었을지 생각하자 눈물이 쏟아질 것 같았다.

사쿠라는 남자애한테 손을 흔들고 후쿠후쿠도를 나온다.

나도 커피값을 계산하고 이탈리안 레스토랑을 나간다.

역 쪽으로 가는 사쿠라의 뒤를 쫓는다.

후쿠후쿠도를 나왔으니 이제는 스마트폰을 보아도 될 텐데 메신지는 여전히 읽지 않은 상태다. 그 남자애가 위협하고 있는 게 아닌가? 하지만 그게 아니라면 스마트폰을 보지 않을 이유가 없었다. 오전에도 메시지를 보냈다. 그건 읽음 상태가 되었으니 집에 스마트폰을 두고 나온 건 아닐 것이다. 평소라면 고객을 응대

할 때를 제외하고는 곧장 메시지를 읽었을 텐데 오늘은 어떻게 된 일일까?

개찰구 앞에서 사쿠라가 멈춰 선다.

나는 물품보관함 뒤쪽에 서서 상황을 지켜본다.

사쿠라는 누군가와 만날 약속을 한 듯하다.

말을 걸어 이유를 물어보려 했지만 전철이 도착했는지 승강장 쪽에서 사람들이 우르르 계단을 내려왔다.

그중 한 사람에게 사쿠라가 손을 흔든다.

남자다.

후쿠후쿠도의 마사지사는 아니다. 회사에서 퇴근하는 길인지 정장을 입고 있다. 사쿠라보다 약간 연하라는 느낌이 든다. 남자는 개찰구를 빠져나와 사쿠라에게 달려간다. 어딘가를 가는 건가 싶었으나 두 사람은 사쿠라의 집 쪽으로 돌아갔다.

회사로는 복귀하지 않고 집으로 돌아왔다.

캄캄한 방 한가운데에 주저앉는다.

사쿠라의 집으로 향하는 두 사람의 뒷모습이 머릿속에서 떠나지 않는다.

헤어지고 싶어라는 사쿠라의 메시지를 받은 뒤로 지금껏 했던 생각들을 나도 다 믿었던 건 아니다.

아버지한테 칭찬받기 위해 거짓말을 하고 과장해서 말한 것과 마찬가지로 나에게 유리한 쪽으로 얘기를 지어낸 것뿐이다. 모든 것은 나의 망상에 불과하다. 그렇다는 걸 알면서도 믿고 싶었다. 사쿠라를 좋아하니까 다시 사귈 수 있으리라 생각하고 싶었다. 처음 카페에서 얘기를 나눴을 때 이미 사쿠라의 마음이 떠났다는 걸 알았다. 알았기에 열쇠를 돌려주면 그대로 끝나버린다는 것을 직감했다. 돌려주지 않아도 될 이유를 생각하고 또 생각해서 내가 억지로 만들어낸 얘기를 믿기로 했다.

누군가에게 위협을 받아서가 아니라, 사쿠라는 단지 나와 헤어지고 싶었을 뿐이다.

역에서 만나기로 했던 남자와는 이케다처럼 아무 사이도 아닐지 모른다. 남동생일 수도 있다. 이사갈 곳을 알아보려고 만난 부동산 중개업자일지도 모른다. 하지만 어떻게든 갖다붙일 얘기를 만들어보려고 해도 더이상은 믿기 어렵다. 연인이라는 생각밖에 들지 않았다.

저 남자와 언제부터 사귀고 있었던 걸까.

사쿠라가 집으로 귀가하지 않게 된 무렵부터인 것 같다. 한밤중에 나랑 얼굴을 마주친 일과 상관없이, 저 남자의 집에 드나들게 되어 돌아오지 않은 것이다. 사쿠라는 저 남자의 일이 바쁠 때라든가 남자의 집에 가져갈 물건이 있을 때만 제 집에 들르고 있다.

하지만 사쿠라는 남자를 사귀자마자 그 집에 눌러사는 그런
여자가 아니다. 어쩌면 나랑 헤어진 직후부터 저 남자와 사귀고
있었던 걸지도 모른다. 내가 사쿠라의 집에 갔을 때 맞닥뜨리지
않았을 뿐이지 서로의 집을 오가고 있었던 것일 테다. 그러다 남
자의 집에서 반은 동거를 하게 된 것이다. 사쿠라의 집에 남자의
흔적은 없었지만, 그건 주로 사쿠라가 남자의 집에서 지내기 때
문인 듯하다. 오늘은 오랜만에 사쿠라의 집에서 보내기로 한 것
이다. 어떤 얘기를 주고받다 그렇게 정한 건지는 상상할 수도 없
고 생각하고 싶지도 않다.

그 남자를 만난 건 나와 헤어지고 난 후라고 생각하고 싶다.
사쿠라는 안 지 얼마 안 된 남자와 금세 사귀는 그런 여자가 아
니라고 생각하고 싶었지만, 실은 그렇지 않다는 걸 나는 알고 있
다. 우리 역시 후쿠후쿠도의 마사지사와 고객 관계에 불과했는
데, 내가 다가가니 바로 넘어와서 쉽게 사귀지 않았나. 나만 결
혼을 생각하고 진지하게 교제했을 뿐이다. 대형 출판사에서 근
무한다고 거짓말을 했으니 어쩌면 그게 목적이었는지도 모르겠
다. 사쿠라는 마사지사라는 업으로 그리 많은 돈을 벌지 못했다.
일에 대한 의욕이 넘쳐난다는 듯 얘기한 건 거짓말이고, 실은 결
혼해서 전업주부로 편하게 살고자 생각했던 거다. 나보다 조건

이 좋은 남자를 발견했기 때문에 헤어지고 싶어라는 메시지를 보낸 것이다.

사쿠라는 그런 여자가 아니다. 열심히 일했고, 나와 있을 때 행복해 보였던 그 미소에 거짓은 없었다. 그녀에 대해서라면 내가 그 누구보다 잘 안다.

적어도 사실을 말해줬으면 좋았을 텐데.

좋아하는 사람이 생겼다고 솔직히 말해줬으면 나도 단념할 수 있었다. 그런데도 사쿠라는 고개를 숙이고 입을 꾹 다문 채 아무 말도 하지 않고 도망치려고만 했다. 성실하지 못해서가 아니다. 사쿠라에게는 어린아이 같은 면도 있기에, 그렇게 해서 도망칠 수 있으리라 생각했던 것이다. 메시지도 무시하면 그만이라고, 그런 중고등학생 같은 생각을 하고 있다. 그렇게 처신해서는 인간관계라는 게 잘 풀릴 리 없다.

지금쯤 사쿠라의 방에서 두 사람은 무얼 하고 있을까.

사쿠라가 차린 저녁밥을 먹은 후 바로 섹스를 하고 있을지도 모른다. 나와 헤어진 뒤로 가구를 새로 바꾸진 않았으니, 나와 잤던 침대에서 그 남자와 하고 있다는 뜻이다. 내 이전에는 또 다른 남자와 같은 침대에서 잤을 테다. 한동안 남자친구가 없었다고 했지만 그것도 거짓말 같다. 섹스를 할 때 사쿠라는 스스로 움직이는 법이 별로 없다. 익숙하지 않은 듯 구는 것도 남자를 기쁘게 하려는 연기인 것이다. 거칠게 할 때도 "하지 마" 하고 말만 했다. 그날은 샤워하고 난 뒤에도 했다. 싫어하는 것처럼, 부끄러워하는 것처럼 굴면서도 진심으로 거부하진 않았다. 실은 그저 남자를 밝히는 여자였다. 마사지사인 이케다와도 하고, 그런 주제에 동료라는 둥 남매 같은 사이라는 둥 떠들었다. 나 말고 다른 손님에게도 손을 뻗고 있을 것 같다. 오늘 함께 있던 남자도 원래는 후쿠후쿠도의 고객인지도 모른다.

생각하고 싶지 않은데도 자꾸만 사쿠라의 방에서 두 사람이 섹스하는 장면을 상상하게 된다. 사쿠라는 어떤 얼굴로 그 남자를 바라보고 어떤 소리를 지를까. 키는 나랑 비슷해도 체격이 나보다 좋은 남자였다. 직업뿐 아니라 신체 조건을 보고서 남자를 고르고 있는지도 모른다. 마사지를 하면서 상대의 몸이 어떤지 확인하는 것일 테다.

스마트폰에는 사쿠라의 집에서 찍은 사진이 남아 있다.

남자를 물색하려는 저런 여자가 일하고 있는 후쿠후쿠도는 망해야 한다.

가방에서 스마트폰을 꺼내고 마사지숍 후기 사이트를 열어 후쿠후쿠도를 검색한다. 후쿠후쿠도의 후기에는 원장과 이케다를 칭찬하는 평이 많다. 사쿠라를 칭찬하는 건 남자들뿐이다. 좋은 후기를 남겨달라고 고객들에게 수를 쓰고 있는지도 모른다. 나도 사쿠라의 마사지를 받았지만 굳이 후기 사이트에서 극찬할 만큼 솜씨가 뛰어난 건 아니었다.

후기 작성 양식을 연다.

가와구치 선생님으로 예약해 마사지를 몇 번 받았습니다. 저는 그저 고객으로서 다니고 있었기에 그럴 생각이 없었는데, 어느 날 불쑥 메시지가 한 통 도착했습니다. 이후에도 집요하게 메시지가 와서 식사를 하러 갔습니다. 만나보니 귀여운 사람인 듯해 정식으로 교제를 했습니다만 금세 헤어지자는 말을 들었습니다. 아무래도 고객의 이력이나 체격을 보고 이 남자 저 남자에게 집적대는 듯합니다. 마사지는 그럭저럭 괜찮았지만 두 번 다시 안 갑니다.

별점이 없으면 글을 등록할 수 없길래 딱 하나만 매겼다.

알몸으로 침대에 누워 있는 사쿠라의 사진 두 장을 첨부해 업로드한다.

이것은 사쿠라에게 주는 벌이다.

5

　전문학교에 다닐 때, 친구의 남자친구가 독립영화 감독이라 촬영 현장을 보러 간 적이 있다. 쉬는 시간에도 카메라를 끄지 않고 출연자와 스태프를 찍고 있었다. 그 영상은 완성된 영화의 엔딩 크레디트에 쓰였는데 나와 친구의 모습도 살짝 나왔다. 촬영되고 있다고 별로 의식하지 못했기 때문인지 거울이나 사진으로 보는 내 모습과는 다르게 보였다. 녹음한 내 목소리를 들었을 때의 감각에 가깝다. 내가 생각한 내가 아니었다.

　지금 보고 있는 건 사진이지만 그때와 똑같은 느낌이 든다.

　잠든 사이에 찍힌 거라서 그런가.

　자신의 알몸 사진을 보는 건 어릴 때 이후로 처음이다. 유치원에 들어가기도 전 욕실에서 찍은 적이 있다. 그 시절과는 팔다리의 길이도, 가슴과 엉덩이의 모양도 모두 다르다. 스스로 왜소하고 어린아이 같은 몸매라고 생각했는데, 엄연한 어른이 되어 있었다.

처음 이 사진을 보았을 때는 온몸의 핏기가 빠져나가는 느낌이 들었고 현기증이 났다. 두 번, 세 번 보다보니 더이상 아무 느낌도 들지 않았다.

"삭제 요청은 했는데 작성자 본인의 허가가 없으면 삭제할 수 없다고 하네." 부원장이 노트북을 보면서 말한다.

"아…… 그런가요." 나도 노트북을 보며 대꾸한다.

둘이서 마주앉아 서로 보기 편하게 놓인 노트북을 들여다보고 있으니 흡사 패밀리레스토랑이나 선술집에서 메뉴판을 보고 있는 듯한 기분이 든다.

"이 이상은 우리가 어떻게 할 수 없어서."

"그렇군요."

"할 수 있는 건 다 했어."

"아, 네. 감사합니다."

부원장을 보니 난처한 표정이다.

그 옆에 앉은 원장은 뺨에 손을 대고 뭔가를 생각하는 듯한 얼굴을 하고 있다. 이 사진을 여자가 보는 것도 싫은데 남자에게 보여주는 건 견딜 수 없다. 창피해서 죽어버리고 싶을 지경이었는데, 지금은 그런 생각도 들지 않게 되었다.

원장과 부원장의 대기실에 들어온 건 면접 때 이후로 오 년 반 만이다. 그때는 볕이 잘 들어 밝은 방이었던 것 같은데 지금 보니 묘하게 어둡다. 창밖으로 정면에 있는 빌딩의 베란다가 보인다. 육층짜리 건물이라 햇빛을 막고 있다. 내가 일하기 전부터 있던 건물이니 면접 때의 기억이 잘못됐을지도 모르겠다.

"가와구치 선생이 직접 삭제 요청을 하는 건 안 되나?" 원장이 말한다.

"글쎄요. 그게 어떻게 될지⋯⋯" 내가 말한다.

마사지숍 후기 사이트에 내 알몸 사진이 게시되었다.

사진이 아니라 디지털 이미지라고 하는 것이 맞는 표현일까.

익명으로 작성된 글이지만 이런 사진을 올릴 수 있는 건 마쓰바라 씨뿐이다.

전에 사귀었던 남자친구가 올렸을 가능성도 생각해봤지만, 내 머리 모양이나 침대 시트로 보아 마쓰바라 씨와 사귀던 무렵이 틀림없다.

이걸 맨 처음 발견한 사람은 기자키 씨였다.

접수대의 컴퓨터로 후기 사이트를 보다가 발견했다. 기자키 씨는 곧장 원장과 부원장의 대기실로 가서 보고했다. 대기실에서 도시락을 먹고 있던 나도 불려가 접수대의 컴퓨터로 확인했다.

"어제 올라온 글이라 아직 많은 사람이 본 건 아닐 테고, 바로 삭제해달라고 할게."

원장이 내 뒤에서 서서 하는 말이, 머리가 빙글빙글 도는 와중에 금방이라도 사라질 듯한 의식의 저편에서 들려왔다.

전화 한 통으로 간단히 해결될 건 아니라고 예상은 했지만, 삭제를 요청하는 과정은 생각보다 오래 걸렸다. 우선 사이트를 운영하는 회사에 메일을 보내고, 그에 대한 회신을 받고 나서 상세 내용을 쓴 메일을 다시 보내고, 회신을 기다린다. 좀처럼 회신이 오지 않아 일주일을 기다려야 했다. 그사이 전 세계 사람들이 내 알몸 사진을 계속 열람한다. 그런데 그토록 기다려 들은 답변은 삭제가 어렵다는 것이었다.

"고객들 사이에서도 퍼진 것 같아." 원장이 곤란한 듯 말한다.

"그렇군요."

"우리 경영 상태가 원래도 좋진 않았는데 최근 일주일간 고객이 줄고 있어. 원인이 이것만은 아닐 거라고 생각하지만, 신규 고객은 아예 없고 단골들도 안 오네."

후기 사이트에 알몸 사진이 게시된 마사지사가 일하는 숍에는 나라도 가지 않는다. 그 밖에 아무리 좋은 후기가 있어도 그 숍은 이미 신뢰할 수 없게 된다. 게다가 마쓰바라 씨는 나와 사귀었다는 것도 썼다.

"고객이랑 사귄다는 것도 좀 그렇지." 부원장이 컴퓨터를 끈다.

"그렇죠."

"가와구치 선생은 열심히 일해줬고 고객들에게 평판도 막 좋아진 참인데다, 접수대 일도 솔선해서 맡아줘서 큰 도움이 됐어. 그런데 이런 일이 있으면……"

지난 일주일 동안 나는 휴가를 내고 집밖으로 거의 한 발자국도 나가지 않았다. 가즈키와 기자키 씨와 이케다 선생님이 몇 번 와줬다. 타인을 대하는 게 두려워 가즈키 말고는 만나지 않았다. 원장이 나에게 전화해 후쿠후쿠도로 오라고 했을 때부터 무슨 얘기가 나올지 알 수 있었다.

오랜만에 밖에 나오니 차가운 바람이 불고 있었다.

"그만둬줄 수 있겠니?" 원장이 말한다.

"네, 폐를 끼쳐서 죄송합니다." 나는 손을 무릎에 올리고 고개를 숙인다.

부당한 해고라고 불평할 권리가 내게는 없다.

아무리 잠든 때라도 알몸 사진을 찍히다니, 내가 부주의했다.

더이상 후쿠후쿠도에 폐를 끼칠 순 없다. 도쿄에 와서 오 년 반 동안 원장과 부원장에게는 신세를 많이 졌다. 마쓰바라 씨에게 집요하게 전화가 걸려왔을 때도 두 분은 나를 지켜줬다.

도저히 어찌할 수 없는 지경까지 와버린 것이다.

후쿠후쿠도를 그만둔 지 일주일이 지났다.

저축해둔 게 거의 없어서 이대로라면 곧 생활이 불가능해진다. 이런 생각을 하면서도 새 일자리를 구할 마음이 들지 않았다. 마사지 일을 하기는 당분간 어렵다.

내가 퇴직 절차를 밟고 사물함 정리를 하는 동안, 원장님은 후쿠후쿠도에서 당부하는 차원으로 마쓰바라 씨에게 메시지를 보내 게시물을 삭제해달라고 부탁했다. 그러나 답장은 없었을 것이다. 사진은 아직 삭제되지 않았다.

내가 직접 마쓰바라 씨에게 연락해 삭제해달라고 부탁해야 하지만, 메신저도 문자도 보내고 싶지 않고 전화도 걸고 싶지 않다. 후기 사이트에 사진이 게시된 날 이후 마쓰바라 씨에게서는 메시지도 없고 전화도 걸려오지 않는다.

안 보면 그만이라고 생각하면서도 하루에 몇 번씩 확인하게 된다.

후기에는 알몸 사진에 편승하기라도 하듯 악성 댓글이 줄을 이었다. 저급한 내용으로 보아 그걸 쓴 사람이 마쓰바라 씨는 아닌 듯하다.

인터폰이 울린다.

곧바로 받지 않고 소리가 나지 않도록 주의하며 현관으로 가 외시경으로 밖을 확인한다.

기자키 씨였다.

문을 연다.

"어쩐 일이야?" 내가 묻는다.

밖은 아직 밝다.

아무래도 한낮인 듯하다.

커튼을 단단히 치고 방에서 나가지 않다보니 시간 감각이 어그러졌다. 일을 그만둔 지 일주일이라는 것도 대략 그쯤이라고 느끼는 것뿐이다. 실은 사흘밖에 안 지났을지도 모르고, 한 달이 넘었을지도 모른다.

"괜찮아?" 기자키 씨가 내 얼굴을 보며 말한다.

웃는 얼굴로 "괜찮아!" 하고 대꾸하고 싶었지만 불가능했다.

아무 말도 하지 않고 나는 그저 고개를 가로젓는다.

"그래, 괜찮을 리 없지. 밥은 제대로 먹고 있어?"

"되도록 먹으려고 해."

"그래. 나 들어가도 돼?"

"들어와."

원장에게 불려간 날, 기자키 씨도 이케다 선생님도 휴무였다.

다른 선생님들과 아르바이트생들에게 폐를 끼쳐 미안하다고 사과하고, 휴무인 두 사람에게도 그렇게 전해달라고 한 뒤 나는 후쿠후쿠도를 나왔다. 선생님들은 아무도 나를 나무라지 않고 "앞으로도 열심히 해" 하고 격려해줬고, 아르바이트생들은 "가와구치 선생님한테 많이 배웠어요. 감사합니다" 하고 말해줬다. 다들 다정했지만 그 누구도 믿을 수 없었다. 마쓰바라 씨도 처음에는 다정했다. 그랬으면서 이런 짓을 한 거다.

인간의 본성 같은 건 나에게 보이지 않는다.

이케다 선생님한테서 몇 번인가 메신저와 문자가 왔고 전화도 걸려왔다. 집에도 찾아와줬다.

마쓰바라 씨가 하면 무서웠던 일도 이케다 선생님이 하면 기뻤다. 하지만 그런 식으로 느껴선 안 된다. 메신저에도 문자에도 답장하지 않고 전화도 받지 않았다. 집에 있으면서 없는 체했다. 돌아가는 발소리를 확인한 뒤 문을 열면, 문고리에 편의점 봉지가 걸려 있고 그 안에는 과일과 요거트가 들어 있었다.

"환기를 좀 해야겠어." 기자키 씨가 베란다 쪽 커튼과 창문을 연다.

밖에서 놀고 있는 아이들의 목소리가 들려온다.

세타가야는 거대 미로처럼 길이 뒤얽혀 있다.

모퉁이 끝에 누가 기다리고 있을지 알 수 없기에 밝은 시간대라도 안심할 수 없다.

하지만 아이들은 바로 앞에 있는 아파트 주위를 요리조리 방향을 바꿔가며 뛰어다니고, 엄마들은 선 채로 얘기하며 그 모습을 보고 있다. 그런 곳에서 웬 남자가 이 다세대주택을 주시하고 있다면 수상한 사람으로 신고될 게 뻔하다. 마쓰바라 씨가 오는 일은 없을 것이다.

"동생은?" 기자키 씨가 물으며 집 청소를 한다.

내내 안에만 있었는데도, 가만히 앉아 있기만 할 뿐 아무것도 하지 않았는데도 어느새 집이 지저분해졌다. 세면대와 주방의 수건은 교체했지만 빨래 바구니에 넣어둔 그대로다. 뭐라도 읽어볼까 싶어 손만 대고 결국 읽지 못한 책과 잡지는 책장에 도로 넣어두지 않아 탁자 위와 바닥에 널브러져 있다. 싱크대에는 씻지 않은 유리컵과 머그잔이 쌓여 있다.

"마트에서 장 본 거 가지고 가끔 와."

"그렇구나." 기자키 씨가 바닥에 널브러진 책들을 모아 책장에 도로 꽂는다.

문고본을 대충 나열한 것이 신경쓰였지만 아무래도 상관없는 일이다.

"언제까지 가즈키네 집에 있는 것도 미안하고."

한밤중 맞은편 아파트 계단에 있던 마쓰바라 씨를 목격한 이후 한동안은 가즈키의 집에서 지냈다. 짐을 가져오거나 가져다

놓을 때만 집으로 돌아왔다.

　가즈키네 집도 원룸이다. 누나와 남동생 둘이서 지내기에는 답답하다.

　나 때문에 가즈키는 여자친구에게 당분간 오지 말라고 전화해야 했고, 그게 원인이 되어 싸우기까지 한 모양이다. 내게는 "있고 싶을 때까지 있어도 돼"라고 했지만, 가즈키가 스트레스를 받고 있다는 걸 알 수 있었다. 외모가 많이 닮은 건 아니지만, 남매라 성격이나 하는 행동은 닮았다. 가즈키의 말투가 지쳤을 때의 내 말투와 똑같았다. 신세 지는 처지에서 화를 내선 안 된다고 생각했지만 나도 스트레스를 느꼈다. 후기 사이트에서 내 사진을 발견한 날 밤, 가즈키에게 전화해 나에게 무슨 일이 있을 때만 와달라고 부탁하고는 집으로 돌아왔다.

　여기 계속 있지 말고 이사를 해야 할 것 같은데 그럴 기력도 돈도 없다. 무슨 일이 있었는지 부모님에게는 말할 수 없으니, 본가에 돌아갈 수도 없고 돈을 빌릴 수도 없었다.

　"이거 설거지할게." 책과 잡지를 다 치운 기자키 씨가 싱크대에 선다.

　"괜찮아. 그냥 놔둬."

　"됐어, 내가 할게."

　기자키 씨는 쌓여 있던 유리컵과 머그잔을 씻고, 세탁도 해주고 청소기까지 돌려줬다.

집이 정돈되자 기분이 조금 편안해졌다.

"어때?" 기자키 씨가 따뜻한 커피가 담긴 머그잔 두 개를 손에 들고 묻는다.

"고마워."

"별말씀을." 머그잔을 탁자에 놓고 내 맞은편에 앉는다.

해가 짧아졌다.

이제 곧 해가 저물고 아이들은 각자의 집으로 돌아갈 것이다.

"와줘서 고마워." 나는 그렇게 말하며 자리에서 일어나 창문과 커튼을 닫는다. "그래도 난 이제 괜찮아. 기자키 씨도 바쁘잖아. 후쿠후쿠도도 힘들 거고."

"후쿠후쿠도는 그만둘까 해."

"왜?" 제자리에 다시 앉는다.

"원장도 부원장도 너무 매몰차잖아."

"왜?"

"가와구치 선생님이 그렇게 열심히 했는데 어떻게 자를 수 있어?"

"그야 내가 문제를 일으킨 거니까 어쩔 수 없지."

"그래도 마쓰바라 씨한테 전화가 걸려올 때는 이해하는 척했잖아. 그랬으면서 사정이 조금 어려워지니 단번에 태도가 돌변하다니."

"그런 건 아니지 않을까?"

"어느 쪽이 됐든, 후쿠후쿠도의 경영 상태로 봐선 접수 전담 아르바이트생을 고용할 여유도 없어질 테고. 접수 일이야 선생님들이 교대로 하면 어떻게든 되겠지."

"그렇지 않아. 기자키 씨가 없으면 곤란하지."

접수대만 맡는 거라면 선생님들과 아르바이트생들로 운영할 수 있다. 그런데 접수대 일은 그저 거기 앉아 있기만 하는 것이 아니다. 전담 인력인 기자키 씨 같은 직원들이 고객 리스트를 관리해주고 있다. 리스트에는 시술시 요구사항은 물론, 예약하는 특징이나 가족관계, 시술중에 했던 얘기까지 세세한 사항이 적혀 있다. 청소도 남자들은 너무 대충한다. 전담 인력이 있기에 후쿠후쿠도의 청결이 유지되고 있다.

"아무도 곤란해하지 않는다니까." 기자키 씨가 웃으며 말한다.

"아니야, 선생님들만 있으면 세세한 데까지는 신경을 못 쓰는데. 기자키 씨가 있어서 큰 도움이 된다고 다들 그렇게 생각해."

"나, 어차피 선생님들 위해서 일하는 거 아닌데."

"어?"

"그게 내 일이니까 꼭 해야 하는 것을 할 뿐이야. 선생님들이 곤란하든 말든 아무래도 상관없어. 가끔 보면 접수 직원을 무슨 심부름꾼으로 착각하는 거 아닌가 싶을 때도 있다니까. 다들 잘난 척은."

"그렇게 생각하고 있었어?"

"가와구치 선생님도 나를 아래로 보고 있지?"

"안 그래."

"아, 이제 선생님이라고 할 필요는 없는 건가? 잘렸으니까."

"응, 그렇네."

"그렇다고 갑자기 가와구치 씨라고 하는 것도 이상하고. 뭐, 아무튼."

"응."

"내려다보는 듯한 태도로 말하잖아."

"내가?"

"가르쳐줄 수 있다는 둥, 그런 식으로 말하잖아. 가르쳐줄 수 있다니, 뭐야 그게? 가르쳐주세요, 하고 내가 무릎이라도 꿇고 부탁해야 하는 건가?"

"내가 그렇게 말했어?"

"응. 아로마 얘기할 때."

"그건……"

대화중에 무의식적으로 나온 말이었지 그녀를 내려다본다는 마음은 없었다. 하지만 기자키 씨한테는 그렇게 들렸을 테다.

"내가 봤을 때 마사지사 선생님들은 시야가 좁다고 할까, 상식적인 것조차 모른다는 느낌이야."

"그렇구나."

"회사를 다니다 그만두고 마사지사가 된 사람이 많잖아. 사회생활을 원만하게 헤쳐나가지 못하는 사람들뿐이라 그런 거겠지. 가와구치 씨 역시 신용금고 다니다가 인간관계로 문제를 일으켜서 그만두고 마사지사가 된 거잖아?"

"응."

"편의점 가는 차림으로 일하러 오질 않나, 세상을 너무 몰라."

"나는 그렇지만, 다른 선생님들은 그렇지 않아."

마쓰바라 씨가 후쿠후쿠도에 집요하게 전화를 걸어왔던 여름 무렵부터 기자키 씨와 원만하게 대화할 수 없게 되었다. 예전처럼 편하게 얘기하려고 해도 의견이 맞지 않는다. 기자키 씨는 원래 하고 싶은 말을 똑 부러지게 하는 편이라 이따금 선생님들의 험담도 하곤 했다.

전에는 웃으면서 들었던 얘기도 지금은 받아들일 수 없었다.

아까부터 기자키 씨는 줄곧 웃는 얼굴로 얘기한다. 평소 하던 대로 말하고 있을 뿐이다. 내가 거만한 태도로 얘기할 마음이 없었던 것처럼 기자키 씨도 비아냥거릴 의도 같은 건 없을 것이다.

"그런 거 맞아." 기자키 씨가 말한다. "이케다 선생님도 회사원으로선 사회생활 제대로 하기 힘들걸?"

"그건 모르겠지만, 마사지사로선 실력도 뛰어나고 고객 평도 좋고, 다정한 사람이야."

"흐음. 뭐, 이케다 선생님 얘기는 됐어. 그 사람의 다정함이나 친절함은 부자연스러워서 난 별로거든. 가와구치 씨한테 흑심이 있는 게 빤히 다 보이잖아."

"그런 관계 아니라고 몇 번이나 말했잖아."

"알았어, 알았어. 그 얘긴 이제 그만하자."

"응."

나는 커피를 한 모금 마시고 마음을 가라앉힌다.

"아무튼 가와구치 씨는 좀더 세상 물정을 알아야 해."

"그러게."

"안 그러면 또 이상한 남자한테 속는다고."

"속아?"

만나보니 생각했던 것과 다른 사람이긴 해도, 속는다는 건 조금 다른 차원의 얘기다. 마쓰바라 씨는 내가 세상 물정을 모른다는 걸 노리고서 뭔가를 얻어내려고 자상한 사람인 척 연기했던 게 아니다.

"속았잖아."

"돈을 뜯기지도 않았는데, 속았다고 할 건 아니지."

198

"어?" 기자키 씨가 놀란 얼굴을 한다. "혹시 아직 모르는 거야?"

"뭘?"

"마쓰바라 씨, 대형 출판사에서 일한다고 했던 거 거짓말이었어."

"어?" 이번에는 내가 놀라 목소리가 커진다.

"실제로 어디서 일하는지는 모르겠지만, 그 사람이 다닌다고 한 회사는 아니야. 그러니까 베스트셀러 작가를 담당하고 있다느니, 연예인이랑 일할 때도 있다느니 했던 것도 전부 거짓말인 거지. 함께 모델 일 하던 친구가 그 출판사에 근무해서 들은 거야. 마쓰바라라는 직원은 없다더라."

"왜 안 알려줬어?"

"알고 있는 줄 알았지." 기자키 씨는 커피를 마시며 내 시선을 피한다.

"난 몰랐어."

"하지만 대형 출판사에 다닌다고 해서 사귄 건 아니잖아?" 기자키 씨가 다시 시선을 돌려 내 눈을 마주본다.

"……그렇긴 하지만."

나와 사귈 때 마쓰바라 씨가 했던 말은 어디서부터 어디까지가 거짓이었을까.

"마쓰바라 씨한테 아직도 연락 와?"

"아니."

"그럼 그걸로 분이 풀렸나보네. 이제 해결된 것 같은데. 집에만 틀어박혀 있지 말고 밖으로 좀 나가."

"그래야지."

"난 슬슬 가볼게." 기자키 씨가 일어선다.

"일하러 가?" 접수 직원은 오후 늦게 출근할 때도 있다.

"아니, 오늘은 휴무야. 남자친구가 온대서."

"그래." 현관까지 배웅하러 나간다.

기자키 씨는 명품 브랜드의 비싸 보이는 원피스를 입고 있다. 남자친구가 집에 온다고는 하지만 휴무일에 입을 만한 옷은 아닌 것 같다. 구두도 굽이 높은 펌프스를 신었다.

그런 복장으로 동네 친구의 집에 오는 게 이상했지만 그건 아마 내가 세상 물정을 모르기 때문일 것이다.

"그럼 간다, 또 올게."

"고마워. 또 봐."

또각또각 구둣굽 소리를 울리며 돌아가는 기자키 씨의 뒷모습을 향해 손을 흔든다.

기자키 씨가 돌아간 후에는 전보다 더 기분이 가라앉아 아무

것도 할 수 없었다.

그래도 잠시 시간이 지나자, 기자키 씨가 말한 대로 '이제 해결된 게 아닐까' 하는 생각이 들었다. 마쓰바라 씨는 더이상 나에게 아무 짓도 하지 않고, 인터넷은 보지 않으면 된다. 당장 이사를 하거나 재취업하겠다고 생각하지 말고 할 수 있는 것부터 하나씩 해나가자.

일단은 책장 정리를 했다. 기자키 씨가 대충 꽂아둔 문고본 말고도 다른 책들까지 전부 꺼내서 장르별로 나누고 저자명 순으로 다시 꽂았다. 입지 않는 옷과 안 쓰는 조리도구를 중고 매장에 팔거나 버리고 대청소를 했다. 차례대로 집을 치우는 사이 기분도 정리되어가는 듯했다.

혼자 돌아다니기가 아직 두려워 가즈키가 휴일에 오면 함께 겨울옷을 사러 가기로 했다.

후기 사이트에서 사진을 본 사람들이 나를 알아볼지도 모른다는 사실이 마쓰바라 씨를 마주칠 수 있다는 것만큼 무서웠다.

아무도 나를 보고 있지 않아도 관찰당하는 기분이 든다.

등뒤에 들러붙은 시선이 떨어지지 않고 어디까지나 따라오는 느낌이 들었다.

"나도 금전적으로 여유가 있는 건 아니지만 조금은 지원할 수 있으니까 뭐든 말해." 커피를 마시며 가즈키가 말한다.

코트를 사고 집에 가기 전에 카페에서 차를 마시기로 했다.

"괜찮아, 지원 안 해줘도."

"그 코트 사서 이제 돈 없지?"

"음, 올해까지는 괜찮을 것 같아."

신용금고에 다닐 때부터 했던 저축과 후쿠후쿠도를 그만둔 날까지의 급여가 얼마인지 계산했다. 연말까지만 직장을 찾으면 어찌어찌 생활은 해나갈 수 있다.

"괜찮다고 해도 여유는 없잖아?"

"그렇지."

이제는 집밖으로 나가야겠다고 생각하지만 뭐든 나가면 돈이 든다.

일자리가 정해질 때까지는 최소한의 생활밖에 할 수 없기에 결국 집안에 틀어박히게 된다.

"코트 한 벌과 홍차 한 잔에도 그렇게 얼굴이 밝아지는데, 작은 거라도 좋으니 누나가 자신을 위한 사치를 좀 했으면 좋겠다 싶어."

"이 코트는 잘 산 거 같아. 포기하지 않고 찾아다니길 잘했어."

갖고 싶었던 스타일의 코트를 다섯번째 가게에서 발견했다.

색깔도 디자인도 가격도 모든 것이 이상적이었다. 무릎 아래까지 오는 길이의 후드 달린 캐멀색 코트인데, 캐주얼한 옷에도 어울리고 근사한 식당에 갈 때도 입을 수 있다. 심플한 디자인이라 오랫동안 입을 수 있을 것이다.

"오랜만에 코트도 샀는데 입고 돌아다니지 못하면 쇼핑한 의미가 없잖아."

"그렇네."

"금전적인 부탁이라 말 꺼내기 어렵다는 생각은 하지 말고."

"……그래도."

"아버지 돌아가신 뒤 유산상속에서 내 몫을 좀더 받으면 되니까."

"그런 말 마, 불길하게."

"갚는 건 나중에 천천히 해도 된다는 말이야."

"정 안 되겠다 싶으면 부탁할게."

"알았어."

"요즘은 기분도 괜찮고, 직장도 금방 찾을 것 같아. 마사지 일만 고집할 필요는 없으니까 서점이나 빵집에서 아르바이트해도 되고. 찾아보면 일은 많아."

"그래도 괜찮겠어?" 가즈키가 나를 보며 안타까운 듯한 얼굴을 한다.

"응."

"서점이나 빵집 아르바이트 일이 나쁘다고는 생각 안 해. 누나한테는 잘 맞을 것 같기도 하고. 그래도 마사지사가 되겠다고 마음먹고 도쿄로 와서 전문학교에 다니고 자격증을 딴 거잖아. 그런데 이상한 남자 하나 때문에 그걸 써먹지 못하는 건 아닌 것 같아."

"그렇긴 한데, 내 잘못도 있으니까."

이런 짓을 할 사람이라는 걸 진작 알아채지 못하고, 그 거짓말을 믿어가며 교제했던 내게도 책임이 있다.

"마쓰모토로 가는 건 어때?"

"힘들지."

"왜?"

"엄마 아빠한테는 말할 수 없으니까."

"스와의 할아버지네 집은?"

"할아버지한테는 더 말 못하지."

"그런가……"

"도쿄에서 열심히 해볼게. 지금껏 내가 편하게 살아왔다는 걸 깨달았어. 전문학교는 추천으로 들어갔고, 신용금고에 취직한 것도 아빠의 소개 덕분이었고, 후쿠후쿠도는 아르바이트를 하다가 그대로 채용됐던 거니까. 조금 고생을 해봐도 나쁘지 않을 것 같

아. 마사지 말고 다른 일도 해보면서 세상 물정을 좀더 알아야지."

"하기야, 누나는 온실 속 화초 같은 면도 있으니까. 그 온실을 할아버지랑 아빠랑 내가 만들긴 했지만."

"그러니까."

응석을 부리며 자라진 않았어도, 나가노에 있던 시절에는 할아버지와 아빠, 가즈키에게 보호를 받으며 지냈다는 생각이 든다. 우리 가족은 유도를 하는 집안으로 그 근방에서는 유명했다. 아빠는 쉬는 날이면 도장에서 유도를 가르쳤다. 가즈키도 그 유도장에 다녔다. 동급생 중에도 그 도장에 다니는 남자애가 있었는데, 그애에게서 "너희 아빠 엄하시더라" 하는 말을 듣기도 했다. 집에서는 오히려 엄마가 엄격하지 아빠가 우리를 혼내는 일은 별로 없었다. 아빠는 도장에서도 어지간해선 화를 내지 않지만 연습중에 장난치는 건 절대로 용납하지 않았던 모양이다.

"연말연시에는 나도 집에 내려갈 거니까, 가서 푹 쉬자."

"아직 멀었잖아."

"지금은 그런 것 같아도 연말까지 금방이야."

"하긴 그렇지."

아직 두 달 넘게 남았지만 시간은 쏜살같이 흘러갈 것이다. 연말까지 일자리를 구하고 봄에는 이사도 해서 다시 건강한 생활을 되찾아야지.

집 앞 벚나무길에 벚꽃이 피는 모습을 한번 더 보고 싶지만, 그전에 이 동네를 떠날 것이다.

"슬슬 집에 갈까?"

"응."

"여긴 내가 낼게."

"됐어."

"괜찮아." 가즈키가 전표를 들고 계산대로 간다.

"고마워."

가즈키가 계산을 마치기를 기다린다.

어릴 적 가즈키는 체구가 작고 눈물이 많은 아이였다. 유도장에 가도 늘 울면서 돌아왔다. 스와의 할아버지네 집 근처에 있는 도장에서는 할아버지와 아빠가 평소보다 더 엄격하게 훈련시킨다며 가기 싫다고 운 적도 있었다. 그러더니 초등학교 3학년 무렵부터는 울지도 않고 체격도 점점 커졌다. 중학교에 올라가더니 바로 성장기가 와서 엄마의 키를 넘어섰고 내 키도 추월했다. 하지만 15센티미터쯤 위에 있는 얼굴을 올려다보아도 여전히 어리고 울보인 남동생으로 느껴졌다.

그랬던 아이가 대학을 졸업해 사회인이 되고 어느새 어엿한 어른이 되었다.

"가자." 가즈키가 지갑을 가방에 넣으며 내 쪽으로 온다.

"고마워." 다시 한번 인사를 한다.

역까지만 가줘도 된다고 했는데, 가즈키는 나를 집까지 바래다줬다.

집에 도착할 무렵에는 하늘이 어두워졌다.

"저녁 먹고 갈래?" 문을 열며 가즈키에게 묻는다.

"아냐, 됐어."

"왜?"

"여자친구 올 거라서."

"어머, 그래? 혹시 낮에도 약속 있던 거 아냐?"

"낮에는 그 친구도 일했어. 휴일 출근이래. 일 끝나면 온다고 했으니까 아직 괜찮아."

문을 열고 들어가 불을 켜고, 코트가 담긴 종이가방을 탁자 옆에 둔다.

내 집인데도 뭔가 다르다는 느낌이 들었다.

외출하기 전에도 출근할 때와 마찬가지로 가볍게 청소하고 창문을 걸어잠그고 커튼까지 치고 나서 집을 나섰다.

언뜻 보기에는 아무것도 바뀐 게 없다.

하지만 뭔가가 다르다.

책장에 꽂힌 책의 순서가 달랐다. 파란색 책등이 나열된 가운데 딱 한 권 노란색 책등이 섞여 있다.

다시 꽂은 지 얼마 안 되었고, 그후로 나는 책에 손을 대지 않았다.

나 말고 다른 누군가가 이 집에 들어왔었다는 뜻이다.

스토커.

마쓰바라 씨를 그 단어로 부르는 건 항상 망설여졌다. 신용금고에서 고령자 스토커를 만났던 것과는 전혀 다르다. 그 일은 그다지 심각하게 받아들이지 않아도 됐었다. 가족에게 알렸더니 그 할아버지는 더이상 오지 않았고, 아마 외로워서 그랬나보다 하고 넘어갈 수도 있었다. 할아버지의 집착보다 주변 사람들의 반응이 나를 더 궁지에 몰아넣었다. 이 일을 심각하게 여기지 않으려 해도, 마쓰바라 씨를 '스토커'라고 부르면 범죄 사건이 되는 것 같았다.

집을 비운 사이 누군가 집안에 들어왔다.

이건 어떻게 생각하더라도 사건이다.

집을 어지럽힌 흔적은 없다. 아무것도 도난당하지 않았으니 빈집털이범이 들어왔던 건 아니다.

마쓰바라 씨를 스토커라고 생각하고 이제는 진지하게 대처해나갈 필요가 있다.

가즈키와 상의해 그렇게 결론을 냈다.

그러나 둘이서 경찰서 앞까지 갔다가 그대로 돌아오고 말았다.

운전면허를 갱신할 때 말고는 경찰서에 가본 적이 없기에 어떤 곳인지조차 감이 안 온다. 지금까지의 일을 경찰에게 잘 설명할 수 있을 것 같지도 않았다. 이 일을 사건으로서 조사하게 되면 가족과 후쿠후쿠도의 선생님들에게도 폐를 끼칠 것이다. 경찰서에 가봐야 가볍게만 취급당할 뿐, 말하고 싶지 않은 것도 괜히 말하게 하고, 피해자가 살해당하지 않는 이상 아무것도 해주지 않는다는 인터넷의 풍문들까지 머릿속을 맴돌아 다리가 얼어붙었다. 한번 더 생각해보기로 하고 그날은 집으로 돌아왔다. 대신 가즈키가 한 가지 제안을 했다.

"실은 누나에게 비밀로 하고 이케다 선생님이랑 연락하고 있었어. 그 선생님의 학교 친구 중에 스토커 문제를 잘 아는 사람이 있다고 하는데 한번 만나볼래?"

이케다 선생님과는 만나고 싶지 않다. 만나면 의지하고 기대버릴 것 같아서. 하지만 이건 더이상 가즈키와 단둘이서 대처할 수 있는 수준의 문제가 아니다. 이대로라면 무슨 일이 일어날지 모른다는 가즈키의 설득에 이케다 선생님에게 친구를 소개받았다.

이케다 선생님의 친구가 근무하는 회사 근처 카페에서 만나기로 했다.

고층 빌딩의 이층에 있는 카페다. 이 주변에는 비슷비슷한 오피스 빌딩이 늘어서 있다. 일하던 중에 나와준 가즈키도 정장 차림이고, 카페에 있는 다른 남자들도 대부분 정장을 입고 있다. 여자도 유능해 보이는 복장을 한 사람들뿐이다. 아무 생각 없이 캐주얼한 차림으로 온 나만 유독 튄다.

맞은편에서 또다른 누군가가 튀는 차림을 하고 온다 했더니 이케다 선생님이었다.

옆에는 회색 바지 정장을 입은 여자가 있다.

학교 친구라고 해서 당연히 남자일 거라고 생각했다.

"늦어서 죄송합니다." 가즈키와 내 앞에 서서 여자가 말한다.

하얀 피부와 작은 체구에 사랑스러운 분위기를 지닌 사람이다. 하지만 서 있는 자세와 표정에서 단단한 심지가 드러난다. 등줄기를 곧게 펴고 있어 자세가 좋다.

"괜찮습니다." 가즈키가 말한다.

"시다카라고 합니다." 그녀가 내민 명함을 가즈키도 받고 나도 받는다.

"가와구치입니다." 가즈키가 시다카 씨에게 명함을 건넨다. "오늘 저희 누나 일로 시간 내주셔서 감사합니다."

"괜찮아요. 이 친구의 부탁이니까요." 시다카 씨가 이케다 선생님을 바라본다.

이케다 선생님은 이성 친구 얘기를 한 적이 없다. 애인이 있을 때도 있다는 것만 들었지, 어떤 사람인지 자세히는 들어본 적이 없었다. 대화중에 애인이나 이성 친구 얘기가 나오는 일이 없다보니, 일이 바빠 연애와는 거리가 먼 생활을 하고 있으리라 멋대로 생각했다. 내가 몰랐을 뿐이지 이케다 선생님에게도 이성 친구는 많이 있을 테다. 나와 제일 가깝다고 생각했는데 그건 내 착각이다.

직장 선배로서 후배인 내가 일을 그만둔 것을 걱정해 그간 연락해준 건데, 나는 그걸 연애 감정으로 의식하고 무시했던 것이 창피하다.

"가와구치 선생님, 오랜만이야." 이케다 선생님이 내 앞에 앉는다.

시다카 씨는 가즈키 앞에 앉아 점원에게 이케다 선생님 몫의 커피도 주문한다.

"오랜만이에요." 마주보고 앉아 있는데도 이케다 선생님의 얼굴을 쳐다볼 수 없어 시선을 아래로 떨군다. "저기, 그리고 저 이제 선생 아니에요."

"아, 그런가? 그래도."

"기자키 씨도 그렇게 말했거든요."

"기자키 씨와는 만났구나?"

"네, 저희 집에 와서 청소와 빨래를 해주고 갔어요."

"그 친구도 가와구치 선생님이 그만두고 금방 관뒀어."

"그래요?"

우리집에 다녀간 뒤로 연락이 없어서 그후 기자키 씨가 어떻게 지내는지 듣지 못했다.

"친하게 지냈던 사람이 그만두니 따분해진 게 아닐까."

"그런가요?"

그때 기자키 씨의 상황을 좀더 제대로 물어볼걸 그랬다. 일을 그만둘지 고민되어 나와 얘기해보고 싶었는지도 모른다.

점원이 커피를 가져와 잠시 대화를 중단한다.

"제가 스토커 문제에 능통한 사람은 아니에요." 점원이 자리에서 멀어지자 시다카 씨가 수첩을 펼치고 얘기를 시작한다. "저는 회사에서 인사총무부 소속이고, 사내 성희롱이나 상사의 괴롭힘 및 정서적 폭력 등에 관한 대응도 담당합니다. 그 일환으로 스토킹 범죄에 대해서도 몇 건 대응한 적이 있어요."

명함에는 누구나 알 만한 대기업 이름이 적혀 있다. 그런 회사에서도 괴롭힘 문제가 있다는 사실이 놀라웠는데, 따지고 보면 큰 회사이기에 더욱 그런 문제가 많은 것일 테다.

"이케다한테 대략적인 경위는 들었는데요, 가와구치 씨한테도 직접 설명을 들을 수 있을까요?"

"……네, 저기, 그게."

어디서부터 어떻게 설명해야 좋을까.

"처음엔 내 고객이었어." 이케다 선생님이 말한다. "두번째 왔을 때는 가와구치 선생님이 담당했고, 그후로 쭉 가와구치 선생님을 요청했어."

"맞아요." 내가 얘기해야 하는 일이다. "반년은 평범한 마사지사와 고객의 관계로 지냈어요. 그러다 제 생일에 그가 선물을 줬고, 그걸 계기로 함께 식사를 하러 갔어요."

이케다 선생님과 가즈키의 도움을 받으며 무슨 일이 있었는지 세세히 설명한다. 두 사람이 있으면 말하기 껄끄러울 거라고 생각했는데, 옆에서 그들이 제삼자로서 보충 설명을 해준 덕분에 감정에 치우치지 않고 끝까지 말할 수 있었다.

"역시. 그렇군요."

내가 말을 마치자 시다카 씨는 수첩을 보며 정보를 정리한다.

"어떻게 생각하세요?" 내가 묻는다.

"경찰서로 가죠."

"이 일을 범죄 사건으로 여기자는 뜻인가요?"

"아뇨, 지금 단계에서는 사건이라고 하기 어렵습니다. 그가 집 안에 들어왔다는 것도 절대적인 증거가 없으면 법적으로 판단하기는 어려울 거예요. 하지만 사건으로 발전할 가능성이 있어요.

그걸 예방하기 위한 대처 방법을 경찰에게 요청하는 겁니다. 가와구치 씨 혼자 경찰서에 가면 불안하실 수 있으니 저도 함께 갈게요."

"네, 부탁드립니다."

"그리고."

"또 뭐가 있나요?"

"기자키 씨와는 만나지 않도록 하세요."

"왜요?"

"가와구치 씨에게 친구이고 중요한 사람이라는 건 압니다. 하지만 그럴수록 그녀는 가와구치 씨의 마음을 통제할 수 있어요."

"……통제요?"

"마쓰바라 씨와 사귀도록 가와구치 씨를 부추긴 건 그녀였죠?"

"네."

"마쓰바라 씨랑 헤어지고 경찰서에 가야할지 고민할 때 과민 반응이라고 말한 것도 그녀고요?"

"네."

"이제 해결된 것 같다고 말한 것도 기자키 씨죠?"

"네."

"본인은 의식하지 못해도 동성 친구들의 말에 영향을 받기 쉽습니다. 그녀에게 가와구치 씨를 통제하려는 의도가 있는지 없는지, 저는 기자키 씨를 모르니 뭐라고 말씀드릴 순 없어요. 다만 앞으로 문제를 해결해가는 데 그녀의 말이 방해가 될 것은 분명합니다."

"그럴 리가……"

기자키 씨는 항상 나를 걱정하고, 내 고민 상담에도 응해줬다. 오늘 처음 만난 사람에게 왜 이런 말을 들어야 하지?

"기자키 씨는 그냥 나를 걱정해주는 건데, 그렇게 생각하고 있죠?"

"……네."

"그게 문제라는 겁니다."

"하지만……"

"앞으로도 기자키 씨와 친구로 지낼지 말지에 대한 판단은 가와구치 씨한테 맡기겠습니다. 다만, 그녀와 친구로 지내는 한 가와구치 씨는 몇 번이고 비슷한 문제에 휘말리게 될 거예요. 그럴 경우 제가 할 수 있는 건 없습니다. 연을 끊으라는 게 아니라 당분간 거리를 두세요."

"그렇군요. 하지만…… 그게 말이죠."

"시다카, 가와구치 선생님한테 좀더 부드럽게 대해줘." 이케다 선생님이 말한다.

"아, 미안."

"너 회사에서도 그렇게 해?"

"음, 회사에서는 직원끼리의 문제니까 훨씬 엄격하게 대하지. 가해자 대응도 해야 하니까."

"그렇게도 용케 해나가는구나."

"알겠어. 가와구치 씨, 미안해요." 시다카 씨가 겸연쩍은 얼굴을 하고 나를 향해 고개를 숙인다.

"아니에요, 저야말로. 제가 잘못한 건데, 태도가 분명하지 않아 죄송해요." 나도 고개를 숙인다.

"본인이 잘못했다는 생각은 절대 하지 마세요." 시다카 씨가 다정한 목소리로 말한다. "이 일은 가와구치 씨가 해결해야 하는 문제지, 가와구치 씨가 일으킨 문제는 아니에요. 누군가를 좋아하고, 들뜬 기분으로 그 상대가 어떤 사람인지 제대로 보지 못하는 건 누구에게나 있는 일이에요. 참고로 이케다에게 좋아하는 여자가 생겼을 때 그 들뜬 모습은 도저히 못 봐줄 정도랍니다."

"내 얘기는 안 해도 돼." 이케다 선생님이 시다카 씨의 어깨를 가볍게 친다.

"나쁜 건 그 남자예요." 시다카 씨는 주변에 피해를 주지 않는 한 낼 수 있는 가장 큰 목소리로 말했다. "그 남자가 원인이 되어 일어난 일이에요."

"네." 그 소리에 맞춰 내 목소리도 커진다.

"이런 짓을 하는 놈이 나쁜 거예요."

"네."

"가와구치 씨는 아무 잘못도 없어요."

"네."

시다카 씨는 무척 엄격한 사람이다.

그리고 내 편이 되어줄 사람이다.

나에게 잘못이 전혀 없다고 생각하진 않지만 어쩐지 마음이 후련해졌다.

맞서 싸워야겠다는 생각이 들었다.

경찰서에는 시다카 씨와 둘이서 갔다.

빨리 가는 편이 좋겠다며 시다카 씨가 어제 막 카페에서 처음 만난 나를 위해 다음날 오후 회사를 나와 집까지 와줬다.

가까운 경찰서로 가서 접수처에 용건을 전달하자 이층 생활안전과로 가라는 안내를 받았다.

접수 절차는 관공서나 병원과 다를 바 없는데, 경찰서는 그 특유의 분위기 때문에 왠지 긴장하게 된다. 입구에서 바로 보이는 접수처의 남성은 퇴직 경찰인 듯 눈빛이 날카로웠다. 시다카 씨는 회사 근처나 상담한 사원의 집 근처 경찰서에 가본 적이 있지만 몇 번을 가도 익숙하지 않다고 했다.

이층 복도 끝으로 쭉 가서 생활안전과라고 적힌 방 앞까지 갔다. 안에서 아빠와 비슷한 나이로 보이는 남자 경찰관이 나왔다.

"무슨 일로 왔어요?" 남자 경찰관이 말한다.

"아래층 접수처에서 이쪽으로 가라는 안내를 받았습니다." 시다카 씨가 말한다.

"아, 스토커 건이죠? 밑에서 연락받았습니다."

"네."

"저 안쪽에서 말씀해주시면 됩니다. 들어오세요."

"실례하겠습니다."

그의 안내를 따라 시다카 씨와 나는 방으로 들어간다.

TV 드라마 속 세계를 상상했는데, 의외로 평범한 회사 같다. 정장을 입은 사람도 있고 사복 차림인 사람도 있다. 아르바이트 중인 학생처럼 보이는 남자도 아마 경찰관일 것이다.

들어가자마자 바로 오른쪽에 있는 상담실로 안내를 받는다.

약 3제곱미터의 협소한 공간으로, 중앙에 탁자가 있고 의자가 늘어서 있다.

시다카 씨와 나는 안쪽 의자에 나란히 앉는다. 남자 경찰관은 문을 10센티미터쯤 열어둔 상태로 내 정면에 앉는다.

"야마나카라고 합니다." 남자 경찰관이 명함을 내민다.

"시다카입니다."

"가와구치입니다."

"자 그래서, 어느 분이 스토킹을 당한 거죠?"

"저요." 작게 손을 든다.

"그렇지, 그런 느낌이야."

"저기, 여자 경찰관은 안 계신가요?" 시다카 씨가 묻는다.

"지금은 다 외근 나가고 아무도 없어요. 괜찮아요, 나도 스토킹 상담 많이 해봤으니까. 요즘 특히 많아요."

"그러세요?" 시다카 씨가 망설이는 얼굴로 나를 쳐다본다.

이 야마나카라는 남자 경찰관은 나쁜 사람은 아닐 것이다. 열심히 얘기를 들어줄 것 같은 인상이다. 하지만 신뢰할 수 없다는 느낌도 준다. 말투가 가볍고 거슬린다.

"그럼 일단 현재 상황이 어떤지 알려주시겠어요?" 야마나카 씨가 말한다.

"여자 경찰은 언제 돌아오나요?" 시다카 씨가 한번 더 묻는다.

"글쎄요. 잘 모르겠네요. 스토커는 순간의 틈을 노리고 찾아와요. 다른 경찰을 기다리고 있을 시간이 없어요."

"그렇지만……"

"말로는 남녀평등이라고들 하지만 순 거짓말이지."

"……네?"

"여자들은 여자 편을 들고 남자를 깔보죠."

"그런 게 아니고요."

"그럼, 왜 어떤 건데요?"

시다카 씨는 말문이 막혀버린다.

내용이 내용이라 남성에게 말하기 불편하다는 건 감정적인 문제지 논리에 맞는 이유가 되지 않는다. 아무리 설명해도 그런 감정적인 부분을 이해하지 못하는 사람이 있다.

"시다카 씨, 괜찮아요. 빨리 하는 편이 좋겠어요."

"그렇네요. 따라야 할 절차가 있으니 일단은 얘기해볼까요."

"네."

야마나카 씨에게 마쓰바라 씨와의 일을 설명한다. 시다카 씨에게 한 차례 얘기한 적이 있어 이번에는 수월했다. 상대가 남성이라 말하기 불편하다느니 그런 생각을 할 때가 아니므로 사진에 관한 일도 전부 얘기한다.

"이건 경찰이 대처할 수 있는 문제가 아닌데." 야마나카 씨가 말한다.

"네? 무슨 말씀이세요?" 내가 묻는다.

"방금 말씀하신 내용 가운데 스토킹 행위로 보고 대처할 수 있는 건 직장에 집요하게 전화를 걸었다는 것 정도? 그리고 하나는 사진유포에 의한 명예훼손인데, 이건 안 하는 편이 나을 거예요."

"왜요?"

"명예훼손은 친고죄라서 피해자가 고소하면 가해자를 체포할 순 있어요. 그런데 체포했다고 큰 죄가 되진 않아요. 벌금 내고 끝나거나 집행유예거나. 성가시기만 하지 별 의미 없을 것 같지 않아요?"

경찰이 그런 식으로 말해선 안 되는 거 아닌가. 그러나 확실히 그걸로 문제가 해결될 거라고는 생각할 수 없다.

"다른 건 왜 대처할 수 없는 거예요?"

"우선, 이 모바일 메신저로 협박 같은 걸 받은 게 아니잖아요? 죽이겠다든가, 죽어버리라든가."

"그건 그렇죠. 하지만 하루에 백 건에서 이백 건씩 메시지를 보내올 때도 있다고요."

"그 정도면 보통이지 않나요? 우리 딸은 TV 보면서도 줄곧 친구한테 뭘 보내던데. 하루에 이백 건 넘게 주고받는다고 했어 요."

"따님이 몇 살인데요?"

"고2."

십대와 이십대가 생각하는 모바일 메신저 사용에 대한 '보통' 의 기준은 다르다. 게다가 나는 마쓰바라 씨와 메시지를 주고받은 것도 아니고 일방적으로 받기만 했다. 어떻게 설명해야 이게 보통의 상황이 아니라는 걸 이해해줄까.

"스토킹 사건이 될 만한 경우는 수천 건 단위로 메시지가 와요. 내용도 이런 하찮은 얘기나 연인 긴 사랑싸움의 연장선이 아니라 명백한 협박이고요. 하루에 백 건이나 이백 건이라 하더라도 그중 몇 건에 당신을 죽이겠다고 쓰여 있다면 쉽게 이해할 수 있을 텐데. 가와구치 씨의 경우는 기준에 못 미친다는 느낌이네요. 이 정도로 스토킹 사건이라 단정짓기는 좀 어렵지 싶은데."

"어렵지 싶은데, 라고만 하실 게 아니라 좀더 진지하게 생각해주세요."

시다카 씨의 말에 야마나카 씨가 노려보듯 우리를 쳐다본다. 멀뚱한 인상의 사람이지만 접수처에 있던 사람들과 마찬가지로 눈빛이 날카롭다.

"그런데 아무튼 이제 메시지가 안 오잖아요?"

"네." 나는 고개를 끄덕인다.

"그럼 이건 괜찮은 거예요. 직장으로 오던 전화도, 이제 직장을 그만뒀으니 걱정 없잖아요?"

"아, 네." 나도 시다카 씨도 한숨 섞인 대답을 한다.

"집 앞에 있었다든가 집에 들어왔다든가 하는 것도 증거는 없죠?"

"네."

"착각한 거 아니에요?"

"착각일지도 모르지만, 착각이 아닐 수도 있어서요." 내가 말한다.

"증거가 없으면 경찰은 아무것도 할 수 있는 게 없으니 다음에는 증거를 준비해주세요."

"이미 벌어진 일인데 증거를 어떻게 준비하나요?"

"뭐, 그렇긴 하네요. 그 책에서 지문을 채취할 만한 일도 아니고." 야마나카 씨가 혼잣말하듯 중얼댄다.

"지문, 채취해주세요." 시다카 씨가 말했고, 나도 옆에서 동의를 표하며 고개를 끄덕인다.

"주거침입 건이면 집 전체를 조사하게 됩니다."

"⋯⋯그건 좀."

온 집안을 뒤져서라도 마쓰바라 씨가 집에 들어온 증거를 찾아내고 싶지만, 그렇게 유난을 떨었는데 알고 보니 전부 내 착각이었다고 밝혀지면 더이상 경찰은 아무것도 안 해줄지도 모른다.

"경고할 정도도 아닌 것 같고."

"어떻게 하면 경고 조치를 해주시나요?" 내가 묻는다.

"상황에 따라 달라요. 경고를 하자고 우리 쪽에서 제안하는 경우도 있고, 경고해달라는 요청을 받는 경우도 있습니다. 긴급한 상황이라면 경고 조치 없이도 접근금지명령을 내릴 수 있어요. 다만 가와구치 씨의 경우에는 지금 말씀해주신 이런저런 것들이 다 지나간 일에 불과하다는 느낌이 들어요. 후기 사이트에 사진을 올린 뒤 한 달 가까이 지났는데 그동안 아무 일도 없었죠? 그가 집안에 침입했을 수도 있다는 것 말고는."

"그렇습니다."

"그 사람도 이제 분이 풀린 게 아닐까요?"

"그렇지 않다고 생각해서 여기에 온 거예요."

"경고 조치는 할 수 있어요. 신청서를 써주면 우리가 전화하는 것뿐이니까. 그런데 말이죠, 그게 꼬투리가 돼서 상대가 다시 움직일 가능성도 있어요."

"그렇겠네요."

"이대로 두는 게 좋지 않을까요? 혹시 무슨 일이 있을 때를 대비해 110번 등록은 해두죠. 등록해두면 가와구치 씨가 110번에 전화를 걸 경우 어떤 상황인지 바로 인지하고 경찰이 출동할 수 있으니까요."

"그럼 그렇게 부탁드려요."

더이상 얘기해봐야 소용없다.

야마나카 씨는 자신의 경험에 근거한 생각이 있고, 그것이 옳다고 믿고 있다.

110번 긴급신고등록시스템에 등록하고 상담실을 나온다.

"무슨 일 있으면 또 오세요." 야마나카 씨가 만족스럽다는 듯
웃으며 말한다.

"네, 감사합니다." 내가 말한다.

"감사합니다." 시다카 씨도 덧붙인다.

생활안전과를 나와서 일층까지 계단으로 내려가 경찰서를 나
선다.

"미안해요."

시다카 씨가 내 쪽을 향해 고개를 숙인다.

"앗, 사과하지 않아도 돼요. 그래도 110번 등록을 했으니 한
걸음 전진했다는 느낌은 들어요."

"저런 사람만 있는 건 아니에요. 제가 전에 다른 경찰서에 갔
을 때는 여자 경찰분이 있었고, 굉장히 성의 있게 얘기를 들어줬
거든요. 경고에 관한 내용도 세세하게 알려주고. 그런데 그건 여
자라서가 아니라 개인의 재량인가봐요."

"이게 시다카 씨가 책임질 일은 아니잖아요."

"그래도 경찰서에 가자고 한 건 저인데, 가와구치 씨를 힘들게
만 한 것 같네요."

"저와 남동생 둘이서는 여기까지 오지 못했을 거예요. 시다카

씨 덕분에 한 걸음 내디딜 수 있었어요."

"정말 미안해요." 시다카 씨가 울 듯한 얼굴로 나를 바라본다.

겉으로는 강인해 보여도 실은 여린 면이 있는 사람이다. 그렇기에 다양한 사람들의 문제를 함께 마주할 수 있는 것이리라.

"괜찮아요."

"가와구치 씨, 그런 성격으로는 또 스토커를 만날 수도 있어요."

"네? 왜요?"

"싫은 건 싫다고 분명히 말해야 해요."

"그렇군요."

"그렇죠."

"음, 야마나카 씨는 불편했지만 한 걸음 전진한 건 사실이고, 경찰서에 가는 일도 처음이 어렵지 해볼 만하다는 걸 알았으니 얻은 것도 있고 잃은 것도 있다고 생각해요."

"그런가요? 아무튼 싫은 건 분명히 싫다고 말해도 돼요."

"네, 그럴게요. 고마워요."

집으로 돌아가려는데 맞은편에서 가즈키와 이케다 선생님이 걸어왔다.

"어땠어?" 가즈키가 묻는다.

"일단 한 걸음 전진했어."

"그래? 다행이다."

"저는 이제 회사로 들어가봐야 해서. 두 사람이 가와구치 씨를 집까지 바래다줄 수 있어요?" 시다카 씨가 말한다.

"이케다 선생님이랑 가즈키도 일하러 가야죠. 저 혼자 갈 수 있어요."

"안 돼요." 시다카 씨의 어조가 단호해진다. "앞으로 당분간은 혼자 돌아다니지 않도록 하세요. 110번 등록을 했어도 경찰이 몇 초 만에 달려와주는 건 아니니까요. 야마나카 씨가 말했듯 스토커는 순간의 틈을 노리고 찾아와요. 유난스럽다고 생각하지 말고 마음 단단히 먹고서 행동하세요. 항상 누군가와 함께 있는 건 어렵더라도, 저녁 이후 밖에 사람이 별로 없는 시간에는 혼자 다니지 말고요."

"알겠습니다."

가즈키와 이케다 선생님도 함께 고개를 끄덕인다.

"앞으로의 대처 방법을 여쭤보고 싶은데, 회사로 돌아가면서 얘기할 수 있을까요?" 가즈키가 시다카에게 묻는다.

"좋아요."

"누나도 올래?"

"난 좀 피곤해서."

체력적으로 그리 지친 건 아니었지만 정신적으로 지쳤다. 무리하지 않는 게 좋을 것 같다.

"그럼 이케다 선생님, 누나를 좀 바래다주실 수 있을까요?"

"그러죠."

이케다 선생님이 대답하고 나를 바라본다.

이케다 선생님에게 경찰서에서 있었던 일을 얘기하며 집으로 돌아간다.

머나먼 하늘이 석양으로 붉게 물들었다.

반대쪽 하늘을 보니 밤이 성큼 다가와 있었다.

저녁 무렵과 밤 사이, 붉게 물든 반쪽 달이 떠올라 있다.

차오르는 걸까, 이지러지는 걸까. 어느 쪽이지?

"오늘 힘들었겠다." 이케다 선생님이 말한다.

"시다카 씨가 함께 가줘서 든든했어요. 시다카 씨를 소개해주셔서 큰 도움이 됐어요. 감사합니다."

"진짜 괜찮은 녀석이야."

"학교 다닐 때부터 쭉 친했어요?"

"시다카가 사회인이 되고 나도 전문학교에 다니기 시작했을 때는 잠깐 연락이 끊겼는데, 친구 결혼식이랑 술자리에서 재회해 어쩌다보니 계속 만나고 있네."

"그렇군요."

좋아했어요? 사귀는 사이였어요? 이런 질문을 하고 싶지만 묻지 않는 편이 좋겠다. 묻는다 해도 이케다 선생님에게서 솔직한 답을 기대하긴 어렵다. 게다가 만약 사귀었다는 말을 들으면 나에게 그럴 자격이 없는데도 왠지 충격을 받을 것 같다.

"시다카도 대학생 때 남자 문제로 힘든 일을 겪었거든. 아마 그래서 여자들이 피해 입는 것을 가만히 보고 있을 수 없는 걸 거야. 원래도 착실한 성격이고 정의감도 강해서."

"힘든 일이요?"

"나도 자세한 건 모르지만 힘들어 보였어. 남자친구 집에서 맨발로 도망친 적도 있었으니까. 남자 동기나 친구가 많아 남자 보는 눈이 있을 줄 알았는데, 이상한 놈이랑 사귄 거야 글쎄."

"맨발이요?"

"지금은 웃으면서 할 수 있는 얘기일 테니 조만간 본인한테 직접 물어봐."

이케다 선생님 같은 사람 주변에는 나와 시다카 씨 말고도 이런 문제를 겪는 여자들이 많을 것이다. 나는 전혀 모르는 사람들이지만, 그래도 그들의 문제를 멋대로 얘기해선 안 된다고 생각하기에 여자 지인들에 대한 말을 아끼는지도 모른다.

"선생님은 좋아하는 여자가 생기면 어떻게 되나요?" 내가 묻는다.

"무슨 소리야? 뜬금없이."

"어제 시다카 씨가 그러던데요."

"학생 때 얘기야, 학생 때." 이케다 선생님이 쑥스러운 듯한 얼굴로 웃는다.

"어땠는데요?"

"신나서 방방 들떴었지."

"선생님도 그렇게 되는군요."

"시다카가 내 이미지를 망쳐놨네."

"오 년 반 동안 함께 일하면서 신나서 방방 들뜬 선생님의 모습은 한 번도 상상해본 적이 없어요."

"지금도 그리 다르진 않아. 좋아하는 여자 앞에선 차분하게 있지를 못해."

더는 묻지 않는 게 좋겠다.

함께 일하던 때와 마찬가지로 이케다 선생님과는 적당히 거리를 두고 지내는 편이 낫다. 친구로서 곁에 있기만 한다면 내가 더이상 폐를 끼칠 일은 없을 테니까.

다세대주택 앞에서 이케다 선생님이 걸음을 멈췄다.

"가즈키가 바쁠 때는 나한테 연락해."

"네."

"꼭 해. 미안하다 생각하지 말고."

"알았어요."

"문 앞까지 바래다주는 게 좋을까?"

"여기부터는 혼자 가도 괜찮아요. 고맙습니다."

"나도 연락할 테니까, 앞으로는 답장해."

"죄송했어요." 내가 고개를 숙여 사과한다.

"사과 안 해도 된다니까."

"네."

"그럼, 들어가."

"감사합니다."

이케다 선생님이 돌아가려는 순간, 누군가가 건물 계단을 뛰어내려왔다.

나도 이케다 선생님도 발소리가 들리는 쪽을 올려다본다.

계단을 내려온 사람은 마쓰바라 씨였다.

6

사쿠라가 남자와 걸어가는 모습을 보고 욱해서 마사지숍 후기 사이트에 알몸 사진을 업로드했다.

잠시 시간이 지나 냉정을 되찾고 나니 그게 오해였을지도 모른다는 생각이 들기 시작했다.

착실하고 순수하고 다정한 사쿠라는 남자를 휘릭 갈아치우는 그런 여자가 아니다. 그 점은 내가 제일 잘 안다. 그날 역에서 만나기로 했던 사람은 남동생이거나 남자인 친구였을 것이다.

후쿠후쿠도의 원장으로부터 사진을 삭제해달라는 메시지가 왔다. 다시 한번 사쿠라와 만나서 얘기하고, 그후 어떻게 할지 생각하기로 했다.

문자나 모바일 메신저로는 답장이 오지 않을지도 모른다. 전화도 안 받을지 모른다. 직접 만나러 가야겠다. 그렇게 결론짓고 후쿠후쿠도 앞까지 갔으나 접수대에는 항상 남자 아르바이트생만 있다. 맞은편의 이탈리안 레스토랑에서 지켜보아도 사쿠라가 출근하는 일은 없었다. 내가 게시한 글 때문에 한동안 일을 쉬거나 그만두기라도 한 걸까? 직접 사쿠라의 집에 가기로 했다.

그러나 언제 찾아가도 사쿠라는 없었다.

일요일 한낮에 가도, 평일 저녁에 가도 없다. 인터폰을 누르고 기다려봐도 응답이 없어 여벌 열쇠를 이용해 집으로 들어갔다. 생활한 흔적은 있었다. 한때는 아주 가끔씩만 들르는 것 같았는데, 최근에는 완전히 집에 들어온 듯하다. 새 일자리를 구하러 갔거나 장이라도 보러 나간 것뿐일 테니 그리 시간은 걸리지 않으리라 생각하고 책을 읽거나 하면서 기다렸으나 그녀는 돌아오지 않았다.

오늘도 일하는 틈틈이 집에 와봤는데 사쿠라는 없다.

언제 와도 집안은 깔끔하게 청소되어 있다.

다세대주택의 원룸은 여자 혼자 살 집이 아니라고 생각했는데, 몇 번 오다보니 마음이 편안해지기 시작했다. 불필요한 물건을 놓을 공간이 없으니 생활을 간소화할 수 있다. 이 집에서 커피를 마시며 사쿠라가 좋아하는 소설 얘기를 듣거나 장래의 일을 의논하기도 하고, 그렇게 지내는 동안 우리 사이는 깊어질 터였다. 어째서 사쿠라는 헤어지고 싶어 같은 메시지를 보내온 걸까. 생각하면 할수록 모르겠다.

인터폰이 울린다.

택배인가?

아니면 남자가 온 건가?

현관으로 가서 외시경으로 밖을 본다.

기자키 씨라는 사쿠라의 친구가 왔다.

후쿠후쿠도에서 몇 번 만난 적이 있다. 하지만 그녀도 요즘은 후쿠후쿠도에서 도통 보이지 않는다.

"집에 없어?" 기자키 씨가 문을 두드린다.

그녀에게 물어보면 사쿠라에게 무슨 일이 있었는지 알 수 있을지도 모른다. 사쿠라가 종종 기자키 씨 얘기를 했었다. 뭐든 터놓고 얘기할 수 있는 친구로 여기는 듯했다.

문을 연다.

"앗!" 기자키 씨가 소리를 지르고 한 걸음 물러난다.

"안녕하세요."

"여기서 뭐하세요?"

"사쿠라와 얘기하고 싶어서 기다리는 중입니다."

"어, 그럼 여기 계시는 걸 가와구치 씨도 알고 있다는 말씀이신가요?"

"모릅니다."

"그럼 불법 침입을 했다는 거예요?"

"여벌 열쇠를 받았으니까 그건 아닙니다."

어째서 내가 범죄자 취급을 받는 거지?

"뭐, 됐고요."

"사쿠라는 후쿠후쿠도를 그만뒀습니까?"

"그만뒀죠."

"왜요?"

"왜냐고요? 참나." 무얼 말하고 싶은 건지 기자키 씨는 웃음을 참는 듯한 표정으로 고개를 비딱하게 기울인다.

"전에 사쿠라가 어떤 남자와 걸어가는 걸 봤는데, 누군지 아십니까?"

"남자요? 이케다 선생님이 아니라?"

"아닙니다. 키가 크고 체격이 좋은 남자예요."

"아아, 가즈키 씨네요. 동생이에요. 남동생."

"……역시."

"가와구치 씨 주변의 남자라면 이케다 선생님이랑 가즈키 정도니까."

나의 오해였다.

사진을 올리기 전에 사쿠라와 대화를 해볼 걸 그랬다.

"가와구치 씨 없으면 저는 이만 갈게요. 여기서 당신을 만난 건 가와구치 씨한테 말 안 할 테니까 제가 여기 왔던 것도 말하지 마세요."

"네."

"나하고는 상관없는 일이니까."

구둣굽 소리를 울리며 기자키 씨는 돌아간다.

뭐가 상관없다는 건지 잘 모르겠지만, 차가운 사람이라는 느낌이 들었다.

하늘이 어두워지고 있다.

저녁까지는 회사로 복귀해야 한다. 별다른 일도 없는데 굳이 가부라기 씨가 사무실로 들어오라고 했기 때문이다.

슬슬 나가는 게 좋겠다.

읽다 만 책을 책장에 도로 꽂고, 사용한 머그잔을 씻어서 식기 건조대에 둔다.

이 집에 오는 것도 익숙해져서 예전만큼 신경쓰지 않아도 된다. 무엇이 어디에 있는지 대강의 위치는 외웠다.

정리를 마치고 재킷을 입고 밖으로 나간다.

복도를 지나 계단까지 갔더니 아래층에서 목소리가 들려왔다.

사쿠라의 목소리다.

누군가와 대화를 하고 있다.

난간 너머로 몸을 쑥 내밀고 살펴보니 사쿠라가 있었다.

옆에 있는 건 이케다였다.

계단을 뛰어내려가자 발소리가 들렸는지 사쿠라와 이케다도 나를 알아챘다.

"어떻게 된 거야?" 내가 사쿠라에게 묻는다.

"여긴 어떻게 왔어요? 왜……?" 사쿠라가 헉하고 숨을 들이쉬며 난처한 얼굴로 나를 바라본다.

"어떻게 된 건지 묻고 싶은 건 이쪽입니다." 이케다가 사쿠라를 뒤로 감추려는 듯 그녀 앞으로 한 걸음 나와 섰다. "여기서 뭐 하는 겁니까? 가와구치 선생님의 집에 들어갔습니까?"

"당신하고는 상관없어!"

기자키 씨가 차갑게 느껴지긴 했어도 그녀의 말이 옳다. 나와 사쿠라의 일에 기자키 씨나 이케다 같은 제삼자가 참견할 권리는 없다.

"상관있습니다!"

"어째서?"

"저는 가와구치 선생님을 소중하게 생각합니다. 그녀가 두려워하고 있다면 지켜줘야죠."

"아, 그래, 그런 거구나."

이케다와 뭔가 있다는 건 나의 오해가 아니었다.

두 사람은 지금 사귀고 있을 것이다.

내가 방에서 기다리는 동안, 사쿠라는 이케다를 만났다.

"가와구치 선생님의 집 열쇠 돌려주세요."

"사쿠라와 할 얘기가 있습니다. 열쇠도 그때 전달하겠습니다."

나는 그 말만 하고 역을 향해 걷는다.

두 사람이 나를 보고 있음을 느꼈다.

사쿠라가 뒤따라와 "오해야" 하고 말하면 용서할 것이다.

하지만 아무도 뒤따라오지 않았다.

회사에 복귀하지 않고 그대로 집으로 돌아왔다.

취재하는 데 시간이 걸려 현장에서 바로 퇴근했다고 하면 되고, 가부라기 씨가 하는 말은 무시해도 문제될 것이 없다.

사쿠라와 이케다의 일로 머리가 꽉 차서 역까지 걸어갈 기력도 없었다. 가는 길에 있는 공원에서 쉬면서 집까지 오는 것만으로도 진이 빠졌다.

현관에서 신발을 벗고 그대로 주저앉는다.

사쿠라는 이케다와의 관계를 '오빠와 여동생 같다'고 했었다.

그를 이성으로 의식하지 않는다는 게 아니라, 가족으로 여길 만큼 특별한 존재라는 뜻이었던 것이다. 둘의 관계는 사쿠라와 내가 사귀기 이전부터 형성되어 있었다. 만약 내가 이케다보다 먼저 사쿠라를 만났다면 사쿠라는 당연히 나만 바라보았을 것이다. 우리는 그런 운명이니까. 만나는 순서에서 실수가 생기는 바람에 상황이 복잡해졌다.

하지만 사쿠라가 저지른 짓은 단순히 실수로 넘길 문제가 아니다.

나와 사귀기 시작했을 때, 사쿠라의 마음은 이미 이케다를 향해 있던 것이다. 남자친구가 있으면 다른 남자와는 만나지도 않고 연락도 하지 않는 게 당연한데도, 사쿠라는 이케다와의 관계를 그대로 유지하고 싶어했다. 퇴근시간이 같을 때는 이케다와 밥을 먹으러 가고 싶다며 고집을 부렸다.

마음이 다른 남자를 향하고 있으면서도 나와 교제했다.

다시 말해, 사쿠라는 나를 속이고 있었던 것이다.

결혼 약속도 한 상태였으니 나는 결혼 사기를 당한 셈이다.

처음 식사를 하러 갔을 때부터 계산은 언제나 내가 했다. 둘이 있을 때는 사쿠라에게 단 1엔도 쓰게 하지 않았다. 데이트 때 식사비와 교통비를 편취당했다. 그뿐 아니다. 카페에서 우리의 앞일에 대해 얘기할 때도 내가 계산했다. 반지도 주었다. 사귀기 전에는 생일선물로 프리저브드플라워를 주었다. 이 주일에 한 번은 후쿠후쿠도에 가서 사쿠라를 마사지사로 요청했다. 사쿠라에게는 그만큼의 수당이 들어갔을 것이다.

작년 이맘때 후쿠후쿠도에서 처음 사쿠라와 만났다.

그후 일 년간 그녀를 위해 쓴 것은 오직 돈이 아니다.

시간도 감정도, 내 모든 걸 사쿠라만을 위해 썼다. 하지만 그것들은 어떻게 해도 돌려받을 수 없다.

적어도 돈은 돌려받아야겠다.

딱히 돈이 아까워서가 아니다. 그렇게 하지 않으면 지난 일 년의 시간이 허사가 된다. 돌려받아야 할 것을 돌려받고서 아무 일도 없던 셈 치면 된다.

집안으로 들어가 창밖을 보니 밤하늘에 반쪽 달이 하얗게 빛나고 있었다.

어둠 속, 그곳에만 빛이 있다.

한 시간짜리 마사지 코스가 6천 엔에 부가세 별도이고, 나는 한 달에 두 번, 많을 때는 세 번도 갔다. 사귈 때까지 반년 동안이니 열다섯 번이라고 하자. 선물한 프리저브드플라워와 반지, 데이트할 때 지불한 식사비와 교통비, 사쿠라를 위해 만든 여벌 열쇠까지. 지난 일 년간의 일을 떠올리며 하나하나 계산한다. 식사하면서 함께 웃던 일, 손잡고 걷던 일, 처음으로 사쿠라를 껴안았을 때의 일을 떠올리니 마음이 쓰라리지만 심호흡을 하며 견딘다.

어제는 저녁 먹을 기분이 아니어서 옷만 갈아입고 침대에 누웠다. 좀처럼 잠을 이루지 못하다 밖이 환해질 무렵에야 겨우 잠들었다. 출근할 기분도 아니었지만 약하게 굴 때가 아니라고 마음을 다잡고서 아침을 먹고 집을 나왔다.

속인 쪽이 나쁘다. 나는 그에 맞서 싸워야 한다.

내가 어렸을 때 어머니가 "자신에게도 책임이 있다고 생각해선 안 돼"라고 말한 적이 있다. 아직 초등학교 3학년 무렵이었다. 일요일이었는지 공휴일이었는지, 할아버지와 할머니가 외출하고 아버지는 일하러 가서 어머니와 단둘이 TV를 보고 있을 때였다. 당시에는 무슨 뜻인지 잘 이해되지 않아서, 할머니하고 또 무슨 일이 있었나, 라고만 여겼다. 지금 생각해보면 법률사무소 일에 대한 얘기였던 듯하다. 사건이나 사고를 당했을 때, 자기 책임이라고 여기면 재판에서 계속 싸울 수 없다.

비정하게 느껴져도 상대를 쓰러뜨릴 때까지 철저히 하겠다는 각오가 필요하다.

"안녕하세요." 다자와 씨가 출근한다.

"안녕."

"일찍 나오셨네요."

이 층에서 출근한 사람은 나와 다자와 씨뿐이다. 구석에서 곤노가 의자를 나란히 붙이고 자고 있긴 하지만 어제부터 연장 근무중인 것일 테다.

"정리 못한 일이라도 있으세요?" 다자와 씨가 내 맞은편 자리에 가방을 놓고 앉는다.

"없어."

"그렇군요."

최종교를 막 끝냈거나, 홈페이지 확인까지 다 마쳐서 할일이 없는 게 아니다. 내가 회사 일을 전혀 하지 않는다는 건 다자와 씨도, 또다른 계약직 사원도 알고 있을 것이다. 정규직인 내가 그들보다 월급을 더 많이 받는다는 사실을 불합리하다고 느낄지도 모르겠지만, 사회란 원래 그런 곳이다.

평균 이상의 중고등학교와 대학교를 졸업하는 절차를 밟은 자에게 높은 보수가 지급된다. 다자와 씨는 여자인데다 인간성에 문제가 많아 국립대 졸업이라는 학력을 스스로 물거품으로 만들었다.

"뭐하세요?" 다자와 씨가 일어나 몸을 앞으로 쑥 내밀더니 내 책상을 빤히 내려다본다.

"돈 계산."

"무슨 돈이요?"

"그런 게 있어."

"안 가르쳐주시네요."

"관심 없잖아?"

"있어요."

"거짓말 안 해도 돼."

"있다니까요."

"관심이 있든 없든 어차피 안 알려줄 거니까."

"그래요?" 다자와 씨는 다시 자리에 앉아 가방에서 페트병을 꺼낸다.

다자와 씨는 항상 미네랄워터를 마신다. 취재하러 간 곳에서 차나 커피를 내줘도 입에 대지 않는다.

"물 말고는 안 마셔?" 내가 묻는다.

"예전에는 마셨어요."

"예전이라면?"

"관심 없잖아요?"

"없지."

얘기하면서 계산을 계속한다.

마사지 요금만 10만 엔 가까이 되고, 전부 합치니 30만 엔을 넘는다. 사쿠라가 이런 금액을 지불할 순 없을 것이다. 원래도 급여가 적었고, 기자키 씨 말로는 후쿠후쿠도를 그만뒀다고 했다. 그러나 동정은 금물이다. 이케다는 예약이 많으니 수입도 꽤 많을 것이다. 사쿠라가 지불할 수 없으면 이케다에게 내라고 하면 된다. 그 따위 남자의 돈을 받고 싶진 않지만, 돈이라도 받지 않으면 끝을 낼 수 없다.

그나저나 사쿠라는 대체 우파루파처럼 생긴 이케다의 어디가 좋은 거지? 사람마다 취향은 다르다지만 좋아할 만한 구석이라 곤 찾아볼 수 없다. 키도 크지 않고 운동신경도 나빠 보인다. 안 마 마사지 지압사 자격증을 보유했지만 그걸로 매달 안정된 급 여를 받을 수 있는 건 아니다. 성과급제라서 일하는 만큼 돈은 들어오겠지만, 일하는 시간에는 한계가 있고 벌 수 있는 액수에 도 상한선이 있다. 어차피 마사지 외의 다른 일을 하려고 해봐야 삼류대를 나왔을 뿐이니 더 나은 벌이를 찾긴 힘들 것이다.

이케다와 나를 동시에 좋아한다는 건 아무리 생각해봐도 말이 되지 않는다. 사귈 때도 결혼을 약속할 때도 섹스를 할 때도, 사 쿠라는 나를 좋아하지 않았던 것이다.

가방에서 스마트폰을 꺼내 마사지숍 후기 사이트를 연다.

알몸 사진은 아직 삭제되지 않았다.

게시물 등록자인 내가 삭제 요청을 하지 않으면 어떻게 할 수 없는 모양이다. 돈을 돌려받을 때까지 이대로 놔두자.

이탈리안 레스토랑에서 지켜본 바 후쿠후쿠도의 고객은 줄어 든 것 같았다. 하지만 아직 망할 정도는 아닐 것이다. 망하면 이 케다도 직장을 잃는다.

전에 쓴 후기에 추가 글을 작성한다.

후쿠후쿠도에서는 마사지사끼리 교제하고 있습니다. 저와 헤어진 후 가와구치 선생이 이케다 선생과 사귀기 시작했습니다. 원래 두 사람은 사귀는 사이였는데, 가와구치 선생이 저에게 양다리를 걸쳤던 것 같습니다. 원장과 부원장도 부부라는 점으로 보아, 이 업계에서는 사내연애 같은 일이 흔한 것일까요? 커플 마사지사가 있는 업소는 마사지를 받기에 좋은 환경이 아니라는 생각입니다. 가와구치 선생은 그만둔 모양입니다. 하지만 다른 선생들도 비슷할 거라고 생각합니다. 또한 접수대에 있는 남자 아르바이트생들이 마사지를 하는 경우도 있는데, 그들은 자격증이 없다고 가와구치 선생이 말한 적이 있습니다. 코스에 따라서는 자격증이 없어도 된다고 하네요. 그런 건 고객에게는 전달되지 않은 내용입니다. 시술료를 원장과 똑같이 받지만 기술은 전혀 다르다는 얘기겠죠. 다만 원장의 기술도 그리 대단하진 않아 보입니다. 따로 마사지사를 요청하지 않은 신규 고객에게는 아르바이트생이 붙는 경우가 많은 듯하니 조심하세요.

이렇게만 써도 후쿠후쿠도에 신규 고객은 가지 않을 것이다. 단골 고객은 후기 사이트를 보지 않겠지만 신규 고객이 줄면 업소에 무슨 일이 생겼다는 분위기를 조만간 눈치챌 것이다. 이런 때를 위해 트위터나 페이스북을 했어야 했다. 일단 내 계정은 있지만 그간 다른 계정의 게시물들을 구경만 했지 아무것도 올린 게 없다. 하지만 SNS에서 상호명까지 언급하면 사람들에겐 비방이라고 여겨져 악성 댓글이 쇄도할 것이다. 후기 사이트에만 글을 올리는 편이 좋겠다.

올해 말까지 남은 두 달, 후쿠후쿠도를 망하게 할 것이다.

"마쓰바라, 너 어제는 뭐했어?"

출근한 가부라기 씨가 내 옆에 와서 선다.

집에 갔다 왔을 텐데도 어제와 같은 옷을 입고 있다. 여자 집에서 외박한 게 아니라 늘 똑같은 옷을 입는 것뿐이다. 여름이건 겨울이건 검은색 셔츠에 검은색 바지다. 뚱뚱해서 입을 수 있는 옷도 별로 없을 테다.

"취재하러 갔다가 거기서 바로 퇴근했어요."

"취재, 어디?"

"세타가야에 있는 박물관이요."

다음달 개최 예정인 특별전을 취재하러 박물관에 간 다음 사쿠라의 집에 들렀으니 거짓말은 아니다.

"그거 끝나면 복귀하라고 말했을 텐데."

"시간이 늦어져 거기서 바로 퇴근했어요. 가부라기 씨도 취재하러 갔다가 바로 퇴근하실 때 있잖아요?"

"내가 그렇다는 말이 아니잖아. 네 얘기를 하는 거라고. 사무실로 들어오라고 했는데 왜 바로 퇴근한다고 연락도 안 했어?"

"연락하지 않고 바로 퇴근한 적은 전에도 있었어요. 연락했지만 사무실에 아무도 없던 적도 있고요. 제가 꼭 복귀해야 하는 이유가 있었나요? 전혀 없잖아요? 어째서 사무실로 돌아와야 하는 건데요? 가부라기 씨한테 다녀왔습니다, 이 말만 하고 집에 가는 건 시간 낭비밖에 안 되죠."

"그런 문제가 아니라고!" 가부라기 씨가 주먹으로 내 책상을 내려친다.

책상이 흔들리고 옆 책상에 쌓여 있던 봉투 더미가 단번에 무너져내린다.

나도 가부라기 씨도 바닥에 떨어진 봉투들을 아무 말 없이 쳐다본다.

곤노가 일어났는지 구석에서 의자가 삐걱이는 소리가 들렸다.

"이거 가부라기 씨가 치우세요." 내가 말한다.

"다자와, 이것 좀 치워줘." 가부라기 씨가 말한다. "죄다 필요 없는 것들이니 버려도 돼. 갖고 싶은 게 있으면 가져가고. 박물관이나 강연회 초대장도 들어 있을 거야."

"……네." 다자와 씨는 불만스러운 듯하면서도 고개를 끄덕인다.

"다자와 씨의 일이 아니잖아요?" 내가 가부라기 씨에게 말한다.

"미안하게는 생각하지만, 난 바쁘다고. 일 못하는 부하 직원 때문에."

"저를 말씀하시는 겁니까?"

"그래."

"일을 나누지 않는 가부라기 씨가 문제 아닌가요? 자신이 대하기 어려운 상대를 취재하는 일만 저한테 떠넘기고, 그 외에는 전부 혼자서 하려고 하잖아요."

"부하 직원에게 안심하고 일을 맡길 수 없으니 어쩔 수 없잖아."

가부라기 씨는 화이트보드에 외출이라고 쓰고 엘리베이터를 타러 간다.

대꾸를 하고 싶어도 말이 나오지 않았다.

다자와 씨가 웅크리고 앉아 봉투를 줍고 있다.

"아야!" 다자와 씨가 소리친다.

"어? 왜 그래?"

"종이에 손가락을 베었어요. 총무부 가서 밴드에이드 받아 올 게요."

다자와 씨는 엘리베이터 홀 안쪽에 있는 계단으로 내려가 한 층 아래의 총무부로 간다.

곤노가 졸려 보이는 얼굴을 하고 내 쪽으로 온다.

"다자와 씨, 고향이 어디지? 방금 밴드에이드라고 했지?"

"그게 왜?"

"반창고, 커트 밴드, 리버 테이프, 지역에 따라 부르는 이름이 다르잖아."

아까 내가 가부라기 씨에게 욕먹는 걸 들었으면서 못 들은 척하려고 상관없는 얘기를 하는 것이다.

곤노는 자신의 그런 태도를 친절이라고 생각하는 면이 있어 몹시 성가시다.

"하고 싶은 말이 있으면 해."

"뭐가?" 곤노가 나를 바라본다.

나는 앉아 있고 곤노는 서 있다보니 그가 나를 내려다보는 형국이다.

"아까 다 들었잖아?"

"듣기는 들었는데, 특별히 하고 싶은 말 같은 건 없어."

"무시하는 거지?"

"왜?" 곤노가 놀란 듯한 얼굴을 한다.

"저런 녀석한테 욕이나 먹고 있으니까."

"무시하다니, 그런 거 아냐. 걱정은 되지. 너 말야, 여름부터 취재한다고 말하고 어디 다른 데 다니고 있지?"

"누구한테 들었어?"

"누구한테 들은 건 아닌데, 같은 층에 있으니 뭔가 이상하다 싶긴 해. 전에는 취재 같은 거 전혀 안 갔으니까. 처음엔 새로운 일을 맡았나 싶었는데 그런 건 아닌 것 같고."

"아, 그래?"

"네가 파친코잡지팀에서 제대로 못해서 부서 이동된 걸 가부라기 씨가 거둬준 거니까 열심히 해. 가부라기 씨도 인간관계에 능숙한 건 아니라 너를 어떻게 지도하면 좋을지 고민하고 있다고. 그래도 인사부에서 너에 대해 캐물으면 감싸줬어."

"잠깐만." 얘기가 길어질 듯해 잠시 끊는다.

"왜?"

"내가 제대로 못해서 부서 이동이 됐다니, 무슨 소리야?"

파친코잡지팀에 있을 때는 지시받은 대로 취재하러 갔고 기사도 작성했다. 일부러 괴롭히는 건가 싶을 만큼 업무량이 늘어나도 불평하지 않았다. 관심이 없어도 해야 할 일은 했다.

"어? 몰랐어?"

"뭘?"

"모르는 게 나을 거야. 나 편의점 다녀올게."

곤노는 계단을 내려간다.

이 층에는 나만 남게 되었다.

청구서를 우편함에 넣어놓는데도 사쿠라에게 연락이 없다.

집으로 가 인터폰을 계속 눌러도 응답은 없었다. 여벌 열쇠로 들어갈까 싶어 코트 주머니에서 열쇠를 꺼낸 순간, 사쿠라가 이케다와 있던 장면이 떠올랐다. 둘이 나란히 서 있는 모습이 선명한 사진이나 영상처럼 뇌리에 남았다. 그날 사쿠라의 집을 나와 문을 잠글 때까지는 평온했다. 둘의 관계를 몰랐던 때로 돌아가고 싶다는 마음이 아직 남아서, 문과 여벌 열쇠라는 조합이 기억을 불러일으킨 모양이다. 속았다는 걸 알게 된 지금도 나는 사쿠라를 사랑한다. 다른 남자와 있었던 일은 되도록 빨리 잊고 싶다.

집안에는 들어가지 않고 사쿠라가 집에서 나오기를 건물 근처에서 기다리기로 했다. 그런데 한낮에는 맞은편 아파트 주변에서 아이들이 뛰어놀며 돌아다닌다. 오래 기다리고 있을 순 없다. 사소한 일로 유난을 떠는 멍청한 부모들한테 수상한 사람 취급을 받을 것 같다.

한군데 머물지 않고 역 근처 마트와 서점, 공원 내 녹지대 산책로 등 사쿠라가 갈 만한 곳과 지나다닐 만한 곳을 계속 걸었다.

이 근방은 길이 복잡하게 얽혀 있다.

역에서 사쿠라의 집까지 가는 길도 여러 갈래다. 같은 시간대에 서로 가까이 있었다 해도 길모퉁이 하나만 잘못 돌면 만나지 못한다.

나와 사쿠라가 헤어지게 된 원인도 단지 그뿐인지 모른다. 같은 길을 걸어가기로 약속해놓고 각자가 다른 곳에서 모퉁이를 도는 바람에 갈라졌다. 어느 모퉁이를 돌지는 내가 정할 일이고 사쿠라는 따라오기만 하면 된다. 멋대로 모퉁이를 돌아서 갔던 것이 잘못이다.

녹지대 산책로를 걷다가 중간에 있는 벤치에 앉는다.

붉게 물든 나뭇잎이 떨어진다.

오늘은 일요일이라 아침부터 사쿠라를 찾아 돌아다니고 있다. 사쿠라의 집을 보러 갔더니 어젯밤에는 없었던 세탁물이 베란다에 널려 있었다. 집에 돌아와 있다는 뜻이다. 온종일 밖에 안 나오진 않겠지. 계속 걷다보면 반드시 어디선가 만날 수 있다.

지난주 일요일에도 하루종일 돌아다녔다. 하지만 만나지 못했다.

무리한 일이라는 생각이 들어도 포기해선 안 된다.

그렇게 생각하자 내가 사쿠라를 단념할 수 없다는 사실을 깨달았다.

어떻게든 다시 한번 사쿠라와 연인이 되고 싶다. 약혼자 관계로 돌아가고 싶다. 그녀의 가녀린 육체를 끌어안고 싶다. 나를 선택해주면 이케다와 함께 있었던 건 못 본 일로 할 것이다.

코트 주머니에서 스마트폰을 꺼낸다.

한동안 본가에 가지 못해서 어머니한테 메시지를 보낼까 생각했지만 뭐라고 보내야 좋을지 알 수 없었다. 사쿠라와 이케다의 일을 말하면 어머니가 걱정할 것이다. 조금 상황이 안정된 뒤에 얘기하는 편이 좋겠다. 어머니한테 전화가 걸려오거나 메시지가 오는 일은 없다. 내가 하는 일이나 친구와의 교제를 방해하면 안 된다고 생각해 배려해주는 것일 테다. 건강하게 지내시는지 걱정은 되지만, 무슨 일이 있으면 연락이 올 것이다.

스마트폰을 주머니에 도로 넣는다.

11월 중순이 되고 갑자기 추워졌다.

몸이 차가워지기도 했고, 일단 역 쪽으로 가서 점심을 먹고 와야겠다.

그런데 벤치에서 일어서자 사쿠라가 혼자서 녹지대 산책로를 걸어오는 모습이 보였다.

마치 나와 여기서 만날 약속이라도 한 것처럼.

역시 사쿠라와 나는 운명으로 맺어져 있다.

"사쿠라." 내가 손을 흔든다.

사쿠라는 나를 보고 그 자리에 멈춰 선다.

"사쿠라." 한번 더 부르고 크게 손을 흔든다.

사쿠라는 당황한 얼굴로 좌우를 두리번거린다.

"왜 그래?" 사쿠라의 앞까지 간다.

"뭐하는 거예요?"

"사쿠라를 기다렸지. 편지, 읽었어?"

청구서에 내 마음을 적은 편지를 동봉했다. 어떻게 써야 좋을
지 사흘간 생각했다. 지금도 사쿠라를 사랑한다고 솔직하게 마
음을 전하고, 그럼에도 끝내야 한다면 관계를 청산하기 위해 돈
을 돌려줬으면 좋겠다고 썼다.

"읽었어요."

"그랬구나, 다행이다."

"저기, 돈 말인데요."

"왜?"

"지불할 수 없어요."

"여기는 추우니까 어디 들어가서 얘기할래? 아니면 사쿠라의
집으로 갈까?"

"아무데도 안 가요."

"안 추워? 괜찮겠어? 사쿠라와 통 만날 수 없어서 점심이라도
먹으러 갈까 생각하던 참이었어."

"돈은 못 내요. 지불해야 할 필요도 없다고 생각하고요. 열쇠

랑 반지, 그리고 꽃은 돌려드릴 테니 우리집 열쇠도 돌려주세요. 그걸로 이제 그만 끝내주세요."

"있잖아, 사쿠라. 반지랑 프리저브드플라워는 누군가의 소유가 된 시점에서 이미 가치가 하락하는 물건이거든. 다이아몬드나 돈이나 골동품은 별도의 얘기지만. 내가 준 반지는 보석은 박혀 있지 않아도 싸구려가 아니고 새 물건이야. 사쿠라도 누군가가 소유했던 반지나 꽃을 갖고 싶지 않겠지?"

"전화 좀 해도 될까요?"

"누구한테?"

"남동생이랑 친구요."

"친구라면, 이케다?"

"아뇨."

"왜 전화를 하는데?"

"우리 둘만으로는 말이 통하지 않으니 중간에 누가 있어야 할 것 같아요. 함께 점심 먹으려고 역에서 만나기로 했으니 십 분이면 올 수 있어요."

"나랑 사쿠라의 얘기에 남동생이나 친구는 관계없잖아?"

"……그렇긴 하지만."

"사쿠라는 그런 어린아이 같은 면이 있어. 순수함은 귀엽게 봐줄 수 있지만 그 유치함은 고쳐야 돼. 대화를 회피하기만 하니까 이렇게 내가 직접 만나러 온 건데, 거기에 제삼자를 부르는 건 이상하지 않아?"

"하지만 마쓰바라 씨가 내 얘기를 듣지 않잖아요?"

"듣고는 있어. 사쿠라가 내 말에 반대하니까 그 의견에 반박하는 것뿐이지. 거기서 사쿠라가 입을 다물거나 도망쳐버리는 게 잘못된 거잖아? 전에 카페에서 만났을 때도 비슷한 얘기를 한 것 같은데?"

사쿠라는 고개를 숙이고 또 입을 다물어버린다.

바로 이런 점이 유치하고 구제불능이라는 걸 언제쯤이면 알아줄까? 내 쪽에서 문제를 진지하게 마주하고 싶어도 사쿠라가 이렇게 나오면 얘기가 진전되지 않는다.

자전거가 지나가기에 사쿠라의 손을 당겨 가장자리로 피하게 했다.

"손대지 마!" 사쿠라가 큰소리로 말하며 내 손을 뿌리친다.

"아, 미안. 아팠어?"

가볍게 잡아당겼다고 생각했는데 남자와 여자의 힘 차이도 있고, 사쿠라의 팔이 워낙 가늘기도 해서 더욱 거칠게 느낀 모양이다.

"……미안해요." 사쿠라가 다시 고개를 아래로 떨군다.

"딱히 돈을 원해서가 아니야." 나는 하던 얘기로 되돌아간다.

"네."

"우리는 결혼을 약속했었으니까 그렇게 쉽게 헤어질 순 없는 거야. 사쿠라와 이케다의 일을 생각하면 나는 속았던 셈이니 변호사한테 의뢰하면 위자료가 발생해."

"결혼 약속 같은 걸 언제 했어요?" 사쿠라는 고개를 숙인 채 말한다.

"사귈 때 결혼을 생각하라고 말했잖아?"

"그렇긴 하지만, 진심이라고는 생각 안 했어요."

"진심이 아니었어?"

지금까지 들었던 말 가운데 가장 충격적이었다.

나는 진심으로 사쿠라와 결혼하는 미래를 마음속으로 그리고 있었다. 그녀가 이케다와 바람을 피웠더라도 그 순간의 감정은 진짜라고 믿었다.

"사귈 때의 들뜬 마음 같은 거라고 생각했어요."

"사귀고 있을 때도 몇 번이나 결혼 얘기를 했잖아?"

"그것도 사귄 지 얼마 안 되어 들뜬 마음에 나온 말이겠거니 생각했어요. 진지하게 생각하지 않았던 제가 나빴네요. 그건 인정할게요. 하지만 일도 그만두고 돈도 없어서 그 비용은 못 내요. 열쇠를 돌려주고 사진을 삭제해준대도 줄 돈이 없다고요."

그렇게 말하며 사쿠라는 울기 시작했다.

산책로의 사람들은 애써 못 본 척 지나가면서도 못내 궁금한 얼굴로 우리 쪽을 힐끗거린다.

"여기서는 얘기하기 그러니까 다른 데로 가자."

"안 가요!"

"돈이 없어서 못 갚겠다는 건 알지만, 내가 투자한 감정과 시간은 돈보다 더 되갚기 힘든 거야. 돌려달라고 해도 돌려줄 수 없는 거잖아? 부모님이나 다른 누군가에게 빌려도 되니까 돈이라도 지불해줬으면 좋겠어."

"못 빌려요. 게다가 나만 잘못한 건 아니잖아요."

"내가 잘못했다고 말하고 싶은 거야?"

"네."

"뭐가?"

"다니는 직장, 거짓말했잖아요?" 사쿠라가 고개를 들고 눈물이 흐르는 눈으로 나를 본다.

"어떻게 알았어?"

"기자키 씨한테 들었어요. 기자키 씨 친구가 마쓰바라 씨가 근무한다고 말했던 출판사에 다닌대요."

"아, 그래."

"거짓말이었던 거죠?"

"맞아. 그래서 그게 어쨌다는 건데? 여름휴가 때 말할 생각이었어. 그랬는데 그전에 사쿠라가 헤어지고 싶다고 하는 바람에 말하지 못한 거지. 그걸 속였다고 말하고 싶은 거야?"

"그래요. 속인 건 마쓰바라 씨도 마찬가지예요. 그러니 서로 돌려줘야 할 것만 돌려주고 끝내는 걸로 해주세요."

"그걸로 속았다고 느끼는 건, 사쿠라가 내 조건을 보고 사귀었다는 증거인 셈이네? 실은 이케다를 좋아했으면서 조건 좋은 나와 적당한 감정으로 사귀어본 거였어. 너는 그런 여자야!"

"이케다 선생님과는 아무 사이도 아니에요!"

"그런 식으로 태연하게 거짓말을 하네."

"거짓말 아니에요!"

"내가 거짓말을 했던 것처럼 사쿠라도 거짓말을 했어. 정신적인 면에서는 사쿠라가 훨씬 더 질이 나빠!"

"큰 소리 내지 마!" 절규하는 듯한 목소리로 사쿠라가 말한다.

서로 대화하는 중인데도 이렇게 상대를 차단해버린다. 이것도 사쿠라의 나쁜 점 중 하나다.

이런 유치한 여자의 어디가 좋았던 걸까, 그런 의문이 들기도 한다. 하지만 결점이 있어서 좋아하게 되었다. 나와 있으면서 성장해주길 바랐다.

"누나!" 뒤에서 들려오는 목소리에 돌아보니 전에 역에서 본 남자가 있었다.

기자키 씨가 말한 대로 사쿠라의 남동생이었다.

남동생 뒤에는 우리 또래로 보이는 여자가 있다. 오늘 만나는 친구가 이케다가 아니라는 것도 진짜였다.

"가즈키, 시다카 씨." 사쿠라가 남동생과 친구에게 달려간다.

"잠깐, 아직 얘기 안 끝났잖아? 그런 식으로 넘어가지 마!"

"할 얘기가 있으면 저나 가즈키 씨를 통해서 하세요." 시다카라고 불린 여자가 말한다.

"당신들하고는 상관없어."

"그렇죠. 저희하고는 상관없는 일입니다. 하지만 가와구치 씨가 마쓰바라 씨와 얘기하고 싶지 않다고 하네요. 그래도 정 대화가 하고 싶으면 제삼자로 저나 가즈키 씨가 함께하겠습니다."

"당신은 변호사예요?"

"아뇨."

"변호사가 아니면 합의에 끼어들 권리는 없어!"

"이건 연인 간의 단순한 이별 문제지 그리 거창하게 거론할 만한 일이 아니에요. 그쪽에서는 약혼이라도 한 듯 주장하는 모양인데, 가와구치 씨는 전혀 인지하지 못했던 내용이니까요."

"알겠습니다. 연락드릴 테니 명함 주세요."

"좋습니다."

시다카가 가방을 열어 카드케이스를 꺼내고 명함을 한 장 내민다.

어차피 이름도 없는 삼류 회사에서 근무하겠지 싶었는데 대기업의 명함이었다. 이 회사는 입사시험을 일찍 치르기 때문에 나도 연습삼아 응시한 적이 있다. 2차까지 갔다가 그룹 면접에서 떨어졌다.

"저는 지금 명함을 안 가지고 있으니 나중에 제 쪽에서 연락을 드리죠."

"기다리겠습니다."

"그럼 이만 실례하겠습니다."

나는 가볍게 고개를 숙이고 녹지대 산책로를 걸어간다.

울고 있는 사쿠라가 마음에 걸리지만, 일단 이곳을 뜨는 게 좋을 것 같다.

남동생은 운동만 한 듯한 인상이고 머리가 나빠 보여서 신경 쓰이지 않는데, 시다카는 조심하는 게 좋을 것 같다.

물론 연락할 마음은 없다.

내가 있는 부서는 원래 재잘대면서 일하는 분위기가 아니다. 묵묵히 각자의 일을 하는 현재 상황은 평소와 다르지 않은데 오늘따라 왠지 어색하다.

계약직 사원 중 한 명은 취재를 하러 나갔고, 나와 가부라기 씨와 다자와 씨는 말없이 각자의 모니터를 보고 있다. 옆 책상에 쌓여 있던 봉투들이 나와 가부라기 씨 사이에 벽을 이루고 있었다. 그런데 다자와 씨와 또다른 계약직 사원이 정리해준 바람에 시야가 확 트였다. 구석진 안쪽, 생일파티 주인공의 자리 같은 위치에 놓인 장방형 책상이 가부라기 씨의 자리다. 일하는 내내 그에게 감시당하는 듯한 기분이 든다. 내 얼굴 오른쪽 방향에서 시선이 느껴진다. 정면으로는 다자와 씨에게도 관찰당하고 있다.

사무실로 복귀하라고 했는데도 즉시 퇴근해버린 일로 가부라기 씨에게 욕을 먹은 후 이 주일이 넘는 시간이 지났다.

취재하러 나간 김에 어디를 들러도, 점심시간이 한참 넘어서까지 들어오지 않아도, 외근 나갔다가 즉시 퇴근을 해도 이제는 나에게 아무 말도 하지 않는다. 파친코잡지팀이 어쩌고, 인사부가 저쩌고 했던 곤노의 말에 대해서도 다시 물어보지 않았다.

그 몇 분 동안의 사건이 마치 없던 일처럼 되었다.

신경쓰지 않아도 될 만한 일이었구나 싶으면서도 내심 신경이 쓰인다.

수북한 봉투 더미가 사라진 책상, 그리고 가부라기 씨와 다자와 씨의 시선이, 그 일이 실제 있었던 큰 사건이었다는 걸 말해주고 있다.

같은 층에 있는 경정잡지나 다른 잡지의 편집부는 일하면서 대화도 주고받고 화기애애한 분위기인데, 우리 주변에만 긴장감이 감돈다.

"과학박물관에 다녀올게." 가부라기 씨가 일어나 화이트보드에 외출이라고 적는다. "취재 끝나고 관장이랑 점심 먹고 들어올 거야."

전에는 이런 식으로 세세하게 설명하지 않고 외출이라고만 적고 나갔다. 나 들으라고 하는 말일 것이다.

"알겠습니다." 다자와 씨가 말한다.

"다녀올게."

가부라기 씨가 검은색 가방을 들고 엘리베이터를 타러 간다.

자리에 없는데도 그가 여전히 나를 지켜보고 있는 듯한 기분이 든다.

나는 자리에서 일어나 화장실에 간다. 용변을 보고 손을 씻고 있는데 곤노가 들어왔다.

"그후로 좀 어때?" 곤노가 내 옆에 선다.

"뭐가?"

"가부라기 씨랑 잘되고 있어?"

"누가 들으면 편집장이랑 나랑 사귀는 줄 알겠네." 주머니에서 손수건을 꺼내 손을 닦는다.

"가부라기 씨랑 너, 업무 궁합은 좋은 것 같은데 말이지."

"어째서?"

"가부라기 씨가 자신 없는 부분은 네가 잘하고, 네가 약한 부분은 가부라기 씨가 잘하니까. 게다가 계약직 사원 두 명이 뒷받침해주는 팀이잖아."

"팀은 무슨 팀? 불쾌해."

"좀 잘해봐. 더이상 문제 일으켰다간 잘릴걸."

"그거 말이야, 이전에도 말했던 인사부가 어쩌고저쩌고 했던 그 얘기지?"

"그래."

"무슨 뜻이야?"

"너 파친코잡지에 있을 때, 일하는 방식이 영 원만하지 않았잖아. 취재하러 갔던 파친코 업소랑 기기 제조사가 불만을 제기해서 부서 이동된 거라며?"

"난 모르는 얘긴데."

"눈치 못 챘던 거야?" 곤노가 놀란 듯한 얼굴을 한다.

"눈치고 뭐고……"

취재하면서 문제를 일으킨 적은 없다. 대체 어떤 불만이 있었던 거지? 부서 이동 때도 편집장한테 아무 말도 듣지 못했다. 명령에 따랐을 뿐이다.

"네가 좀 차가운 면이 있잖아. 회식이나 마작 하는 자리에도 안 끼고."

"회식이나 마작이 일이랑 무슨 상관이야?"

"그런 자리에서의 교제를 중요하게 여기는 사람도 있어. 취재할 때도 일에 관한 것뿐 아니라 사적인 얘기도 나누며 서로 관계를 돈독하게 해야 기사에도 깊이가 생기니까."

"일이랑 사적인 얘기는 상관없잖아?"

파친코 업소나 기기 제조사의 담당자 가운데 회식이나 마작으로 인간관계를 다지는 걸 중시하는 사람이 몇몇 있었다. 그런 자리에 오라는 권유가 있을 때마다 나는 전부 거절했다. 그들이 파친코잡지 편집장에게 항의해서 내 부서 이동이 결정된 것일 테다. 그런 일을 문제삼으니 이 회사는 가망이 없는 거다.

"일이랑은 상관없지만 우리가 기계는 아니니까, 인간 대 인간으로서 서로 알아가는 것도 중요하다고 생각해."

"그래?"

"네 태도가 거만해서 기분 나쁘다고 했던 사람도 있는 모양이고."

"아, 그래."

이 회사를 좋아하는 것도 아니고, 파친코잡지를 좋아하는 것도 아니었다. 취재 상대도 마음에 들지 않는데다 얼굴도 기억나지 않는다. 그런 상대가 나에게 뭐라고 하든 신경쓸 필요 없다.

하지만 걱정하는 척하며 내 험담을 계속해대는 곤노에게는 화가 치민다.

"요즘 다자와 씨하고는 어떻게 됐어?" 내가 물으며 화제를 바꾼다.

"아, 이제 됐어. 점심 먹으러도 안 가주는 걸. 남자를 잘 모르는 것 같아서 조금만 꼬시면 금세 넘어올 줄 알았는데 말이지. 스물세 살이 되고도 여태 처녀인 건 저 목석같은 성격 때문일 거야."

"남자를 아는지 모르는지 그걸 네가 어떻게 알아?"

"절대 모른다니까." 곤노는 입을 크게 벌리고서 무시하듯 웃는다.

"뭐, 그렇지만."

"오랜만에 처녀랑 해볼 수 있을까 싶어 기대했는데 말이지."

"그러려고 말 걸었던 거야?"

"그럼. 그 여자한테 그렇게 진심으로 대할 남자 없을걸. 그래도 저런 여자는 한번 하면 멈출 수 없게 돼서 내 입맛대로 할 수 있었을 텐데. 내 손으로 처녀의 딱딱한 몸을 부드럽게 만드는 게 좋거든. 술 먹여서 억지로라도 할 생각이었는데."

곤노는 다자와 씨를 좋아해서 따라다녔던 게 아니라 심심풀이 정도의 감정이었던 것이다.

다자와 씨에게는 관심도 없고 아무래도 상관없다. 그래도 9월

266

에 둘이서 취재하러 갔던 이후로 일과 관계없는 대화도 조금씩 나누게 되었다. 곤노 따위에게 희롱당하고 있는 게 안됐다는 기분이 든다. 자기네 부서의 회식 자리에서 그녀를 웃음거리로 만들었을지도 모른다. 내 얘기도 그런 소재로 쓰고 있을 테다. 수군댈 이야깃거리를 찾기 위해 친절한 얼굴을 하고 말을 걸어오는 게 틀림없다.

"간다." 곤노에게 말하고 화장실을 나간다.

자리에 돌아오자 다자와 씨는 여전히 일하는 중이었다.

상사가 보지 않는다고 게으름을 부리는 사람이 아니다.

나는 다자와 씨 옆에 선다.

"무슨 일이시죠?" 다자와 씨가 모니터에 시선을 고정한 채 말한다.

"곤노가 말이야, 이제 다자와 씨한테는 손을 떼겠대."

"그래요?"

"다행이야."

"제 마음속에서 곤노 씨는 죽었기 때문에 상관없어요."

"그게 무슨 말이야?"

"곤노 씨나 가부라기 씨처럼 거슬린다 싶은 사람은 죽이거든요."

"죽인다고?"

"정말로 죽이는 건 아니죠. 정신적으로 죽인다는 거예요."

"……그렇구나."

실력이 몹시 우수한데도 다자와 씨가 기업 연구소나 대학원에 들어가지 못한 이유를 알 것 같다. 그녀는 나 따위와는 비교도 안 될 만큼 차갑다. 누군가를 좋아하는 일도 없고, 싫어하는 일도 없다.

"곤노 씨는 이름에 곤紺이라는 감색이 들어간 시점에서 이미 징그러워요."

"가부라기 씨는 색으로 치면 흰색 아냐?"

"어째서요?"

"가부*니까."

"아, 그러네요. 붉은 순무도 있긴 하지만."

"그러네."

"흰색도 기분 나빠요. 저는 투명한 것밖에 못 믿겠어요."

그래서 항상 미네랄워터를 마시는 것일 테다.

뇌와 범죄의 상관관계를 연구하는 교수를 취재하러 갔을 때 간단한 심리테스트를 했다. 범죄자 중에는 사이코패스라 불리는 사람이 있다. 그들은 공감성이 낮아 타인의 아픔과 고통을 이해

---

* 일본어로 '순무'.

하지 못하기에 태연하게 범죄를 반복한다. 교수는 사이코패스와 뇌의 관계도 연구하고 있었다. "자판기에 이름이 적혀 있지 않은 음료가 하나 있다. 거기에는 무슨 색 액체가 들어 있을까?"라는 질문에 사이코패스는 '투명'이라고 답한다고 한다. 이유는 다자와 씨가 방금 한 말 그대로다. 색이 든 것에는 뭔가 섞여 있을 가능성이 있어 신뢰할 수 없기 때문이다.

교수에게 그런 설명을 듣기 전부터 다자와 씨는 그 자판기 얘기를 알고 있었을 것이다. 사이코패스인 척하고 싶어 미네랄워터만 마시다니 중학생 같은 발상이다. 다자와 씨도 알고 보면 귀여운 구석이 있다.

"마쓰바라 씨는 색으로 치면 초록*이네요."

"그렇네."

"그래도 투명하다는 느낌이 들어요."

"어?"

"싫으면 죽이면 돼요." 다자와 씨가 고개를 들고 내 눈을 응시한다.

뭐가 재미있는 건지 미소를 짓고 있는 듯 보였다.

---

* '마쓰바라'는 '소나무가 빽빽한 들판'이라는 뜻.

돈을 받고 끝내자, 단념해야 한다. 머리로는 그렇게 생각하지만 사쿠라를 보고 싶다는 마음이 사라지지 않는다.

어떻게든 회사를 나가 사쿠라의 집으로 가고 싶다.

그러나 취재에서 돌아온 가부라기 씨에게 감시를 당하는 기분도 들고, 밖으로 나갈 핑계로 삼을 취재 일정도 없다.

관두자.

이런 회사에 매여 살 필요는 없다. 관두고 대형 출판사나 신문사로 이직하면 내가 사쿠라에게 했던 말도 거짓이 아니고, 사쿠라가 다시 나를 바라봐줄 것이다. 이직하고 결혼해서 어머니와 사쿠라와 나 셋이서 본가에 산다. 그것이 내 인생이어야 한다.

당장이라도 관두고 싶지만 수입이 없어졌다고 방을 빼고 본가로 돌아갈 순 없다. 어머니에게 걱정을 끼칠 테니. 내년 봄까지 이직할 곳을 결정짓고 그후에 관둔다. 동시에 사쿠라와의 결혼을 진전시키고 되도록 서둘러 함께 살 것이다. 여름에는 어머니도 함께, 올해 가지 못했던 바다에 셋이서 가는 거다.

그렇게 생각하니 인생이 빛나는 것 같다.

관심도 없는 과학잡지나 만들고 있으니 내 인생이 잘 풀리지 않는 것이다. 그게 이 악순환이 시작된 원인이다. 새 직장을 구하고 이곳을 그만두면 모든 게 잘될 것이다.

책상 위에 둔 스마트폰이 울린다.

모르는 번호다.

지역번호 03으로 시작하는 걸로 봐서 휴대전화는 아니다.

취재하러 갔던 박물관이나 대학일 것이다.

"네." 전화를 받는다.

"여보세요, 마쓰바라 씨 휴대전화입니까?" 남자 목소리다.

"그렇습니다만."

"저기, 여기는."

상대가 이어서 뭔가 말을 하지만 분명하게 알아들을 수 없었다. 대학도 박물관도 아닌 듯하다.

"저기, 누구시죠? 다시 한번 말씀해주세요."

"경찰이에요, 경찰."

"경찰? 어머니한테 무슨 일이 있습니까?"

만나지 못한 사이에 어머니가 사고를 당했거나 안 좋은 사건에 휘말리기라도 한 건가?

주변에 들리지 않게 하는 게 좋을 듯해 자리에서 일어나 엘리베이터 홀 구석으로 간다.

"아닙니다. 가족분의 일이 아니고요."

"그래요? 다행이네요."

"가와구치 사쿠라 씨를 아십니까?"

"네, 애인이에요."

"전 애인이겠죠?"

"정식으로 헤어진 건 아닙니다."

"가와구치 씨는 헤어졌다고 하는데요."

"그렇대도 어째서 경찰이 사쿠라의 일로 저한테 전화를 하는 겁니까?"

약혼자여도 아직 가족은 아니므로 사쿠라가 사건이나 사고를 당해도 나에게 연락이 올 리는 없을 테다.

"당신, 가와구치 씨 집 근처에서 몰래 숨어서 기다리고 그랬죠?"

"애인이니까요."

"모바일 메신저로 집요하게 연락하고, 직장에도 수차례 전화를 걸고, 후기 사이트에 사진을 게시하기도 했죠?"

"애인에게 메시지를 보내거나 직장에 전화를 거는 건 보통 있는 일이잖아요? 저희는 앞으로 어떻게 할지 대화를 할 필요가 있거든요."

"알겠습니다. 마쓰바라 씨는 그렇게 생각하고 있군요. 그런데 가와구치 씨는 난감해하며 경찰서에 상담을 하러 왔어요."

"네."

"말하자면, 당신은 스토커인 셈이에요."

"네?"

"앞으로는 지금 말한 행위들을 하지 말아주세요."

"잠깐만요. 제가 스토커라니, 그게 무슨 말입니까?"

"자신이 한 행동을 되돌아보세요."

"아뇨, 이해가 안 되는데요."

"저기요, 가와구치 씨가 난감해하고 있으니 그만 좀 떨어지세요. 남자가 말이야."

"그러니까 제 말은, 그런 게 아니고요."

"그럼 뭔데요?"

"아뇨, 그게."

여기서는 일단 알았다고 하는 게 좋을 것 같다. 사쿠라가 경찰서에 간 건 분명 그 시다카라는 여자의 훈수 때문이다. 그 여자가 하는 말에 영향을 받아 감정을 통제당하고 있다.

사쿠라를 만나러 가서 확인해봐야겠다.

"왜 그러세요?"

"알겠습니다. 앞으로 가와구치 씨와는 만나지 않고 연락도 취하지 않겠습니다."

"네. 그렇게 해주세요."

"끊겠습니다." 나는 전화를 끊는다.

주머니에 스마트폰을 찔러넣고 엘리베이터 버튼을 누른다.

엘리베이터를 타고 일층으로 내려가 밖으로 나간다.

역까지 달린다.

스마트폰으로 개찰구를 통과하고 전철을 탄다.

내 아파트와 사쿠라의 다세대주택이 있는 역에서 내린다.

사쿠라의 집으로 가서 계단을 뛰어올라간다.

복도 끝으로 달려가 인터폰을 울리고 문을 두드려도 아무런 반응이 없다.

"사쿠라! 안에 있지? 나와봐!"

여벌 열쇠를 쓰려고 했는데 회사에 두고 와버렸다. 서두르지 말고 가방을 가져올 그랬다.

"사쿠라! 사쿠라!"

문을 계속 두드린다.

열려 있을 리 없다고 생각하면서도 조심스레 문고리를 돌렸더니 문이 열렸다.

가끔 영화나 소설에서, 누군가 살던 곳에 다시 찾아가보니 하룻밤 사이에 집안이 텅 비어버린 경우가 있다. 방 하나 분량의 짐을 정리해 운반하는 건 그리 간단한 일이 아니고 여러 절차도 있다. 그런 건 픽션의 세계에서나 일어나는 일이라고 생각했다.

그런데 사쿠라의 집이 텅 비어 있었다.

커튼도 떼어내 석양이 그대로 비쳐 들어온다.

어디로 가버린 거지?

7

눈이 내린다.

커튼을 열어 확인하지 않아도 알 수 있다. 온 마을의 소리가 눈에 흡수되어간다. 방안의 공기도 평소와 달리 차갑게 물기를 머금고 있는 것 같다. 세찬 바람이 창문을 미세하게 흔든다.

여기는 마쓰모토의 본가이고, 이층 내 방에는 베란다가 없다.

창문 너머에 누가 있을 리 없는데도 마쓰바라 씨가 있는 게 아닐까 하고 생각하게 된다. 바람이 아니라 마쓰바라 씨가 창문을 흔들고 있는 거라면 어떡하지? 그런 일은 있을 수 없다고 몇 번이고 자신을 타일러도 상상은 멈추지 않는다.

침대에서 일어나 커튼을 연다.

아무도 없다.

눈이 주택가를 뒤덮어 마을이 하얗게 물들었다.

초등학생과 중학생 아이들이 집 앞 도로를 걸어간다.

가볍게 침대를 정돈한 뒤 방에서 나와 일층으로 내려간다.

"안녕히 주무셨어요." 주방에 있는 엄마에게 말을 건다.

엄마는 생선을 굽고 된장국을 끓이고 있었다.

"잘 잤니? 아침 먹을래?"

"아직이요."

주방 옆 거실로 가자 아빠가 고타쓰에 앉아 신문을 읽고 있다.

"안녕히 주무셨어요." 아빠를 대각선으로 마주보는 자리에 앉
는다.

"잘 잤어?" 신문에서 고개를 들고 아빠가 나를 바라본다.

고양이 우메도 거실로 들어와 내 옆으로 왔다. 이불을 살짝 올
려주자 고타쓰 아래 들어가 머리만 내놓는다. 이웃집에서 태어
난 아이를 분양받아 올해 여름 우리집에 데려왔다고 한다. 품종
묘는 아니지만 회색과 검은색 줄무늬가 곱다. 어릴 때 가즈키와
내가 반려동물을 키우고 싶다고 몇 번이나 애원했지만 아빠는
"엄마가 허락하면"이라고, 엄마는 "아빠가 된다고 하면"이라고
핑계를 대며 계속 얼버무렸다. 그래서 부모님도 이제 와 고양이
를 기르게 되었다는 말을 꺼내기가 미안했던 모양이다.

한 달 전, 집으로 돌아온 나를 현관에서 제일 먼저 맞아준 게

바로 우메였다. "저 왔어요" 하고 문을 열었더니 엄마와 아빠보다 먼저 우메가 거실에서 달려왔다. "숨겨서 미안"이라며 멋쩍어하는 부모님을 보고 가즈키도 나도 어이가 없어 웃을 수밖에 없었다.

"오늘 춥네." 우메의 머리를 쓰다듬는다.

"기록적인 한파래." 아빠가 TV를 켜고 일기예보 채널을 튼다. 나가노현 전역에 대설이 내리고 있다고 한다.

눈보라 치는 역 앞에서 리포터가 "출근길과 등굣길에 조심하시길 바랍니다" 하고 외치고 있다. 마쓰모토 시내 북동부 쪽이야 눈이 많이 내리지만 우리집 근방에서 이렇게 내리는 눈은 드물다. 폭설이 내린 마쓰모토성을 보러 가고 싶지만 되도록 밖에 나가지 않는 게 좋을 것 같다.

"출근하려면 힘들겠네요."

"뭐, 어떻게든 되겠지."

"저도 슬슬 일하려고요."

"무리할 거 없어."

살던 집 근처 공원에서 마쓰바라 씨를 만났다. 그는 벤치에 앉아 있었다. 우연이라고 생각하고 싶었지만 숨어서 나를 기다리고 있었던 듯하다. 일요일 대낮이라 녹지대 산책로 주변에도 가족끼리 나온 사람이 많았고, 역까지 가면 시다카 씨와 가즈키도 기다리고 있으니 괜찮겠다 싶어서 혼자 걷고 있던 때였다. 그로부터 열흘 전쯤에 교제할 때 쓴 돈을 갚으라는 내용의 편지를 받았다. 그날도 마쓰바라 씨는 돈 문제로 나를 비난하며 내 팔을 거세게 붙들었다. 약속 시간이 지나도 오지 않자 이상하게 여긴 시다카 씨와 가즈키가 공원까지 와서 나를 구해줬다.

시다카 씨와 가즈키뿐 아니라 이케다 선생님까지 내가 세타가야에 있는 건 위험하다고 입을 모았고, 결국 마쓰모토로 돌아가기로 결심했다. 이사에 필요한 절차는 시다카 씨가 도와주고, 짐을 운반하는 건 이케다 선생님과 가즈키가 도와줬다. 방 한 칸짜리 작은 집이지만, 도쿄에 있던 오 년 반의 시간 동안 스스로 번 돈으로 가구와 살림살이를 갖추고 꾸민 공간이다. 텅 빈 방을 보니 안도감보다는 허무함이 밀려왔다.

교제했던 사람에게 스토킹을 당했다는 말을 차마 부모님에게 할 수 없었기에, 후쿠후쿠도의 경영 악화로 해고를 당했는데 모아둔 돈이 없어 당분간 본가에서 지내게 해달라고 말했다. 엄마와 아빠는 아무것도 묻지 않았지만, 도쿄에서 나에게 무슨 일이 있었다는 건 짐작하고 있을 것이다.

트럭을 빌려 짐을 싣고 가즈키와 내가 마쓰모토로 출발한 뒤, 이케다 선생님과 시다카 씨가 가볍게 식사를 하고 나서 혹시 빠뜨린 물건이 없는지 보러 다세대주택으로 돌아갔더니 집 앞에 마쓰바라 씨가 있었다고 한다. 열려 있는 현관문 앞에 어리둥절한 표정으로 서 있는 그에게 이케다 선생님이 말을 걸려고 했으나 시다카 씨가 제지했다. 이케다 선생님과 시다카 씨는 맞은편 아파트 앞에 서서 대화하는 척하며 마쓰바라 씨가 사라지기를 기다렸다. 십 분쯤 지나고 마쓰바라 씨는 돌아갔다.

그 전날 경찰서에 가서 야마나카 씨를 만나 마쓰바라 씨에게 경고해달라고 요청해둔 참이었다. 이사를 하고 경찰이 경고 메시지를 보내는 것으로 끝을 맺는다. 혹시 보복 행위를 시도하더라도 이미 나는 그곳에 없게끔, 방을 뺀 뒤에 경고 연락을 해달라고 했다. 야마나카 씨는 어차피 이사할 거라면 굳이 경고할 필요도 없지 않겠냐고 했지만, 나는 가능한 일은 다 해서 안전망을 하나라도 더 늘리고 싶었다.

마쓰바라 씨는 나와 이케다 선생님의 사이를 의심하고 있다. 보복의 대상인 내가 없을 경우, 그 분노가 이케다 선생님을 향할 가능성이 있다. 마쓰바라 씨가 보복하려고 이케다 선생님이 있는 후쿠후쿠도로 가면 어떡하나 걱정했는데, 현재로서 그럴 기미는 없는 듯하다.

스토킹 피해를 당했을 경우, 스마트폰 번호와 메일 주소, 모바일 메신저의 ID는 바로 변경하지 않는 편이 좋다고 한다. 연락을 할 수 없으면 상대의 감정이 더 격화될 수 있다고 시다카 씨가 알려줬다. 지금까지 가와구치 씨가 한 대응은 틀리지 않았어요, 라는 말을 들으니 학교나 학원 선생님에게 칭찬이라도 받은 듯한 기분이 들었다. 올해까지는 연락처를 바꾸지 않고 그대로 둔 채 상황을 지켜보자고 해서 그렇게 하고 있다. 마쓰바라 씨에게서는 아무 연락이 없다. 이제 끝났다고 생각하고 싶지만, 그리 간단한 일은 아닐 것 같다.

후기 사이트에 게재된 사진은 아직 삭제되지 않았다.

인터넷으로 다시 알아봤더니, 리벤지 포르노로 여겨지는 이미지 파일은 게시자의 허가 없이 사이트 운영사의 판단으로 삭제할 수 있는 모양이다. 후쿠후쿠도의 원장과 부원장에게는 부탁할 수 없어 운영사에 직접 메일을 보냈다. 법률상 명시된 내용도 썼는데, 돌아온 것은 담당자가 없어서 모르겠습니다, 라는 답변이었다. 메일로는 얘기가 진척될 것 같지 않아 번호를 알아내서 전화를 걸었더니 "그 사이트는 이제 담당자가 없습니다"라는 말을 들었다. 회사에서도 그대로 방치해둔 오래된 사이트여서 게시글의 내용을 아무도 확인하지 않는 모양이다. 짓궂은 장난 글도 그대로 게시된다. 하지만 마사지숍 후기를 남기는 사이트가 이곳 말고는 별로 없기 때문에 여전히 보는 사람들이 있다. 어떻게 좀 해결해달라고 부탁하자, 곧 다시 전화하겠다며 그쪽에서 먼저 끊었다. 그러나 전화는 걸려오지 않았고, 내가 다시 걸어도

"담당자가 없습니다"라는 말만 들었다.

마쓰바라 씨도 삭제를 요청했지만 계속 무시당하고 있는 게 아닐까 생각하고 싶지만, 그건 아닐 것이다.

"주말에는 가즈키도 올 거니까 할아버지 집에 다녀오든지." 엄마가 아빠의 아침식사를 들고 거실로 들어온다.

"오늘 날씨면 스와호도 얼었을 것 같은데." 아빠가 말한다.

"오미와타리도 볼 수 있으려나?" 내가 말한다.

스와호는 겨울철에 수면 전체가 동결되는 경우가 있다. 언 호수가 팽창과 수축을 반복하다 융기하면 구불구불한 하나의 줄기가 생기는데, 이 현상을 오미와타리라고 한다. 말의 등에 얹은 안장처럼 보이기도 해서 안장융기라고도 불린다. 어릴 적에는 할아버지 집에 놀러갔을 때 여러 번 보았다. 지구온난화 탓에 최근 몇 년은 보지 못할 때가 많았다.

"이 정도 추위가 계속되면 볼 수 있을 것도 같은데, 어쩌려나." 아빠는 신문을 덮고 아침을 먹기 시작한다.

전갱이구이 냄새에 반응했는지 우메가 고타쓰 밖으로 나온다. 고타쓰 상판에 올라가려는 걸 들어안아 내 무릎에 올린다. 잠깐 버둥거렸지만 등을 쓰다듬었더니 이내 얌전해졌다.

"다녀올게요. 할아버지한테 일에 대해 상의도 하고 싶고."

"조급해할 필요 없어." 아빠가 우메에게 전갱이를 한 입 준다.

"무리는 안 할게요."

언제까지 이렇게 지낼 순 없다.

매일 집에 있으면서 엄마의 일을 조금 거들고 우메와 놀고 근처에 사는 친구를 가끔 만나는 것이 내가 하는 일의 전부다. 생활비도 내지 않는다. 니트족*이나 은둔형 외톨이에 가까워지고 있다.

할아버지에게 부탁하면 나가노현 내의 마사지숍을 소개받을 수도 있다. 집을 얻을 돈도 없고 혼자 살기에는 아직 겁이 나니까, 본가에서 통근할 수 있는 마쓰모토 시내나 할아버지 집에서 다닐 수 있는 스와 시내의 마사지숍으로 일자리를 부탁해볼 수 있을 것이다. 스스로 찾아야 한다고 생각은 하지만, 나에게 사람을 제대로 보는 눈이 있는 건지 자신이 없어져 판단을 그르칠 것 같다. 중간에 할아버지가 있으면 문제가 생겼을 때 의논할 수도 있다.

특별히 도쿄를 동경했던 건 아니다. 나가노현 안에도 내가 원하는 것은 대체로 갖춰져 있다. 오히려 나는 대도시에 맞지 않는 사람이라는 생각이 강했다. 나에게 도쿄는 판타지소설에 나오는 환상의 나라, 영화나 드라마 속에만 등장하는 가공의 도시 같은

---

* 일할 의지가 없으며 취업 교육 및 훈련 등을 거부하는 무직자를 일컫는 말.

곳일 뿐이었다. 중학교와 고등학교, 전문학교 친구들도 마쓰모토에 남은 경우가 많다. 신용금고에서 몇 년 일하다 결혼하고 전업주부가 되고 엄마가 된다. 내 인생에서 그 이상의 일은 바라지 않았다. 그럼에도 스물세 살이 되던 봄, 도쿄로 향할 때는 가슴속에 흘러넘치는 꿈과 희망을 느꼈다. 전문학교를 나와 마사지사가 되면 자립할 수 있을 거라고 실감했다. 상상해본 적도 없는 인생이었다. 도쿄에 새로 얻은 집 베란다 너머 만개한 벚꽃도 나를 축복해주는 것 같았다.

그런데 어쩌다 이렇게 되어버렸을까?

마쓰모토에 돌아온 뒤로 줄곧 그 생각을 하고 있다. 오랜만에 만난 친구들은 대부분 결혼을 했고 아이도 있다. 집안일과 육아로 피곤해하는 친구에게 마사지를 해주며 그들과 내 인생이 어디서부터 달라진 건지 생각한다.

마쓰바라 씨가 대형 출판사에 다녀서 사귄 건 아니었지만, 도쿄에서 그런 사람과 사귀는 나 자신이 조금 멋지다고 생각한 적이 전혀 없었던 것도 아니다.

겉으로는 아무것도 바라지 않는 듯 굴면서도 나는 꿈을 꾸고 있었다.

신용금고에 다니던 시절의 내가 마음속에 그렸던 인생을 살고 있는 친구는 행복해 보인다. 남편의 월급이 또 삭감됐다, 만날 때마다 시어머니가 둘째 소식을 묻는다. 시부모와 합가하자는 얘기가 나와서 골치 아프다는 불평을 말하면서도 불행해 보이지 않았다. 도쿄에 가지 않았다면 나도 저 친구들처럼 될 수 있었을 테다. 아니, 마쓰바라 씨를 만나지 않았다면 도쿄에 계속 있었을 거고, 언젠가 내 마사지숍을 개업하러 마쓰모토로 돌아와 부모님에게 당당하게 알릴 수 있었을 것이다. 왜 나만 이런 일을 당하는 걸까?

전갱이를 다 먹은 우메가 나를 보고 있다.

잔뜩 움츠러든 마음을 간파당한 것 같았다.

우선은 할아버지와 의논해서 일자리를 구하자.

일을 하고 생활이 다시 자리잡히면 이런 생각을 더는 하지 않을 것이다.

오미와타리는 볼 수 없었다.

오미와타리는커녕 스와호가 아예 얼지도 않았다.

기록적인 한파가 하루 만에 끝나 오늘은 다시 화창해졌다.

눈은 아직 쌓여 있지만 볕이 드는 곳으로 가면 따뜻함을 느낄 정도다.

"지구온난화네." 옆에 앉은 가즈키가 말한다.

"그러게."

"올겨울은 얼지 않을 것 같아."

"응."

"내년이나 내후년이나, 언젠가는 또 볼 수 있겠지."

"볼 수 있으려나."

가미스와역에서 가즈키를 만나 할아버지 집으로 갔다. 할아버지는 지금도 유도 정복사로 일하고 있고, 아빠의 여동생인 고모가 접수를 맡고 있다. 토요일은 바쁘다. 도와드릴 것이 있는지 물었지만 둘이서 산책이라도 하고 오라고 해서 밖으로 나왔다.

소바를 먹으러 갈까 하다가 붐비는 점심 시간대를 피해 조금 기다렸다 가기로 했다.

기다리는 동안 벤치에 나란히 앉아 스와호를 바라보고 있다.

어릴 적부터 몇 번이나 보아온 풍경인데, 오늘은 이제까지와 다르게 보인다.

기념품점이나 식당이 새롭게 생기곤 했지만, 스와호 자체는 아무것도 변하지 않았다. 유람선 선착장도 간헐온천센터도 예전 그대로다. 커다란 백조 모양의 유람선이 호수를 건너간다.

변한 건 내 마음이다.

스와호는 주변의 높은 산으로 에워싸여 있다.

어릴 적에는 산 너머로만 가지 않으면 무서운 일은 아무것도 일어나지 않을 거라고, 나는 보호받을 수 있을 거라고 생각했다.

지금은 여기서도 감시당하고 있는 듯한 기분이 든다. 어디선가 마쓰바라 씨가 나를 보고 있다.

마쓰모토도 스와도, 세타가야에 비하면 길이 넓다. 고층 건물도 많지 않아 시야가 탁 트여 있다. 그런데도 어디선가 누가 나를 지켜보고 있을지 모른다는 감각은 여전히 그대로다. 시야가 탁 트인 만큼 먼 곳으로부터의 시선을 느낀다. 후기 사이트에서 내 사진을 본 사람이 나를 알아볼지 모른다는 불안도 아직 사라지지 않았다. 이 근방에 사는 사람이 세타가야의 마사지숍을 검색할 일이 있을까 싶지만 절대 없으리라는 보장도 없다. 누군가 나를 알아보고 비밀이 탄로 날 가능성이 몇 퍼센트는 있다. 부모님이나 친구 혹은 할아버지나 그 지인에게 발각되면 나는 마쓰모토에도 스와에도 있을 수 없다. 모르는 동네로 가서 혼자 살아야 한다. 거기서도 지금과 같은 생각을 반복하겠지.

"계속 있으니까 역시 춥네. 커피라도 사 올까?" 가즈키가 매점 쪽을 쳐다본다.

"아니야. 괜찮아."

"그럼 슬슬 소바집으로 갈까?"

"그러자."

벤치에서 일어나 역 쪽으로 걷는다.

스쳐지나는 자동차나 관광객 가운데서 마쓰바라 씨와 비슷한

286

분위기의 사람을 볼 때마다 몸이 화들짝 반응한다. 스와에 마쓰바라 씨가 있을 리 없다. 혹시 있다 하더라도 가즈키가 마쓰바라 씨보다 힘이 세니까 괜찮다. 괜찮다고 스스로 타일러보지만 오히려 그럴수록 불안이 커진다. 공원에서 마쓰바라 씨를 만났을 때도, 혼자서 괜찮을 거라고 생각하고 길을 나섰던 거였다. 나의 판단은 안이하다. 경계하고 또 경계해서 안전을 위한 대책을 철저히 궁리해도 부족할 것이다.

세타가야 경찰서에서 110번 긴급신고등록시스템에 등록했지만 마쓰모토나 스와에서는 효력이 없다. 각 지역의 경찰서에 가서 사정을 얘기하고 새롭게 등록해야 한다. 마쓰모토의 경찰서에도 일단 가는 게 좋겠다는 생각은 하지만 계속 가지 못하고 있다. 우리집에서 경찰서까지는 가깝지만 그 안으로 들어가는 모습을 이웃에게 목격당하고 싶지 않다. 경찰서에 왜 갔느냐고 물어오면 부모님과 우메와 보내는 평온한 생활이 무너질 것이다. 이곳에서 소문이 퍼지는 속도는 도쿄보다 빠르다. 운전면허를 갱신하러 갔다고 거짓말을 해도 꼬치꼬치 질문을 당할 것이다. 가즈키도 그걸 알기에 좀더 상황을 지켜본 뒤에 경찰서에 가자고 했다.

"연말에 시다카 씨랑 이케다 선생님이 마쓰모토에 놀러오고 싶다는데, 오라고 해도 돼?" 걸어가며 가즈키가 말한다.

"되지. 그런데 이케다 선생님은 일이 있을 텐데. 휴가를 낼 수 있으려나?"

후쿠후쿠도는 1월 1일만 제외하고 연말연시에도 영업한다.

"하루쯤은 괜찮다고 당일치기로 오겠대."

"그래."

"두 사람 다 맛있는 걸 먹고 싶다는데. 온천욕도 하고 싶고."

"맛있는 거라. 뭐가 좋을까? 소바? 노자와나?"

"음, 그리고 또 뭐가 있지?"

"으음."

둘이 고민에 빠진다.

가즈키는 고등학교를 졸업하고 곧장 도쿄로 갔고, 나도 스물세 살이 되는 해에 도쿄로 갔다. 맛있는 음식을 엄선해 맛집을 고를 만한 나이가 되기도 전이다. 신용금고에 다닐 때는 친구와 조금 괜찮아 보이는 식당에 가는 정도였고, 가족 모임으로 호텔 레스토랑에 가본 적이 있지만 마쓰모토다운 분위기는 아니다. 나가노현 내 관광지 같은 곳은 어릴 때 대강 둘러보긴 했으나 부모님을 따라다녔을 뿐이다. 나고 자란 동네라도 모르는 것이 더 많다.

"마쓰모토성에 갔다가, 근처에서 점심으로 소바를 먹고, 하루 코스 온천을 하는 정도면 되려나? 아마 기차로 올 테니 저녁은 역 근처 선술집에서 가볍게 마시고."

"시다카 씨도 당일치기야?"

"아, 그건 모르겠네. 자고 간다면 우리집도 괜찮지 않아?"

"호텔이나 료칸 같은 데가 좋겠지."

"어떻게 할지 시다카 씨한테 확인하고 나서 생각하자."

"그래."

어디를 가는 게 좋을지 생각하는 사이, 마쓰바라 씨에 대한 고민들이 점점 흐려진다. 역시 가능한 한 빨리 일을 구해야겠다. 몸을 움직이고 다른 것을 생각하면 도쿄에서의 일을 잊을 수 있을 것이다. 과거의 일을 단칼에 잘라버리는 듯해 씁쓸하지만 이대로라면 앞으로 나아갈 수 없다. 마사지 공부도 더 하고 싶다. 내 인생은 끝난 것이 아니라 이제부터 시작이다.

"너도 올 거야?"

"응. 새해 연휴에도 쭉 집에 있을 거야."

"여자친구는? 함께 안 있어도 돼?"

"……아니, 그게." 가즈키가 겸연쩍다는 듯 시선을 피한다.

"뭔데?"

"헤어졌어."

"언제?"

"누나 이사한 직후에."

"왜? 나 때문에?"

"그런 거 아니야. 원래도 삐걱거렸고 자꾸 어긋나서 헤어지고
싶다더라고."

"내가 너희 집에 있었던 것 때문에 어긋나기 시작한 거지?"

내가 주변 사람의 생활까지 망치고 있다.

"아니, 그건 아니야. 뭐랄까, 헤어지고 싶다는데 붙잡지 못한
내가 문제인 것 같아. 좋아해서 사귀고 결혼도 생각했었는데, 나
는 여자친구를 최우선으로 하는 게 어렵더라고. 누나 일뿐만 아
니라 회사 일로 늦어지는 것도 다 이해해줄 거라고 나 편한 대로
생각했지 상대를 제대로 살피지 않았어. 계속 사귀었어도 결국
헤어졌을 거라고 생각해."

"······그래."

"그리고 누나 때문이라는 건 아니지만, 누나랑 마쓰바라 씨의
얘기를 듣고 여러가지로 생각하게 된 것도 있어."

"뭘?"

"다른 사람을 좋아하게 된다는 건 어떤 걸까 하고."

"응?"

"마쓰바라 씨처럼 한 여자를 지독하게 사랑하는 거, 난 못해.
끈질기게 메시지를 보내거나 숨어서 기다린다거나, 그런 행동을
하는 마음이 전혀 이해되지 않는 건 아니야. 하지만 나는 그런

짓을 하는 자신을 보며 느끼는 비참함이 더 클 것 같아. 좀더 대
화를 해보면 다시 사귈 수 있었을지도 모르지만, 거기서 상처받
는 것도 싫었어. 여자친구를 생각하는 마음보다 나 자신을 지키
고 싶은 감정이 더 컸던 거야."

"한심하긴."

"나도 알아."

"하지만 누구든 그렇지 않을까? 나약한 자신을 강하게 만들
수 있는 것이 진정한 사랑이라고 생각해."

가즈키와 나는 원래 이런 대화를 하는 사이가 아니었다. 어릴
때는 유도 시합을 응원하러 갔었고, 가끔 싸우기도 했다. 특별히
사이가 좋은 것도 나쁜 것도 아니었다. 가족이라도 이성이다보
니 자매나 형제처럼 허물없는 대화를 하는 것도 쉽지 않다. 가즈
키가 한창 사춘기였을 때는 나에게 한마디도 하지 않던 시기도
있었다. 그럼에도 누나와 남동생 사이의 애정은 분명히 존재한
다. 가즈키에게 일이 생기면 내가 도울 것이고, 나에게 무슨 일
이 있으면 가즈키가 도와줄 것이다. 둘이 있으면 혼자일 때보다
마음이 든든하다. 부모님과 할아버지의 애정이 나를 강하게 만
들어준다고도 느낀다.

"그러니까 마쓰바라 씨가 하는 건 사랑이 아니야."

"사랑이 아니면 뭐야?" 가즈키가 나를 본다.

"분노."

그 사람은 나약하다.

나약하니까 분노하고, 어린아이처럼 계속 떼를 쓰는 것이다.

마쓰모토성은 일본의 성 가운데 열두 개밖에 남지 않은 현존 천수각* 중 하나다. 제일 꼭대기인 육층까지 계단으로 올라갈 수 있다. 지어진 당시 그대로라 계단이 매우 가파르다. 거의 사다리에 가깝다. 어릴 적에 나는 태연하게 올라갔는데 가즈키는 무섭다면서 울었다.

그랬는데 지금은 가즈키가 신난다는 듯 오르고 있다.

각 층마다 전시물이 있지만 그런 건 전혀 보지 않고 가즈키와 시다카 씨는 뛰어올라가듯 앞으로 가버렸다. 겨울방학이라 어린이 관람객도 많은데 그 두 사람이 아이들보다 더 들떴다. 무섭진 않지만 운동 부족인 몸에는 꽤 버거운 계단이라 이케다 선생님과 나는 전시물을 보며 천천히 오른다. 전에는 마사지 공부의 일환으로 요가나 필라테스 교실에 다녔는데 마쓰바라 씨와 사귀기 시작하면서는 가지 않았다.

"먼저 가셔도 돼요." 내가 이케다 선생님에게 말한다.

---

* 전통적인 일본식 성의 구조물 중 제일 높은 누각.

"아냐, 전시물도 볼 겸 괜찮아. 나 이런 거 굉장히 좋아하거든." 이케다 선생님이 유리 진열장 안을 바라보며 말한다.

천장이 낮고 어둑어둑한 공간에 갑옷과 투구와 화승총을 전시한 유리 진열장이 늘어서 있다. 이케다 선생님은 성의 구조에도 관심이 있는지 천장의 대들보와 발치의 작은 창문도 꼼꼼히 본다. 그 창문을 통해 적을 공격했던 모양이다. 가파른 계단은 적의 침입을 막기 위한 것이기도 하다. 성의 곳곳에 전투를 위한 장치가 설계되어 있다.

"대기실에서도 역사소설 자주 읽었죠?"

"응."

"대학 전공이 그런 쪽이었어요?"

"아니. 법학부였어."

"와, 그렇군요."

"이래 봬도 한때는 변호사를 꿈꿨다고." 이케다 선생님이 전시물에서 고개를 들더니 나를 바라본다.

"어머! 그래요?"

"비록 좌절됐지만." 그는 시선을 다시 전시물로 돌리고 쓴웃음을 짓는다.

"그래서 마사지사가 된 거예요?"

"그래서 그런 건 아니고. 변호사 사무실에서 아르바이트를 했는데 뭔가 아니다 싶었어. 정의를 위한다는 느낌이 들지 않더라고. 민사 소송이 주요 업무인 사무실이라는 이유도 있었을 테고, 정의를 위해 일하는 사람도 물론 많을 거라고 생각해. 사법시험을 보고 변호사가 아니라 판사가 되면 정의와 정면으로 마주할 수도 있지. 하지만 나한테 그만한 정의감이 있는 것도 아니었고, 뭔가 이 길이 아닌 것 같다는 느낌이 가시질 않았어. 아르바이트로 혹사당해 정신적으로도 피폐해진 상태라 제대로 된 생각을 할 수 없었는지도 모르지. 두통이 심해져 병원에 가서 약을 처방받아도 좋아지질 않았는데 마사지를 받았더니 금세 나았어. 그때 마사지사 선생님이 내 얘기를 들어준 것도 마음이 편안해진 이유였던 것 같아. 어떤 사건을 맡기보다 일상의 고민을 상담해주며 이웃 사람들을 편안하게 해주자. 그것이 나의 정의일지도 모른다고 그때 느꼈어."

"그랬군요."

이케다 선생님에 대해 잘 알고 있다고 생각했는데 아직 모르는 것투성이다. 알고 지낸 지 육 년 가까이 되었는데도 마사지사가 되기 전의 얘기는 처음 들었다.

후쿠후쿠도의 대기실에서는 주로 보고 싶은 영화나 먹고 싶은 음식에 대한 얘기를 나눴다. 함께 TV를 보면서 퀴즈 프로그램의 문제를 맞히기도 했다. 퇴근 후 함께 밥을 먹을 때도 비슷했다.

진지하게 대화를 나눈 건 마사지에 관련된 것 정도다.

"변호사 준비를 그만두겠다고 했더니 부모님이 무척 화를 내셨어. 원래 부모님의 바람이었으니까. 그런데 혼나면서 깨달았지. 그게 부모님의 꿈에 지나지 않았다는 것을. 장래에 의사나 변호사가 되라는 부모님의 말을 줄곧 들으며 자랐어. 드라마나 만화에서처럼 정의를 위해 일하고 싶다는 희망을 억지로 만들어 낸 것뿐이지, 진심으로 변호사가 되고 싶은 건 아니었어. 아, 그보다 재미없지? 이런 내 얘기는."

"아뇨." 나는 고개를 가로저었다.

오히려 이런 얘기를 해줘서 기쁘다고 생각했지만 말로 하진 않았다. 그건 연인 사이에 할 말이다.

"시다카가 아니라 변호사 동기를 소개할 걸 그랬나 생각도 했는데, 내 친구들은 남자뿐이거든. 가와구치 선생님이 편하게 얘기할 상대가 좋겠다 싶어서."

"시다카 씨라서 좋았어요."

이케다 선생님의 지인이라 해도 남자 변호사가 왔다면 긴장해서 제대로 얘기할 수 없었을 것이다.

"변호사에게 의뢰하지 않고 해결되면 좋겠지만, 혹시 필요해지면 언제라도 소개할 테니까."

"고맙습니다."

"위에 가볼까?"

"네."

이케다 선생님이 앞장서서 계단을 올라간다. 오르기 힘든 계단인데도 뒤에 있는 나를 배려해준다.

어째서 나는 이케다 선생님을 진지하게 좋아하지 않았을까?

오빠와 여동생 같은 사이라는 말로 얼버무리지 말고, 이 남자를 제대로 보고 얘기를 들어봤더라면 좋았을 걸. 하지만 지금 같은 상황에 처하지 않았다면 이런 식으로 생각하는 일도 없었겠지. 누군가에게 기대고 싶은 마음에 그저 이케다 선생님에게 의지하려는 것이다. 그런 감정에 사로잡혀 사귀어선 안 된다.

"아직 더 올라가야 하나?" 이케다 선생님이 계단을 오르다 말한다.

"꼭대기까지 가볼까요?" 내가 위를 가리킨다.

"천천히 가자. 흔치 않은 기회이니 좀더 즐기고 싶어."

전시물과 성의 장치들을 구석구석 둘러본다.

"기자키 씨한테 연락 있었어?"

"아뇨."

마쓰모토로 이사하기 전에 기자키 씨에게는 마쓰모토로 돌아가게 됐어라고만 메시지를 보냈다. 읽음 표시가 떴지만 답장은 없었다. 그후로는 내가 먼저 연락하는 일도 없었고, 그녀에게서도 연락은 없다.

"시다카가 만나지 말라고 했을 때는 그렇게까지 할 필요가 있을까 했는데, 지금은 그 판단이 옳았던 것 같아."

"왜요?"

"기자키 씨도 가와구치 선생님한테 거짓말을 했더라고."

"네?"

"모델 일을 했다, 아파트 월세를 남자친구가 내준다고 했던 게 전부 거짓말이었던 것 같아."

"그래요?"

"기자키 씨가 산다는 아파트, 가본 적 있어?"

"없어요."

함께 퇴근할 때는 우리집 근처에서 헤어졌다. 기자키 씨가 우리집에 오는 일은 있어도, 내가 기자키 씨의 집에 간 적은 없다.

"좀 허름한 다세대주택에서 기자키 씨가 나오는 모습을 봤어. 역에서 멀고 집세도 꽤 저렴해 보였어. 처음엔 친구네 집인가 싶었는데, 다른 선생님도 그곳에서 기자키 씨를 봤다더라고. 그 끝까지 가면, 동네 마실 나갈 때도 차를 끌 것 같은 사람들만 사는 고급 주택가가 있는데, 그쪽으로 자주 출장 마사지를 하러 가거든. 모델 일을 했다는 게 아주 거짓은 아니지만 실은 누드모델이래."

"예술적으로 하는 그런 건가요?"

"성인물 같은 거. 뭐, 남자들은 뭔지 아는 거라서."

"기자키 씨 사진이 실린 책을 보신 거예요?"

"책이 아니라 인터넷상의 사진. 본명으로 활동한 것도 아니고 이미 과거의 일이지만, 남자 선생들 사이에서는 어디선가 본 적이 있다는 얘기가 나오곤 했었어. 기자키 씨, 후쿠후쿠도의 홈페이지에도 사진이 실려 있잖아."

마사지 받는 고객 역할을 하는 기자키 씨의 사진이 홈페이지 첫 화면에 실려 있다. 그 사진을 촬영할 때도 모델 일 얘기를 했었다. 이른아침부터 밤늦게까지 촬영이 있어 힘들었다고. 돈을 벌려고 하는 일도 아닌데 한심하게 느껴져 그만뒀다고도 했다.

"후쿠후쿠도를 검색하니까 연관 이미지로 기자키 씨의 과거 사진이 나왔어. 그 사실이 원장님한테 발각돼서 기자키 씨도 잘린 것 같아. 가와구치 선생님이 그만둔 후 아무 말도 안 하고 갑자기 그만뒀으니까."

"그랬었군요."

기자키 씨의 사정을 좀더 제대로 물어볼 걸 그랬다. 물어본다고 솔직하게 얘기해주진 않았을 테지만. 그녀에게는 숨겨진 독 같은 것이 있어 나는 그게 항상 무서웠다. "가르쳐줄 수 있어" 하고 말한 건 고의가 아니었지만, 마음 한구석에는 말로 지고 싶지 않다는 생각도 있어서 그런 말투가 나왔던 것 같다. 그녀의 말투와 깐깐한 태도도 내게는 어렵게 느껴졌다.

그 빨간색 장미 브래지어도, 명품 브랜드 원피스도, 하이힐도 모두 거짓이었다. 같은 여자로서 나도 어렴풋이 알고는 있었다. 알면서도 모르는 척을 했다.

"누구를 대하든 솔직하게 다 말할 순 없으니 허세를 부리게 되는 경우는 있어. 거짓말을 하려는 속셈으로 그런 게 아니라 과거를 숨기려다보니 도를 좀 넘어버린 건지도 모르지."

"네."

만약 앞으로 누군가와 사귄다면 나는 도쿄에서의 일을 어떻게 말하게 될까? 가족뿐 아니라 고향 친구에게도 솔직하게 말하지 못했다. 숨기고 싶은 일은 누구에게나 있기 마련이고, 그 때문에 거짓말을 거듭한다.

"게다가 기자키 씨는 가와구치 선생님을 부러워했던 것 같아."

"저의 무엇을요?"

"조금 맹한 구석이라든가, 시골 사람 같은 점이라든가, 아무 생각 없어 보이는 점 같은 거?" 이케다 선생님이 손가락을 꼽으며 줄줄이 늘어놓는다.

"지금 저 놀리는 거예요?"

"누가 봐도 귀여운 순수함이 가득한 미소라든가."

"아, 아니, 그게……"

칭찬을 받으면 또 받은 대로 너무 쑥스럽다.

"이거 봐, 칭찬하면 이렇다니까."

"네, 아, 죄송해요."

"후쿠후쿠도를 그만둔 뒤 기자키 씨가 어떻게 지내는지는 모르겠지만, 새로운 곳에서도 분명 잘 지내고 있을 거야."

"그렇겠죠."

기자키 씨가 겉으로는 강해 보여도 의외로 여린 면이 있다는 것도 안다. 그렇기에 더 강한 척을 하며 자신을 지켰던 것이다.

그녀가 어떻게 지내는지 궁금하지만 지금은 기자키 씨를 만나 얘기를 나눌 마음의 여유가 없다. 기자키 씨에게 또 무슨 말을 듣는다면 나는 영향을 받을 것이다. 마쓰모토로 돌아와 이제야 조금씩 만사를 냉정히 생각하게 된 참이다. 이때 방해받고 싶지 않다. 그녀를 만나고 싶지 않다는 마음이 컸다. 기자키 씨한테 한번 연락해달라고 이케다 선생님에게 부탁하는 것도 싫다. 그러면 이케다 선생님은 기자키 씨를 걱정하겠지. 그렇게 되도록 그녀가 이케다 선생님의 감정을 통제할지도 모른다.

도저히 이케다 선생님을 놓치고 싶지 않다.

좋아하면 안 돼, 폐를 끼쳐선 안 돼, 하면서도 한편으론 그런 생각을 하는 나 자신이 뻔뻔스럽다.

"드디어 꼭대기 층이다!" 기쁜 듯 말하며 이케다 선생님이 계단을 올라간다.

나도 그 뒤를 따라간다.

꼭대기 층에는 창문이 있고 밖을 볼 수 있어서 마쓰모토역 주변이 한눈에 들어온다.

먼저 올라온 가즈키는 시다카 씨에게 이 일대를 설명하고 있었다. 건물보다는 주변의 산을 설명하고 있을 것이다. 시다카 씨는 관심 없는 듯한 얼굴로 듣고 있다.

"오! 기분좋은데." 이케다 선생님이 밖을 보며 탄성을 지른다.

"춥지 않아요?" 나도 밖을 본다.

화창하지만 바람이 차갑다. 성은 지어졌을 당시 그대로라 창에 유리가 끼워져 있지 않다. 뻥 뚫린 창에는 추락 방지용 안전망만 설치되어 있을 뿐이라 바람이 그대로 통한다. 마을에 쌓인 눈은 거의 다 녹았지만, 산은 하얗게 물들어 있다.

"춥지만 괜찮아. 역시 도쿄보다 공기가 맑다."

"그런가요?"

"심호흡만 해도 폐가 깨끗해지는 기분이 드는데."

"다행이네요."

"응, 좋다. 마쓰모토."

"언제든 놀러오세요. 혹시 등산을 하고 싶으면 가즈키에게 안내하라고 할게요. 스와도 좋아요. 할아버지 댁에서 스와호 불꽃놀이가 보이거든요. 도쿄의 불꽃놀이와는 차원이 달라요. 정원에서 바비큐도 할 수 있으니 다음엔 여름에 놀러오세요."

"여름 되기 전에도 올게."

"하지만……"

"아, 혹시 자주 오는 게 부담된다거나 무섭다면 말해줘. 내가 스토커처럼 되면 본말이 전도되는 꼴이니까." 내 쪽을 보며 이케다 선생님이 당황한 얼굴을 한다.

"괜찮아요. 그렇게 생각 안 해요."

마쓰바라 씨와 처음 식사하러 가서 고백을 받았을 때도 비슷한 대화를 주고받았다. 신용금고에서 일할 때 고령자 스토커를 만난 얘기를 했더니 "저도 스토커 같나요?" 하고 물어왔었다. 예언처럼 되었다. 그때와 비슷하지만 마쓰바라 씨와 이케다 선생님은 전혀 다르다. 내가 선생님에 대해 모든 걸 알고 있진 못해도 그를 믿어도 된다는 생각이 든다.

"그럼 또 올게."

"와주면 저야 기쁘지만, 도쿄에서 가까운 거리도 아닌데 자주 오라고 하면 괜히 부담스럽지 않을까 싶어서요."

"나도 봄에는 도쿄를 떠나."

"네?"

"3월까지만 다니고 후쿠후쿠도는 그만두게 됐어."

"왜요?"

"경영 상태도 좋지 않고, 가와구치 선생님이랑 기자키 씨를 해고한 일로 분위기도 나빠졌어."

"죄송해요."

내가 마쓰바라 씨와 사귀기 전까지만 해도 후쿠후쿠도는 이런 문제를 겪지 않았다.

그는 후기 사이트에 나와의 일뿐 아니라, 후쿠후쿠도에서는 아르바이트생이 마사지를 하는 경우도 있다고 썼다. 그건 마사지가 아니라 릴렉세이션이고 엄연히 허가된 범위 내에서 하는 것이지만, 고객 입장에서는 좋게 보일 리 없다. 마쓰바라 씨와 둘이 만났을 때 일 얘기를 한 적이 있었다. 업무에 관한 내용을 외부에 누설해서는 안 된다. 좋아하는 사람에게도 그런 걸 말해서는 안 되는 거였다.

"가와구치 선생님 탓이 아니라 이제 원장과 부원장의 본모습이 드러난 것 같아. 지금껏 여유롭게 보였던 건 어느 정도 수익이 있었기에 가능했던 거야. 매출이 떨어진 뒤로 부원장은 항상 짜증이 나 있어. 인터넷에 올라온 글을 모든 고객이 보는 것도 아니잖아. 기자키 씨가 그만두면서 고객 데이터 관리가 부실해졌을 수도 있고, 이유는 그 밖에도 여러 가지가 있어. 단지 자신들의 판단 오류로 매출이 떨어졌다고는 인정할 수 없는 거지."

"하지만……"

"어느 쪽이 됐든, 슬슬 그만둘 생각이었어."

"도쿄를 떠나면 어디로 가려고요?"

"시즈오카. 바닷가라 아무래도 나가노에서는 좀 머니까 도쿄에서 오는 것보단 시간이 더 걸리겠지만, 차를 살 생각이니 드라이브삼아 놀러올게."

"시즈오카에는 왜 가는 거예요?"

"지인이 바닷가 근처에서 마사지숍을 하는데 거기서 일해보지 않겠느냐는 제안이 계속 있었어. 아까 얘기했던, 대학생 때 내 인생을 바꾼 마사지사 말이야."

"네."

"그분이 이 년 전쯤 도쿄에서 시즈오카로 옮겨 마사지숍을 개업했거든. 그 무렵부터 나온 얘기야. 그땐 내가 마사지사가 된지 얼마 안 됐을 때고 후쿠후쿠도에 단골 고객도 있어서 고민했는데, 이제는 족쇄가 더 무거워지기 전에 새로운 지역에 가보기로 마음먹었어. 나는 도쿄에서 나고 자라 도쿄 아닌 곳에서는 살아본 적이 없으니 낯선 지역에도 가보고 싶었고. 이래저래 고민만 하다보면 또 대학생 때처럼 나 자신이 아닌 다른 누군가의 의견대로 살아가게 되겠지. 가자는 마음이 발동한 지금이 가야 할 때인 거야."

스스로 내린 결정이다.

이케다 선생님의 표정은 빛나고 있었다.

멋있다고 할 만한 얼굴이 아닐 텐데, 멋져 보인다.

"좋네요. 바닷가."

"놀러와."

"네."

시다카 씨는 우리집에서 묵기로 했다.

연말이라 호텔이든 료칸이든 전부 예약이 꽉 찼고, 빈방이 있어도 성수기 가격이라 무척 비싸다. "시다카 씨 월급 정도면 묵을 수 있지 않나?" 가즈키가 그렇게 말해서 혹시나 하고 시다카 씨에게 물어봤더니 "그렇게 비싼 방에서는 못 자죠" 하는 대답이 돌아왔다.

"춥진 않아요?" 이부자리를 깔며 시다카 씨에게 묻는다.

일층 다다미방에 나란히 이불을 깔고 나도 함께 자기로 했다.

"괜찮아요. 온수팩 같은 아이도 있고." 시다카 씨가 무릎에 올라온 우메를 쓰다듬는다.

온천욕을 하고 저녁을 먹고 마쓰모토역에서 이케다 선생님을 배웅한 뒤 집으로 돌아왔다. 우메는 거실에서 달려오더니 나와 가즈키는 보이지도 않는다는 듯 시다카 씨의 발치에 찰싹 달라붙었다. 그때부터 쭉 그 상태다.

"불편하면 말씀해주세요. 거실로 데려가면 되니까. 오랜만에 온천욕을 했는데 고양이털이 붙으면 안 되잖아요."

"괜찮아요, 괜찮아. 동물에게 사랑받아본 적이 거의 없는데, 오히려 기쁜걸요."

"반려동물 키워본 적 없어요?"

"본가에서 시바견을 키웠어요. 그런데 저한테는 잘 안 오더라고요."

"시다카 씨의 본가는 어디예요?"

"고치현. 가본 적 있어요?"

"없어요."

고치현이 있는 시코쿠 지방에는 한 번도 가본 적이 없다. 도호쿠나 규슈에도, 해외에도 가본 적이 없다. 나가노와 도쿄와 그 주변밖에 모르고 살아왔다.

"따뜻하고 좋은 곳이에요. 고등학생 때는 아무것도 없는 곳이라는 생각에 그저 도쿄로 나가려고만 했었지만."

"대학 때부터 도쿄에 계신 거죠?"

"네."

"우메, 이제 우리 잘 거니까 너도 잠자리로 가야지." 시다카 씨의 무릎에서 우메를 안아올려 복도로 내보낸다.

뭔가 하고 싶은 말이라도 있는지, 우메가 거실 쪽으로 걸어가며 몇 번이고 뒤를 돌아본다. 우메에게는 외롭거나 힘들어하는 인간을 볼 줄 아는 능력이 있는 게 아닐까 하는 기분이 든다. 내가 도쿄에서 돌아오고 한동안은 줄곧 나한테 달라붙어 있었다.

"대학은 어디예요?" 나는 다다미방으로 돌아와 이불 위에 앉는다.

나가노의 겨울은 도쿄보다 훨씬 춥다. 차가워진 발을 난로에 가까이 대고 따뜻하게 데운다.

"이케다한테 못 들었어요?" 시다카 씨도 이불 위에 앉아 난로 쪽으로 발을 뻗는다.

"네."

"도쿄 시내에 있는 국립대요." 시다카가 쑥스러운 듯 말한다.

"와……"

도쿄 시내에 있는 국립대라면, 하나밖에 떠오르지 않는다. 다른 데가 또 있던가? 있더라도 분명 그 대학을 말하는 것일 테다. 그 학교에 다니는 여학생은 별로 인기가 없다고 들었는데, 그래서 시다카 씨도 당당하게 자신의 모교를 밝히기 꺼려하는 건가.

학력으로 사람을 판단하는 건 아니지만, 이제는 이케다 선생님의 정체를 도무지 모르겠다. 나이를 따져보면 대학에는 바로 붙었을 테다. 국립대에 재수도 안 하고 들어가고 변호사가 될 준비를 했다면 굉장히 머리가 좋은 것 아닌가? 그런데 마사지사가 되고 싶다고 했으니 당연히 부모로서는 화가 날 만하다. 아들에게 원대한 기대를 품었을 거라고 생각한다. 하지만 그렇게 고민하고 괴로워한 시간이 있었기에 지금의 이케다 선생님이 있다. 과거의 일을 자랑하듯 말하지 않는다는 건 그의 현재가 충실하다는 증거다. 어쩌면 자신의 이력만으로 평가받고 싶지 않아 개인적인 얘기를 되도록 하지 않으려는 건지도 모른다.

"학교생활은 정말 평범했어요."

"시다카 씨, 맨발로 도망친 적이 있었죠?"

"이케다한테 들었어요?"

"네, 어쩌다보니 듣게 됐어요."

"이상한 남자들한테 끌렸어요. 그때는."

"어떤 남자요?"

"인기 없는 뮤지션이라든가, 몇 년씩 사법고시를 준비하는 사람, 자칭 아티스트라고 하는 사람도 있었죠."

"아…… 말 안 해도 알겠네요."

"꿈을 좇는 사람을 좋아했어요."

"꿈을 좇는 사람이라면 주변에 많지 않았어요? 변호사나 고위공무원이 되고 싶어하는 사람이라든가."

"현실적으로 변호사나 고위공무원이 될 수 있는 사람에게 그건 꿈이 아니잖아요. 그때는 이루지 못할 꿈을 좇는 모습에서 낭만을 느꼈던 것 같아요."

"그럴 수 있겠네요."

"아르바이트비를 뜯기고 얻어맞고 걷어차이고 감금도 당하고, 정말 힘든 나날이었어요."

"……감금이라고요?"

"그래서 맨발로 도망쳤죠."

"그런 사정이 있었군요."

"이케다와 그 친구들은 숙맥인 티가 그대로 드러나는 녀석들이었어요. 여자를 보고 신나서 떠드는 모습을 유치하다고 생각하면서 지켜봤죠."

"이케다 선생님의 그런 모습은 상상이 잘 안 되네요."

들뜬 모습조차 본 적이 없다. 이따금 아르바이트생들과 만화나 게임 얘기를 하며 소란을 피울 때는 있어도, 그것 역시 이케다 선생님이 그들에게 맞춰주는 느낌이었다.

"서로 대화해본 적도 없는 여자 때문에 막 들뜨고 그랬다니까요. 징그럽죠?"

"네, 그건 좀 징그럽네요."

"그런데 어쩌면 나는 그런 순수한 사랑 같은 건 할 수 없다고 믿고 있었기 때문에 그들을 무시하는 것으로 나 자신을 지키려 했던 건지도 몰라요."

"시다카 씨는 왜 순수한 사랑을 할 수 없다고 생각했어요?"

"사랑이 어떤 건지 잘 몰랐으니까요."

"네?"

"고치에 있을 때는 도쿄로 가기 위해서 공부만 했어요. 연애는 대학에 붙으면 하겠다고 마음먹었는데, 막상 대학에 입학하고 보니 학교 이름만 말해도 남자들이 도망가더군요. 물론 평범하게 연애하던 친구들도 있었으니 학교 이름이 문제는 아니었겠지만. 나한테 접근하는 남자는 죄다 구제불능인 사람뿐이었어요. 나도 내가 그런 사람을 좋아하는 줄로만 알고 그냥 사귀었죠. 실은 전혀 안 좋아했는데, 그들에게 휘둘리다보니 정상적으로 사고할 수 없게 된 거예요."

"사랑이 어떤 건지 나중에는 알게 됐나요?"

"대학교 4학년 무렵에 알게 됐어요. 어리숙하게만 생각했던 친구가 변호사 준비를 그만두고 마사지사가 되겠다는 말을 꺼내는 거예요. 옆에서 그 얼굴을 보는데 그때껏 몰랐던 감정이 샘솟았어요. 진심으로 꿈을 꾼다는 건 이런 거구나. 어린아이 같다고 생각했던 친구가 어른이 됐더라고요. 그러고 났더니 그때까지 사귀었던 남자들에 대해서도 냉정하게 판단할 수 있었고, 나 자신이 얼마나 어리석은지 깨달았어요."

"그 사람이랑 사귀었나요?"

누구를 말하는 건지 알지만, 이름은 꺼내지 않는 게 좋을 것 같다.

"좋아한다고 말도 못했고, 졸업한 뒤로는 만나지 못했어요. 시간이 흘러 다시 만나긴 했지만 지금은 그저 친구일 뿐이에요."

"그렇군요."

"줄곧 신경쓰였죠?" 시다카 씨가 나를 바라본다.

"아뇨, 딱히 신경쓰이고 그런 거 없어요."

"이미 지나간 일이고, 그 친구와는 손을 잡아본 적도 없으니 걱정하지 마요. 저는 지금 남자친구도 있고."

"인기 없는 뮤지션은 아니겠죠?"

"이제 그런 남자랑은 안 사귀죠." 시다카 씨가 웃으며 말한다. "회사 사람이에요."

시다카 씨는 행복해 보이지만, 어떤 사정이 있는 걸지도 모른다. 우메도 뭔가 냄새를 맡은 건 아니었을까. 하지만 지금은 꼬치꼬치 캐묻지 말자. 시다카 씨와는 진정한 친구가 될 수 있을 것만 같다. 대화를 하다보면 마음이 평온해진다. 시간을 갖고 서로의 얘기를 해나가고 싶다.

"나란히 이불 깔고 사랑 얘기 같은 걸 하다니 꼭 수학여행 온 것 같네요."

"그렇네요."

둘이 서로 웃는다.

"가와구치 씨, 도쿄에 있을 때보다 안색이 좋아졌어요."

"그런가요?" 뺨에 손을 대본다.

도쿄에 있을 때보다 피부가 매끄러워졌다. 물이 바뀌어서 그런 건가 했는데 그 때문만은 아닐 것이다. 정신적으로 안정되어 혈액순환도 잘되기 시작했다.

"건강해 보여서 다행이에요."

"아직 건강하다고 할 정도는 아니에요." 솔직하게 말한다. "마쓰모토의 '마쓰'라는 글자만 봐도 숨이 막힐 때가 있어요. 잠을 못 자는 날도 있고요."

마쓰바라 씨의 '마쓰'라서, 라고 말하려는데 그 이름을 입으로 내뱉기를 온몸이 거부했다. 이름을 말하면 왠지 그를 불러들일 것 같은 기분이 들었다.

"그래도 냉정하게 사고할 수 있게 됐어요. 도쿄에 있었다면 다 내 잘못이라는 감정에 얽매여 있었을 것 같아요. 해가 바뀌면 다시 일도 구하고 생활을 조금씩 재정비해야겠다고 생각하고 있어요. 과거의 일을 바꿀 순 없으니, 언제까지 거기에 끌려다닐 게 아니라 앞으로 나아가고 싶어요."

"너무 무리하진 마요. 저는 언제든지 가와구치 씨의 얘기를 들어줄게요."

"고맙습니다."

"실은 조금 불안했어요."

"뭐가요?"

"저랑 가즈키 씨와 이케다가 강력하게 주장하는 바람에 가와구치 씨가 마쓰모토로 돌아오긴 했지만, 그건 본인의 의사가 아니었으니까요. 혹시 제가 가와구치 씨를 정신적으로 통제한 건 아닐까. 회사에서 성희롱 등의 문제에 대응하는 일을 하고 있더라도 제가 전문가는 아니잖아요. 좀더 시간을 들여 천천히 대화를 했어야 했는지도 몰라요."

"통제라뇨, 그렇지 않아요. 세 사람의 얘기에 본가로 돌아가겠다고 생각한 건 맞지만, 그건 여러분이 친절한 마음에서 해준 말이지 저한테 심술부리려 한 말이 아니니까요."

기자키 씨는 심술궂은 마음으로 나를 통제하려 했고, 마쓰바라 씨는 제멋대로 나를 통제하려 했다. 진실은 알 수 없지만, 마쓰모토로 돌아오고 나서야 그렇지 않았나 하고 생각할 수 있게 되었다. 나를 진심으로 대해주는 사람이 누구인지 지금은 판단할 수 있다.

"슬슬 잘까요?" 시다카 씨가 이불 속으로 들어간다.

"불 끌게요." 난로와 전깃불을 끄고 나도 이불 속에 들어간다.

"잘 자요."

"잘 자요."

쉽게 잠이 오지 않을 줄 알았는데 곁에 신뢰할 수 있는 사람이 있다는 안도감에 휩싸여 금세 잠에 빠졌다.

이층에는 가즈키도 있고, 부모님과 우메도 있다. 나는 이 집에서 보호받고 있다.

무서운 일은 아무것도 일어나지 않을 것이다.

가즈키와 함께 마쓰모토역까지 시다카 씨를 배웅하러 갔다.

시다카 씨는 "사쿠라 짱, 또 만나러 올게" 하고 몇 번이나 말했다.

집에 돌아오니 문 앞에 한 남자가 서 있었다.

먼저 알아챈 가즈키가 내 손을 당겨 피하려 했지만 간발의 차이로 늦었다.

동네 사람들 눈을 의식하지 말고 경찰서로 갈걸 그랬다. 마쓰모토에 돌아왔다는 안도감에 긴장을 늦춰선 안 되었다. 본가의 주소는 기자키 씨도 모를 테고, 원장이나 부원장이 말했을 것 같진 않다. 어떻게 알아냈을까?

그런 걸 후회하고 곱씹어볼 때가 아니다.

마쓰바라 씨가 가즈키와 나를 향해 걸어온다.

"다행이다. 드디어 만났어." 마쓰바라 씨가 말한다.

"왜 여기에 있는 겁니까?" 가즈키가 말한다.

"갑자기 사라져서 걱정했어." 마쓰바라 씨는 나만 쳐다보며
말을 이어간다. "더 빨리 오고 싶었는데, 갑자기 오면 가족분들
에게 실례가 될 것 같아 고민했어. 회사가 휴무에 들어간 김에
큰맘 먹고 와보길 잘했네. 메시지를 보내거나 근무지에 전화하
면 안 된다고 경찰이 그러길래 그건 안 했어."

"그럼 본가에도 오면 안 된다는 거 아시겠네요?" 가즈키가 큰
소리로 말하지만 마쓰바라 씨는 아무 반응도 하지 않는다.

그의 시야에는 나만 들어오는 모양이다.

"좋아 보이네?"

"이런 스토커 같은 짓을 하지 말라는 경고였을 텐데요." 가즈
키의 목소리가 한층 더 커진다.

말소리가 집안까지 들렸는지 우메를 안은 엄마가 밖으로 나오
고 아빠도 뒤따라 나온다. 동네 사람들은 창문을 열고 우리를 보
고 있었다.

"그만해." 나는 가즈키의 코트 소매를 잡아당긴다.

여기서 더 소란스러워지면 부모님까지 끌어들이게 되고, 온

동네 사람들에게 무슨 일이 있었는지 들통나고 말 것이다. 누군가 내 알몸 사진을 보기라도 하면 나는 두 번 다시 이곳으로 돌아올 수 없다.

"왜?"

"사람들이 보잖아."

"……그래도."

"저기, 다른 곳으로 가서 얘기해요." 내가 마쓰바라 씨에게 말한다.

"좋아. 어디로 갈까?"

"음……"

마쓰모토역 쪽으로 가면 카페나 패스트푸드점이 있지만, 어디를 가더라도 누군가 나를 보게 될 가능성이 있다. 친구나 그 가족에게는 절대로 목격되고 싶지 않다.

"내가 묵는 호텔 로비에 라운지가 있으니까 거기서 볼까?"

"네, 거기로 해요."

호텔 라운지라면 내 지인이 올 일은 없을 테고 주변에는 사람도 많다. 무슨 일이 있으면 호텔 직원에게 부탁해 경찰에 연락해달라고 할 수도 있다.

"나도 갈게." 가즈키가 말한다.

"괜찮아." 함께 가면 오히려 마쓰바라 씨를 더 화나게 하는 상황이 될 것이다. "금방 돌아올 테니 걱정하지 마. 얘기가 끝나면 전화할게. 차로 데리러 와줘. 이케다 선생님이랑 시다카 씨한테 이 일은 말하지 말고."

연락하는 편이 좋을까 싶었지만, 마쓰바라 씨와 만난 일을 이케다 선생님에게 알리고 싶지 않았다. 어제 마쓰모토성에서 그와 얘기를 나누고 편안해진 마음이 마쓰바라 씨 때문에 오염되어간다.

"경찰에는?"

"필요할 것 같으면 내가 직접 연락할게. 괜히 큰일 만들지 않았으면 좋겠어."

"알았어."

"그럼, 이따 봐. 엄마랑 아빠한테도 금방 들어간다고 말해줘."

가즈키의 코트 소맷자락에서 손을 떼고 마쓰바라 씨 쪽으로 간다.

"가자." 마쓰바라 씨가 기쁜 듯 말한다.

"네."

걸어온 길을 되돌아가 큰길로 나가서 택시를 탄다.

마쓰바라 씨는 처음으로 마쓰모토에 온 감상을 늘어놓고 있지만 귀에 들어오지 않는다. 경찰에 연락하라고 가즈키에게 부탁하는 게 나았을까. 시다카 씨에게 메시지를 보내서 상황을 판단해달라고 했어야 할까. 부모님에게 사정을 얘기해둘걸 그랬다. 이런저런 후회만 머릿속에서 소용돌이친다.

호텔 앞에 도착해 택시에서 내린다.

이곳은 시다카 씨가 묵을 곳을 알아봤던 관광객 대상 호텔로, 널찍한 노천탕이 있다. 연말연시 휴가철이라 다른 지역에서 온 손님들로 로비가 붐빈다.

택시비를 내고 마쓰바라 씨가 앞장서서 로비의 라운지로 들어갔다. 그는 걸어가면서도 몇 번이나 뒤를 돌아보며 나를 확인했다. 도망가지 못하게 감시당하는 것 같다.

구석진 자리로 안내를 받아 마주보고 앉아서 커피를 주문한다.

곧 저녁식사 때라선지 라운지는 한산하다.

창밖은 어두워져 있었다.

"갑자기 와서 놀랐어?" 마쓰바라 씨가 말한다.

"네."

"제대로 얘기하고 싶었어."

"했잖아요."

"사쿠라가 툭하면 입을 다물거나 누군가에게 기대려고 하니까 제대로 된 대화를 할 수 없잖아. 경찰서에 갔던 것도 다른 사람이 시키니까 그랬던 거고. 사쿠라가 스스로 원해서 마음먹었던 건 아니지?"

"경찰서에 가겠다고 결정한 건 나예요. 경고해달라고 부탁한 것도 나고요. 이렇게 만나러 오는 건 나한테 폐예요."

강하게 나가야겠다고 생각했지만 나는 고개를 숙인 채 그렇게 말하는 게 최선이었다.

"경찰서에 가는 걸 제안한 사람은 요전에 만난 시다카라는 여자지?"

"그렇긴 하지만……"

"그 여자가 말하는 대로 움직이는 것뿐이잖아?"

"아니에요."

"사쿠라는 깊이 생각도 하지 않고 남이 한 말에 수긍해버려. 나는 그게 걱정이야."

"걱정할 필요 없어요."

아무리 얘기해도 마쓰바라 씨에게는 내 마음이 전달되지 않는다.

내가 다시 사귀겠다고 말할 때까지 마쓰바라 씨는 나를 따라올 것이다. 경찰을 찾아가도 헛수고일 것이다. 경고를 했음에도 불구하고 이렇게 찾아왔으니까. 누군가가 나를 항상 지켜봐줄 것도 아니고, 공격에 대비한 요새에 살 수도 없다. 마쓰바라 씨가 체포되어 감옥에 갈 만한 짓을 저질렀다고 한들, 몇 년만 지나면 나온다. 마쓰바라 씨나 나, 어느 한쪽이 죽을 때까지 이 생활은 계속될 것이다. 설령 마쓰바라 씨가 찾아오지 않는다 하더라도 이 두려움은 내 안에서 사라지지 않을 것이다.

이대로라면 이케다 선생님과 시다카 씨와 가즈키뿐 아니라, 부모님에게도 폐를 끼치게 된다. 할아버지에게도 피해가 갈지 모른다. 부모님과 할아버지, 이케다 선생님이나 시다카 씨나 가즈키에게 무슨 일이 생기면 나는 어떻게 해야 하나. 아빠와 할아버지와 가즈키는 마쓰바라 씨보다 힘이 세니 괜찮을 것 같지만, 문제는 그런 게 아니다. 그가 할아버지의 유도 정복원이나 아빠 혹은 가즈키의 회사 홈페이지에 후쿠후쿠도에 대해 썼던 것과 비슷한 글을 올리기라도 한다면 그때는 더이상 힘의 문제가 아니다. 할아버지와 아빠가 관련된 유도장에는 근방에 사는 아이들이 다닌다. 유도장에 무슨 일이 생긴다면 그 아이들도 피해를 본다. 시다카 씨의 명함을 받았기 때문에 마쓰바라 씨는 그녀의 회사도 알고 있다. 공원에서 만났을 때의 일로 마쓰바라 씨는 시다카 씨에게 분노를 느끼고 있다. 복수의 화살이 그녀를 향할지도 모른다.

가족과 친구를 지키는 방법은 한 가지뿐이다.

피해를 입는 사람이 나 하나라면 견딜 수 있다.

나만 참으면 된다.

마쓰바라 씨가 나를 때리거나 발길질하는 건 아니다. 내가 그의 생각대로 하지 않았을 때 화를 내는 것뿐이다. 평소에는 상냥하고, 키도 크고 얼굴도 잘생긴데다 밥도 잘 사주고, 좋은 집안의 도련님 같기도 하고, 나름 좋은 점도 많다. 꾹 참고 교제할 수도 있다. 다른 남자를 만나지 않고 그의 생각에 맞춰진 나로 있으면 된다.

프리저브드플라워와 반지, 집 열쇠도 처리하기가 어려워서 마쓰모토에 가져왔다. 누렇게 말라버리면 버릴 수 있을 텐데 프리저브드플라워는 아무리 시간이 지나도 색이 바래지 않는다. 서랍 안쪽에 넣어둔 그 꽃을 꺼내 방에 장식하고 마쓰바라 씨와 다시 시작하는 거다.

그렇게 하면 그 누구에게도 폐를 끼치지 않고 일을 해결할 수 있다.

"다시 시작해요. 내가 미안했어요. 앞으로는 마쓰바라 씨만 생각할게."

그렇게 말하자 마쓰바라 씨는 기쁜 듯 웃었다.

라운지를 나와서 마쓰바라 씨가 묵는 방으로 갔다.

갑자기 왔더니 남은 게 여기뿐이었다는 방은 영화나 드라마에서나 보았던 스위트룸이다.

커다란 침대에서 그에게 안기며 내 안에서 내가 사라져감을 느꼈다.

시선을 돌려 커튼 틈 사이로 밖을 보니 밤하늘에 떠오른 가늘고 흰 달이 보였다.

관계가 끝난 뒤, 그는 스마트폰으로 내 사진을 찍었다.

8

쓸쓸해 보이는 눈빛으로 사쿠라가 나를 바라본다.

"함께 도쿄로 돌아가자." 내가 말한다.

"가고는 싶은데 본가의 방을 정리해야 해서. 미안해." 사쿠라
는 고개를 숙인다.

"그건 나중에 해도 되잖아."

"되도록 빨리 함께 살 수 있도록 하고 싶어서."

연말에 마쓰모토에 와서 사쿠라와 대화를 나누고 다시 사귀게
되었다. 오늘까지 일주일 동안 내가 묵는 호텔방에서 매일 만났
다. 단둘이서 지금까지의 일과 앞으로의 일을 충분히 얘기했다.
내가 직장에 대해 거짓말한 일을 사과하자 그녀는 웃는 얼굴로
용서해줬다. 사쿠라도 "지금까지 미안했어" 하고 나에게 몇 번

이나 사과했다. 다시 새롭게 결혼을 약속했다. 사쿠라가 도쿄로 돌아오면 둘이 살 것이다. 어머니도 만나게 하고, 마쓰바라 집안의 규칙을 익히게 할 것이다. 마쓰모토에 있는 동안 그녀의 부모님을 소개해달라고 청했지만, 사쿠라가 "마쓰바라 씨의 어머님을 먼저 만나는 게 예의야"라고 해서 다음 기회에 하기로 했다. 하기야 며느리인 사쿠라의 친정을 우선시하는 건 말이 안 된다.

내일부터 업무가 시작되기 때문에 나는 도쿄로 돌아가야 한다. 회사 일이야 어찌되든 상관없으니 이대로 마쓰모토에 있을까 했지만 이사를 위한 자금도 필요하다. 갑자기 오느라 호텔의 스위트룸 중에서도 제일 비싼 방밖에 남지 않아 예상외의 지출도 해버렸다. 그래도 넓은 방과 큼직한 침대에서 미리 연습삼아 신혼생활을 해볼 수 있었고 사쿠라도 좋아하는 것 같았다.

봄까지 둘이서 살 집을 구하고 이직도 할 것이다. 그 회사에서 일하는 것도 앞으로 삼 개월이면 끝이다. 그동안만 참으면 된다.

"주말에 또 올게."

내가 그렇게 말하자 사쿠라는 고개를 들더니 기쁜 듯 웃는다.

하지만 어딘가 쓸쓸해 보이기도 했다.

"역시 그냥 밤까지 있을까?"

호텔을 체크아웃하고 그대로 마쓰모토역으로 왔다. 귀경 행렬로 혼잡해서 정오 조금 지나 출발하는 열차표를 서둘러 사고 말았는데, 아쉬워 보이는 사쿠라를 두고 가는 것이 걱정이다.

"빨리 돌아가서 느긋하게 쉬는 편이 좋지 않아? 낯선 곳에 와서 피곤했을 텐데."

"온천욕도 했고, 별로 피곤하지 않은데."

"미안해. 마쓰바라 씨가 좋을 대로 해. 나는 거기에 맞출 테니까. 딱히 다른 일정도 없고."

"사쿠라가 함께 있고 싶다고 하면 좀더 있을게."

"음, 그럼, 어떻게 하지." 난감해하는 얼굴로 다시 고개를 숙인다.

언제까지나 나와 함께 있고 싶지만 나를 곤란하게 할까봐 말하지 못하는 것일 테다. 아니면 밤에 또다시 헤어져야 한다는 생각을 하며 함께 있는 것도 슬플까봐 그런 걸까.

"호텔이라도 갈까?" 나는 얼굴을 가까이 대고 사쿠라의 귓가에 속삭인다.

"어?"

"묵었던 호텔은 아니어도 잠시 휴식할 수 있는 곳." 얼굴을 떼고 그녀를 마주본다.

역에서 조금 떨어진 곳으로 가면 러브호텔쯤은 있을 것이다.

"아……" 사쿠라가 부끄러운 듯 웃는다.

"농담이야."

"그렇구나. 마쓰바라 씨답지 않아서 깜짝 놀랐어."

"나답지 않다니?"

"그런 곳은 천박한 느낌이라 좋아하지 않을 거라고 생각했거든."

"좋아하진 않지만 가끔은 괜찮을 것 같아."

"그렇구나. 미안. 이 동네에서 가는 건 좀 그래. 아는 사람이 보기라도 하면 곤란하니까. 미안."

"괜찮아. 나중에 도쿄에서 가자."

마쓰모토역 주변은 번화하고 사람도 많다. 그래도 시골 특유의 폐색감은 있을 것이다. 사쿠라는 아는 사람이 보면 부끄럽다며 둘이서 밤을 걷는 것을 싫어했다. 도쿄와는 달라서 남자와 둘이 걷는 모습을 누군가가 보기만 해도 소문이 난다고 한다. 어차피 결혼할 사이인데 소문 좀 나도 괜찮지 않나 싶었지만, 그 소문이 분명 사쿠라의 부모님 귀에도 들어가리라는 생각이 들었다. 혹시 그 소문을 듣고 나를 만나자는 얘기가 나오면, 사쿠라가 우리 어머니를 만나는 것보다 먼저 내가 사쿠라의 부모님을 만나게 된다. 그럼 사쿠라가 일부러 어머니를 배려해준 것이 수포로 돌아간다. 마쓰모토성이나 다른 관광지에도 가고 싶었지만, 되도록 호텔에서 나가지 않는 쪽을 택했다.

내가 사쿠라가 하는 말에 따르는 모양새가 되어 불만스럽긴 했다. 하지만 호텔방에 단둘이 있으면 밖에서보다 느긋하게 시간을 보낼 수 있었으므로 불평은 하지 않기로 했다. 배웅할 때만은 역에 와달라고 부탁했다.

"그럼 어떻게 할 거야?" 사쿠라가 나에게 묻는다.

"갈게. 본가에도 잠깐 들르고 싶고."

실은 12월 31일부터 본가에서 보낼 예정이었지만, 어머니에게 사쿠라와 연휴를 보내게 되었다고 전화로 연락했다. 새롭게 결혼 약속을 한 것도 알렸다. 기쁘면서도 쓸쓸해하는 어머니의 마음이 느껴졌다. 분명 새해 음식과 오조니*를 준비해뒀을 것이다. 오늘밤만은 어머니와 보내야겠다. 모자 둘이서 보내는 새해 연휴는 올해가 마지막이다.

"어머니한테 안부 전해줘."

"응."

"조심해서 돌아가."

"주말에 다시 올 텐데, 이번에 묵었던 호텔 같은 곳이 아니어도 괜찮겠어?"

"괜찮아. 괜한 낭비는 하지 말아야지. 앞으로 우리 둘의 생활을 위해서라도."

---

* 맑은 장국 등에 떡을 넣어 끓인 일본의 대표적인 새해 음식.

"사쿠라는 돈 걱정 같은 건 하지 않아도 돼."

"미안."

"돈이야 낼 순 있지만 아무때나 그 방에 묵을 수 있는 게 아니거든. 이번 연휴에는 매년 예약하던 사람이 건강이 안 좋아 취소하는 바람에 내가 예약할 수 있었던 거야."

그 방은 나가노현의 유력 인사가 일 년 내내 예약해두는 곳이라고 한다. 호텔 직원은 내가 이 정도 금액은 내지 못할 거라고 생각했는지 무시하는 태도로 "어떻게 하시겠습니까?" 하고 물어왔다. 연말이라 다른 방은 예약이 다 찬 상태였다. 금액이 부담스럽긴 했지만 사쿠라와 대화를 하려면 마쓰모토에 묵을 필요가 있었다. 만났다 해도 대화가 그리 쉽게 진척되지 않을 것이었다. 이삼 일에 걸쳐 사쿠라와 대화한 뒤, 일단 도쿄로 돌아갔다가 다시 올 생각이었다. 그렇게 생각했던 일이 불과 한 시간도 걸리지 않아 끝났다. 도쿄를 떠나 냉철하게 생각할 수 있게 된 사쿠라가 나에 대한 감정을 되찾은 참이었다. 굳이 호텔방을 잡지 않아도 되었겠다고 생각했지만 그 덕분에 새해 연휴를 느긋하게 보낼 수 있었다.

"미안. 그게, 돈 문제라는 게 아니라, 그러니까……"

"슬슬 가야겠다." 이제 곧 열차가 온다.

"아…… 응."

"가볼게." 사쿠라의 가느다란 몸을 껴안는다.

사쿠라는 식욕이 없다면서 함께 있는 동안에도 음식을 별로 먹지 않았다. 도쿄의 생활에 익숙해져 나가노의 음식이 입에 안 맞는 것일지도 모른다. 호텔 레스토랑의 식사도 맛이 없진 않았지만 도쿄의 레스토랑에 비하면 부족하다. 가능한 한 빨리 함께 살 준비를 해서 사쿠라를 도쿄로 돌아오게 하는 편이 좋겠다.

내 품안에서 사쿠라가 작게 몸을 떤다.

헤어짐이 아쉬워 눈물이 날 듯한 감정을 참고 있는 것일 테다.

내가 몸을 떼고 키스하려 했으나 거부당했다.

가족과 함께 개찰구로 향하는 사람들이 우리 옆을 지나간다.

여기서 키스하는 게 곤란하다는 것뿐이지 내가 거부당한 건 아니다.

"잘 가." 사쿠라가 억지로 웃는 듯한 얼굴로 나를 바라본다.

"그럼, 주말에 봐."

손을 흔들고 개찰구 안으로 들어간다.

잠시 걷다가 뒤를 돌아보니 사쿠라는 그곳에 없었다.

연락을 하지 않고 본가에 갔더니 어머니는 외출하고 없었다.

어째선지 할아버지와 할머니가 와 있었다.

"저기, 어머니는요?" 나를 마주보고 앉는 할머니에게 묻는다.

현관문을 열었더니 할머니가 나오길래 뒤로 돌아 역으로 가려고 했으나 붙잡혔다. 안으로 들어오라고 해서 결국 할아버지와 할머니와 나까지 셋이 거실에 앉아 차를 마시게 되었다. 할아버지는 꺼진 TV를 멍하니 응시하고 있다.

"어머니는요, 라니? 그게 무슨 뜻이니?" 할머니가 말했다.

"어머니는 어디 갔어요?"

할머니는 말을 생략하는 걸 용납하지 않는다. 말투가 흐트러지는 것은 마음이 흐트러진 증거라고 어릴 적부터 몇 번이고 들었다.

"모르겠다."

"그래요? 언제 오셨어요?"

"누가 말이니?"

"할아버지와 할머니는 언제 집에 오셨어요?"

"어젯밤에 왔단다."

"그때 어머니는 없었나요?"

"없었다."

"할아버지와 할머니가 집에 오신다는 걸 어머니가 알고 있나요?"

이렇게 할머니와 대화한 게 몇 년 만이지? 두 분은 은퇴 후 온천지의 아파트에 살면서 가끔 이 집에 들르곤 했지만, 나는 그때마다 마주치지 않으려고 했다. 오랜만에 만나봐야, 아직 살아 있었구나 하고 실망할 뿐이다.

"그건 모르지. 우리집에 오는데도 연락을 해야 하니?"

"아뇨."

현재 이 집은 아직 할아버지 소유다. 할아버지가 돌아가시면 내가 상속받는다. 아버지가 돌아가셨을 때, 변호사를 통해 논의한 끝에 그렇게 결정되었다. 어차피 할아버지는 아무 말도 하지 않으니 할머니만 죽어주면 이 집을 어머니가 원하는 대로 개축할 수 있다. 할머니가 죽으면 곧장 나와 사쿠라와 아이들과 어머니가 함께 살 수 있도록 다시 지을 예정이다. 그런데 아직 한참은 죽을 것 같지가 않다. 할아버지와 할머니 둘 다 은퇴 따위를 할 필요가 있나 싶을 정도로 건강하다. 새해라선지 할머니는 비싸 보이는 기모노를 입고 있다. 등줄기를 꼿꼿하게 편 할머니의 자세에 집안 분위기에도 바짝 긴장감이 흐른다.

"어젯밤부터 어머니가 안 들어왔다는 뜻인 거죠?"

"그렇단다."

"실례하겠습니다."

거실을 나와 주방으로 간다.

냉장고를 열어봐도 아무것도 들어 있지 않았다. 쓰레기통에도 아무것도 없다. 올해 첫 쓰레기 수거일은 내일이다. 집 앞의 쓰레기장에 쓰레기를 내놓을 수 있는 건 빨라도 전날 밤이다. 따라서 어제저녁에 쓰레기를 내놓고 어딘가로 외출했다고 보기는 어렵다. 연말에 전화했을 때 어머니는 아무 말도 하지 않았다. 학교 동창이나 동네 사람과 연말부터 여행을 간 것도 아닐 테다. 내가 작년 하반기부터는 전혀 집에 오지 않았고 전화나 메시지도 하지 않았다. 그렇다고 어머니가 나에게 아무 말도 없이 어딘가 멀리 갔을 리 없다.

경찰서에 가보는 게 좋을지도 모르겠다.

사건이나 사고에 휘말렸을 가능성이 있다. 집이 어수선해진 흔적은 없으니 연말에 쇼핑이라도 하러 밖에 나갔다가 일이 생긴 것이다. 그후로 돌아오지 않고 있는 거라면 일주일 가까이 지났다는 뜻이다. 연초에 "새해 복 많이 받으세요" 하고 문자를 보냈을 때는 답장이 왔었는데, 그렇다면 그 문자를 보낸 사람은 어머니가 아니었던 것이다.

"뭐하니?" 할머니가 주방에 들어온다.

"아 저기, 어머니가 어디 갔는지 알 만한 게 있을까 해서요."

"아무것도 없다."

"어머니에게 무슨 일이 생긴 게 아닐까요? 어머니가 외박을 할 리는 없는데요."

"요시후미, 너는 정말로 그 여자를 믿는 거니?" 할머니가 나를 뚫어지게 쳐다본다.

"그게 무슨 말씀이세요?"

"……딱해라." 부자연스러울 정도로 큰 한숨을 내쉰다.

"경찰에 신고하는 게 좋지 않을까요?"

"그럴 필요 없다. 어차피 그 남자네 집에 갔겠지."

"그 남자요?"

"배고프지 않아? 뭐 좀 만들어야겠다. 변변한 재료는 없겠지만."

할머니가 바닥 아래의 수납공간을 연다.

위험하니까 열면 안 된다고, 내가 어릴 적 어머니는 그렇게 말했다. 그곳을 여는 모습을 처음 보았다. 거기에는 시판용 하이라이스 고형 가루와 레토르트 카레가 들어 있었다. 나는 어머니가 요리하는 모습을 수도 없이 보았다. 그런 제품은 분명 사용하지 않았다. 어머니가 이 집에 혼자 있게 된 뒤로 사용하기 시작했을 것이다. 하지만 할머니의 태도로 보아 그런 게 아닌 듯하다. 고등학교를 졸업할 때까지 나를 교육한 사람은 할머니다. 좋아하려야 좋아할 수 없는 이 사람이 하고 싶어하는 말이 무엇인지는 너무도 잘 안다.

완벽하게 보이기 위해 어머니는 거짓말을 하곤 했다.

내가 아버지에게 거짓말을 했던 것처럼.

거짓말을 하고, 잘못을 숨기고, 어떻게 해서든 칭찬받기를 바랐다. 아니, 어머니는 칭찬받고 싶었던 건 아닐 테다. 어머니는 나보다 더 할아버지와 할머니를 싫어했고 아버지도 사랑하지 않았다. 내가 상속받을 이 집과 재산을 원했다. 그것을 위한 거짓말이다.

그 남자가 누구인지 나는 알고 있다.

유치원 시절에 딱 한 번, 그 사람과 어머니가 역 앞에서 서로 끌어안고 있는 모습을 본 적이 있다.

피아노 학원에서 돌아오는 길을 할머니와 함께 걷고 있었다. 어린아이라도 그 둘이 어떤 관계인지는 바로 이해했다. 평소의 어머니와는 분위기가 달라 말을 걸 수 없었다. 내가 있다는 걸 어머니가 알아채면 안 될 것 같아 할머니의 손을 세게 잡아당겼다. 집에 도착하고 잠시 후 어머니도 귀가했다. 역 앞에 있던 어머니와 눈앞에 있는 어머니가 딴사람인 것만 같아 사람을 잘못 보았다고 생각하기로 했다. 그리고 잊기로 결심했다.

상대 남자는 어머니가 정년까지 일한 법률사무소의 변호사다. 어머니보다 다섯 살 연상이고, 처자식뿐 아니라 손주도 있다.

그날로부터 이십 년도 더 지났는데 아직 관계가 이어지고 있었던 거다.

어머니가 할머니나 아버지와 다투는 소리를 여러 번 들었다.

할머니와 아버지가 아무리 추궁해도 어머니에게서는 증거가 나오지 않았다. 나는 할아버지와 함께 귀를 막고 싸움의 내용을 듣지 않으려 했다. 그래도 단편적으로 들려오는 말소리에 무슨 얘기를 하는지는 대강 알 수 있었다.

역에서 만난 어머니와 그 남자 사이에 무슨 일이 있었던 걸까.

그 순간을 할머니가 보았더라면 어머니는 이 집에서 쫓겨났을 것이다.

완벽하게 일말의 증거조차 남기지 않았던 관계가 그 한순간에 무너졌다. 내가 물었더라도 어머니는 웃는 얼굴로 회피만 했을 것이다. "자신에게도 책임이 있다고 생각해선 안 돼"라는 건 그 남자와의 일을 두고 했던 말이었는지도 모른다. 불륜을 저지르고 있는 자신을 어떻게든 정당화하려 했던 것이다.

"어떻게 할 거니? 뭐 좀 먹을래?"

"안 먹을게요."

엄격하고 어색하게만 느껴질지라도 할머니가 나를 사랑한다는 건 안다. 아무 말도 하지 않는 것으로 할아버지가 나를 지켜줬던 것도 알고 있다. 구체적인 이유가 있는 건 아니지만, 겹겹이 쌓인 세월이 그 증거다. 내가 고등학교를 졸업할 때까지 할머니는 무엇보다 나를 우선으로 했고 어머니에게 어머니일 것을 강요했다.

어머니는 나를 사랑하지 않는다.

내가 가져다준 이익을 사랑한다.

할아버지와 할머니는 집에서 나가고, 아버지는 돌아가시고, 나도 독립했다. 이 집에는 어머니만 남았다. 아버지가 죽었을 때 어머니에게는 거액의 보험금이 들어왔다. 아버지가 지주막하출혈로 쓰러진 것도, 병원에 가는 게 늦어진 것도 어머니가 바랐던 바라는 생각이 든다. 내가 사망할 경우에도 어머니에게 보험금이 들어가도록 되어 있다.

사랑을 갈망하는 나는 어머니가 말하는 대로 행동하면서 다루기 쉬운 아들로 살아간다.

아침이 되어도 어머니는 돌아오지 않았다.

메시지를 보낼까 했지만 뭐라고 써야 좋을지 모르겠다. 아무것도 모르는 척하는 것도, 비난하는 것도 어딘가 잘못된 일 같았다. 할아버지와 할머니와 내가 왔던 흔적을 최대한 지우고 아무 일도 없던 것으로 했다.

할아버지와 할머니를 역까지 배웅하고 일단 내 아파트로 돌아가 옷을 갈아입고서 회사에 출근했다.

새해 첫 출근이라고 기합이 잔뜩 들어간 분위기는 아니다.

대부분의 편집부가 연말에 일을 앞당겨 진행했기에 급한 업무는 없는 상태다. 다들 새해 연휴 기분이 가시지 않아 느슨한 태도로 출근해서 멍한 표정으로 연하장을 확인하거나 신년 인사 메일을 쓰고 있다.

어머니에게 연휴에 집에 못 가서 죄송해요. 조만간 사쿠라를 소개할게요 하고 메시지를 보냈다. 곧장 사쿠라 씨와의 만남이 기대되네 하고 답장이 왔다.

사쿠라를 소개하고 지금까지 해온 것처럼 어머니와 얘기한다. 나와 사쿠라, 그리고 우리의 아이들과 어머니까지 함께 살게 될 장래에 대해서도 의논할 것이다. 어머니는 기쁘게 웃는 얼굴로 얘기를 들어주리라. 하지만 그런 장래는 바라지도 않는다. 함께 사는 건 폐라고 생각한다. 내가 본가에 가지 않은 때를 기회삼아 어머니가 변호사와 여행을 갔다는 증거는 어디에도 없다. 할머니가 그저 망상에 빠져 멋대로 말하는 것뿐이다. 그런데 한번 자리잡은 망상은 쉽사리 사라지지 않는다. 잊어버리면 된다. 유치원생 때 결심했던 것처럼 잊어버리는 거다. 잊어버리고 나면 나는 어머니가 세상에서 가장 사랑하는 욋 군인 채로 있을 수 있다. 어머니가 할머니에게 구박을 받아도 집을 나가지 않았던 건 나를 위해서였다.

"기념 선물이에요." 다자와 씨가 내 책상에 투명한 비닐에 싸인 만주를 하나 놓는다.

"어디 갔었어?"

"본가에 갔었죠."

"교토?"

"효고예요."

"친구도 만나고 그랬어?"

"아뇨."

"그럼 그렇지."

애초에 친구가 없을 것이다.

기념 선물이라고 만주를 사 오는 것을 보니 그래도 정상적인 인간이 되어가는 모양이다. 다자와 씨는 가부라기 씨에게도 만주를 건네고, 다른 편집부의 계약직 사원에게도 나눠주러 간다. 계약직 여사원들끼리 저쪽에서 한창 선물을 교환하는 중이다.

나는 만주를 먹고 전화를 하러 엘리베이터 쪽으로 나간다.

사쿠라에게 전화를 건다.

그러나 받지 않았다.

무얼 하는 건지 어젯밤부터 몇 번이나 전화를 걸었는데도 받지 않는다. 메신저를 보내도 읽음 표시가 뜨지 않았다.

나랑 함께 있던 일주일 동안 별로 잠을 못 잤으니 본가로 돌아가자마자 잠들었겠거니 했지만 이제 곧 점심때다. 어제저녁에는 자고 있을 거라고 생각했는데, 아무리 그래도 이건 지나치다.

경찰에게 경고를 받고 나서 한 달 가까이 사쿠라의 감정을 몇 번이나 의심했다. 그전에는 사쿠라와 이케다의 관계를 의심하기도 했다. 그러나 곧 사쿠라의 감정이 이케다에게 조종당하고 있는 게 아닐까 하는 생각에 이르렀다. 사쿠라는 이케다나 그 시다카라는 여자에게 이런저런 말을 듣고 혼란스러워하는 것뿐이다. 이대로라면 자신이 이케다를 사랑한다고 착각하고 말 것이다. 그것을 막기 위해 이번 연휴에 마쓰모토에 가기로 결심했다.

사쿠라가 본가로 돌아갔다는 건 기자키 씨에게 들었다. 역에서 우연히 보고 인사를 하는 게 좋을지 망설이는데 그쪽에서 말을 걸어왔다. 대낮이었는데도 벌써 술에 취한 것 같았다. 묻지도 않았는데 "가와구치 씨라면 본가에 있어요"라는 말 한마디만 했다. 나한테 전해달라고 사쿠라가 부탁한 건가 싶었는데, 물어볼 새도 없이 기자키 씨는 승강장 앞쪽으로 걸어갔다. 금방이라도 눈이 내릴 듯한 날이라 그런지 승강장에는 사람이 별로 없었다. 구둣굽 소리가 울려퍼졌다. 지나치게 높은 굽은 그녀가 자신을 위장하고 있다는 증거다. 어머니는 아버지 앞에서 맨 얼굴로 있지 않았다. 아내로서 마땅히 그래야 하기 때문인 줄 알았는데, 실은 위장하지 않은 자신의 모습 그대로 아버지와 마주할 수 없었던 것일 테다. 사쿠라는 화장도 별로 하지 않고 몸치장도 하지 않는다. 언제나 솔직한 감정으로 나를 대해준다.

마쓰모토의 본가 주소는 전에 사쿠라의 방에 있던 택배 상자에서 봐서 알고 있었다.

다시 한번 사쿠라에게 전화를 걸지만 받지 않는다.

그녀가 나를 무시할 리는 없다.

서로 잠시 시간을 가진 덕분에 사쿠라와 나의 사랑은 더 단단해졌다.

GPS로 사쿠라가 어디에 있는지 알 수 있도록 설정해뒀다.

집에 있기는 한 모양이다.

도쿄로 오기 위해 짐 정리에 한창일 것이다.

하루라도 빨리 함께 살아야지.

스마트폰으로 찍은 사쿠라의 사진을 본다. 전에 찍은 사진은 마사지숍 후기 사이트에 올리는 바람에 더이상 나만의 것이 아니게 되었다. 새롭게 결혼 약속을 한 후 사진 삭제 요청 메일을 보냈다. 새해 연휴였기에 아직 처리되지 않았지만 며칠 내로 삭제될 것이다. 하지만 인터넷상의 디지털 이미지라는 건 삭제하고 삭제해도 어딘가에 남는다. 나만의 사쿠라가 갖고 싶었다.

어머니와 함께 살지 않아도 된다.

사쿠라가 나의 전부다.

토요일이 되어 마쓰모토에 왔다.

겨우 두 번 와본 곳이지만 내게도 고향 같다는 느낌이 든다.

날이 화창해서 이번에는 어딘가 관광을 하러 가고 싶었다. 그런데 도쿄를 출발하기 전에 전화로 그렇게 말했더니, 사쿠라가 "주말은 혼잡하고 누가 보기라도 하면 곤란해" 하고 말해서 지난번과 같은 호텔에서 만났다. 스위트룸이 아닌 일반 객실이다. 더블베드가 있는 방으로 했지만 스위트룸에 비하면 좁고 창밖의 경치도 별로 좋지 않다.

"역시 스위트룸으로 바꿔달라고 할까?"

프런트에 문의했더니 연휴 때 묵었던 방보다 한 등급 아래라도 괜찮다면 빈방이 있다고 했다. 가장 비싼 스위트룸에서 일주일간 묵었더니 호텔의 응대가 달라져 나를 무시하는 듯한 태도를 보이는 일은 없어졌다. 이번에는 하룻밤만 묵을 거라고 말하고 일반 객실을 택했는데 아무래도 스위트룸으로 할걸 그랬다.

"여기로도 충분해."

사쿠라가 전기 주전자로 물을 끓이고 차를 내린다.

스위트룸은 전용 라운지가 있어서 주문만 하면 차를 내려준다. 이런 방은 나와 사쿠라에게 어울리지 않는다. 결혼하면 사쿠라는 전업주부가 되게 할 것이다. 전에는 마사지사로서 계속 일했으면 좋겠다고 생각했지만, 역시 여자는 집에 있어야 한다. 어머니가 나가준다면 둘이서 살 집은 있다. 그래도 아이가 태어난다면 지금 회사의 월급으로 생활하는 건 팍팍하다. 될 수 있는 한 호화로운 생활을 누리게 해주고 싶다. 이직을 해서 이상적인 생활을 할 수 있도록 만들어주자.

결혼 약속을 함으로써 내가 장래에 무엇을 이루고 싶은지가 비로소 명확해졌다. 사쿠라를 중심으로 모든 것을 결정하면 된다. 사쿠라와 나는 사랑도 애정도 초월한 운명의 상대다. 인생을 함께할 사람이다.

"좁지 않아?"

"좁으면 더 가까이 있을 수 있으니 좋잖아." 사쿠라는 부끄러운지 나를 보지 않고 말한다.

"넓든 좁든 가까이 있을 수 있지." 나는 뒤에서 사쿠라를 끌어안는다.

"앗, 차가 쏟아지겠어."

"차는 나중에 마셔도 되니까 그냥 하자."

원래 섹스는 그다지 좋아하지 않았다.

고등학교 2학년 여름, 근처 여고에 다니는 여자애한테 고백을 받고 일단 사귀어본 적이 있다. 스미요시의 소개로 알게 된 귀여운 얼굴의 아이였다. 생긴 것과는 달리 얌전하고 자신의 의사가 별로 없는 편이었는데, 내가 그애를 좋아하진 않았다. 사귄 지한 달이 지나고 여름방학이 끝나갈 무렵, 부모님이 외출했다고 해서 그애의 집으로 갔다. 당연히 그런 유혹이라고 생각해서 내가 끌어안고 셔츠 속에 손을 넣자 그애는 "싫어" "하지 마" 같은 말을 했다. 도망치려고 몸부림치는 것을 제압하자 얼마 안 있어 그애는 아무 말도 하지 않았다. 첫 경험에 대한 감상은 "겨우 이런 건가?" 하는 것이었다. 상대도 처음이었기에 제대로 한 게 맞는지 의문도 들었다. 관계가 끝난 뒤 그애는 한동안 울었다. 어떻게 해야 할지 몰라서 그대로 두고 집으로 갔다. 2학기가 시작하자 무슨 이유에선지 스미요시가 화를 냈다. 그애가 나와의 일을 친구에게 얘기했고, 그 친구가 스미요시에게 전한 모양이다. 그런 걸 떠벌리고 다니는 여자는 성가시다. 머리가 나쁘다는 생각밖에 안 든다. 전화로 헤어지자고 말했다. 그후에도 학교 근처 역에서 그애와 스쳐지나는 일이 있었지만 인사도 하지 않았다.

남자 고등학교라 누군가 소개해주는 게 아니라면 여자와 만날 일은 거의 없었다. 동정이 아니라는 것만으로 영웅 대접을 받았다. 고등학교 3학년이 되고 수험 준비를 위해 입시학원에 다니면서 알게 되는 여자애들이 늘었다. 내가 먼저 말을 걸지 않아도 그쪽에서 말을 걸어왔다. 몇 명을 사귀었고 섹스를 했다. 처음이라는 여자애도 있었다. 그녀들에게 부끄러움이 있던 건 이 무렵까지다.

대학생이 되자 여자들은 노골적으로 "섹스하고 싶다"라는 얼굴로 나에게 접근해왔다. 마구 발산되는 성욕이 징그러웠다. 몇 번을 해도, 누구와 해도 기분이 좋지 않았다. 아무리 시간이 지나도 "겨우 이런 건가?" 하는 감정만 계속 따라다녔다. 기분좋음을 느끼는 건 술기운에 여자들을 평소보다 난폭하게 다룰 때뿐이다. 그건 섹스 자체가 주는 쾌감과는 다른 것 같다.

아버지가 돌아가신 무렵부터는 징그럽다는 감정이 성욕을 앞질렀다. 자식을 가질 마음이 없는 상대와는 할 필요도 없다. 성욕을 처리하는 거라면 혼자서도 할 수 있다.

그렇게 생각했는데, 사쿠라와 만나면 당장이라도 하고 싶다.

후쿠후쿠도에서 처음 만난 이후로 줄곧 혼자서 할 때도 사쿠라만 생각한다. 고백하고 사귀기로 한 날, 당장이라도 내 방으로 부르고 싶었지만 사쿠라는 다른 여자처럼 성욕을 마구 발산하지 않는다. 그래서 소중히 대하기로 결심했고, 시간을 들이기로 했다. 섹스는 번식을 위한 행위니까 이토록 성욕이 자극된다는 건 곧 사쿠라와 내가 운명의 상대라는 뜻이다. 사쿠라를 처음 안았을 때, "겨우 이런 건가?" 하는 감정은 사라지고 처음으로 섹스를 근사한 행위라고 여기게 되었다. 하루라도 빨리 나와 사쿠라의 아이를 만들어야 하니 피임 따위는 하고 싶지 않지만 혼인신고를 할 때까지는 참아야 한다.

"미안해." 사쿠라는 내 품에서 빠져나와 쏟아진 차를 휴지로 닦는다.

"왜 그래?" 내가 얼굴을 들여다보자 사쿠라는 눈길을 피한다.

"……생리중이야."

"지난번에도 그랬잖아?"

새해 연휴에 만났을 때는 첫날에 한 번 했을 뿐, 다음날 생리가 시작되었다. 끝 무렵에는 할 수 있을 줄 알았는데 생리가 완전히 끝나지 않으면 어렵다고 해서 하지 않았다. 손이나 입으로 하는 건 좋아하지 않기에 가능하면 하고 싶지 않다고 사쿠라는 말했다. 그건 나의 성욕을 처리하는 일에 맞춰주는 것뿐이니 나도 내키지 않는다. 혹시나 능숙하기라도 하면 환멸을 느낄 것이다. 마사지사라서 잘할지도 모른다고 생각할 수 있지만 그건 그녀의 직업에 대한 모독이다. 서로의 몸에 조금 닿는 것만으로 만족했다. 호텔에서 체크아웃하기 전에 사쿠라에게 물었더니 생리는 이제 끝났다고 했다. 저번에 왔을 때 서둘러 집에 돌아가지 말고 러브호텔에 갈걸 그랬다.

"생리불순이라 가끔 이럴 때가 있어."

"전에도 그랬어? 병원에는 다니고 있고?"

사쿠라를 소파에 앉히고 나도 그 옆에 앉는다.

생리불순이라는 건 여성의 생식기관에 문제가 있을지도 모른다는 뜻이다. 우리의 장래와 직결되는 일이다.

"마쓰바라 씨와 전에 사귈 때는 괜찮았는데 여름이 끝날 무렵부터 좀 이상해졌어. 전에도 이런 적이 있었는데 곧 원활하게 돌아왔으니 괜찮을 거야."

"병원에 가는 게 좋겠어."

"좀더 지켜볼게."

"빨리 가는 게 좋다니까. 좋은 병원 있는지 내가 알아볼까?"

가방에서 스마트폰을 꺼낸다. 이곳에 오기 전에 업데이트해서 재부팅했기에 지문 인식이 되지 않았다. 비밀번호로 잠금을 해제한다. 비밀번호는 사쿠라의 생일이다.

"여기서 병원을 다니면 도쿄로 못 가게 될 거야."

"……그렇네."

"병원은 도쿄로 이사하고 나서 갈게."

"아냐, 도쿄에 오는 게 늦어져도 되니까 조금이라도 일찍 병원에 갔으면 좋겠어. 일단 마쓰모토의 병원에 가보고 아무 이상 없으면 그걸로 그만이니까. 정기적으로 다닐 필요가 있으면 도쿄의 병원을 소개받으면 되고. 나도 아는 사람한테 물어볼게."

하루라도 빨리 함께 살고 싶지만 사쿠라의 몸이 먼저다. 경우에 따라서는 내가 일을 관두고 한동안 마쓰모토에 살 수도 있다.

"미안해." 사쿠라가 울기 시작한다.

"왜?"

"못 해서."

"그런 건 신경쓰지 않아도 돼. 솔직히 아쉽긴 하지만 사쿠라가 신경쓸 일이 아니니까."

"고마워."

"괜찮아." 사쿠라를 끌어안는다. "그 대신 할 수 있을 때는 실컷 하자. 아이도 빨리 만들자."

"미안해."

울고 있는 사쿠라의 목소리가 방안에 울려퍼진다.

아직 이 세상에 존재하지 않는 나의 딸을 안고 있는 듯한 기분이 든다.

헤어져 있는 동안은 이런 아이 같은 면이 사쿠라의 결점이라고 생각했는데 그렇지 않다. 이 순수함이 그녀의 장점이니 사랑하고 지켜나가야 한다.

아이 같은 사쿠라와 내 아이들이 웃는 얼굴로 정원을 뛰어다니는 모습이 눈에 선하다. 내가 퇴근해서 돌아오면 사쿠라와 아이들은 그대로 나에게 달려올 것이다.

사쿠라와의 재결합을 알리기 위해 신년회도 겸해서 오랜만에 스미요시와 만나기로 했다. 9월에 사쿠라와 연락이 되지 않는다는 얘기를 전한 후로 만나지 않았다. 새해에는 스미요시의 가족

사진이 들어간 연하장이 도착했다. 아이들은 그해의 간지를 나타내는 동물 의상을 똑같이 맞춰 입고 있었다.

어머니의 불륜 상대인 변호사도 매년 빠짐없이 연하장을 보내온다. 자녀들이 독립한 뒤로는 간지 일러스트가 그려진 심플한 디자인으로 바뀌었지만, 몇 년 전까지는 가족사진이었다. 일상에서 찍은 사진 가운데 잘 나온 것을 인쇄한 게 아니라 사진관에서 찍은 듯 제대로 된 사진이다. 애처가라 불리는 그는 법률사무소의 블로그에 가족끼리 식사하러 간 얘기나 손주 얘기를 자주쓰고 있다. 그런 사람이 불륜 따위를 저지를까 싶지만, 불륜을하고 있기에 오히려 더 그런 면을 강조하는 것일 테다. 굳이 알리지 않아도 될 만한 일까지 글로 써서 주변 사람들의 눈에 행복해 보이기 위한 거짓말을 만들어낸다.

우리 집안 재산 따위야 어떻게 되든 어머니는 그저 그 남자를지키고 싶었던 건지도 모른다. 어머니와 그의 아내는 학창시절부터 친구다. 그와 아내는 어머니의 소개로 만났다. 아버지와 이혼한다면 친구인 그 아내에게 이유를 말해야 한다. 그러면 그도이혼을 할지 모른다. 이혼을 하면 변호사인 그 남자의 이미지 또한 실추될 테다. 그러니 각자 이혼해서 함께하기보다 어머니는그의 가정과 생활을 지키기를 선택했다. 친구가 그와 결혼하고자신도 다른 남자와 결혼했음에도 단념할 수 없을 만큼 그 남자를 좋아했던 것이다. 어머니의 사랑은 언제나 그 남자만을 향해 있다.

만나기로 한 가게로 가니 스미요시가 먼저 와 있었다.

스미요시가 고른 선술집이다.

가게 안은 신년회를 위해 모인 사람들로 붐볐다. 아직 저녁 일곱시 전인데도 자리는 거의 다 찼고 웃음과 고함치는 소리가 울려퍼지고 있다.

스미요시는 안쪽의 좌식 자리에 있었다.

옆을 향해 누군가와 재잘대고 있다. 옆자리의 다른 손님에게 말을 걸고 있는 건가 했는데 자세히 보니 이케다였다. 이케다의 맞은편에는 시다카가 있었다.

이케다도 내가 온 것을 알아차렸다.

"오, 일찍 왔네?" 스미요시가 말한다.

"왜 여기 있는 겁니까?" 내가 이케다에게 묻는다.

이케다는 아무 대꾸도 없이 노려보는 듯한 눈빛으로 나를 쳐다본다.

"아, 이 두 친구는 대학 동아리 후배들이야." 스미요시가 두 사람을 손으로 가리킨다. "오면서 우연히 만났는데, 오랜만이라 잠깐 한잔할까 해서. 어? 근데 둘이 아는 사이야?"

"마사지숍 고객이에요." 이케다가 스미요시에게 말한다.

"아, 그렇구나. 그렇네, 후쿠후쿠도가 마쓰바라의 집 근처구나." 스미요시가 탁자에 놓인 마사지숍 명함을 보고 있다.

무슨 일을 하느냐는 얘기가 나와 이케다가 명함 대신 건넨 것일 테다.

"제가 담당한 건 딱 한 번이었고, 후배 여자 마사지사가 담당해왔어요."

"그래? 아는 사이라면 잘됐네. 그럼 넷이 함께 마시자." 스미요시는 맥주를 한 모금 마시고 나와 이케다의 얼굴을 번갈아 본다. "아, 그런데 시다카가 어색하려나?"

"마쓰바라 씨는 저도 알아요." 시다카가 말한다.

"그래? 어떻게?"

"……뭐 좀."

"뭔데? 미팅 같은 거라도 한 거야?"

나와 이케다와 시다카가 어색해하는 걸 스미요시는 전혀 신경 쓰지 않고 계속 떠들어댄다.

"오늘은 이만 가보겠습니다." 이케다가 2천 엔을 놓고 자리에서 일어난다. "다시 연락할게요."

"저도 갈게요. 나중에 다시 천천히 얘기해요."

술집을 나가는 이케다의 뒤를 시다카가 따라나선다.

"잠깐만 있어." 스미요시에게 말하고 나도 가게를 나간다.

이케다와 시다카는 빠른 걸음으로 역 쪽으로 가고 있었다.

"저기, 잠시만요." 둘에게 말을 건다.

가던 걸음을 멈춘 그들이 뒤돌아 나를 쳐다본다.

시다카를 사쿠라에게 소개한 사람은 역시 이케다였다. 둘이서 사쿠라의 감정을 조종하려 했을 것이다.

"뭡니까?" 이케다가 말한다.

"사쿠라와는 더이상 만나지 마세요. 연락도 하지 말고요."

"가와구치 선생님한테도 그렇게 들었습니다."

"그렇죠?"

사쿠라는 이케다가 아니라 나를 선택했다.

스미요시의 대학 후배라면 둘 다 내가 들어가지 못한 도쿄의 국립대 졸업생이라는 뜻이다. 시다카는 그 학벌에 맞는 회사에 취직한 듯하지만 이케다는 졸업장만 썩히고 있다. 공부만 잘했지 그 좋은 학벌을 활용할 능력은 없는 것이다. 그런 남자를 사쿠라가 선택할 리 없다.

"가와구치 선생님한테 무슨 짓을 했습니까?" 이케다가 말한다.

"네?"

"연말에 마쓰모토에 가서 그녀를 만났어요. 도쿄에 있을 때보다 건강해 보였고 차츰 회복해갈 수 있을 거라 생각했습니다. 당

신과 헤어진 뒤로 그녀는 언제나 두려움에 떨었어요. 조심스럽
고 상냥하던 성격이었는데, 끝없이 자기를 비하했죠. 별로 먹지
도 않아 몸도 야위고요. 본인이 생각하는 것 이상으로 정신적으
로나 육체적으로나 궁지에 몰려 있었습니다. 앞으로 천천히 시간
을 들여 원래 모습으로 돌아갈 참이었어요. 그랬던 그녀가 12월
31일에 갑자기 마쓰바라 씨와 사귀게 되었으니 더는 연락하지
말라고 메시지를 보냈더군요. 왜 그렇게 됐는지 가즈키 씨에게
도 말을 안 하고. 이유를 전혀 모르겠네요."

"이케다, 그만해."

시다카가 손을 잡아끌지만 이케다는 뿌리친다.

"사쿠라는 당신의 그런 면이 싫었던 게 아닐까요?" 내가 말한
다. "사쿠라와 나는 특별한 관계입니다. 사랑이라는 건 즐거운
일만 있는 게 아니에요. 몸과 마음이 다 힘들어도 견뎌야만 하는
때가 있습니다. 그걸 극복할 수 있는 것이 사랑이에요. 사쿠라는
나를 사랑하기에 괴로워했던 겁니다. 그런데 그저 동료에 불과
한 당신이 찾아와 시끄럽게 이래라저래라 하는 꼴을 도저히 참
을 수 없었던 거라고요."

"그럴 리 없어!"

"당신, 사쿠라 좋아하죠? 하지만 사쿠라는 나를 선택했어요.
사쿠라와 나는 결혼을 약속했습니다. 함께 어려움을 극복했고,

이제 단순한 사랑이나 애정과는 다른 차원에 있다고요. 타인인 당신이 끼어들 문제가 아니란 말입니다."

"그렇네요." 시다카가 말한다. "마쓰바라 씨와 사쿠라 씨의 관계에서 우리는 외부인일 뿐이죠."

"그렇습니다. 만약 앞으로 당신들이 사쿠라를 만나려 하면 이 번에는 내가 경찰에 경고 요청을 할 겁니다."

"알겠습니다." 시다카가 내 눈을 보며 말한다.

전혀 알았다는 눈빛이 아니다. 일단 여기서는 순순히 물러나 자는 생각일 뿐일 테다. 설령 그렇더라도 상관없다. 사쿠라는 나 만 바라본다. 나 말고 다른 놈은 만날 필요도 없다. 동성 친구를 만나는 것만은 허락했었지만 앞으로는 나 아닌 다른 누구와도 만나지 말라고 해야겠다. 둘이 있을 수 있다면 그걸로 충분하다. 다른 놈들은 방해만 된다.

아직 더 하고 싶은 말이 있어 보이는 이케다의 손을 시다카가 잡아당긴다. 둘은 더이상 아무 말도 하지 않고 역 쪽으로 걸어 간다.

나는 가게로 돌아온다.

"무슨 일이야?" 스미요시가 묻는다.

"아…… 그냥 좀." 나는 점원에게 맥주를 주문하고 자리에 앉 는다.

"무슨 일 있었어?"

"전에 내 여자친구 얘기했었잖아?"

"아, 마사지사였던가?"

"여자친구가 일했던 곳이 후쿠후쿠도야. 아까 그 남자가 말한 후배라는."

"그렇구나." 스미요시는 삶은 풋콩을 먹으며 뭔가 생각하는 표정을 짓는다.

"왜 그래?"

"아니, 이케 짱이랑 시다카가 그녀에 대한 얘기를 했었거든."

"이케 짱?"

"대학 때 그렇게 불렀어."

"친했어?"

"엄청 친했던 건 아니지. 그래도 신뢰할 수 있는 녀석이라는 느낌이 들었어. 그냥 친구라기보다 마음을 털어놓을 수 있는 친구라고 하는 게 맞는 것 같아."

"어느 쪽이라는 거야?"

"평소에 함께 어울리는 무리는 달랐지만 가끔 단둘이서 대화를 했어. 다른 친구나 후배들과는 시시껄렁한 얘기만 했는데 이케 짱과는 진지한 얘기를 하게 되더라고. 친한 친구한테는 말할 수 없을 듯한 일도 이케 짱에게는 할 수 있었어. 아이가 생겼을 때도 무슨 이유에선지 제일 먼저 그 친구한테 털어놨지. 차분하게 들어줄 거라고 생각했거든. 내가 선배인데도 그런 걸 의식하지 않고 기댈 수 있었어. 이케 짱과 얘기하다보면 마음이 편안해진다고 해야 할까, 무엇이든 있는 그대로 받아들여주는 느낌이 들어. 변호사라는 목표를 관둘까 생각중이라고 나한테 상담을 청한 적이 있는데, 이케 짱에게 나도 신뢰할 수 있는 상대구나 싶었지. 졸업하고 한동안은 얼굴을 보다가 서로 일이 바빠진 뒤로는 만나지 못했지만, 무리하지 않아도 언젠가 다시 만날 수 있을 줄 알았어."

"그렇구나."

스미요시에게는 많은 친구가 있지만 그중에서도 이케다는 각별하다는 뜻이다.

아이가 생긴 사실을 제일 처음 알린 상대가 내가 아니었다.

"변호사가 되려던 걸 그만뒀을 때는 좀 아까운 마음이 들었지만, 마사지사라는 직업이 이케 짱에게 어울린다는 느낌이 들어."

"어차피 성적이 안 돼서 포기한 거지?"

변호사가 될 수 없으리라는 걸 알고 도망친 것일 테다.

점원이 맥주를 가져오자 나는 건배도 하지 않고 먼저 한 모금 마신다.

"아냐. 이케 짱, 엄청 성적 좋았어. 친구랑 왁자지껄하게 동아리 활동도 하고, 변호사 사무실에서 아르바이트도 하고, 그러면서 공부도 열심히 했어. 변호사만 하기엔 아깝다는 소리도 들었지. 마사지사가 되기로 결심한 뒤에도 공부는 계속했고."

"아…… 그래."

어째서 스미요시와 만나서 이케다의 얘기를 해야 하는 걸까. 우파루파 같은 얼굴에 키도 크지 않고, 일류대를 나왔다 한들 삼류 마사지사에 불과한 남자 따위 관심도 없는데, 그런 인간이 내 인생에 비집고 들어오는 게 정말로 성가시다. 다자와 씨는 "싫으면 죽이면 돼요"라고 말했다. 정신적으로 죽이더라도 실제로는 살아 있으니 이케다와는 언제 어디선가 다시 만날 것 같은 기분이 든다. 사쿠라한테서 손을 뗄 것 같지도 않다. 정신적으로 죽이는 것만으로는 부족하다.

"결혼식 피로연에도 왔었는데, 기억 안 나?"

"그때는 사람이 너무 많았으니까."

"그런가."

"그보다 이제 내 얘기를 좀 해도 될까?"

"아, 응."

"여자친구랑 다시 사귀게 됐어. 결혼하기로 약속도 새로 했고. 봄부터 함께 살면서 올해 안으로 혼인신고도 할 거야."

"그 여자친구 말인데……" 스미요시가 말하기 껄끄러운 얼굴을 한다.

"왜?"

"정말로 널 좋아하는 거 맞아?"

"그게 무슨 뜻이야?"

"아니 그러니까, 이케 짱이랑 시다카한테 그녀에 대한 얘기를 들었는데."

"응."

"이케 짱도, 시다카도 너랑 내가 아는 사이일 줄은 전혀 몰랐겠지. 나도 이케 짱이랑 시다카가 네 얘기를 하는 거라고는 생각도 못했어."

"무슨 얘기를 했는데?"

"이케 짱의 후배가 스토킹을 당하고 있는데 어떻게 해야 좋을지." 스미요시는 시선을 내리깔고 나무젓가락이 들어 있던 포장지를 만지작거리며 말한다. "내가 사회부 기자는 아니지만 동료에게 부탁하면 전문가를 소개할 수도 있어. 하지만 그런 문제가 아니겠지. 단순히 변호사를 소개해서 해결될 문제였다면 그 둘의 동기 중에도 몇 명 있으니까. 이케 짱이 그런 친구를 소개하지 않고 시다카에게 부탁한 건 진심으로 신뢰할 수 있는 상대에게 의논하고 싶었기 때문이라고 생각해. 사무적으로 처리하면 그만인 일이 아니니까. 내가 도움이 될 만한 조언을 해줄 수 있을까 생각했지만, 그녀가 피난해야 하는 상황이 생기면 우리집에서 지내도 된다는 말밖에 하지 못했어."

"거기서 어디가 내 얘기인데?"

"네가 그 스토커잖아?" 스미요시가 고개를 들고 나를 응시한다.

"뭔 소리를 하는 거야?"

"너한테 들은 거랑 이케 짱이 한 얘기를 맞춰보니 그런 결론이 나와."

"잠깐만. 나는 사쿠라와 결혼을 약속했어. 스토커는 이케다라고."

"그럴 일은 없어."

"왜?"

"이케 짱은 그런 짓을 하지 않으니까."

"어째서?"

"이케 짱은 자기보다 타인을 먼저 생각해. 좋아하는 여자를 곤란하게 하지 않는다고. 지금도 그 후배가 걱정되는데도 그녀를 위해 연락을 하지 않고 있어."

"그럼 나는 그런 짓을 할 것처럼 보인다는 뜻인가?"

내가 묻자 스미요시는 살짝 고개를 끄덕인다.

"왜 그렇게 생각하는데?"

"너는 여자에게 차가우니까."

"뭐?"

"폭력을 쓰는 건 아니지만 거의 그것과 다름없다는 느낌이 들어. 너와 사귀고 힘들어하는 여자를 몇 명이나 봐왔으니까. 내가 제대로 교제해본 여자는 지금의 아내 정도니까 연애에 대해선 잘 모를 수도 있어. 하지만 네가 하고 있는 게 연애가 아니라는 것쯤은 알아. 너는 네가 다루기 쉬운 상대를 찾는 것뿐이야. 친구에 대해서도 그런 면이 있어. 나는 가끔 네가 무서워."

"뭐가 무서운데?"

"나는 중학교 때부터 줄곧 네 기분을 상하지 않게 하려고 신경 썼어."

"어떤 점에서?"

스미요시의 태도는 언제나 무신경했기에 녀석이 나를 신경쓰고 있다고 느껴본 적은 없다.

"네 앞에서는 긍정적이고 밝은 인간이고자 했다고. 네게 좋은 친구로 있고 싶었으니까."

"무슨 소린지 이해가 안 되는데."

"말로는 잘 설명을 못하겠는데, 아무튼 여자친구랑은 그만 헤어져."

"이케다를 위해서 그렇게 말하는 거야?"

"고민하는 이케 짱과 시다카를 위해 이렇게 너한테 말할 수 있는 사람은 나뿐인 것 같아. 그런데 결국은 너를 위해서 하는 말이야."

"사쿠라는 특별해. 다른 여자와는 달라."

"그런 부분이 무섭다는 거야."

"왜?"

"이상만 좇고 현실을 보려 하지 않잖아. 자기가 바라는 대로 되지 않으면 바로 기분이 언짢아지지. 그러고는 친구와도 여자 친구와도 아무렇지 않게 관계를 끊어버려. 지금껏 만난 여자들한테 그랬던 것처럼 그녀도 끊어내."

"사쿠라는 다르다니까."

"그녀는 너를 좋아하는 게 아니야."

"네가 뭘 알아? 사쿠라를 만난 적도 없으면서."

"그렇긴 하지만……" 스미요시는 난감해하는 목소리로 말하고 머리카락을 쥐어뜯는다.

"사쿠라와의 일은 너하고 상관없어."

"나 있잖아, 중학교 때 너희 집 처음 갔을 때 되게 부러웠다." 스미요시가 작은 목소리로 말한다. "집도 크고, 어머님도 미인이시고, 할머니는 비싸 보이는 기모노를 입고 계셨지. 아버지가 신문기자라는 것도 부러웠어. 서민 아파트 단지에 사는 월급쟁이 집안에서 기를 쓰고 사립학교에 다니는 나와는 완전히 차원이 달랐으니까. 너는 도련님 같은 분위기를 풍겨서 반에서도 눈에 띄었어. 얼굴까지 멋있어서 완벽하게 보였지. 내가 운동이나 성적으로 아무리 너를 앞질러도 그런 것만으로는 메울 수 없는 차이가 있었어. 고등학생이 되자 다른 학교 여자애들이 너를 소개해달라는 부탁을 해왔지. 우리 같은 애들은 어떻게든 여자애들이랑 말 한번 해보려고 이리저리 기웃거리는데, 너는 아무것도 안 해도 인기가 있었던 거야. 내가 마음에 들어했던 여자애도 너를 소개해달라고 하더라. 네가 첫 경험을 했던 그애 말이야."

"아아, 응."

"왕자님의 비위를 맞추는 집사가 된 기분이었어. 네가 워낙 눈에 띄니까 친해지고 싶은 마음에 말을 걸었는데 친해질수록 나 스스로 비참해졌어. 그런데도 네가 싫어지진 않았어. 차라리 너한테서 멀리 떨어지면 마음이 편할 거라고 생각하면서도 너를 동경하는 마음은 여전했어. 대학 진학도, 신문기자가 된 것도 네 영향을 받아 결정한 거야. 내 자식들에게는 좁은 서민 아파트가 아니라 너희 같은 큰 집에 살게 해주고 싶어."

"그렇구나."

내가 스미요시에게 품었던 열등감을 스미요시도 나에게 품었던 것이다. 내가 계속 동경했던 이 아이가 이제 그저 별 볼 일 없는 남자로 보인다.

"그만하면 충분하잖아?"

"뭐가?"

"넌 뭐든 다 가졌으니까. 내가 아무리 애를 써도 손에 넣을 수 없는 것을 너는 가졌어. 그걸로 충분하잖아?"

"너와 비교 따위 하면서 사는 게 아니야, 나는."

중학교 시절부터 줄곧 스미요시를 이기고 싶었다. 그런데 그런 생각은 하지 않았어도 됐다. 스미요시가 말한 대로 우리 사이에는 어떻게 해도 메울 수 없는 차이가 존재한다. 이런 남자를 친구니 절친이니 하며 생각했던 게 한심하다. 중학교 1학년 4월에 만난 뒤로 이십 년 가까운 시간 동안 친구 흉내를 내고 있었던 것뿐이다.

"이제 그만 그녀하곤 헤어져."

"너하고는 상관없는 일이야."

맥주를 한 모금 마셨을 뿐이지만 만 엔 지폐를 놓고 자리에서 일어난다.

주변에는 고래고래 소리를 지르며 대화하는 사람들뿐이라 우리가 옥신각신하는 것쯤은 아무도 신경쓰지 않는다.

이렇게 수선스러운 선술집은 질색이다.

스미요시와 나는 근본이 다르다.

친구가 될 수 있는 상대가 아니었다.

더이상 만날 일은 없다.

회사를 쉬고 마쓰모토에 왔다.

도쿄에서 출발할 때 사쿠라에게 전화해 역으로 나오라고 말했다.

개찰구 바로 앞에 있는 카페에서 만나기로 약속하고, 열차가 도착하는 시간도 알려줬는데 아직 오지 않았다.

커피를 마시며 사쿠라를 기다린다.

점심 전이라 한산하다. 이곳에 출장으로 왔다가 약속 시간보다 일찍 도착해 시간을 때우는 듯한 직장인이 몇 명 있는 정도다. 마쓰모토 시내와 그 주변에는 공장이 많은 모양이다. 평일인데도 특급 열차는 혼잡했다.

탁자 위에 둔 스마트폰이 울렸다. 사쿠라인 줄 알았는데 다자와 씨였다.

"여보세요."

"다자와인데요. 마쓰바라 씨, 무단결근인가요?"

"아, 감기에 걸렸다고 해줘."

"오후에 취재 있어요."

전에 갔던 가나가와의 대학에 가는 일정이 있었다.

"다자와 씨 혼자 갈 수 있지?"

"알겠습니다. 그런데 이대로 가면 잘릴지도 몰라요."

전화가 끊긴다.

무단결근 한 번으로 회사를 잘리진 않는다. 곤노나 다른 누군가가 쓸데없는 말을 불어넣은 모양이다.

요즘 곤노와는 전혀 말을 하지 않는다. 그쪽에서 말을 걸어오지 않으면 이쪽에서도 얘기할 일은 없다. 의식하고 있던 건 아니었지만 어느새 내 안에서 곤노의 존재가 사라졌다. 스미요시의 존재도 정신적으로 죽이겠다고 마음먹었더니 내 안에서 사라졌다. 어쩌다보니 같은 반이라서 친구가 되었을 뿐이지 내 인생에 필요 없는 존재. 이케다는 스미요시나 곤노보다 더 필요 없는 존재니까 지우고 싶은데도 그에 대한 짜증이 도무지 가시지 않는다. 그 자식이 없었다면 반년 넘는 시간 동안 사쿠라와 헤어져 있지 않았을 것이고, 스미요시와도 원만하게 지낼 수 있었을 것이다.

"늦어서 미안." 사쿠라가 와서 내 맞은편에 앉는다.

"무슨 일 있었어?"

"전화 왔을 때 아직 자고 있었어. 준비하느라 시간이 좀 걸렸네."

"너무 많이 자는 거 아냐?"

전화한 게 아침 아홉시 전이었으니 그때는 자고 있어도 이상하지 않을 시간이다. 하지만 어젯밤 스미요시와 헤어지자마자 전화했을 때도 자고 있었던 모양이다. 저녁 여덟시 넘어서부터 열시쯤까지 몇 번을 걸어도 받지 않았다. 아침에 전화했을 때 왜 받지 않았느냐고 물었더니 사쿠라는 자고 있었다고 대답했다. 열두 시간을 넘게 잔 셈이다.

"계속 몸이 나른해서."

"병원은 가봤어?"

"아니. 가야 할 것 같긴 한데."

"그러면 안 돼. 제대로 가야지."

"오늘 회사는?"

"휴가."

"연차 냈어?"

"응."

미치도록 사쿠라가 보고 싶어서 회사를 땡땡이쳤다고는 말할 수 없었다. 하지만 거짓말을 하자니 죄책감이 들었다. 사쿠라가 나를 솔직하게 대해주는 것처럼 나도 사쿠라에게는 솔직한 모습이고 싶다.

"커피 사 올게."

"잠깐만."

나는 일어서려는 사쿠라의 팔을 잡는다.

"왜?"

"호텔에 가자."

"체크인하기에는 아직 이르지 않아?" 사쿠라가 손목시계를
본다.

"그 호텔 말고, 세 시간쯤 대실할 수 있는 곳."

"그런 곳은 좀 힘들다고 말했잖아." 사쿠라는 내 손을 뿌리치
고 다시 자리에 앉더니 작은 소리로 말한다.

"나도 아는데, 더는 못 참겠어. 아니면 오늘도 못해?"

"……응." 사쿠라는 난처한 얼굴로 끄덕이고는 그대로 고개
를 숙인다.

"도저히 무리야?"

"……도저히는 아니지만."

"그럼 그냥 가자."

지금 당장이라도 사쿠라의 몸을 만지고 싶다. 사쿠라에게 안
기고 싶다.

"……알았어."

"화장실 다녀올 테니 잠깐만 기다려."

나는 카페를 나와 역 건물 안쪽에 있는 화장실로 간다.

화장실이야 호텔에서 가도 되지만 왠지 마음을 진정시키고 싶

었다.

어머니가 나를 사랑하지 않아도, 스미요시가 사라져도, 회사에서 잘린다 해도 내게는 사쿠라가 있다.

회사를 관두고 마쓰모토로 이사해야겠다.

시내 중심에서 조금 떨어진 외곽에 집을 얻고, 누구의 방해도 없이 사쿠라와 둘이 지낼 것이다. 어디 낯선 지역으로 가는 것도 좋겠다. 바다 가까이에서도 살아보고 싶다. 굳이 도쿄에서 살 필요는 없다. 둘이 함께할 수 있다면 어떤 장소에서든 행복할 수 있다. 사쿠라는 내 말을 잘 들어줄 것이고, 내가 꿈꾸는 그대로의 아내가 되어줄 것이다. 넓은 집에 살지 못해도, 좁은 아파트나 다세대주택이어도, 나와 사쿠라가 있고 우리 아이들이 있으니 가족끼리 즐겁게 살 것이다. 아들 둘에 딸 하나, 아이 셋은 갖고 싶다. 아들 녀석들은 가끔 싸우기도 하겠지만 여동생은 귀여워해줄 것이다. 나와 사쿠라는 성장해가는 세 아이를 조용히 바라볼 것이다.

볼일을 보고 손을 씻은 뒤 카페로 돌아왔다.

자리에는 내 스마트폰과 가방과 마시다 만 커피가 있을 뿐, 사쿠라는 없었다.

실내를 살펴보지만 사쿠라는 없다.

컴퓨터나 스마트폰을 들여다보는 직장인들뿐이다.

전화를 걸어보지만 사쿠라는 받지 않는다.

화장실이라도 간 건가?

GPS로 위치를 확인하면 된다.

그런데 추적 기능이 사라져 있었다. 내가 찍은 사쿠라의 사진도 사라졌다.

이게 대체 어떻게 된 일인지 생각해보려는데, 사쿠라로부터 메시지가 도착했다.

미안해요. 더는 못 견디겠어요. 헤어져주세요.

전에 나에게 이별을 고했을 때는 헤어지고 싶어라는 단 한마디였다. 그때에 비해 성장했다 싶지만 그게 문제가 아니다. 내가 화장실에 간 사이 사쿠라는 내 스마트폰을 조작해 GPS 기능을 끄고 사진도 지웠다. 그녀 앞에서 스마트폰을 쓸 때 비밀번호를 들킨 모양이다. 사진 데이터는 스마트폰에만 저장해놨기에 복원할 수 없다.

화장실에 갔던 시간은 오 분 정도다.

분명 그렇게 멀리 가진 못했을 테다.

버스를 타고 본가로 돌아갔을 리는 없다. 열차를 타고 도쿄 쪽으로 간 것도 아닐 테다. 사쿠라는 지갑과 스마트폰 정도만 가지고 있었으니 마쓰모토를 벗어났을 것 같지 않다. 택시로 친구네 집에 갔을 가능성이 제일 높다.

카페를 나와서 계단을 뛰어내려가 밖으로 나간다.

버스터미널 끝에 있는 택시승차장으로 가봤지만 사쿠라는 없었다. 본가 쪽으로 가는 버스정류장에도 없다. 다른 승차장도 둘러보았으나 그녀의 모습은 어디에도 없다.

여기서 만나지 못하더라도 포기할 필요는 없다.

사쿠라와 내가 따로따로 떨어지는 일은 없다.

도쿄와 마쓰모토에 떨어져 있었어도 다시 만났으니까.

사쿠라와 나는 운명으로 이어져 있다.

아무리 떨어지더라도 언젠가 다시 만날 수 있다.

9

바구니에 가득 쌓였던 수건을 세탁하고 마당에 넌다.

날은 화창해도 춥다.

공기가 맑고 차가워 바람이 불면 손끝과 뺨이 얼얼하다.

수건을 한 장 한 장 구김이 남지 않도록 꼼꼼하게 펼친다. 이렇게 추운 날씨에 말리면 세탁물이 얼어버릴 것 같지만 괜찮을 거다. 햇빛이 있어서 점심때까지는 조금 더 기온이 오를 테다. 쓸데없는 것은 생각하지 않고 수건 말리는 일에 집중한다.

마쓰바라 씨와 헤어지고 나서 스와에 있는 할아버지 집으로 도망쳤다.

이곳에서 유도 정복사로 일하는 할아버지의 일을 거들고 있다. 마쓰바라 씨가 찾아올지도 모르니 접수대 일을 보거나 마사지사로서 직접 나설 순 없으므로 일단 시술에 사용한 수건이나 천을 세탁하는 일 정도만 하고 있다. 빨래를 널 때 빼고는 밖에도 나가지 않고 줄곧 집안에서 지낸다.

빨래를 다 널면 바구니를 들고 툇마루를 통해 집으로 들어간다. 세면실의 세탁기 옆에 바구니를 놓아둔다. 집 일층의 절반이 유도 정복원이고, 세탁할 수건이나 천이 쌓이면 접수대에 있는 고모가 세면실로 가지고 와준다. 평일에는 고객이 그렇게 많지 않아서 오전에 한 번만 세탁기를 돌리면 된다.

널어둔 수건이 마를 때까지 내가 할 일은 없다.

거실로 가서 고타쓰 안으로 들어간다.

바깥은 밝은데 방안은 묘하게 어둡다.

집 주변을 걷는 사람도 없고 자동차가 달리는 소리도 들리지 않는다.

불을 켤까 생각했지만 한번 앉았더니 일어날 수 없었다. TV를 켜고 싶지도 않다. 어둡고 고요한 방에서 창밖만 바라본다.

꾹 참으면 마쓰바라 씨와 사귈 수 있을 거라고 생각했다.

그러나 무리였다.

원래는 멋지다고 생각해 동경했던 사람이다. 고백을 받아서 기뻤고 한 달 반가량 사귀면서 그사이에 키스도 섹스도 했다. 붕 뜬 감정으로 심지어 결혼도 생각했다. 나만 참고 그를 화나게 만들지 않으면 되는 일이라고 생각했는데 그런 문제가 아니었다. 각오를 단단히 하고 그가 묵는 호텔방에 가서 그에게 안겼다. 내 몸에 닿는 그의 손길이 감당할 수 없을 만큼 소름 끼쳤다. 귓가에 "좋아해"나 "사랑해"라는 말을 들으면 구역질을 느꼈다. 내 몸이 반응하지 않으면 관계를 하지 못할 줄 알았는데 마쓰바라 씨는 억지로 내 안으로 들어왔다. 전에 세타가야의 집에서 몸을 제압당했을 때도 그랬다. 눈을 감고 아무것도 보지 않으려 하며 통증을 견뎠다. 마쓰바라 씨는 내 감정이나 고통을 전혀 눈치채지 못한 것 같았다. 행위가 끝난 뒤 내 사진을 찍고 기분좋은 듯 웃고 있었다. 그는 호텔에서 함께 자자고 했지만 나는 가족들에게 곧 들어간다고 했다는 핑계를 대고 집으로 돌아갔다.

집에 돌아오자 아무것도 할 수 없는 상태가 되었다.

나를 걱정해주는 가즈키가 말을 걸어와도, 아빠가 "TV 안 볼래?" 하고 말을 걸어와도, 엄마가 "내일 저녁밥은 사쿠라가 좋아하는 것으로 할까?" 하고 물어와도 대답을 할 수 없었다. 발 언저리에 바짝 다가온 우메조차 귀찮다고 느꼈다. 본가에 있는 내 방은 신용금고에서 일하던 시절 그대로였고, 그곳에 도쿄에서 쓰던 물건을 들여놓았다. 짐도 다 정리하지 못한 방에 틀어박힌 채 가족과도, 일부러 놀러와준 친구와도 대화하지 않고 연말을 보냈다.

이대로는 안 되겠다 싶으면서도 몸이 움직이지 않았다.

이불을 뒤집어쓰고 스마트폰을 응시하며 마쓰바라 씨의 연락만 기다렸다. 다른 누구도 생각하지 않고 마쓰바라 씨만 생각하려 했다. 마쓰바라 씨만 바라보면 언젠가 다시 예전처럼 그를 좋아하게 되리라 생각했다. 메시지가 오면 즉시 읽고 답하고, 호텔로 부르면 곧장 만나러 간다. 그의 요구에 응하기 위해서만 움직였다. 그 밖의 일은 아무것도 할 수 없었지만, 12월 31일 밤에는 이케다 선생님에게 마쓰바라 씨와 다시 사귀게 되었으니 이제 연락하지 마세요라고 딱 한 번 메시지를 보냈다. 이케다 선생님에게 도움을 받고 싶은 마음이 있었다. 응석을 부려서는 안 된다, 기대서는 안 된다고 생각하면서도 그가 구해주기를 기대했다. 마쓰바라 씨를 좋아하려고 애쓸수록 이케다 선생님을 향한 마음이 커져간다. 그래선 안 되니까 그에게서 답장이 와도 무시했다.

마쓰바라 씨의 손길이 닿고 키스를 할 때까지는 견딜 수 있다. 부끄러워하는 얼굴만 하고 있으면 된다. 하지만 섹스는 도저히 할 수 없어서 생리중이라 힘들다고 거짓말을 했다. 마쓰바라 씨는 내 거짓말을 믿었다. 그 점에 안심하면서도 상대의 순수함을 이용하는 듯해 마음이 불편했다.

회사 때문에 마쓰바라 씨가 도쿄로 돌아가고 나면 조금은 마음이 편안해질 줄 알았는데 오히려 더 괴로웠다. 스마트폰의

GPS 기능으로 내 일거수일투족이 감시당하고 있었다. 내가 어디에 있는지 늘 알고 싶다는 마쓰바라 씨의 말에 거절할 수 없었다. 스마트폰을 건네자 그는 익숙한 손놀림으로 기능을 설정했다. 전 여자친구와 그 전 여자친구에게 역시 똑같은 짓을 했는지도 모른다. 내가 어디를 가면 거기서 무엇을 했는지 꼬치꼬치 캐물어서 점점 집에서 나가지 않게 되었다. 집안에서조차 조금만 움직여도 감시당하는 기분이 들었다. 떨어져 있어 불안한 건지 새로 온 메시지를 내가 십 분가량만 확인하지 못해도 몇 번이고 전화를 걸었다. 원래 이 모바일 메신저는 재해를 대비해 만들어졌다고 한다. 곧바로 답장을 하거나 전화를 할 수 없는 상황이라도 메시지를 읽었다는 표시가 뜨면 일단 생존을 확인할 수 있다. 그것이 어째서 다른 사람의 행동을 감시하며 숨통을 옥죄는 장치가 되어버린 걸까. 그가 마쓰모토에 있을 때보다 나는 더 빨리 메시지에 반응해야 했다. 하지만 그것도 할 수 없게 되었다. 무지막지하게 졸음이 쏟아졌다. 아무리 자도 졸리다. 그가 마쓰모토에 있는 동안은 잠을 제대로 못 자는 날의 연속이었다. 그때 쌓인 피로 때문인가 싶지만 이유가 그뿐은 아닐 테다. 현실에 대한 거부반응이 지나치게 강력해진 것 같다.

잠이 들면 꿈을 꿨다.

꿈속의 나는 후쿠후쿠도에 있었다. 꿈속에서 이케다 선생님과 기자키 씨, 다른 마사지사 선생님들, 아르바이트생들과 즐겁게 일을 한다. 그것이 현실이라고 생각하고 싶었다.

주말이 되면 마쓰바라 씨는 다시 마쓰모토로 왔다. 호텔에서 만나도 생리중이라고 계속 거짓말을 했다. 억지로 내 몸을 덮쳐서 속옷을 벗기기라도 한다면 거짓말이 들통날 것이다. 그래서 차라리 그의 과장된 감정을 이용해 걱정하게 만들기로 했다. 어디 안 좋은 것 아니냐고 유난스럽게 병원을 알아봐주는 행동이 부담스러웠지만, 그의 마음속에 나에 대한 걱정이 커지면 적어도 난폭한 행동만은 절대 하지 않을 것이라고 생각했다.

하지만 언제까지 통할 거짓말이 아니다. 일 년 내내 생리를 하는데 아무 이상이 없을 리가 없다. 실제로는 생리가 늦어지고 있었는데, 전혀 하지 않는 건 아니기에 임신은 아니다. 스트레스가 원인이라는 건 분명하니 병원에 가더라도 같은 말만 듣고 올 것이다. 어떻게 할지 고민하는데 평일에 갑자기 마쓰바라 씨가 찾아왔다. 둘이 있는 모습을 아무에게도 보이고 싶지 않았지만 불길한 예감이 들어 마쓰모토역의 카페에서 만나기로 했다. 그는 나를 만나자마자 더이상 성욕을 참을 수 없다고 말했다. 감정적으로 변하면 말릴 수 없는 사람이다. 끝까지 거짓말을 할 수도 없고, 그를 참아보겠다고 결심한 것도 나다. 러브호텔에 가서 딱 한 번만 안기면 된다. 혹시 억지로 한다면 정말 생리중이라고 착각할 만큼 출혈이 있을지도 모른다. 생각이 거기까지 이르자 결국 "알았어"라고 답했다.

내가 승낙하자 마쓰바라 씨는 긴장이 풀렸는지 가방도 스마트폰도 그대로 둔 채 화장실에 갔다. 그의 스마트폰 비밀번호는 함께 있을 때 봐서 알고 있었다. 내 생일이다. 잠이 쏟아져 아무것도 할 수 없는 날들 속에서도 GPS 기능에 대해서는 알아봤다. 그의 감시에서 도망칠 기회가 언젠가 오기만을 바라고 또 바랐다. 카페 안에는 화장실이 없어서 역 건물 안쪽까지 가야 한다. 금방은 돌아오지 않을 것이다. 이때다 싶어 마쓰바라 씨의 스마트폰과 내 스마트폰을 조작해 GPS 추적 어플리케이션을 삭제했다. 마쓰바라 씨의 스마트폰에 남아 있던 내 사진도 모두 지웠다. 컴퓨터에도 저장되어 있을지 모르지만 일단은 지우고 싶었다.

역 승강장으로 달려가 스와로 가는 전철을 탔다. 마쓰바라 씨에게 사과 메시지를 보내고 할아버지 집으로 도망쳤다.

그날 밤, 부모님과 가즈키가 할아버지 집에 모였다. 옆에서 가즈키도 덧붙여 설명해가며 지금까지의 일을 얘기했다. 할아버지는 마쓰바라 씨에게 노발대발하셨고, 아빠는 얼마나 힘들었냐고 나를 측은해하며 침통한 얼굴을 했다. 엄마는 울면서 나를 안아줬다. 엄마 품에서 나도 울었다. 다음날 부모님과 가즈키와 함께 스와경찰서에 가고 마쓰모토의 경찰서에도 갔다. 양쪽 다 내 또

래의 여성 경찰관이 담당했는데, 잘 이해하지 못하는 듯했다. 법률과 과거의 스토킹 피해 사건들을 조사한 가즈키가 필사적으로 설명해도 그들은 열심히 듣는 시늉만 하는 것처럼 보였다. 이 일이 그들에게는 업무일 뿐이고, 처음 만난 상대에게 당사자만큼 필사적인 마음으로 나서주기를 바라는 건 무리다. 110번 긴급신고등록시스템의 등록만 마치고 경찰서를 나섰다.

본가에는 마쓰바라 씨가 또 찾아올 수 있어 나는 할아버지 집에서 지냈다.

그뒤로 한 달이 훌쩍 지나 이제 곧 3월이 된다.

마쓰바라 씨는 아직 내가 있는 곳을 찾아내지 못한 듯하다. 혹시 내가 없어도 그가 본가로 찾아올 수 있으니 경찰서에서 그 가능성도 얘기했다. 하지만 그의 목표물은 오직 나다. 나 아닌 다른 누군가에게 보복을 하거나 내가 없는 장소에 가진 않을 것이다. 내 가족과 친구를 공격해서 내가 있는 곳을 알아내려고 하진 않을 것이다. 어디까지나 나와 다시 사귀고 싶은 것뿐이다. 분노의 대상도 나뿐이다.

창밖을 보니 널어둔 수건 너머 저편으로 경사진 산기슭 끝에 스와호가 보인다.

스와호를 에워싼 산들 어딘가에서 시선이 느껴진다.

오후가 되어 마른 수건을 개고 있는데 엄마가 왔다.

마쓰바라 씨의 목표물이 나뿐이라는 건 어디까지나 내 상상이다. 상상이라기보다 일종의 소망에 가까울 것이다. 가족이나 친구에게 위해가 가지 않기를 바라고 있다. 실은 그가 어떤 생각을 하고 있는지, 무엇을 할 속셈인지도 알 수 없다. 아무도 눈치채지 못했을 뿐 어쩌면 마쓰모토의 본가나 도쿄로 돌아간 가즈키를 감시하고 있는지도 모른다. 부모님이나 가즈키의 행동을 뒤쫓으면 내가 있는 곳을 알 수 있다. 마쓰바라 씨라면 그 정도는 쉽게 생각해낼 수 있을 것이다. 한 달 넘게 아무 일도 벌어지지 않는다고 안심해선 안 된다. 처음 헤어지자는 말을 했을 때는 집요하게 메시지를 보내왔던 사람이 이번에는 아무 말도 없다. 그 이유를 알 수 없어 꺼림칙하다.

부모님과 가즈키에게는 가능한 한 스와에 오지 말라고 했다. 엄마를 만나는 건 한 달 만이다. 엄마의 얼굴만 봐도 눈물이 날 것 같았다.

"밥은 잘 먹고 있어?" 내 옆에 앉더니 엄마도 수건을 갠다.

"고모가 챙겨줘서 먹으려고 하고 있어."

고모는 매일 접수대 일을 마친 뒤 할아버지와 나의 저녁식사를 준비해준다.

"걱정하지 마. 나는 잘 지내니까."

"무리하지 않아도 괜찮아."

"……무리 안 해." 참아야 한다고 생각했는데 눈물이 뚝뚝 떨어졌다.

"사쿠라, 착하기만 한 아이로 있지 않아도 괜찮아. 가즈키가 울보에다 툭하면 다치곤 하니까 엄마가 너를 야무진 누나로만 키운 것 같아. 그런데 넌 가즈키가 태어나기 전에도 별로 손이 가지 않는 아이였어. 얌전하고 버릇없는 말도 거의 하지 않았고. 사춘기는 중학생 때 아주 잠깐이었지."

"응." 나는 휴지를 뽑아 눈물을 닦는다.

중학교 3학년 때, 아빠랑 말하기 싫어서 무시해버린 적이 있다. 쓸쓸해 보이는 아빠의 모습을 보자 굉장히 나쁜 짓을 했다는 기분이 갈수록 커져서 고작 일주일 만에 나의 사춘기는 끝났다.

"아빠가 사쿠라를 너무 예뻐한 게 문제였나? 너는 언제나 엄마 아빠의 기대에 부응해줬어. 아빠가 쓸쓸해 보이든 말든 신경 안 쓰고 반항했어도 됐는데."

"어떻게 그래."

"맞아, 너는 그런 걸 못하는 아이야. 하지만 이번만은 엄마 아빠를 곤란하게 하지 말자는 생각은 안 해도 되니까 사쿠라의 마음을 솔직하게 말해줘. 이대로 당분간 쉬고 싶다면 그동안 생활을 지원할 수 있을 정도는 아빠가 버니까."

언제까지 이대로는 안 된다는 마음은 있었지만 당장 일자리를 구해야겠다는 생각이 들지 않았다. 내가 움직이면 마쓰바라 씨도 움직일 테고 또 무슨 일이 일어날 것 같았다. 당분간은 할아버지 집에서 도울 수 있는 일을 조금씩 늘려가며 마사지 공부를 하고 시간을 들여 일에 복귀하고 싶다.

"진짜로 밥은 잘 먹는 거야?" 엄마가 내 눈을 보며 묻는다.

"먹어. 그런데 식욕이 별로 없어. 먹는 거든 뭐든 다 귀찮기만 하고."

"보고 싶은 사람은 없어? 마쓰모토에 있는 친구라면 엄마가 데려올 수 있으니까. 도쿄의 친구도 괜찮고. 연말에 와서 자고 갔던 시다카 씨라면 가즈키한테 부탁해서 오라고 할 수 있지 않을까?"

"괜찮아, 아무도 만나고 싶지 않아."

12월 31일에 보냈던 메시지의 답장을 무시한 뒤로 이케다 선생님과는 연락하지 않는다. 이케다 선생님으로부터 전해들은 건지, 시다카 씨가 메시지를 보내거나 전화를 하는 일도 없었다. 우리집에서 잔 다음날 도쿄로 돌아갈 때, 시다카 씨는 나를 가와구치 씨가 아니라 "사쿠라 짱"이라고 불렀다. 친구로 받아들여진 듯해 기뻤다. 어른이 되니 일과 관련된 사람만 만나게 되어 진정한 친구를 사귀는 건 학생 때처럼 쉽지 않았다. 나는 소중한

새 친구의 기대를 져버렸다. 시다카 씨가 기껏 상담에 응해줬는데도 나는 결국 모든 걸 꾹 참고 마쓰바라 씨와 다시 사귀는 걸로 문제를 해결하려 했다.

이케다 선생님도 시다카 씨도 더이상 이 일에 휘말리게 하고 싶지 않다. 이대로 연락하지 않고 지내다보면 둘 다 나 같은 건 곧 잊을 것이다.

스마트폰은 충전기를 꽂은 채 거실 구석에 놓아뒀다.

마쓰바라 씨한테 메시지가 오면 어쩌지 하는 생각을 하면서 이케다 선생님의 연락을 기다리고 있다.

만나고 싶지만, 만나지 말아야 한다.

언젠가 친구로서 만날 수 있으면 좋겠다는 기대 역시 버려야 한다.

"보고 싶은 사람이 생기면 말해줘." 엄마가 말한다.

"알았어요."

"사쿠라가 원하는 대로 살면 돼."

"응, 고마워요."

다 갠 수건을 바구니에 넣어 정복원으로 가져간다.

손님은 없고 할아버지가 접수대에 앉아 있었다.

고모가 장이라도 보러 간 모양이다.

"수건, 넣어둘게요."

"어, 고맙다." 할아버지가 뒤돌아 나를 바라본다.

"엄마 왔어요."

"아까 여기도 들렀어."

"그래요?"

"가즈키도 오는 것 같던데."

"그런가봐요."

오늘은 금요일이니 가즈키도 퇴근하고 스와로 올 것이다.

선반에 수건을 넣고 주위를 가볍게 청소한다.

유도 정복원은 집의 일부를 개조해 만들었다. 나무틀에 유리
를 끼운 미닫이문 현관으로 들어오면, 소파와 작은 책장을 둔 대
기실이 있고 오른쪽 안쪽에 접수대가 있다. 맨 끝에 있는 문 너
머가 시술실이다. 접수대 뒤쪽은 시술실과 연결되어 있고, 그 안
쪽에 있는 문을 열면 주거 공간이 나온다. 집으로 바로 들어갈
때는 주로 주방문을 이용하는데, 엄마는 이쪽을 통해서 왔을 것
이다. 지금은 아무도 없지만 평일 오전에는 근처에 사는 할아버
지의 친구들이 대기실에 모여 바둑이나 장기를 두며 담소를 나
눈다.

오 년 전까지는 접수대에 늘 할머니가 있었다.

접수대 주변에는 지금도 할머니가 사용하던 문구나 손님 기
록을 적던 노트가 남아 있다. 시술실에 있는 할아버지의 책상에

는 할머니의 사진이 놓여 있다. 아빠가 태어나기도 전에 할아버지와 할머니 둘이서 집을 고쳐 유도 정복원을 만들었다고 한다. 대기실에 놓인 소파며 작은 책장에 꽂힌 책들도 할머니가 고른 것이다. 맞선으로 딱 한 번 만나보고 결혼했지만 두 분은 서로를 무척 사랑하고 아꼈던 것 같다. 말수가 적고 근엄한 할아버지를 할머니는 언제나 웃으며 지켜보고 있었다. 할아버지의 친구들이 이곳으로 놀러오기 시작한 것도 할머니가 그리워서였다. 돌아가신 지 오 년이 지난 지금도 할머니는 여기에 있는 것 같다.

할아버지의 유도 정복원처럼 규모는 작아도 이웃 사람들에게 사랑받는 마사지숍을 열고 싶었다. 할아버지와 할머니처럼 부부가 함께 경영할 수 있다면 얼마나 멋질까 하는 꿈을 꿨다.

미닫이문이 열린다.

손님이 온 건가 싶어 주거 공간 쪽으로 돌아가려는데, 가즈키였다. 회사에서 곧장 왔는지 정장 차림에 코트를 걸치고 있었다.

"어? 이제 접수대에 나와 있는 거야?" 가즈키가 나를 보며 묻는다.

"아냐, 수건 가지고 온 것뿐이야." 나는 앉아 있는 할아버지의 옆에 선다.

"아, 그래."

"일찍 왔네."

"반찬 냈어."

"그렇구나. 일은 괜찮은 거야?"

"괜찮지 그럼. 누나가 가르쳐준 대로 집중해서 효율적으로 일하고 있어."

"잘하고 있네."

"누나를 보고 싶어하는 사람이 있어서 함께 왔는데."

"누구?"

"알잖아."

"……응."

가즈키와 도쿄에서부터 함께 왔다면 이케다 선생님이나 시다카 씨일 것이다.

"밖에서 기다리고 있는데 어떻게 할래? 만나는 게 부담되면 돌려보내고."

"음……"

"오늘 만나지 못하더라도 나중에 또 올 것 같아. 누나가 무리해서 만날 필요는 없어. 하지만 그 사람에게도 사정이 있겠지. 시간이 지나면 다른 여자한테 가버릴 수도 있어. 그건 막을 도리가 없는 일일 테고. 나는 누나가 꼭 만났으면 좋겠어."

그러니까 밖에서 기다리고 있는 사람은, 이케다 선생님이라는 뜻이다.

다른 여자와 함께 그가 행복해질 수 있다면 그걸로 그만이다.

그렇게 생각하면서도 내 마음 깊은 곳에서 '그건 정말 싫어!' 하는 외침이 들려왔다. 이케다 선생님을 보고 싶다. 함께 있고 싶다. 내가 아닌 다른 사람에게 가지 않았으면 좋겠다.

"어떻게 할 거야?"

"……만날래."

"알았어."

가즈키가 밖으로 나가 이케다 선생님을 데리고 돌아왔다.

그는 파란색 다운점퍼를 입고 어떻게 해야 좋을지 망설이는 듯한 얼굴로 웃고 있었다. 처음 만났을 때부터 매년 입는 그 다운점퍼는 소매가 살짝 해졌다. 후쿠후쿠도의 사람들도 그걸 볼 때마다 새 점퍼 좀 사라고 말했었다.

조금 전 엄마 앞에서 울었으니 이제 눈물은 안 날 줄 알았는데 그를 보니 단숨에 감정이 북받쳤다.

눈물이 멈추지 않고 숨이 가빠져 할아버지 옆에 웅크린다.

고개를 들 수 없게 된 나의 머리를 누군가가 쓰다듬어준다.

크고 따스한 손이라 할아버지나 가즈키라고 생각했는데 이케다 선생님이었다.

그의 손이 내 가족과 똑같이 느껴진다.

할아버지 집에서는 얘기를 나누기가 어려워 둘이서 언덕 위에 있는 공원에 올라왔다. 공원에서는 스와의 마을과 호수를 한눈에 볼 수 있다. 스와호를 에워싼 산은 하얗게 물들어 있고 마을 곳곳에도 눈이 남아 있다. 올해는 눈이 적게 내렸지만, 4월 초까지 앞으로 몇 번 더 올 것이다.

밖에 나가는 건 오랜만이라 조금 걸은 것만으로도 피곤했다. 별로 먹지를 않아 체중은 줄었는데도 몸이 무겁다.

"멋지다." 스와호를 보며 이케다 선생님이 말한다. "마쓰모토 성도 좋았는데, 여기도 좋네."

"스와에서는 여기가 제일 경치가 좋은 것 같아요."

"그렇구나."

"저쪽에 앉을까요?" 내가 벤치를 가리킨다.

"어, 그래."

스와호가 내려다보이는 벤치에 나란히 앉는다.

기다란 미끄럼틀과 놀이기구가 있어서 낮에는 아이들이 이곳에 많이 온다. 단풍철에는 관광객도 많이 찾는다. 그러나 이제 곧 해가 질 시간이고 관광 시즌도 아니라서 나와 이케다 선생님 말고는 아무도 없다.

할아버지의 집은 마쓰바라 씨에게 아직 들키지 않은 것 같고, 혹시 무슨 일이 있더라도 이웃집으로 도망칠 수 있다. 이 근처에 사는 사람들은 다들 할아버지를 알기 때문에 나를 지켜줄 것이다. 경찰이 올 때까지 거기서 기다리면 된다. 하지만 아무리 대책을 마련해놓아도 불안함을 떨칠 수 없다. 몸이 살짝 떨리기 시작하더니 멈추질 않는다. 밖에 나오기에는 아직 일렀던 걸지도 모른다.

"괜찮아?" 이케다 선생님이 나의 떨리는 손을 잡는다.

그 손을 마주 잡았더니 조금 안심이 되었다.

"괜찮아요."

"집으로 돌아갈까?"

"여기서 얘기해요. 힘들어지면 말할게요."

할 수 있는 것을 조금씩이라도 해나가지 않으면 내내 집에 틀어박히게 된다.

"편하게 얘기해줘."

"네."

"여기 오기까지 굉장히 망설였어." 내 손을 잡은 채로 이케다 선생님이 말한다. "가와구치 선생님이 어떤 상황 때문에 스와에 오게 된 건지 가즈키 씨한테 들었어. 마쓰바라를 용서할 수 없다는 마음은 있지만, 그렇다고 그 분노를 터뜨리는 게 좋은 방법인 것 같진 않아. 실은 마쓰바라를 아는 지인이 있어. 1월에 그 지인을 우연히 만나서 술을 마시고 있는데 마쓰바라가 왔어. 공통된

지인이 있다는 건 거기서 알았고. 그때 내가 분노를 참지 못하고 그대로 부딪치고 말았어. 그게 마쓰바라를 더 화나게 하지 않았나 싶어. 가와구치 선생님이 이곳으로 도망치기 전날의 일이야. 내가 사태를 더 키우고 말았어."

"그런 일이 있었군요."

마쓰모토역의 카페에서 만났을 때 마쓰바라 씨는 평소와 달랐다. 화가 나 있는 것 같기도, 흥분 상태에 있는 것 같기도 했다. 도쿄에서 무슨 일이 있었나 싶었는데, 그런 일이었구나. 그날의 일이 없었다면 나는 지금도 참아가면서 마쓰바라 씨와 사귀고 있었을 것이다. 이케다 선생님이 분노했기 때문에 상황이 바뀌었다. 차라리 잘된 게 아닌가 싶지만, 마쓰바라 씨의 분노가 이제는 이케다 선생님을 향하고 있을지도 모른다. 그렇게 생각하면 잘된 일이라고는 할 수 없다.

"아무것도 하지 말고 얌전히 있어야겠다 싶었어. 시다카도 나도 손을 떼고 가즈키 씨와 부모님에게 맡기는 게 낫겠다고 생각했지. 내가 마쓰바라를 만나면 도저히 분노를 제어할 수 없어서 그대로 터뜨리고 말 거야. 더이상 사태를 악화시키지 않으려면 가만히 있는 게 나아. 설령 마쓰바라가 아무 일도 저지르지 않는 날이 오더라도, 나나 시다카를 만나면 가와구치 선생님은 이런저런 일들이 생각날 거야. 가족과 함께 지내다가 언젠가 마사지사로서 다시 일할 수 있게 되면 마쓰모토나 스와에서 새로운 생활을 시작하고, 마쓰바라와의 일을 모르는 누군가와 사귀는 것이 가와구치 선생님의 행복이라고 생각했어. 나는 나대로 봄부터 시즈오카로 가서 새로운 생활을 시작할 거고, 각자의 자리에서 열심히 살면 돼. 가와구치 선생님과 만나지 못한 두 달 동안 몇 번이고 이런 생각을 하며 스스로를 타일렀어."

"네."

"그런데 안 되겠더라. 가와구치 선생님이 너무 보고 싶었어. 내가 끈질기게 연락하거나 만나러 오는 것도 어쩌면 가와구치 선생님 입장에서는 무서울지도 몰라. 폐라고 여길 수도 있고. 하지만 아무리 그렇게 생각해도 내 마음을 전하지 않고는 포기할 수 없겠더라고. 가와구치 선생님이 마쓰바라와 교제한다고 들었을 때 정말 많이 후회했어. 감당할 수 없을 만큼 후회스러웠어. 다정한 선배인 척하고 상담을 해주면서도 두 사람이 헤어지기를 바랐어. 상황이 이렇게 되어 가와구치 선생님이 나를 의지하는 것을 기쁘게 생각했어. 그런 식으로 느낄 때가 아닌데도, 가와구치 선생님과 함께 있을 수 있어서 기뻤어. 하지만 사태가 걷잡을 수 없을 만큼 커져버린 지금은 그저 가와구치 선생님이 너무 걱정돼 미치겠어."

침착하게 말하려고 하지만 이케다 선생님의 마음속에서 그보다 강렬한 감정이 흘러나온다.

그는 언제나 자신보다 나를 우선으로 생각했다. 육 년 전에 처음 만났을 때부터 쭉 그랬다. 이케다 선생님이 계속 억눌러왔던 감정이 있다면 나는 그 감정을 이해해야 한다. 서로 오빠와 여동생처럼 여길 만큼 소중한 사람이다. 친동생도 소중하지만, 가즈키보다 그를 더 소중히 대하고 싶다.

이케다 선생님이 정면을 향하고 심호흡을 한 다음, 나를 바라본다.

"가와구치 선생님을 좋아해."

"저도 이케다 선생님이 좋아요." 잡은 손에 힘을 준다.

"어? 아…… 그러니까……"

내 대답에 놀랐는지 당황한 듯한 표정이 된다.

산 너머로 해가 저물고 하늘이 붉게 물든다.

마치 하늘의 빛깔이 그대로 물든 듯 이케다 선생님의 얼굴도 붉어진다.

"하지만 함께 있을 순 없어요." 내가 말한다.

"어?" 이케다 선생님이 놀란 얼굴로 목소리가 커진다.

"제가 스와에 온 뒤로 한 달 넘게 마쓰바라 씨는 아무 짓도 하지 않았어요. 그렇다고 이 상황이 끝났다고는 생각하지 않아요. 완전히 해결되는 날은 오지 않을 것 같아요. 혹시 이삼 년이 지

나도록 아무 일이 없더라도 그때마저 안심할 순 없겠죠. 어느 한쪽이 죽을 때까지 계속될 거예요. 마쓰모토나 스와에는 숨어 있을 집이 많아요. 여차하면 도움을 요청할 사람도 많고요. 가족에게는 폐를 끼치고, 인터넷에는 아직 제 사진이 남아 있어 수치스럽기도 해요. 하지만 저 혼자서는 살아갈 수 없으니 가족과 함께 싸울 수밖에 없어요. 제가 어딘가로 떠나 혼자 살더라도 부모님이나 가즈키와 인연이 끊어지는 게 아니잖아요. 멀리 떨어진 곳에서 서로를 걱정하는 것보단 가까이 사는 게 서로 안심하며 지낼 수 있어요. 그러니 저는 당분간 스와에 있을 거고, 이후에는 마쓰모토의 본가로 돌아갈 거예요."

아무리 오빠처럼 여기고 소중해도 이케다 선생님은 내 가족이 아니다. 그에게는 그의 인생이 있다. 더이상 폐를 끼칠 순 없다. 좋아한다는 말 같은 건 하지 말았어야 했는지도 모르지만 말하지 않을 수 없었다. 서로 떨어져 지내게 되더라도 내 감정을 전하고 싶었다.

"그러면 나랑 가족이 되자." 이케다 선생님이 두 손으로 내 손을 잡는다.

"네? 아니, 그러니까……" 이번에는 내가 놀랄 차례였다.

"내가 가와구치 선생님의 가족이 될게. 함께 시즈오카로 가자."

"저기, 가족이 된다는 게 무슨 뜻이에요?"

"결혼하자고."

"아…… 그런 말씀이군요."

한순간에 부끄러워진 건지 냉정을 되찾은 건지, 나도 이케다 선생님도 서로의 손을 놓고 스와호 쪽을 바라보며 크게 숨을 내쉰다.

하늘이 점점 어두워지고 마을에 불빛이 켜진다.

"미안." 이케다 선생님이 말한다.

"뭐가 미안하다는 거예요?"

"전부."

"왜요?"

"감정이 너무 고조됐어."

"그렇긴 하죠."

세타가야에서 한밤중에 마쓰바라 씨가 우리집 앞 아파트에 있는 걸 보고 이케다 선생님에게 도움을 요청했던 그 여름날부터 우리 둘 다 감정이 고조된 상태였을 것이다. 냉정해지자고 여러 차례 마음을 다잡아도 어딘가 들뜬 감정은 차분해지지 않았다. 느닷없는 프러포즈로 정점에 달한 건지, 과도하게 고조됐던 감정이 급격히 가라앉아 마침내 차분해졌다.

"결혼하자고 한 건 감정이 고조돼서 한 말이 아니야." 이케다 선생님은 나를 보며 웃는다.

"네, 고마워요."

"당장 결혼을 생각할 필요는 없지만, 시즈오카에 함께 가지 않을래?"

"그게, 그래도……"

아무리 냉정하게 생각해도 함께 가고 싶다는 마음은 남을 것이다. 하지만 현실적으로 불가능할 것 같다는 마음이 더 강하다.

"내가 시즈오카에서 일할 마사지숍 선생님의 사모님이 근처 리조트 호텔에서 스파를 운영하고 계셔. 온천이랑 여성용 피부관리실이 있는 곳. 피부관리실이라지만 본격적인 시술도 해서 자격증 있는 사람을 구하고 있어. 가와구치 선생님이라면 자격증도 있고 아로마에 대해서도 잘 알잖아. 직원과 고객 모두 여성으로 제한된 곳이니 복귀하기에 최적이지 않을까 해서."

"네."

"오늘은 그 얘기만 하고 싶었거든. 그런데 뭔가 미안하게 됐네."

"아니에요, 괜찮아요. 저야말로 미안해요."

"시즈오카에 가서 가까이 살면서 우선은 연인으로 잘 지내보면 어떨까 싶어. 그리고 언젠가는 결혼도 생각해줬으면 좋겠어."

"저기, 그래도……"

"가와구치 선생님이 무슨 말을 하고 싶은지 알아. 하지만 마쓰 바라와는 별개로 나와의 관계를 생각해줬으면 해. 나를 좋아하 지 않는 게 이유라면 나도 포기하기 위해 노력하겠지만, 그게 아 니라 마쓰바라의 일 때문에 미안해서 그런 거라면 가와구치 선 생님은 언제까지나 과거의 일에 끌려다니게 될 거야. 당장 답을 달라는 건 아니야. 얼마든지 기다릴 테니 생각해봐."

"알겠어요."

나는 어느새 마쓰바라 씨와 있었던 일을 통해서만 세상을 바 라보게 되었다. 이케다 선생님과의 관계는 마쓰바라 씨와는 별 개로 진지하게 생각하자. 그게 오늘까지 나에게 다정하게 대해 준 이케다 선생님에 대한 예의다.

"돌아갈까?" 이케다 선생님이 자리에서 일어선다.

"네." 나도 일어선다.

그리고 자연스럽게 손을 잡았다.

불빛이 켜진 주택가를 둘이서 걷고 있으니 행복에 둘러싸인 듯 몸이 따뜻해지는 것을 느꼈다.

가즈키와 함께 이케다 선생님을 가미스와역까지 배웅했다. 이 케다 선생님이 돌아간 뒤, 아빠도 할아버지 집으로 와줘서 모든 가족이 모여 앞일에 대해 얘기를 나눴다. 이케다 선생님과 시즈오카에 가는 것을 응원하고 싶지만, 모르는 동네에 나를 보내기는 아직 걱정스럽다는 게 가족 모두의 의견이었다. 3월이 되고 가족들과 여러 차례 대화를 나누고, 이케다 선생님이 와주기도 했다. 이케다 선생님을 따라 나와 엄마도 시즈오카로 가서 이케다 선생님이 일할 마사지숍과 내가 일할 스파도 둘러보고, 살게 된다면 어떤 곳이 좋을지 확인했다. 가즈키가 그 주변을 조사해서 유사시에 곧장 피신할 수 있도록 경찰서와 24시간 편의점이 가까이 있는 다세대주택을 물색했다. 부동산 중개업소에는 아빠와 가즈키가 따라와줬다. 집을 결정한 뒤에는 이케다 선생님과 부모님까지 셋이서 주변을 더 탐색하러 갔다. 안심할 수 있는 조건을 최대한 갖추고 나서야 나의 시즈오카행이 확정되었다.

이케다 선생님은 언제나 나와 내 가족을 우선으로 생각했다. 그를 따라가며 옆에서 힘이 되어주자고 생각하면서 나는 강해지는 것 같았다. 보호를 받기만 하는 것이 아니라 이케다 선생님을 보호할 수 있는 사람이 되고 싶다.

3월 말에는 이사를 준비하러 스와에서 마쓰모토의 본가로 돌아왔다. 이케다 선생님은 본인의 이사 때문에 올 수 없어서 짐을 꾸리는 건 엄마와 가즈키에게 도움을 받았다. 어디서 주소가 발각될지 알 수 없으므로 이삿짐센터를 부를 순 없다. 모든 걸 우리끼리 해야 한다. 프리저브드플라워와 반지와 집 열쇠는 마쓰바라 씨의 집으로 보낼까 했지만 본가의 벽장 안에 그냥 넣어두기로 했다. 택배를 이용하면 내가 마쓰모토에서 보냈다는 걸 알게 된다. 주소를 쓰지 않아도 송장번호로 찾아보면 어디서 접수했는지 알 수 있다. 가즈키와도 의논해서 아무것도 하지 않고 그냥 두기로 정했다. 트럭에 짐을 다 싣자 아빠와 엄마가 집 앞까지 배웅하러 나왔다. 두 분 다 가즈키와 내가 도쿄로 떠날 때보다 더 걱정스러운 듯 보였다. 눈물이 날 것 같지만 꾹 참고 웃는 얼굴로 서로 손을 흔들었다.

트럭의 조수석에 타려는데 푸른 하늘에 상처가 난 것처럼 가늘고 흰 달이 보였다.

언제나 돌아보면 달은 그곳에 있다.

어디를 가더라도 따라온다.

시즈오카에 도착해서 집안으로 짐을 옮기고, 전기와 가스와 수도를 등록하고, 밖에서 보이지 않게 커튼을 쳤다. 짐은 나중에 풀기로 하고 가즈키와 함께 집 근처에 있는 경찰서로 갔다.

경찰서는 다시 지은 지 얼마 안 됐는지 아직 새 건물 느낌이 났다. 입구 주변이 다른 경찰서보다 밝게 느껴졌다. 처음 세타가야의 경찰서에 갔을 때와 같은 긴장감은 없지만 그래도 숨이 막힌다. 어떤 경찰관이 나오더라도 분명히 전달할 수 있도록 말할 내용을 머릿속으로 몇 번이고 반복한다.

접수처의 남성 경찰관에게 가즈키가 용건을 전하러 간다.

이층의 생활안전과로 가라고 해서 계단으로 올라간다.

계단을 올라가 길게 난 복도에 서서 어느 쪽으로 가야 할지 망설이는데 안쪽 방에서 한 여자가 나왔다.

"가와구치 씨인가요?" 여자가 묻는다.

키가 크고 예쁜 사람이다. 나이는 나보다 조금 많아 보인다. 하얀색 셔츠와 검은색 바지에 검은색 펌프스 차림으로, 특별히 꾸민 것도 아닌데 화사함이 느껴진다.

그래도 편하게 얘기할 수 있을 듯한 예감이 들었다.

"네." 내가 대답한다.

"이쪽으로 들어오세요."

"네."

여자의 뒤를 따라 생활안전과로 들어간다. 이곳도 다른 경찰서보다 밝다.

"들어오세요."

"실례하겠습니다."

안내를 받아 안쪽에 있는 상담실로 들어간다.

3제곱미터쯤 되는 좁은 방에 탁자와 접이식 의자가 나란히 있는 건 어디나 비슷하다. 문을 10센티미터쯤 열린 채로 둔다는 것도 정해진 규칙인 듯하다.

"앉으세요."

"네." 나는 가즈키와 안쪽에 나란히 앉는다.

"이가와입니다." 이가와 씨가 명함을 꺼내고 내 맞은편에 앉는다.

"가와구치 사쿠라입니다. 이쪽은 남동생 가즈키이고, 저를 도와주러 함께 왔습니다."

"자 그럼, 지금까지의 상황을 말씀해주시겠어요?"

이가와 씨의 말투는 조금 사무적으로 느껴졌지만, 쓸데없는 말을 하지 않고 내 얘기를 진지하게 들어주는 것 같기도 했다.

"여기서 걸어서 오 분 거리의 다세대주택에 오늘 막 이사왔어요. 그러니까 이 동네에서 피해를 당한 건 아닙니다." 가즈키에게 의지하지 않고 스스로 상황을 설명한다.

세타가야에서 무슨 일이 있었는지, 마쓰모토에서 무슨 일이 있었는지, 그리고 최근 두 달 반가량 스와에서 지낸 일 등을 하나하나 떠올리며 얘기한다. 설명하기 어려워져 말문이 막히면 이가와 씨는 "천천히 해도 되니까 무리하지 말고 할 수 있는 것만 얘기하세요" 하고 말해줬다. 세세하게 메모하는 그녀의 모습을 보니 이곳에 온 것이 헛수고는 아니었다는 생각이 들었다. 끝까지 얘기를 마치고 숨을 내뱉자 가즈키가 등을 쓰다듬어줬다.

"요즘은 특별히 피해를 입고 있는 건 아니라는 말씀이죠?" 이 가와 씨가 확인하듯 메모를 보며 말한다.

"그래서 경찰서에 오는 게 좀 유난스러운 건 아닐까 생각도 했어요. 새로 이사온 집도 그 사람에게 들키지 않았으니 앞으로는 아무 일도 안 생길 수도 있고요."

"유난스럽다느니 그런 생각은 하지 않아도 돼요." 이가와 씨가 보고 있던 메모에서 고개를 든다. "아니, 이 일은 유난스럽게 생각하는 게 마땅해요. 아무 일도 없으면 그걸로 다행인 거니까요."

"아, 네. 감사합니다."

"세타가야에서 경찰이 경고 전화를 했을 때 그 사람이 어떤 반응을 보였는지 들었습니까?"

"처음에는 그런 짓 안 했다고 부인한 모양인데, 금세 알겠다고 수긍했나봐요." 경고를 받은 마쓰바라 씨가 어떻게 반응했는지는 야마나카 씨한테 전화로 들었다.

"그래요?"

"그런데 전화를 끊고 나서 제가 이사해서 나온 그 집에 찾아갔더라고요. 알겠다고 한 건 거짓말이었을 거예요."

"알겠다는 시늉을 한 것뿐이라는 거군요."

"실은…… 경고를 하지 말걸 그랬나 싶어요."

"왜 그렇게 생각하세요?"

"그게 오히려 그를 더 화나게 한 듯했어요. 저는 어차피 마쓰모토로 갈 거였는데, 그렇게 할 필요가 있었을까요?"

"대부분의 사람은 경고를 받으면 자신이 스토커로 여겨지고 있다는 걸 깨닫고 그만두는 경우가 많아요. 거기서 그만둘 수 있는 사람은, 상대를 좋아해서 집요하게 연락하고 만나러 갔던 것이지 스토커라고 부를 정도는 아닙니다. 스토킹의 동기를 누군가를 좋아해서 혹은 사랑해서라고 생각하는 사람이 있는데, 그건 잘못된 생각이에요. 가와구치 씨는 아시죠?"

"네."

지금도 마쓰바라 씨 마음속에는 나에 대한 연애 감정이 있을 것이다. 하지만 그가 스토커가 된 이유는 그보다 더 강렬한 집착과 분노다. 나에게 집착하고 분노하는 게 아니다. 진짜로 분노를 터뜨리고 싶은 상대는 다른 데 있다고 생각한다.

"스토커는 정론을 내세워요. 자신이 얼마나 올바르고 상대방이 얼마나 틀렸는지 분명하게 말할 수 있어요. 연애에서 우선시되는 것은 감정이지, 정론이 맞고 틀린 게 아니라는 걸 그들은 이해하지 못해요. 혹시 알고 있더라도 모르는 척합니다. 틀렸다고 지적당하면 그들은 분노해요. 경고를 받고 오히려 분노가 더 거세져 보복으로 이어지는 경우도 충분히 예상해볼 수 있죠. 그러나 안타깝게도 이 나라는 아직 스토커 대책 마련에는 뒤처져 있어요. 스토커 대책을 앞서 마련해둔 나라에서는 우선 피해자 보호에 만전을 기한 다음 가해자에게 경고 조치를 합니다. 따라서 가와구치 씨가 마쓰모토에 가는 때에 맞춰 상대에게 경고한 건 틀린 게 아닙니다."

"그런 거군요."

"그리고 경고가 소용없었던 것도 아니에요. 경고를 받아서 그만둘 사람이 아니라는 걸 알았으니까요. 그리고 구두 경고를 한 차례 받았음에도 스토킹 행위를 계속할 경우, 다음에는 문서 경고 대상이 됩니다. 상대가 마쓰모토까지 왔을 때 곧장 경찰서에 갔다면 문서 경고가 가능했을 테고, 앞으로는 가와구치 씨에게 접근하지 말라는 서약서를 쓰게 했을 거예요."

"네?"

야마나카 씨도, 다른 경찰서 사람들도 서약서에 대해서는 한마디도 말해주지 않았다. 제대로 공부하지 않은 내 실수일지도 모르지만 보통 사람이 그런 정보를 알 순 없다.

"다만 이건 경찰서에 따라 대응 방식이 달라서 꼭 그렇다고는 말할 수 없어요."

"경찰서에 따라 다르다는 것이 무슨 뜻인가요?" 가즈키가 묻는다.

"서에 따라서 다르기보다는 담당 경찰관에 따라 달라요. 원래 그래선 안 되지만 경찰관도 사람이니까요. 가와구치 씨처럼 상대가 전 남자친구일 경우, 사건성이 있는 스토커인지 아닌지 판단하기가 어려워요. 세상에는 속박당하는 것으로 사랑을 느끼는 사람도 있으니까요. 스토커 대책에 힘을 실어야 한다는 말은 몇 년 전부터 나오고 있어요. 조금 전에도 말했지만, 이 일은 유난스럽게 생각하는 게 맞아요. 그런데도 좀처럼 감을 못 잡는 경찰관도 있어요. 사랑싸움 같은 걸로 소란을 피워선 안 된다고 생각하는 경찰관도 여전히 있고요. 그런 사람은 당장 경찰 일을 그만뒀으면 좋겠지만."

"네." 가즈키와 나는 깊이 고개를 끄덕인다.

"1월 중순에 헤어진 뒤로 아무 일도 없다고 하니 지금은 경고나 서약서 단계는 아닌 것 같아요. 그러니 우선은 다른 경찰서와 마찬가지로 110번 등록부터 하죠."

"네."

"세타가야, 마쓰모토, 스와의 경찰서에 연락해서 지금까지의 일이 어떻게 기록되어 있는지 확인하고, 불충분해 보이면 보완해두겠습니다. 경시청과 나가노현경 본부에 보고되었는지도 확인해볼게요."

"본부요?" 가즈키가 묻는다.

"각 현 경찰에 스토커 대책 본부가 있어서 거기에 보고하도록 되어 있거든요. 도쿄라면 경시청이겠네요. 스토킹 피해 사건 중에는 가와구치 씨처럼 피해자가 이사를 가야 하는 경우가 있어요. 그래서 각 서에서 본부에 서로 보고하고 정보를 공유할 수 있도록 합니다. 사건이 될 가능성이 있을 경우에는 본부에서 대책을 논의하기도 하죠."

"그렇군요."

이것도 처음 듣는 얘기였다.

"그리고 집 주변의 순찰도 강화할게요."

"부탁드립니다."

"상대가 집을 알아낼 경우에 가와구치 씨가 피신할 수 있는 장소도 소개해드릴게요."

"네."

피신할 수 있는 장소란 쉼터 같은 곳일 테다. 가정폭력을 당한 사람이나 스토킹 피해자를 위한 시설이 전국에 있다고 한다.

"그때는 접근금지명령을 내릴 겁니다. 그 밖에도 할 수 있는 건 뭐든 할 테니 언제든 상담하러 오세요."

"감사합니다."

"그래도 절대 안심하진 마세요. 저희는 다른 서보다 더욱 스토커 대책 마련에 힘을 싣고 있습니다. 해외 사례도 살펴보고 독자적으로 대책을 강구하고 있어요. 하지만 상담하러 오신 분들에게는 자신이 피해자라는 의식을 가지고 전력을 다해 도망치라고 말씀드려요. 아직 스토커 규제법이 법률적으로 완전하지 않습니다. 경찰관에게는 할 수 있는 일과 할 수 없는 일이 있어요. 그저 법률이 충분히 보완되기를 바라기만 해선 안 된다고 저는 생각해요. 법 개정이 필요하다는 건, 그렇게 해야만 하는 사건이 이미 벌어졌다는 뜻이니까요. 특히 일본의 법률은 누군가가 살해당하거나 거의 살해당할 위기에 처하지 않으면 바뀌지 않아요. 법을 바꾸기 전에 사건이 발생하지 않는 세상이 되어야 하는 거예요. 하지만 법 개정의 필요성을 상기시키는 사건은 꼭 일어나기 마련이죠. 스토커는 알고 하든 모르고 하든 법망을 잽싸게 빠져나가거든요. 그들은 경찰과 피해자보다 더한 노력을 기울여 목표 대상을 쫓아옵니다."

"네."

"가즈키 씨, 혹시 하시는 운동이 있나요?" 이가와 씨가 갑자기 화제를 바꾼다.

"어릴 때부터 유도를 했어요. 사회인이 된 뒤로는 별로 연습을 못하고 있지만 대학 졸업할 때까지는 쉬지 않고 계속했습니다."

마쓰바라 씨에게 맞서기 위해 필요한 일이라고 생각했는지 가즈키가 상세히 대답한다.

"상대를 이기기 위해서는 노력이 필요하다든가, 의지가 강한 인간이 이긴다든가, 그런 생각을 해본 적 있습니까?"

"그럼요, 여러 번."

"실제로도 그렇다고 생각하십니까?"

"저는 어렸을 때 몸집이 작았기 때문에 덩치가 큰 녀석들은 재능이 남다를 거라고 생각하기도 했습니다. 그런데 계속하다보니 재능보다 노력과 이기겠다는 강한 의지가 중요하다고 생각하게 되었어요. 의지가 강한 녀석은 누구보다도 노력하고, 결국 그것이 결과로 이어지거든요."

"토너먼트 시합에서, 저 녀석은 운이 좋아서 살아남았다고 생각한 적은 없습니까?"

"있어요. 하지만 그것도 노력이 있었기에 운이 자기편으로 작용했다고 생각했어요."

"스토커도 똑같다고 생각하세요."

"그게 무슨 뜻이에요?" 가즈키와 내가 동시에 묻는다.

"상대를 만나서 자신의 분노를 터뜨리기 위해 스토커는 노력합니다. 경찰보다, 피해자보다 더 많이 노력해요. 운은 평등해서 노력하는 자의 편을 들어줍니다. 설령 그것이 그릇된 노력이라할지라도 말이죠. 경고를 받아도 멈추지 않는 스토커는 다른 사람의 얘기를 듣지 않아요. 자신이 옳다고 믿고, 주위에서 만류해도 계속 무시해요. 그러는 동안 주변에는 자기편이 한 명도 남지 않게 됩니다."

"네."

"오직 운이 그의 편을 들어주죠." 이가와 씨가 내 눈을 바라본다. "그 남자보다 더 노력해서 운을 가와구치 씨의 편으로 만드세요."

"알겠습니다."

세타가야 경찰서에 갔을 때 야마나카 씨는 이렇게 말했다. "스토커는 순간의 틈을 노리고 찾아와요." 그 틈을 만드는 것이 바로 스토커의 유일한 아군인 '운'일 것이다.

"무슨 일 있으면 언제든 연락하세요." 이가와 씨가 웃는 얼굴로 말한다.

"감사합니다." 나는 고개를 숙여 감사인사를 전한다.

경찰서를 나오니 하늘은 어두워져가고 있었다.

이가와 씨는 나와 가즈키를 바깥까지 배웅해줬다. 그녀의 강한 내면이 꼿꼿하게 선 자세로 드러나는 것 같았다.

마침내 의지할 수 있는 사람을 만났다.

"처음에는 좀 딱딱한 인상이었는데 좋은 사람이었네." 가즈키가 말한다. "겉모습은 차가워도 내면은 뜨겁다는 게 느껴졌어."

"맞아."

"다행이야."

"응."

바람이 불고, 분홍색 꽃잎들이 날아온다.

어딘가에 벚꽃이 피어 있는 듯하다.

아침밥은 엄마가 차려줘서 제대로 먹었지만 점심은 이삿짐 트
럭 안에서 주먹밥을 먹은 게 다였다. 배고프다는 가즈키의 말에
저녁을 먹고 집에 들어가기로 했다.

내일 점심에는 가즈키가 도쿄로 돌아가기 때문에 지금까지의
고마움을 전할 겸 내가 일할 호텔의 프렌치 레스토랑에 갔다. 봄
방학 때라 붐빌 줄 알았는데 저녁 시간치고는 조금 일렀던 모양
인지 창가 쪽 바다가 보이는 자리를 안내받았다. 자리에 앉고 나
서야 둘 다 프랑스 요리를 먹을 만한 차림이 아니라는 걸 깨닫고
서로 웃음을 터뜨렸다. 하지만 리조트 호텔의 레스토랑이라서
그런지 다른 손님들 중에도 캐주얼한 복장을 한 사람이 많았다.
고급 호텔보다 등급이 높은 최고급 호텔이지만, 사람들이 쉬러
오는 곳이지 옷을 갖춰 입는 장소가 아니기 때문일 것이다. 어린
아이는 거의 없는 것으로 보아 봄방학의 영향도 없는 듯하다.

밥을 먹고 난 다음 스파에도 인사를 하러 갔다.

접수대에는 경영자인 아사코 씨가 있었다.

"어머, 어쩐 일이야? 이사는 오늘 했잖아?"

내가 말을 걸기도 전에 알아채고 아사코 씨가 접수대 뒤에서 나온다.

"짐 옮기고 경찰서에 갔다가 밥 먹으러 왔어요."

"경찰은 어땠어?"

"괜찮은 것 같아요. 담당자분이 굉장히 좋은 사람이라 얘기를 많이 했어요."

"그렇구나. 다행이네."

아사코 씨는 전에 이곳에 왔을 때도 한번 만났다. 채용을 위한 면접이었는데, 세상 사는 얘기만 나눴다. 그때 마쓰바라 씨의 일도 말하고, 홈페이지에 내 프로필이나 사진을 올리면 곤란하다는 의견을 전했다. 첫 만남이었는데도 아사코 씨는 가까운 친지처럼 살갑게 내 얘기를 들어줬다. 정신적으로 지쳐 있어서 모르는 사람과 만나는 일이 두려웠는데 다행이었다. 아사코 씨는 우리 엄마와 동년배이겠지만, 엄마보다는 할머니와 비슷한 느낌이 들었다.

할아버지의 유도 정복원과 호텔 스파는 외관은 전혀 다르지만 분위기가 비슷하다. 스파 곳곳에는 고급스러움이 감돈다. 하지만 다가가기 부담스럽지 않고 온화한 분위기로 감싸여 있다. 아사코 씨의 성품이 빚어낸 공간일 테다. 아사코 씨를 만나기 위해 전국 각지에서 고객이 모여드는 모양이다. 이곳에 있으면 절로 마음이 편안해진다. 온천이나 바로 옆에 펼쳐진 바다 때문만은 아닐 거라고 생각한다.

나는 반년 가까이 공백기가 있었기에 초반에는 접수대 일을 하면서 서서히 마사지사로 복귀하기로 했다. 쉬는 날에는 아사코 씨의 남편이 운영하는 마사지숍에서 이케다 선생님과 함께 기술을 공부하고 익힌다.

면접 후 그 마사지숍에도 들렀는데, 그곳에는 동네 할아버지와 할머니 말고도 유도 연습을 하다 다친 중고생이 모여 있었다. 아사코 씨의 남편인 원장 선생님은 부상 치료 외에 중학생의 연애상담까지 해주고 있었다. 그와 아사코 씨의 떠들썩한 연애담을 중학생 남자아이가 어이없다는 듯 듣는 중이었다. 같은 얘기를 몇 번째 하고 있는 모양이다. 대기실과 시술실에서 웃음소리가 들리는 것으로 보아 이케다 선생님에게 아주 제격인 장소라고 생각했다.

"제 남동생이에요." 다시 만난 아사코 씨에게 가즈키를 소개한다.

"아, 멋진 남자를 데리고 왔구나 했더니 동생분이었구나. 난 또, 이케다 씨를 놔두고 바람이라도 피우는 줄 알았네."

"바람이라뇨. 그럴 리가요."

"그렇지?"

둘이서 호쾌하게 웃는다.

아직 나는 웃을 수 있는 처지가 아니라고 생각했는데, 아사코 씨와 얘기하다보면 무엇이든 재미있어했던 중고등학생 시절로 돌아간 듯 사소한 일에도 웃을 수 있다.

"저희 누나 잘 부탁드립니다." 둘이 함께 웃는 모습에 가즈키 가 놀란 듯한 얼굴을 하면서 고개를 숙인다.

"나는 삼십 년 넘게 마사지사를 해왔어요." 아사코 씨가 가즈 키를 보며 진지한 표정을 짓는다. "그동안 마음이 힘들고 괴로운 사람을 많이 만났죠. 아직은 나를 믿고 사쿠라 씨를 맡겨달라고 장담할 순 없어요. 하지만 그녀의 인생이 찬란해질 수 있도록 나 도 돕고 싶어요."

"고맙습니다." 가즈키가 다시 한번 고개를 숙인다.

"감사합니다." 나도 고개를 숙인다.

"멋있는 남자 앞이라고 진지한 말을 해버렸네."

"그 정도로 멋있진 않은데요."

내가 그렇게 말하자 아사코 씨가 웃는다. 또 한번 둘이서 마주 웃는다.

"이런 남자가 내 타입이거든. 체격 좋지, 자세 좋지."

"원장님은 전혀 다르잖아요?"

"그러게나 말이야."

"누나, 짐 풀어야지." 얘기가 길어질 것 같다고 느꼈는지 가즈키가 우리의 대화를 끊는다.

"맞아."

"짐 정리는 할 수 있는 만큼만 하고 오늘은 푹 쉬도록 해." 아사코 씨가 말한다.

"네. 그럼 다음주부터 잘 부탁드려요."

"나도 잘 부탁해요."

서로 고개를 숙여 인사하고, 가즈키와 나는 스파를 나온다.

바다로 이어지는 입구로 나와서 모래사장을 걷는다.

밤이 되어 바다도 하늘도 새까맣다.

수평선은 어둠 속으로 사라졌다.

검게 물든 것처럼 보이는 바다에 파도가 넘실거린다.

무서울 법한 경관인데도 나는 기분이 평온해짐을 느꼈다.

아무도 나를 보지 않는다.

"여러 가지가 걱정됐는데, 이사오길 잘했다." 옆에서 걷던 가즈키가 말한다.

"응. 아직 안심할 순 없지만, 그래도 열심히 살아야겠다는 생각을 했어."

바다에서 바람이 불어오니 살짝 춥다.

그래도 마쓰모토나 스와만큼은 아니다.

이제 곧 4월이 되고 봄이 온다.

지난 일 년을 없었던 시간으로 할 순 없다. 하지만 이 도시에서 이케다 선생님과 함께 새로운 인생을 만들어갈 것이다.

"4월이 되면 지금껏 해온 것보다 일이 바빠질지도 몰라. 나도 언제까지나 말단 직원으로 있을 순 없으니까. 프로젝트를 맡기도 할 거고."

"그래?"

"아직 느낌상 그렇다는 거지 결정된 건 아니지만 말야. 나도 열심히 일하려고. 누나랑 이렇게 떨어져 살게 됐으니 지금껏처럼 도와주러 오는 건 힘들 거야."

"괜찮아. 이케다 선생님도 있고. 네가 하고 싶은 일을 열심히 하면 나도 분발해야겠다는 생각이 들 거야."

"그래도 무슨 일 있거나, 안 되겠다 싶을 때는 나한테 의지해도 돼."

"알았어. 고마워."

"무리하지 말고."

"너는 살짝 무리해서라도 일 열심히 해."

"그러게. 살짝이 아니라 엄청 무리할 거야. 피곤하면 누나 일하는 호텔에 쉬러 와야지. 직원 할인 같은 거 있겠지?"

"글쎄, 어쩌려나."

"누나가 초대해줘도 좋지만."

"그건 아직 어렵지."

"치사해."

"월급 들어오면 생각해볼게."

"앗싸!" 기쁘다는 듯 가즈키가 웃는다.

웃는 옆얼굴이 어린 시절 그대로다. 엄마는 나를 "손이 안 가는 아이"라고 말했지만, 가즈키가 태어났을 때도 나는 나름대로 반항기를 겪었다. 다들 남동생만 예뻐하는 것 같아 모든 게 재미없었다. 아직 앉지도 못하는 가즈키에게 장난을 치려고 했다. 그런 속마음도 모르고 가즈키는 웃는 얼굴로 내 손가락을 잡았다. 그 미소를 보자 장난치려던 마음이 사라졌다. 나는 그때부터 줄곧 가즈키의 보호를 받아왔다고 생각한다. 가즈키의 다정함과 순수함에 몇 번이고 구원받았다.

"고마워." 한번 더 가즈키에게 말한다.

"뭐가?"

"전부."

파도 치는 소리만 들려온다.

바다 저편에는 가본 적 없는 나라가 있다.

세계는 넓고 나는 어디든 갈 수 있다.

집으로 돌아왔더니 밤 아홉시가 조금 지났다.

내일 낮에는 가즈키와 교대하듯 이케다 선생님이 이사를 온다. 함께 살자는 얘기도 나왔지만, 두 집이 나란히 빈 주택이 있어서 우선은 이웃으로 살기로 했다. 짐이 그리 많지 않아 오늘 안에 짐 정리를 끝내고 내일은 이케다 선생님의 이삿짐 정리를 도와줄 예정이었는데 아무래도 힘들 것 같다. 다세대주택은 이층짜리 건물이고, 내 방은 이층 제일 끝에서 두번째다. 제일 끝이 이케다 선생님의 집이다. 늦은 시각까지 짐 정리를 했다가는 아래층이나 맞은편 이웃집까지 소리가 울릴 것이다. 필요한 것만 꺼내고 짐 정리는 내일 하기로 했다.

"일단 뭐부터 꺼내면 돼?" 가즈키가 나에게 묻는다.

"갈아입을 옷이랑 그릇 정도? 그리고 세면도구도 필요해. 씻고 싶으니까."

"어떤 상자야?"

"이 상자에 그릇이랑 냄비 같은 게 들어 있는 듯하니 여기서 컵이랑 접시를 꺼내서 주방에 놔줘. 그리고 하는 김에 야식도 좀 만들어줘."

"왜?"

"배고프지 않아? 프랑스 요리는 접시만 크지 양이 적잖아."

마쓰모토와 스와에서 지낼 때는 엄마랑 고모가 만들어준 밥도 좀처럼 넘길 수 없었는데, 시즈오카에 오고 나서 식욕이 샘솟았다. 이사를 하느라 몸을 움직인 것도 한몫했을지 모른다.

"야식 만들라면서 아무것도 없잖아."

"그렇네."

　냉장고는 본가의 내 방에 둘 수 없어서 창고로 쓰는 방에 넣어뒀었다. 이번에 그 냉장고도 다시 가져오긴 했지만 아직 전기도 들어오지 않고 안도 텅텅 비었다. 돌아오는 길에 편의점에 들러 페트병에 든 차만 사 왔지 먹을 건 아무것도 사지 않았다.

"편의점 가서 뭐 좀 사 올게." 가즈키가 가방에서 지갑과 스마트폰을 꺼낸다. "이삿짐 상자 모아서 버리려면 노끈도 필요하고. 또 뭐 필요한 거 있어?"

"일단은 괜찮을 것 같아. 먹을 것 말고는 내일 사도 되니까."

"함께 가는 게 나으려나? 혼자 있어도 괜찮겠어?"

"……괜찮지 않을까?"

　이가와 씨가 했던 말이 머릿속을 스친다. 마쓰바라 씨보다 더 노력해서 도망쳐야 한다. 혼자 있지 않는 게 좋을 것 같다. 하지만 편의점까지는 걸어서 삼 분 정도 거리다. 가즈키는 걸음이 빠르니까 삼 분도 안 걸릴 수 있다. 필요한 걸 사서 십 분 내로 돌아올 수 있다. 이제 막 이사했으니 마쓰바라 씨가 따라왔을 리 없다. 화장실에 갈 때 빼고는 아침부터 줄곧 가즈키와 함께 있었다. 이대로 내일 낮까지 함께 있을 걸 생각하면 서로 이쯤에서 잠시 혼자만의 시간이 필요하다.

"정말 괜찮겠어?" 가즈키가 나에게 묻는다.

확인차 묻는 건데 덜컥 겁이 난다. 여기는 이층이고 현관문을 닫으면 안전에는 문제가 없을 듯하지만 혼자 있는 게 아직은 불안하다.

"이케다 선생님하고 전화하면서 기다릴게. 그러면 심리적으로도 안심되고."

"알았어. 그럼 얼른 다녀올게."

"부탁해."

"다녀올게. 열쇠 가져갈게. 인터폰 울려도 나 아니니까 받지 마."

가즈키는 집에서 나가 곧장 밖에서 문을 잠근다. 나도 짐을 꺼내는 동안 먼지가 날릴까봐 열어뒀던 베란다 창문을 닫아 잠근 뒤 커튼을 친다.

앞으로는 이렇게 하나하나 주의해야 한다.

가방에서 스마트폰을 꺼내 이케다 선생님에게 전화를 건다.

내 전화를 기다렸는지 신호음이 울리자마자 그가 받았다.

"짐 정리는 끝났어?"

"전혀요."

"아직 안 끝났어?"

"경찰서에 갔다가 저녁 먹고 아사코 씨한테 다녀왔더니 시간이 없더라고요."

"그랬구나. 내일 낮에는 나도 그쪽에 도착하니까 천천히 하자."

"네." 이케다 선생님과 얘기하다보니 기분이 점점 차분해진다.

"경찰은 어땠어?"

"괜찮은 것 같아요. 내일 얘기해줄게요."

"알았어."

"바다에도 가고 아주 잠깐 산책도 하고 왔어요."

"내가 함께 가고 싶었는데."

"앞으로 얼마든지 갈 수 있잖아요."

"그렇네. 여기저기 많이 가자."

"네."

"벚나무길은 봤어?"

"어디에 있는데요?"

그 순간, 유리창 깨지는 소리가 방안에 울려퍼진다.

방안에 주먹만한 돌이 데굴데굴 굴러들어온다.

이케다 선생님이 전화기 너머로 뭐라고 말을 하지만 잘 들리지 않았다.

등뒤에서 나를 뒤덮듯 세찬 바람이 불어온다.

바다 냄새가 난다.

뒤를 돌아보니 커튼이 바람에 날아올랐다.

방금 닫았던 창문이 열려 있고, 베란다에 마쓰바라 씨가 서 있었다.

마쓰바라 씨 뒤에는 밤하늘이 펼쳐져 있다.

달이 빛나고, 벚꽃잎이 흩날린다.

바람을 타고 꽃잎이 집안으로 들어온다.

벚나무길은 어디에 있는 걸까?

10

사쿠라를 죽이고, 나도 죽기로 결심했었다.

그런데 사쿠라의 남동생 가즈키가 들어오는 바람에 나는 죽지 못했다.

현관문이 열리고 나서 몇 초간의 일은 잘 기억나지 않는다. 문이 열리고 가즈키가 뛰어들어와 서로 뒤엉켜 싸우는 사이, 나는 손에 들고 있던 식칼을 떨어뜨렸다. 내 손에서도 가즈키의 손에서도 피가 흘렀다. 사쿠라의 피와 섞여 바닥이 붉게 물들었다. 피로 물든 바닥 위에서 가즈키가 내 목을 졸랐고, 나는 의식을 잃었다. 정신이 흐릿해지는 것을 느끼며 나는 눈을 감고 누워 있는 사쿠라의 얼굴을 보고 있었다.

의식이 돌아왔을 때, 나는 아직 붉게 물든 바닥에 쓰러져 있었다.

옆에 있어야 할 사쿠라가 없다.

구급차로 이송된 후였던 것 같다.

여자 경찰관이 서 있었고, 내 손에는 수갑이 채워져 있었다.

사이렌 소리가 들렸다.

창밖도 붉다.

1월에 마쓰모토역 카페에서 만났을 때, 사쿠라는 내가 화장실에 간 사이 사라졌다. 미안해요. 더는 못 견디겠어요. 헤어져주세요라는 메시지를 받은 뒤로 나는 사쿠라를 계속 찾아다녔다. 역 주변에는 없어서 본가와 그 주변까지 가봤지만 사쿠라는 어디에도 없었다. 메신저나 전화로 얘기할 만한 일이 아니라서 답장은 보내지 않았다. 아무튼 사쿠라와 만나서 얘기하고 싶었다.

도쿄로 돌아와 후쿠후쿠도에 가서 원장과 부원장에게 캐물었지만, 가와구치 선생이 있는 곳은 모른다는 말만 들었다. 사쿠라가 가을까지 후쿠후쿠도에서 일했으니 확정신고*에 필요한 급여 및 원천징수세 서류를 보내기 위해서라도 분명 주소를 알 거라 생각했지만, 경찰을 부르겠다고 해 물러나기로 했다. 도망치

---

* 한국의 연말정산과 비슷한 제도.

듯 사라져버린 사쿠라가 잘못한 것이니 경찰을 불러도 상관없지만 일을 크게 만들어서 좋을 게 없다. 또 스토커라느니 하는 소리를 들으면 얘기가 꼬인다. 나는 사쿠라와 만나 우리 둘의 장래를 위해 대화하고 싶을 뿐이지, 스토커 따위가 아니다.

이케다에게 물어보면 알 수 있을지도 모르지만 그것만은 피하고 싶었다. 그가 "안다"라고 하면 나는 충격을 받았을 것이다. 스미요시와 함께 있던 자리에서 만난 이후, 이케다를 용서할 수 없다는 감정이 전보다 더 강렬해졌다. 무조건 이케다가 나쁘다. 그 자식이 없었으면 나는 사쿠라와 계속 사귈 수 있었고, 스미요시와도 절친한 친구로 남을 수 있었다. 이만한 훼방꾼이 또 있을까.

기자키 씨를 또 우연히 만날 수 있을까 생각했지만, 그녀가 어떤 생활을 하고 있는지, 어디에 사는지도 모른다. 후쿠후쿠도는 그만둔 듯하다. 사쿠라가 그만두고 기자키 씨도 뒤따라 그만둔 뒤 나머지 한 명의 접수 직원도 그만둔 모양이다. 고객이 줄었는지 그 앞을 지나다보면 언제나 남자 아르바이트생이 졸린 얼굴을 하고 접수대에 앉아 있었다. 원장과 부원장에게 사쿠라에 대해 물으러 갔을 때도 고객은 한 명도 없었다. 망하기 일보 직전까지 몰아붙이는 데 성공했다.

SNS 계정이 있을 듯해 인터넷에서 기자키 씨를 검색해봤다. 사쿠라의 연락처에 저장되어 있어서 성과 이름을 다 알았다. 찾으려는 SNS는 보이지 않고 노출 사진만 나왔다. 스무 살쯤부터 그런 일을 해왔던 모양이다. 예명으로 활동했지만 본명이 폭로되었다. 성인물 비디오에도 출연해서 오 분 분량의 샘플 영상이 남아 있었다. 긴 다리를 쩍 벌리고 남자 위에 올라타서 소리를 지르고 있다. 스타일이 너무 좋은 탓인지 도리어 인기는 없었던 것 같다. 과도한 강요가 있었던 건지 어느 날 돌연 업계에서 사라졌다. 원래는 패션지 모델을 꿈꾸며 아오모리에서 상경했다고 한다. 그녀는 이제 도쿄에 없을 것이다. 후쿠후쿠도에서 일하는 동안에야 도쿄에 미련이 있었을지 몰라도 이제 자신의 분수를 알았을 거라 생각한다. 화장으로 감추고 있을 뿐 미인이라고 할 얼굴은 아니다. 이런 여자와 사쿠라가 친하게 지냈다고 생각하니 마음속 깊은 곳에서 분노가 끓어올랐다.

여자들은 자신의 연애를 친구에게 일일이 보고한다. 고등학생 때와 대학생 때, 교제하던 여자친구가 아닌 그녀의 친구로부터 비난을 당한 적이 몇 번 있었다. 자기가 옳다는 듯한 얼굴로 와서는 "차갑게 굴지 마" "난폭한 짓은 이제 그만해" 따위의 말을 해댔다. 연애는 둘이서 하는 법이다. 여자친구가 나와 단둘이 있을 때의 일을 친구에게 얘기한 것도, 그 친구의 태도도 용납할 수 없어 이별을 결심했다. 그쪽에서 아무리 "미안해" 하고 사과한들 듣고 싶지도 않다. 사귀고 있다는 사실 정도라면 친구에게

말해도 괜찮다. 나도 사쿠라와 사귀고 있다는 건 스미요시에게
말했다. 그런데 여자들은 그것 말고도 키스나 섹스, 싸운 일까
지 시시콜콜 다 얘기한다. 사쿠라도 기자키 씨에게 내 얘기를 했
을 거라고 생각한다. 다른 사람 앞에서 벌거벗을 수 있는 여자와
무슨 얘기를 했을까. 내 앞에서 사쿠라는 수줍다는 듯 남자에 대
해서는 아무것도 모른다는 얼굴을 했다. 그 모습을 믿었던 나를,
사쿠라는 기자키 씨와 함께 비웃었을지도 모른다.

　회사에는 가지 않고 집안에 틀어박혀 사쿠라의 주변 인물을
계속 조사했다. 다자와 씨에게 전화가 걸려와도 무시했다. 곤노
의 전화도, 가부라기 씨의 전화도 다 무시했더니 인사부에서 편
지가 왔다. 거듭되는 무단결근에 따른 해고를 검토중이라는 내
용이었다. 그 연락에도 답하지 않자 얼마 뒤 그간 회사에서 사용
했던 내 개인 물품이 택배로 도착했다. 내용물을 확인했으나 필
요 없는 것뿐이다. 그걸 챙길 때가 아니므로 그대로 버렸다.

　이케다도 시다카도 가즈키도, 본명으로는 SNS를 하지 않는 듯
했다. 검색해도 아무것도 나오지 않았다. 스미요시가 대학 시절
가입했던 동아리에 대해 찾아봤더니 홈페이지 기록물에 십 년
전의 엠티 사진이 있었다. 거기에는 이케다와 시다카도 찍혀 있
었다. 본명을 드러내지 않고 SNS를 하고 있을지도 모른다. 사진
밑에 참가자 이름이 적혀 있어서 그 동아리 멤버들을 하나하나

검색하고, 그들과 트위터나 페이스북 또는 인스타그램으로 연결
된 지인들 가운데 이케다나 시다카로 보이는 인물이 있는지 계
속 알아봤다. 하지만 비슷한 인물은 발견할 수 없었다. 그걸 알
아보며 스미요시에 대해 생각했다.

　서로 미워하고 때로는 무시하더라도 스미요시와는 친한 친구
로 남고 싶었다. 그날 스미요시가 이케다가 아니라 내 편을 들어
줬더라면 이렇게 되진 않았을 테다. 나를 막을 수 있는 건 스미
요시뿐이다. 중학교 1학년 때 처음 만났을 때부터 그랬다. 지고
싶지 않다는 마음의 저변에는 언제나 스미요시에 대한 강렬한
동경이 있었다. 성적도 우수하고 운동도 잘하며 친구도 많은데
다 가족과도 사이가 좋다. 늘 밝고 나에게 다정한 스미요시처럼
되고 싶었다. 집에 놀러가보면 그 좁은 방에 가족이 늘 함께 있
어서 부러웠다. 스미요시의 남동생과 여동생은 나를 만나면 언
제나 형제처럼 대해줬다. 특히 여동생은 "우리 오빠한테는 비밀
이야" 하며 나에게 이런저런 얘기를 해줬다. 순수한 어린아이였
던 그애가 중학생이 되고 고등학생이 되고, 여자가 되어버린 건
너무나 유감스럽다. 다른 친구 때문에 화가 나고 여자들에게 부
아가 치밀어도, 스미요시에게는 미움받고 싶지 않다고 생각하면
스스로를 억누를 수 있었다.

　오직 스미요시가 나의 양심이었다.

이케다와 시다카에 대해서는 아무리 검색해도 대학생 시절의 사진 말고는 후쿠후쿠도나 시다카가 근무하는 회사의 홈페이지밖에 나오지 않았다. 거기도 쓸 만한 정보는 없었기에 대신 가즈키에게 초점을 맞췄다. 가즈키는 대학을 졸업할 때까지 유도를 한 듯했다. '가와구치 가즈키'로 검색하자 시합 기록이 꽤 나왔다. 고등학생 시절, 나가노현에서 유명한 선수였던 모양이다. 가즈키가 다닌 고등학교 홈페이지에는 시합 당시의 사진이 남아 있었다. 머리를 바짝 깎고 시합중인 가즈키를 응원하는 관중 사이에서 사쿠라를 발견했다. 아직 대학에 다니던 무렵일 테다. 머리는 지금보다 길고, 흰색 티셔츠를 입고 있다. 웃는 얼굴로 응원하는 모습이 앳되어 보였다. 그 사진을 본 것만으로도 참을 수 없을 만큼 사쿠라가 그리워 하루종일 컴퓨터 앞에만 앉아 있다. 배가 고프면 잠깐 편의점에 가는 게 전부다. 낮인지 밤인지도 구분이 안 되고 날짜 감각도 없어졌다. 마지막으로 마쓰모토에서 사쿠라와 만나고 한 달도 지나지 않았지만 벌써 몇 년이나 만나지 못한 듯한 기분이 들었다. 커튼을 친 어두운 방에서 사진 속 사쿠라를 하염없이 바라보았다.

후쿠후쿠도의 홈페이지에도 들어가서 사쿠라의 사진을 모았다. 내가 글을 게시한 후기 사이트에는 삭제 요청을 했는데도 여전히 사쿠라의 알몸 사진이 남아 있었다. 대응이 늦은 건 신경쓰였지만 아직 사진이 남아 있어 다행이었다. 기자키 씨가 출연한 성인물 비디오보다 훨씬 흥분된다. 한동안은 사쿠라의 사진만 보았다.

그러는 틈틈이 가즈키에 관한 검색을 계속했다. 함께 대학 유도부에 있던 녀석의 트위터 팔로워 중에서 가즈키로 추정되는 인물을 발견했다. 계정 프로필에는 가타카나*로 가즈키라고만 적혀 있었다. 처음에는 친구랑 밥 먹으러 간 일이나 여자친구와 여행 간 일을 적곤 했지만 금세 질렸던 모양이다. 가끔 친구와 연락을 주고받는 정도로만 사용하는 건지, 일 년 전쯤부터는 아무것도 쓰지 않았다. 가즈키라는 이름을 가진 사람은 전국에 몇 천 명이나 있을 것이다. 확신할 순 없었지만 나는 계속 탐색했다. 팔로우 목록에 같은 회사에서 일하는 녀석이 몇 명 있었다. 과거에 주고받은 글로 봐서는 가즈키의 직장 동료인 듯하다. 그 녀석들의 트윗을 읽어가며 페이스북을 살펴보고 인스타그램도 뒤졌더니 나온 회사의 바비큐 모임 사진에 가즈키가 찍혀 있었다. 이걸로 가즈키의 회사를 알 수 있었다.

명함을 받았으니 시다카의 회사도 알고 있다. 하지만 그저 남

---

* 고유명사, 한자음, 외래어, 의성어, 의태어 등을 표기할 때 주로 사용하는 일본의 문자.

에 불과한 시다카가 앞으로도 반드시 사쿠라와 접촉하리라는 보장은 없다. 사쿠라와 시다카가 얼마나 친한 사이인지는 모르지만, 둘이 친구가 된 건 나와 사쿠라의 첫 이별 이후일 것이다. 사쿠라의 스마트폰에서 남자 연락처를 삭제하면서 시다카라는 이름은 보지 못했다. 그 둘은 친구로 지낸 시간이 짧으니 한동안 안 만날지도 모른다. 두 번 다시 만나지 않을 가능성도 있다. 게다가 시다카의 경우, SNS로 행동을 추적하는 정도라면 괜찮아도 직접적으로 쫓을 순 없다. 직접 쫓았다가 들키기라도 하면 스미요시의 귀에 들어갈지도 모른다. 스미요시가 나를 막아주길 바라는 마음이 있는 한편, 녀석을 만나고 싶지 않다는 생각도 든다.

동생인 가즈키는 언젠가 반드시 사쿠라와 만날 것이다. 가족인 이상 평생 만나지 않을 순 없다. 나 역시 두 번 다시 만나고 싶지 않았던 조부모를 새해에 만났다. 가즈키를 쫓으면 사쿠라가 있는 곳을 알 수 있다.

오랜만에 밖으로 나와서 가즈키의 회사 앞으로 갔다.

회사는 도심부의 고층 빌딩 안에 있다. 건물 전체가 가즈키의 회사는 아니고 그중 세 층을 임대해 쓰고 있다. 이른아침부터 밤 늦게까지 많은 사람들이 빌딩에 드나든다. 입구도 여러 개라 가즈키를 찾기가 상당히 어려웠다. 그를 찾기까지 열흘 가까이 걸렸다.

매일 가즈키의 회사에 망을 보러 갔던 건 아니다. 마쓰모토에 있는 사쿠라의 본가도 보러 갔다. 집 앞에만 내내 있을 순 없기에 근처를 배회했다. 사쿠라가 다녔을 초등학교와 중학교에도 갔다. 중학교 교정은 무척 넓어서 야구부와 축구부가 연습을 해도 공간이 남았다. 하교하는 여자애들 중에 사쿠라와 비슷한 분위기의 아이가 있어 물끄러미 쳐다보게 되었다. 사쿠라와 중학교 동급생으로 만났다면 얼마나 즐거웠을까? 자연스레 서로에게 이끌려 교제를 시작하고, 둘이서 등하교를 함께하는 공식 커플이 된다. 늘 함께하며 같은 고등학교에 가기로 약속한다. 싸움 한번 하지 않고 쭉 사귀면서 사춘기의 모든 고민을 서로 나누며 어른이 되어 결혼한다. 사쿠라는 다른 남자는 쳐다보지도 않고 무조건 내 말을 듣는다. 나만의 사쿠라로 있어줄 것이다. 그게 사쿠라에게도 가장 행복한 인생이다.

본가를 지켜보았지만 사쿠라는 집에 없는 듯했다. 드나드는 건 부모와 고양이뿐이다. 집안에 있을지도 모른다고 생각했지만, 만약 그렇다면 틀림없이 만났을 것이다. 연말에 마쓰모토에 갔을 때도 내가 본가 앞에 도착하자마자 사쿠라가 귀가했다. 그보다 더 이전인 어느 일요일에도 그랬다. 사쿠라가 살던 다세대주택 근처 산책로에 내가 있는데 사쿠라가 왔다. 약속도 하지 않

있는데 우연이 거듭되고 있다.

　도쿄로 돌아와 가즈키의 행동을 계속 지켜보았다. 가즈키는 주로 전철역에서 가까운 쪽의 건물 출입구를 이용했다. 하지만 다른 쪽으로 나올 때도 있는 듯하다. 전철역 쪽 출입구 맞은편에 있는 패밀리레스토랑에서 줄곧 지켜보았는데도 가즈키가 그쪽으로 나오지 않은 채 하루가 끝난 적도 있었다. 일하느라 늦어질 때도 많은지 새벽 두세시가 되어서야 회사를 나와 택시를 타고 돌아갔다. 패밀리레스토랑에서 나와 택시로 뒤쫓으려 해도 따라갈 수 없었다. 내 존재를 가즈키에게 들켜선 안 된다. 드라마나 영화에서처럼 요란하게 택시에 올라타 "앞 차 따라가주세요!" 같은 건 할 수 없었기에, 조심스레 택시에 타서 기사에게 횡설수설하는 사이 따라가야 하는 차를 놓쳤다. 가즈키는 퇴근길에 동료나 친구와 술을 마시러 가기도 했다. 주점 안까지 따라갈 순 없어서 뒤쫓는 걸 포기했다. 어디에 사는지를 좀처럼 알 수 없었다. 가즈키의 집에 사쿠라가 있을지도 모른다. 그녀가 없더라도 집을 알면 회사 앞에서 망을 볼 필요가 없다.

　이 주일이 지났을 무렵 마침내 집을 알아냈다. 드물게 정시에 퇴근한 가즈키의 뒤를 밟았다. 가즈키의 집도 내 아파트와 사쿠라가 살았던 다세대주택이 위치한 세타가야에 있었다. 우리집에서 회사보다는 가까워 망보러 가는 건 편했지만, 이곳도 한군

데서만 계속 지켜볼 순 없다. 주택가라 주위에는 카페도 패밀리 레스토랑도 없었다. 주말 아침에만 보러 가기로 했다. 평일에 가즈키는 하루종일 회사에 있으니 사쿠라를 만날 수 있을 리 없다. 가즈키가 없을 때 집안의 불이 켜지는 일도 없었던 것으로 보아 사쿠라는 그곳에 없을 것이다.

주말에 다시 가기로 마음먹고 오랜만에 달력을 들여다보았다. 마쓰모토에 간 횟수와 가즈키의 회사에 간 횟수로 며칠이 지났다는 건 대강 알았지만, 오늘이 몇 월 며칠이고 무슨 요일인지는 생각도 하지 않았다. 3월 중순이다. 마쓰모토에서 사쿠라와 마지막으로 만나고 두 달이 지났다.

토요일 아침, 가즈키의 집으로 갔다. 다세대주택 앞에만 계속 있으면 수상한 사람이라는 소리를 들을 것 같아 주변을 계속 걸어다녔다. 가즈키와는 두 번 만난 적이 있다. 사쿠라와 녹지대 산책로에서 우연히 만났을 때 가즈키가 왔다. 마쓰모토의 본가 앞에서 사쿠라와 만났을 때는 그 옆에 가즈키가 있었다. 그쪽도 내 얼굴을 기억하고 있을 것이다. 모퉁이를 돌 때는 주의를 기울여 우연히 맞닥뜨리지 않도록 조심했다. 그렇게 얼마간 걷고 있는데 집에서 나온 가즈키의 뒷모습이 보였다. 그는 역으로 향해 전철을 타고서 도쿄역까지 간 뒤 신칸센을 탔다. 나도 신칸센의 자유석 승차권을 사서 뒤따라갔고, 열차의 연결 통로에서 상황을 살폈다. 시나가와에서 여자친구나 친구가 합류해 어딘가를 가는 건가 했는데 가즈키는 혼자였다. 시즈오카현으로 진입하는 지점에서 기존 철도 노선으로 갈아타고 바닷가 마을 쪽으로 향했다. 개찰구를 나갔더니 사쿠라와 아버지가 있었다. 세 사람은 역 앞 부동산으로 들어갔다. 뒤를 밟는 건 거기까지 해두고 나는 도쿄로 돌아왔다.

오랜만에 사쿠라를 만나 잘 지내는 듯한 얼굴을 볼 수 있어 안심했다. 나도 기운을 차릴 수 있었다. 감퇴했던 식욕도 수면욕도 원래대로 돌아왔다. 얼굴을 보면 용서할 수 없는 기분이 들 것 같았는데, 사쿠라가 있는 곳을 알았다는 안도감이 더 컸다.

부동산에 간다는 건 사쿠라가 살 집이 아직 정해지지 않았다는 뜻이니 다른 날에 다시 만나러 가면 된다. 가즈키나 아버지가 이사하는 건 아닐 테다. 가즈키가 일하는 회사에 대해서는 이미 알아봤다. 시즈오카현에는 지사도 없고 관련된 업체도 없다. 그가 시즈오카로 전근한다는 가능성은 극히 낮다. 이직도 아닐 거라 생각한다. 도심부에 본사가 있는 그럭저럭 괜찮은 회사에서 아침부터 밤늦게까지 일을 하는데, 그걸 그만두고 시즈오카로 갈 리 없다. 사쿠라 아버지의 직장은 모르지만, 아버지가 시즈오카로 전근하는 것도 아니라고 생각한다. 만약 아버지의 전근으로 집을 구하는 거라면 가즈키나 사쿠라보다 어머니가 동행하겠지. 아버지와 가즈키와 사쿠라, 이 세 사람이 함께 방을 구하고 있는 걸 보면 시즈오카에 살 사람은 사쿠라다. 그 동네에 사는 것이 확실하니 급하게 뒤를 쫓지 않아도 될 것 같았다.

다른 동네라면 사쿠라가 좀더 떨어진 곳에 가서 살게 될지도 모른다고 생각했을 것이다. 하지만 그곳은 특별한 장소다. 내가 어릴 적 부모님과 갔던 바다 근처다. 산도 있고 강변을 따라서는 벚나무길이 있다. 사쿠라의 집에 갔을 때, 여름휴가로 함께 가자고 얘기한 적이 있었다. 그곳이 어딘지 구체적으로 알려주기도 전에, 사쿠라는 헤어지고 싶어라는 메시지를 보내왔다. 그러니 사쿠라는 그 동네가 그때 내가 말했던 곳임을 당연히 모를 것이다. 그런데도 그곳을 살 곳으로 선택하다니, 운명이라고 생각할 수밖에 없다. 어디를 가더라도 사쿠라와 나는 서로 만나도록 신에게서 의무를 부여받은 것이다.

집으로 돌아와 오랜만에 청소를 하고, 길게 자란 머리를 자르러 미용실에 갔다가 역 맞은편의 캐주얼한 프렌치 레스토랑에서 식사를 했다. 처음 사쿠라와 단둘이 만나 내가 고백했던 곳이다. 샴페인을 마시며 고백하던 일을 떠올렸다. 그때와 같은 요리를 먹고 돌아와 인터넷에서 수집해 컴퓨터에 저장해둔 사쿠라의 사진을 감상한 다음 잠자리에 들었다. 깊은 잠을 잤다가 일어났을 때는 아침이었다.

회사에서 개인 물품을 보내온 뒤에도 다자와 씨와 곤노와 가부라기 씨에게서 몇 번인가 전화가 왔었다. 인사부에서 퇴사 절차를 밟으라는 통지서도 보내왔지만 계속 무시했다. 내가 잘린 건 자명하다. 그래도 상관없다. 줄곧 그만두고 싶었던 회사였고, 나도 시즈오카로 갈 테니까. 시즈오카에서 사쿠라를 다시 만나 새로 시작할 것이다.

청소를 하고 깨끗해진 방에서 상쾌함을 느꼈다.

새해에 메시지를 보낸 이후, 어머니로부터는 연락이 없었다. 원래도 어머니가 먼저 연락을 해왔던 적은 손에 꼽을 정도로 적다. 항상 내가 만나러 갔고, 메시지를 보냈고, 전화를 걸었다. 이대로 내 쪽에서 연락하지 않는다면 어머니로부터는 아무 말도 없을 것이다. 어머니에게 말하지 않고 시즈오카에 가기로 결심했다. 사쿠라와 서로 사랑하며 살아갈 나에게 어머니의 애정은 불필요하다.

이사하고 스마트폰을 해지하면 과거의 나는 사라진다. 다자와 씨도 곤노도 가부라기 씨도 인사부 직원도, 그 누구도 나에게 연락할 수 없다. 사쿠라를 찾기 위해 가즈키를 뒤쫓기로 결심했을 때만 해도 가족의 연은 좀처럼 끊어지지 않는 것이라고 생각했다. 하지만 고작 이사하고 스마트폰을 해지하는 것으로 어머니와 만날 일이 더는 없어지기도 한다. 나에게 연락이 끊기면 곤란한 사람은 스미요시뿐이었다. 녀석의 연락을 1월 중순부터 두 달 동안 기다렸다. 하지만 스미요시는 어떤 메시지도 보내오지 않았고 전화도 하지 않았다.

내가 지낼 집을 구하고 싶기도 했고, 사쿠라가 어떻게 지내는지도 알고 싶어서 시즈오카로 향했다. 역 앞의 부동산 중개업소를 보고, 바닷가까지 걸으며 상점가와 주택가를 둘러보았다. 어릴 적에 부모님과 왔을 때보다 가게도 집들도 많아졌다. 바다 근처에는 새 리조트 호텔도 생겼다. 처음 와보는 거리 같았지만, 강변의 벚나무는 그대로다. 꽃봉오리가 부풀어 이제 곧 꽃이 피려는 참이다. 사쿠라는 제 이름대로 벚꽃을 좋아해 세타가야에서 살던 집 앞에도 벚나무길이 있었다. 사쿠라에게 이 동네가 어울린다는 생각을 하면서 역으로 이어지는 길을 걷고 있는데 마사지숍에서 보았던 남자가 나타났다.

이케다였다.

하늘이 어두워지고 있어 그는 나를 알아채지 못했다. 이케다는 스마트폰으로 통화하면서 역 쪽으로 걸어간다. 대화 내용이 다 들리진 않지만 가와구치 선생님, 이사, 다세대주택이라는 단어만 들려왔다. 전화 상대는 사쿠라다. 이케다와 사쿠라 둘이서 이 동네로 이사하는 것이다.

용서할 수 없다는 감정이 단숨에 강렬해졌다.

아무리 분노가 끓어올라도 사쿠라를 믿으려고 했다. 이케다가 아니라 나를 선택해주리라 생각했다. 그럼에도 사쿠라는 이케다를 선택했다. 다른 남자에게 빼앗기고 싶지 않다든가, 나를 선택해줬으면 좋겠다든가, 그런 이유로 화가 난 게 아니다. 실수를 반복하는 사쿠라를 용서할 수 없다. 사쿠라를 행복하게 할 수 있는 사람은 나뿐이다. 왜 그걸 모르는 걸까?

그렇게 생각하니 내 인생을 망친 건 사쿠라가 아닐까 하는 기분이 들기 시작했다. 사쿠라를 만나기 전에는 어머니와의 관계도 좋았고, 스미요시와도 절친으로 즐겁게 지냈으며, 회사에서도 잘릴 정도의 문제를 일으킨 적은 없었다. 사쿠라와 만나지 않았다면 내 인생은 순조로웠을 것이다. 하지만 사쿠라를 만나지 않는 인생은 생각할 수 없다. 나와 사쿠라 사이를 훼방 놓는 이케다가 나쁜 놈이다.

그러고서 나는 이케다를 쫓고, 가즈키를 쫓고, 사쿠라를 쫓아, 도쿄와 마쓰모토와 시즈오카를 계속 오갔다. 사쿠라가 어디에 사는지만 알면 되지만 그녀만 쫓으면 위험하다는 느낌이 들었다. 도쿄에서 가즈키가 근무하는 회사를 지켜볼 때는 많은 사람 속에 뒤섞일 수 있었다. 마쓰모토나 시즈오카에서는 그렇게 할 수 없다. 그래서 쫓는 대상을 분산시킴으로써 그들이 알아채지 못하도록 했다. 사쿠라와 둘만의 대화를 나누고, 나도 시즈오카로 이사올 거라고 전할 수 있으면 그걸로 충분하다. 하지만 늘 누군가와 함께라서 사쿠라가 혼자 있는 일은 없었다.

세 사람의 행동을 지켜보며 이케다와 사쿠라가 같은 주택의 옆집에 살게 된다는 사실을 알았다.

두 사람이 살 다세대주택을 보러 사쿠라와 그 아버지와 가즈키가 부동산 중개업자와 왔을 때도, 사쿠라의 부모와 이케다 셋이 왔을 때도, 나는 일층 복도의 구석에 있었다. 이층 복도에서 말하는 소리가 전부 또렷하게 들렸다. 계단을 내려오는 발소리가 들리면 난간을 뛰어넘어 주택부지에서 멀리 떨어져 얼굴을 마주치지 않도록 했다.

3월 말, 벚꽃이 피기 시작할 무렵 사쿠라가 이사왔다.

다세대주택 앞에 서서 두 사람이 이사오기를 기다리는데, 사쿠라와 가즈키가 탄 트럭이 도착했다. 나는 곧장 그 자리를 떠났다. 한 시간쯤 지나 돌아왔더니 트럭은 가고 없었다. 사쿠라와 가즈키도 집에 없는 듯하다. 정말 없는지 확인하기 위해 다세대주택 옆집의 담장으로 올라가 담장 밖으로 불거져나온 나뭇가지를 발판삼아 사쿠라의 옆집 베란다로 들어갔다. 이케다의 집이다. 평일 대낮이었기에 주택가를 거니는 사람이 별로 없어서 누구에게도 목격되지 않았다. 이케다는 아직 이사를 오기 전이었다. 베란다에는 칸막이벽이 설치되어 있지만 몸을 쑥 앞으로 내

436

밀면 옆집이 보인다. 사쿠라의 집은 커튼이 닫혀 있어 안이 보이지 않지만 인기척은 없었다. 짐 정리는 나중으로 미루고 어딘가 나갔을 테다. 그대로 베란다에 웅크리고 앉아서 사쿠라가 돌아오기를 기다렸다.

어떻게든 좋게 생각하고 싶어도 자꾸 나쁜 일만 떠올리게 된다. 며칠 내로 이케다도 이사를 올 것이다. 그러면 사쿠라의 감정은 이케다의 통제에서 벗어날 수 없게 된다. 나는 어떻게 해야할까? 사쿠라를 위해 막아야만 한다. 이케다 따위와 함께 있어봐야 사쿠라는 행복해질 수 없다. 누적된 피로 때문인지 그런 생각을 하는 사이 나는 잠들어버렸다.

눈을 떴을 땐 밤이었다.

옆집을 들여다보니 사쿠라와 가즈키가 집에 돌아와 있었다. 창문과 커튼을 열고 짐을 풀고 있다. 가즈키가 집을 나가자 사쿠라는 창문과 커튼을 닫았다. 사쿠라와 단둘이서 얘기할 수 있는 마지막 기회다. 가즈키는 가벼운 차림으로 나갔으니 금방 돌아올 것이다. 현관으로 돌아갈 시간이 없다. 가즈키가 건물 앞을 지나가는 모습을 확인하고 나는 베란다 난간에 올라가 떨어지지 않게 조심하며 사쿠라의 집 베란다로 들어갔다. 에어컨 실외기 밑에 주먹보다 조금 작은 돌멩이가 있었다. 실외기 아래 틈새를 메우기 위해 놓아둔 듯하다. 그걸 던져서 유리창을 깨뜨렸다. 깨진 틈으로 손을 넣어 잠금장치를 풀고 창문을 열었다.

전화로 누군가와 얘기하던 사쿠라가 내가 온 것을 알아채고 뒤를 돌아보았다.

그 순간, 죽이기로 결심했다.

한참 전부터 "죽고 싶다"라고 생각하고 있었다.

그러기 전에, 나에게 이토록 깊은 상처를 준 사쿠라도 죽이고 싶었다.

그렇게 하지 않으면 그녀를 용서할 수 없다는 이 기분이 가라앉지 않는다.

마사지숍의 후기 사이트에 사쿠라의 알몸 사진을 올렸을 때처럼 욱하는 마음으로 그렇게 생각한 것이 아니다. 머릿속은 아주 맑다고 느낄 만큼 냉정했다. 마음도 차분했다. 아무리 생각해도 그보다 나은 결론은 없는 것 같았다. 시야가 또렷해지고 주위가 자세히 눈에 들어왔다.

좁은 방 맞은편에 작은 주방이 있었다. 그곳에 놓인 이삿짐 상자가 열려 있고, 헝겊에 싸인 가늘고 기다란 물건이 들어 있었다. 식칼이 아닐까 싶어 열어봤더니 내 예상대로였다.

전화를 끊고 자리에서 일어난 사쿠라가 현관으로 도망치려 했다. 그 팔을 잡고, 목을 벴다. 피가 단번에 뿜어져나왔고, 사쿠라는 의식을 잃었다. 그러나 아직 살아 있을지도 몰라 심장 부근을 몇 차례 더 찔렀다. 움직임이 멎은 사쿠라의 손을 놓고 나도 죽으려고 생각한 찰나에 가즈키가 돌아왔다.

구급차가 도착했을 때, 사쿠라는 이미 때를 놓친 모양이었다. 이송된 병원에서는 사망을 확인했을 뿐이다.

이곳은 좁고, 어두컴컴하고, 아무것도 없다.
창문이 있지만 열리지도 않고, 불투명 유리라 바깥 날씨를 제대로 알 수 없다.
식사는 형편없다.
견디기 힘든 생활이지만 평온함 같은 것을 느낄 때도 있다.
누군가의 눈을 신경쓰거나, 누군가와 비교하지 않아도 된다.
면회하러 온 할아버지와 할머니도, 어머니도, 스미요시도 울고 있었다. 다자와 씨만 기쁜 듯 웃고 있었다. 웃어도 추녀는 추녀다. "싫으면 죽이면 돼요"라고 말한 사람이 다자와 씨였다는 게 생각났다. 할아버지와 할머니는 건강이 나빠졌는지 두 번 오더니 더는 오지 않았다. 어머니는 한 차례 찾아와 울면서 "변호사님한테 부탁할 테니 걱정하지 마, 괜찮을 거야"라고 말한 것으로 끝이었다. 눈물을 흘리는 게 어머니로서의 의무였을 것이다. 어머니 애인의 소개로 나와 동갑이라는 남자 변호사가 왔지만 입을 열 기분이 들지 않았다. 그의 얘기에 따르면 이 사건은 '스토커 살인'이라 불리며 뉴스가 되었다고 한다. 이케다가 사쿠라의 약혼자로서 법 개정의 필요성을 호소하며 나에게 사형을 내릴 것을 요구하고 있다고 한다.

처음 후쿠후쿠도에 갔을 때는 이케다가 내 담당 마사지사였다. 그를 보자마자 웃는 얼굴이 기분 나쁜 녀석이라고 느꼈다. 언제나 잘 웃고 다정하다는 평 따위를 듣는 녀석은 무슨 생각을 하고 있는지 알 수 없다. 마음속으로는 누구보다 잔혹한 일을 생각하기도 한다. 이케다의 미소는 그런 유형의 미소로 여겨졌다. 사형을 요구한다는 건 나의 죽음을 바라고 있다는 뜻이다. 누군가의 죽음을 아무렇지 않게 바랄 수 있을 만한 녀석이라는 것이다. 어지간한 이유가 없으면 사람 하나 죽인 정도로는 사형이 선고되지 않는다. 사형을 받아도 상관은 없지만, 이케다의 바람을 들어주기는 싫다.

그리고 사쿠라의 약혼자는 이케다가 아니라 나다.

사쿠라보다 이케다를 죽여야 했다.

그런 별거 아닌 얘기를 했을 뿐인데 변호사도 곧 발길을 끊었다.

스미요시만 몇 번이고 와준다. 사쿠라를 지금도 사랑하고 있고, 지금도 여전히 죽고 싶다고 얘기하면 스미요시는 꼭 운다.

그 눈물에 구원받은 기분이 들었다.

좀더 빨리 나를 만나러 와서 울어줬다면 좋았을 것이다.

그랬다면 사쿠라를 죽이지 않고 끝났을 텐데.

하지만 사쿠라를 죽인 것을 후회하지 않는다.

언제든 나는 옳다.

밤이 되고 전등이 꺼져 잠을 청하려고 하면, 지금껏 살아온 인생을 떠올리게 된다.

유치원에 들어가기 전의 일은 거의 기억나지 않는다.

그때를 생각하면 나를 감시하는 부모님과 조부모의 노려보는 듯한 눈빛만 떠오른다.

집에서 조금 먼 거리에 있는 유치원으로 통원 버스를 타고 다녔다. 흰색 셔츠에 감색 반바지 원복을 입고, 겨울에는 그 위에 감색 재킷을 입는다. 유아교육의 인지학습에 주력하는 곳이라 밖에 나가서 노는 것보다 교실에서 수학이나 국어를 공부하는 걸 우선했다. 영어 수업도 있었다. 초등학교 입학 전에 1학년생이 배우는 수준은 할 수 있어야 했다. 머리가 좋은 아이는 곱셈까지 할 수 있었다. 나는 뒤처지는 아이였다. 아무리 시간이 흘러도 글자를 완벽히 쓰지 못했고, 덧셈 뺄셈도 못했으며, 외국인 선생님 앞에서는 입을 다물어버렸다. 같은 반 아이들이 유치원 마당에 나가서 노는 동안에도 나는 홀로 교실에 남았다. 모두가 즐거워 보이는 모습을 멀리서 바라보았다. 운동이나 음악에도 서툴렀고, 같은 반 친구와 친해지지도 못했기에 놀이 중심의 유치원에 다녔다면 훨씬 더 겉돌았을 것이다.

유치원에 들어가기 전, 내게는 친구가 없었다. 직장인이었던 어머니는 나를 공원에 데려가지 않았다. 할머니도 동네 사람과 교류하는 법이 없었다. 집에서 무얼 했는지 잘 생각나지 않지만, 밖에 거의 나가지 않았던 건 분명하다. 유치원에 다니면서 처음으로 동갑내기 아이를 만났다. 하지만 입학했을 때 이미 엄마들의 무리가 만들어져 있었고 그에 따라 아이들의 무리도 형성되었다. 친구 사귀는 법 같은 건 아무도 가르쳐주지 않았다. 어떻게 하면 무리에 들어갈 수 있는지 알지 못했고, 낙오자였던 나는 졸업할 때까지 외톨이였다.

여섯 살 가을부터 할머니 손에 이끌려 사립 초등학교 입시학원에 다녔다. 그러나 그 학교에는 떨어졌다. 대학까지 별도의 입학시험 없이 자동으로 진학할 수 있는 명문 학교에 들어가기를 할머니도 어머니도 기대하고 있었다. 나는 그 기대를 저버렸다.

입학에 실패한 이후 할머니와 어머니는 "네 아버지처럼 되거라" 하고 집요하게 말하기 시작했다. 명문 사립학교에 진학하지 못했으니 국립대에 들어가지 않는 이상 역전은 불가능하다. 아버지는 아무 관심이 없어 보였다. 애초에 아버지는 나에게 관심이 없었다. 유치원 운동회에도, 초등학교 참관수업이나 학예회에도 전혀 오지 않았다. 아버지랑 캠핑을 하러 간다는 같은 반 친구가 부러웠지만 그 마음을 겉으로 드러내지 않기 위해, 바쁘게 일하는 아버지를 누구보다 존경하는 나의 모습을 만들어냈다.

초등학교에 들어가서도 공부를 못하는 건 여전했다. 유치원 때부터 사립 초등학교 입시학원 외에도 피아노 학원과 바이올린 학원과 수영 교실에 다녔다. 그러나 어떤 것도 특기라고는 말할 수 없었고, 아무리 시간이 흘러도 실력은 향상되지 않았다. 노력하고 또 노력해서 간신히 보통 수준으로 해낼 수 있었다. 친구를 사귀는 건 아무리 시간이 지나도 어려웠다.

고급 주택가 안에 있어도 공립 초등학교에는 다양한 학생들이 다녔다. 역 주변 상점가의 아이들은 부잣집 아이가 아니다. 우리 학년에서 가장 덩치가 크고 으스댔던 녀석은 역 앞 전자제품점의 아들이었다. 그 가게에는 최신 게임이 발매일보다 먼저 들어오는 모양인지 그걸로 유세 떨듯 말하곤 했다. 하지만 그것 말고는 내세울 게 없는, 망하기 일보 직전 같은 가게였다. 실제로 우리가 초등학교를 졸업한 해에 그 가게는 망했고 가족이 모두 이사를 갔다. 나는 5학년이 될 때까지 학급 남자애 가운데 제일 작왔다. 얌전히 눈에 띄지 않으려고 했는데도 결국 그 아이 눈에 찍히고 말았다. 그애는 아무 행동도 하지 않은 나에게 더럽다는 둥 냄새난다는 둥 같은 말을 했고, 피구를 할 때는 일부러 내 얼굴에 공을 던졌으며, 체육 수업이나 학급 활동에서 모둠을 만들 때마다 나를 따돌렸다. 5학년이 되고 키가 자라자 아래쪽도 성장하는 거 아니냐며 화장실에서 내 바지와 팬티를 강제로 벗겼다. 동급생들에게 신체를 제압당하는 동안, 어른이 된다는 건 수치스럽고 창피한 것이구나 생각했다. 졸업하자마자 그애가 이사간다는 걸 그때는 알지 못했기에 기필코 사립 중학교에 진학해서 아버지처럼 되겠다는 마음을 강하게 키웠다.

괴롭힘을 당하고 있다는 사실을 가족에게는 말하지 못했다. "학교는 어떠니?" 하고 아버지가 물으면 "친구도 많고 공부도 재미있어요" 하고 거짓말을 했다. 칭찬받고 싶어서 아버지에게 거짓말을 하게 된 건 이 무렵부터다.

"죽고 싶다"라고 처음 생각한 것도 이 무렵이다.

초등학교 4학년을 앞둔 봄방학부터 나는 전철로 두 정거장 떨어진 곳의 중학교 입시학원에 다녔다. 잘할 기미가 보이지 않는 분야의 사교육은 전부 그만두고 입시 공부에만 집중했다. 일주일에 나흘은 학교가 끝나면 곧장 학원으로 가서 늦게까지 공부했다. 중학교 입시학원은 성적순으로 반이 나뉘었다. 제일 아랫

반은 학원에 놀러오다시피 하는 멍청이들뿐이다. 전자제품점 아들이랑 비슷한 분위기의 뚱보가 그 반을 주름잡고 있었다. 학교에서와 달리 성적만 좋으면 그곳에서 빠져나올 수 있다. 4학년 초반에는 제일 아랫반이었지만 서서히 성적을 올려나갔다. 할머니와 어머니에게 듣는 말만으로는 충분히 노력할 의지가 생기지 않았다. 저 자식이랑 함께 있고 싶지 않다든가 지고 싶지 않다고 생각하면 비로소 스스로도 믿기 어려울 만큼 노력할 수 있었다. 5학년 여름에 최상위권 반이 되었고 그후 상위권을 유지했다. 그 학원에서는 매주 자리를 바꿨다. 일요일에 시험을 보고 다음날 월요일에 성적순으로 1등부터 순서대로 앉는다. 1등이 맨 앞의 정중앙 자리다. 좌석표에 점수까지 적히기 때문에 1, 2점을 다투며 서로를 견제하긴 해도 학교에서 나를 괴롭히던 아이들 같은 난폭함은 없다. 오로지 공부만 하려고 다니는 것이라, 상위권 반에서는 타인에게 마음을 쓸 시간도 없었다. 혹여 아이들의 눈에 띄더라도 괴롭힘을 당할 걱정은 없다. 상위권에 들어가 앞쪽에 앉을 수 있게 되자 우월감을 느꼈다.

할머니와 어머니가 바랐던 사립 남학교에 합격했다. 아버지의 모교이기도 한 그곳은 들어가기 어렵기로 소문난 입시 명문이다. 아버지가 기뻐해주리라 기대했으나 "그래"라는 대답이 다였다. 그때 처음으로 아버지한테 인정받고 싶다는 마음을 의식했다. 아버지와 똑같은 대학에 들어가고, 똑같이 정치부 신문기자가 되는 것이 나의 진정한 목표가 되었다. 그것 말고는 아버지가 나를 보게 할 방법이 생각나지 않았다.

나는 다른 아이들보다 성장기가 조금 빨랐던 탓에 초등학교를 졸업할 무렵에는 반 평균 신장보다 조금 더 큰 정도였다. 그런데도 괴롭힘에 대한 경계심은 있었다. 친구와 잘 지내지 못하는 성격은 유치원 시절부터 변함이 없었다. 초등학교에서도 학원에서도 친구는 생기지 않았다. TV는 할머니가 허락한 범위 안에서만 볼 수 있었고, TV 게임도 금지라서 다른 아이들이 하는 얘기가 무슨 의미인지 이해하지 못했다. 애초에 나는 사람들의 대화 흐름에 장단을 맞추지 못했다. 대화의 어디쯤에서 끼어들어야 좋을지 망설이는 사이에 화제가 바뀌어 줄곧 입을 다물게 된다. 수영 교실에 다닌 덕분에 운동을 전혀 못하는 건 아니었지만 축구나 농구 같은 팀플레이는 여전히 서툴렀다.

중고등 통합학교로 육 년을 다녀야 하기에 괴롭힘을 당하지 않도록 조심하자고 생각하며 입학식에 갔다. 교실에는 나와 비슷한 느낌의 남자애들이 모여 있었다. 긴장 속에서 모두가 겁을 먹은 것처럼 보였다. 내 주변에는 중학교 입시를 준비하는 애들이 많아서 그리 특별한 일은 아니었지만 어느 집이나 똑같은 건 아닐 것이다. 저마다의 이유로 집 근처 공립학교에 갈 수 없었던 학생이 몇 명인가 있었다. 괴롭힘을 당할 일은 없겠다고 안심하던 차에 말을 걸어온 이가 스미요시였다. 스미요시는 초등학교에서 축구 클럽이나 어린이 농구팀 아이들이 풍기던 분위기를 띠고 있었다. 밝고, 운동신경이 좋다는 게 한눈에 보이고, 자신을 선택받은 인간이라고 생각한다. 괴롭힘에는 가담하지 않지만 반에서 으스대는 놈들보다 자신은 더 위에 있는 존재라는 걸 알고 있다. 그런 분위기다. 왜 이런 녀석이 나에게 말을 걸어오는 걸까 싶으면서도 내심 기뻤다.

학급의 중심인물에게 인정받은 기분이 들었다.

중학교 공부는 아무튼 어려웠다. 입시 중심 학교라서 고등학교 2학년 여름방학 때까지 육 년 과정의 공부를 끝낸다. 그후에는 대학 입시만을 위한 공부를 한다. 수업 진도에 따라가지 못하면 곧장 낙오자가 된다. 첫인상대로 스미요시는 뭐든 잘했다. 반을 주도하고, 달리기도 1등, 공부도 1등이었다. 그런 스미요시의 친한 친구로 있기 위해 나는 끊임없이 노력했다. 아버지처럼 되고자 하는 목표도 있었다. 초등학생 때와는 다르게 부정적인 감정이 아니라 긍정적인 감정에 자극받아 노력할 수 있었다. 일요일에는 공부한다고 하고 스미요시네 집에 놀러갔다. 스미요시도 우리집에 놀러왔다. 처음에는 나를 싫어하지 않을까 불안하기도 했다. 하지만 중학교 3학년이 될 무렵에는 그런 걱정은 하지 않아도 되겠다고 안심할 수 있었다. 나와 스미요시는 누구나 인정하는 절친이었다.

감정에 변화가 찾아온 건 고등학생이 되고 나서다.

무엇을 해도 스미요시를 이길 수 없다는 사실에 짜증을 느꼈다. 고등학생이 되자 모의고사 성적으로 대학 합격 여부가 판가름났다. 나는 아무리 공부를 해도 1지망인 국립대에는 붙을 것 같지 않았다. 담임 선생님도 "사립대 문과 계열로 범위를 좁히는 게 좋겠다"라고 수차례 말했다. 학년 수석을 유지하고 확실히 국립대에 합격할 거라는 말을 듣는 스미요시에게 질투가 났다. 농구부 연습에도 나가는 스미요시가 나보다 더 공부를 많이 할 리가 없기에 타고난 머리의 차이를 느꼈다.

사쿠라를 죽이기 전 마지막으로 그와 선술집에서 만났을 때 스미요시는 우리집이 부러웠다고 말했다.

우리집은 학급 안에서도 특별하다고 여겨질 만큼 부유했고, 아버지는 일류 신문기자에 어머니는 언제나 예쁘게 꾸미고 있는 그런 가정이었다. 하지만 그렇다고 가정환경이 좋다고 할 순 없다. 할머니와 어머니가 싸우기만 하는 것에도, 아무 말도 하지 않는 할아버지와 아버지에게도 혐오감을 느꼈다. 전부 다 할아버지와 할머니의 잘못이라고 생각하면 부모를 좋아할 수 있었다. 스미요시의 가족은 툭하면 싸우곤 했지만 우리집처럼 음침

하지 않았다. 말다툼을 하면서도 사이좋게 지냈다. 여동생은 "오빠보다 마쓰바라 오빠가 좋아"라고 했지만 속으로는 스미요시를 우러르고 따랐다. 진정으로 가정 환경이 좋다는 건 바로 그런 것이겠지. 스미요시의 집이 부러웠다.

스미요시에게 이길 수 있는 건 준수한 외모뿐이다. 고등학생이 되었을 때 나는 이미 지금과 키가 비슷해서 반에서도 큰 편이었다. 스미요시의 키도 나보다 조금 작을 뿐이고 외모도 딱히 나쁜 건 아니다. 남자 입장에서 보면 괜찮은 편이지만 여자가 보기에는 평범한 모양이다. 여자에게 관심은 있었지만 나는 다른 남자애들처럼 여자의 눈을 의식해 머리를 손질하거나 하진 않았다. 그런 행동을 하면 할머니에게 혼이 난다. 언젠가 여자친구를 사귀어보고 싶다는 생각을 하는 정도였다.

고등학교 1학년 여름방학이 시작되기 전, 근처 여고에 다니는 애가 역에서 "메일 주소 알려줘" 하고 말했다. 갑작스러운 일이라 놀라서 거절해버렸다. 나중에야 내가 그 여고에서 멋있다고 소문이 났다는 걸 스미요시에게 들었다. 스미요시의 소꿉친구가 그 여고에 다닌다고 했다. 그후로도 몇 번인가 비슷한 일이 있었지만 나는 누구에게도 메일 주소를 알려주지 않았다. 전혀 알지도 못하는 여자애에게 호감을 받는다는 게 꺼림칙했다. 그래도 여자에게 인기가 있다는 데서 오는 우월감은 있었다. 중학교 입시학원에서 성적이 상위권으로 올라갔을 때 이후로 처음 느껴보는 우월감이다. 반 아이들이 인기를 얻고 싶어서 필사적일 때도 나만은 여유로웠다. 2학년이 되고 스미요시의 소개로 알게 된 여자애와 사귀고는 여름방학에 동정을 졸업했다. 스미요시가 그애를 마음에 두고 있다는 걸 알면서도 사귀었다. 좋아하는 마음 따위 전혀 없었다. 이제껏 없던 거대한 우월감을 느낄 수 있으리라 생각했지만 허무함이 더 컸다. 내 앞에서 스미요시는 분한 기색을 보이지 않았다. 내가 동정이 아니라는 걸 놀리기라도 하듯 "좋겠네" 하고 말했을 뿐이다. 그녀가 나와 헤어진 뒤 스미요시에게 의지하자 허무함은 내 가슴을 뒤덮듯 퍼져나갔다.

이로써 나는 무엇을 해도 스미요시에게 이길 수 없다는 사실이 확실해진 것 같았다.

졸업할 때까지 그 외에도 몇 명인가 더 사귀었지만 허무함만 커질 뿐이었다.

스미요시는 제1지망인 국립대에 붙고, 나는 사립대에 붙었지만 재수를 하기로 결심했다.

나 말고도 재수하는 친구들이 있었지만 졸업 후에는 아무도 만나지 않았다. 중고등학교 육 년간, 내게는 많은 친구가 있었다. 하지만 그들은 내가 스미요시의 절친이라서 곁에 있어준 것뿐이다. 스미요시가 없으니 나는 그들을 어떻게 대해야 할지 몰라 대화의 테두리에도 끼지 못했다.

재수한 결과, 나는 이전에 이미 합격했던 사립대에 다시 들어
가게 되었다.

대학에 갔더니 동아리를 홍보하는 부스가 줄지어 있었다. 내
가 고등학교를 졸업하자마자 할아버지와 할머니가 은퇴생활을
하겠다며 집을 나갔기에 귀가가 늦어져도 혼날 일은 없었다. 아
무 동아리에나 들어가 평범한 대학생활을 보내볼까 싶었지만 가
입을 권유해오는 이들의 경망스러움이 불편해서 아무데도 들어
가지 않기로 했다. 중고등학교에서도 동아리에는 들지 않았다.
스미요시가 함께 농구부에 들어가자고 권유했지만 잘해내지 못
할 것 같아 거절했다. 다른 동아리는 어떤지 살펴보러 갔지만 어
디에도 적응할 수 없을 것 같았다. 그 육 년간, 나는 동아리 활동
없이 바로 귀가하는 귀가부로 통했다.

유치원 시절부터 줄곧 남들은 평범하게 할 수 있는 것을 나는
하지 못했다. 혼자서는 친구조차 사귈 수 없다는 걸 자각하고 있
었다. 미움받는 것이 두려웠고, 괴롭힘에 대한 겁도 있었다. 스
스로를 지키기 위해 나는 툭하면 화를 내게 되었다. 친구에게 화
내는 나를 중고등학교 시절에는 스미요시가 잘 이끌어줬다. 스
미요시가 없으면 나는 그 누구와도 친구가 되지 못한다. 대학에

서는 뭔가를 그룹으로 하는 일이 거의 없었다. 무리해서 누군가와 친해지지 않아도 된다. 누군가와 가까워지면 기대하고 상처를 입게 된다. 나는 차라리 혼자이기를 선택했다.

혼자 수업을 듣고, 혼자 학생식당에서 밥을 먹고, 혼자 귀가한다. 그게 하루의 전부였다. 대학에 중고등학교 동창생이 몇 명 있어서 그들을 만날 때만 아주 잠깐 얘기를 나눴다. 술자리에 오라는 권유를 받으면 기꺼이 달려갔다. 하지만 여자들을 부르기 위해 나를 이용한 것뿐이었다. 거기서 알게 된 사람들을 친구처럼 생각했지만 나의 착각에 불과했다. 늘 혼자인 게 눈에 띄었던 모양인지 나와 얘기해보고 싶다는 여자들이 몇 명 있었고, "마쓰바라가 오면 술자리에 가겠다"라는 조건을 붙였던 듯하다.

섹스하고 싶다고 얼굴에 쓰여 있는 듯한 여자 몇 명과 사귀었다. 대학생다운 데이트 같은 건 하지 않고 그녀가 사는 집이나 호텔에서 섹스만 했다. "어디 가고 싶다"라는 말을 들어도 성가셨다. 그쪽에서 나를 좋아한다고 해서 사귄 것뿐이지 내가 그쪽을 위해 뭔가를 할 필요는 없다. 여자는 남자가 하는 말을 얌전히 들어야 한다. 싸움을 하면 여자친구는 자신의 친구에게 자초지종을 얘기했고, 그러면 그 친구는 나에게 따지러 찾아왔다. 나는 여자친구에게 폭력을 행사한 적이 없다. 그런데도 "폭력적인 짓은 이제 그만해"라는 말을 몇 번인가 들었다. 여자친구가 친구

452

에게 섹스할 때의 일을 말했기 때문이다. 내가 반론하면 한층 더 말대꾸를 해서 귀찮아졌다. "알았다"라는 대답만 하고 그녀와는 헤어졌다. 대학 사 년 동안 몇 명을 사귀었는지 정확한 수는 잘 모르겠다. 열 명 안팎인 것 같다. 그 누구의 얼굴도 이름도 떠올릴 수 없다. 내가 먼저 좋아한 경우는 한 번도 없었다.

내가 대학에 들어가고부터는 스미요시와 가끔 만나 술을 마시고 서로 근황을 주고받았다. 스미요시는 대학교 1학년 4월부터 지금의 아내와 사귀고 있었는데, 나를 만나면 항상 농담처럼 "마쓰바라는 좋겠다. 나도 다양한 여자들이랑 사귀어보고 싶어"라고 말했다. 어느 정도 본심은 있었겠지만, 스미요시는 여자친구가 아닌 여자와는 단둘이서 만나려고도 하지 않았다. 나는 인기가 있었지만 여자들이 나에게 보인 호감은 진심이 아니었다. 그녀들은 나의 외모와 다니는 대학의 이름을 좋아했을 뿐이다. 성격을 알게 되면 바로 불평하기 시작했다. 한 여자에게 사랑받는 스미요시가 나보다 훨씬 행복해 보였다.

대학교 2학년이던 6월, 아버지가 돌아가셨다.

내 마음을 지탱해주던 기둥이 꺾인 기분이 들었다. 성욕을 여기저기 발산하는 여자를 징그럽다고 여기면서도 나는 사귀지도 않는 몇 명의 여자와 잤다. 아버지한테 칭찬받지 못한 만큼 나를 인정해주는 누군가가 필요했다. 하지만 아무리 몇 명과 잠자리를 해도 나만의 누군가는 찾지 못했다.

아버지가 사라진 집에서 할머니와 어머니는 예전보다 더 자주 언쟁을 벌였다. 노후를 보내던 곳에서 도쿄로 온 할머니는 어머니에게 이 집에서 나가라고 말했다. 어머니의 애인인 변호사가 중재해 얘기가 정리될 때까지 일 년 넘게 걸렸다. 나는 어머니 편을 들었다. 어머니를 나만의 누군가라고 생각하기로 했다. 어머니가 나에게 "아버지처럼 되거라" 하고 말한 건 할머니를 향한 허세에 불과했을 것이다. 아들을 아버지와 똑같이 키워낸 것으로 보란듯 갚아주고 싶었던 거다. 어머니의 행동에는 언제나 꿍꿍이가 있다는 걸 나는 알고 있었다. 그래도 그 모든 건 나를 향한 애정이라고 생각하기로 했다. 다른 누군가에게 사랑받지 못하더라도 부모에게만은 사랑받고 싶었다. 내가 말 잘 듣는 착한 아이로 지내며 아들로서 응석을 부리면 어머니는 거기에 응해줬다.

3학년이 되고 취업 활동을 시작하면서 여자는 별로 만나지 않았다. 나보다 한 학년 위인 스미요시는 내 아버지가 근무했던 신문사에 합격했다. 나도 기필코 같은 신문사에 취직하겠다고 약속했다. 국립대에는 가지 못했지만 신문사에 취직해서 정치부 기자가 되면 할머니도 어머니도 틀림없이 기뻐해줄 것이다. 대략 들어가고 싶은 직장은 정해졌지만 시험삼아 여러 회사에 응시했다. 그러나 전부 2차나 3차 시험에서 떨어졌다. 학교 취업센터에 상담하러 가면, 학점도 제대로 이수했고 외모도 좋은데 왜지? 하는 말을 들었다. 외모는 상관없는 일 아닌가 생각했지만, 전문 사진작가한테 입사지원용 사진을 찍는 여자애도 있었으니 아주 상관없는 일도 아닌 것 같았다. 이대로는 신문사에 합격하지 못할 듯해 취직 매뉴얼 같은 책을 닥치는 대로 읽었다. 매뉴얼대로 하자 최종 면접까지는 갈 수 있었다. 하지만 그건 오직나로서 평가받은 것이 아니다. 면접관의 질문에 솔직하게 답하면 그때껏 그랬듯 2차나 3차에서 떨어진다. 외모와 매뉴얼을 따른 태도는 합격이지만 있는 그대로의 나 자신은 탈락이라는 뜻이다. 어느 쪽으로도 합격은 하지 못했다. 솔직하게 얘기해도 인정받지 못하고, 거짓말을 해도 인정받을 수 없다. 무엇을 해도안 되는 것이다.

졸업하기 직전까지 취업 활동을 계속한 끝에 한 출판사로부터 간신히 합격 소식을 받았다.

신문사는 지방지까지 응시했지만 전멸했고, 그걸 알게 된 시점에서 할머니도 어머니도 내 취직자리에 흥미를 잃은 듯했다. 출판사에 취직이 결정된 소식을 전하자 어머니는 "축하해" 하고 말해줬지만, 그 말에 실린 감정이라곤 내가 취업 재수생이 되지 않았음에 대한 안도감뿐이었던 것 같다.

출판사 입사 동기는 곤노 외에 경리부의 여자 한 명이 다였다. 회사 설명뿐인 입사 연수가 하루 있었고, 곧바로 배속부서가 정해졌다. 연수를 더 받아야 하지 않나 생각했지만, 곤노도 경리부 여자도 신경쓰지 않는 듯했다. 곤노는 낮에는 경정과 경륜과 파친코를 하고 밤에는 마작방에 다니며 대학 시절 사 년을 도박으로 허비하고는 친구의 도움으로 간신히 졸업한 모양이다. 졸업 직전에 취업 활동을 시작했는데, 자신이 좋아해 마지않는 경정 잡지를 내는 출판사에 그럴싸하게 들어왔다. 이런 녀석과는 함께 일하기 싫어서 되도록이면 엮이지 말자고 결심했다. 경리부 여자는 대학에서 일단 부기 자격증을 땄지만 계산하는 일은 좋아하지 않는다고 했다. 결혼해서 퇴사하고 싶다며 첫날부터 말하더니 실제로 경리부 선배와 결혼해 이 년 만에 그만뒀다.

나는 파친코잡지의 편집부로 배속되었다. 나 자신의 인간성이 어떻다든가, 어떤 면이 서툴다든가 하는 이유와는 전혀 관계없이 그저 익숙해질 수 없었다. 파친코잡지 편집부에 오랜만에 들어온 신입사원인 나에게 인권은 인정되지 않았다. 아침부터 한밤중까지 혹사당했다. 지시를 받고 무슨 일을 해도 혼나고, 아무것도 하지 않았는데도 구타를 당했다. 구타당한 일을 인사부에 호소하자 주의를 받은 선배로부터 이전보다 더 세게 맞았다. 정신적으로도 망가져서 죽고 싶다는 생각조차 할 수 없었다. 가끔 스미요시를 만나면 회사에서는 즐겁게 지내고 있다고 거짓말을 했다. 스미요시가 힘들다는 듯 "회사가 너무 빡빡해"라느니 "아이가 태어났으니 나도 더 열심히 살아야지" 같은 말을 하면 빈정거림으로밖에 들리지 않았다.

입사 2년 차가 되고 3년 차가 되자 나도 일을 맡게 되었다. 그래도 인권은 인정되지 않았다. 그 어떤 일에도 예스가 아닌 답변은 허용되지 않았다. 파친코 기기 제조사 직원이 권한 술자리를 내가 거절한 일이 알려져 업무를 하는 와중에 뒤에서 냅다 걷어차였다. 그래도 싫은 건 싫었기에 저항을 계속했다. 취재나 업무 미팅을 하러 혼자서 밖에 나갈 기회가 많아지고 여유가 생기자 그만두고 싶다는 생각을 할 수 있을 만큼 정신이 회복되었다. 잘려도 상관없다고 생각했다. 그래도 업무상 할일은 제대로 했다. 그래야 해고 얘기가 나왔을 때 회사를 갑질로 고소할 수 있다.

더는 한계라고 생각할 무렵, 과학잡지 편집부로 이동하게 되었다.

과학잡지 편집부에서는 아무도 서로 교류하려고 하지 않았다. 지시를 받는 일도 없지만, 살갑게 말을 건네오는 일도 없다. 용건을 전달하기 위해 필요한 최소한의 대화만 했다. 같은 회사인데도 파친코잡지 편집부와는 규칙이 전혀 다르다. 주어지는 업무도 신입사원이면 할 수 있는 간단한 것뿐이라 묵묵히 해내기만 하면 그만이었다. 이곳에는 적응할 수 있을 듯했지만 그건 기분 탓이다. 적응의 문제보다 애초에 이 부서에는 아무도 존재하지 않는 것 같은 기분이 들었다.

일을 하면서도 어떻게 하면 이 고통스러운 인생에서 구원받을 수 있을까만 생각했다. 일은 좋아지지가 않는다. 유일한 절친인 스미요시를 만나도 답답하다. 여자친구는 있었지만 좋아하지 않았다. 내가 취직한 무렵부터 할아버지와 할머니는 나에게 아무 말도 하지 않았다. 어머니와는 사이좋게 지냈다. 하지만 내가 사랑받고 있는 게 아니라는 건 알았다.

나를 믿고 사랑해줄 여자와 만나고 싶다.

그러나 내 인생은 희망하는 대로 나아가지 않는다.

인생에서 성공해본 경험은 중학교 입시뿐이다. 그것 말고는 내가 원하는 대로 된 일이 단 하나도 없다. 중학교 입시 때와 똑같이 노력한들 바람이 이뤄지는 일은 없을 것이다.

스미요시처럼 뭐든 바라는 대로 되는 녀석도 있는데 내 바람은 하나도 이뤄지지 않는다.

내가 희망한 그대로의 여자를 만날 수 없을 것이다.

모든 것을 체념하고 있을 때, 사쿠라를 만났다.

후쿠후쿠도에 두번째 갔을 때 나를 담당해준 게 사쿠라였다.

모르는 여성에게 몸이 닿는 게 싫어서 남자 마사지사로 교체할까 생각했는데, 사쿠라라면 괜찮을 것 같았다. 작고 가녀린 체구에 웃는 얼굴로 나를 보고 있던 사쿠라에게 다른 사람을 불러달라고 부탁하자니 너무 가엾다는 마음도 들었다. 나는 이때 사쿠라가 이십대 초반일 거라고 생각했다.

교체해달라는 말은 하지 않고 마사지를 받기로 했다.

사쿠라는 마사지를 하기 전에 내 전신을 살펴본 뒤 열심히 내 얘기를 들어줬다. 처음 왔을 때 이케다의 마사지를 받아도 별로 편해지지 않았다는 것과 어깨 결림이 심한 것, 일에 대한 것들을 사쿠라에게 말했다. 평소라면 싫었을 사적인 일까지 물어와도 대수롭지 않게 대답할 수 있었다. 출판사에서 근무한다고 하자 사쿠라는 놀란 얼굴을 하더니 "대단하시네요!"라고 말했다. 침대에 앉아 있는 내 발치에 사쿠라가 웅크리고 앉아 있었고, 우리는 서로를 바라보며 대화했다.

마사지를 받는 동안에도 다양한 얘기를 나눴다. "대단하시네요!"라는 말을 더 듣고 싶어서 대형 출판사에서 일한다고 거짓말을 하고 말았다. 곧장 후회했지만, 사쿠라는 내 거짓말을 믿었다. "일이 바빠서 힘드시죠?"라고 나를 염려해줬다. 무슨 말을 해도 믿어주는 사쿠라에게 나는 계속 거짓말을 했다. 담당하는 소설이 영화화될 때는 연예인과 일을 하기도 한다고 말했다. 친구끼리 얘기할 때처럼 순수한 반응을 보이는 사쿠라가 귀엽게 느껴졌다. 세게 누르기만 하는 것이 아닌 마사지도 기분좋았다. 몸이 편안해지는 것 이상으로 정신적인 편안함을 느꼈다.

그후로 후쿠후쿠도에 다니게 되었고 매번 사쿠라를 요청했다.

일 때문에 피로가 쌓였다고 말하고 일주일에 두 번 간 적도 있었다. 하지만 거짓말이었다. 그저 사쿠라를 보고 싶었을 뿐이다. 무얼 해도 사쿠라를 생각했다. 멍하니 있으면 사쿠라의 웃는 얼굴이 머릿속에 떠오른다. 혼자서 성욕을 처리할 때도 사쿠라의 미소가 떠올랐다. 이럴 때 사쿠라를 떠올려선 안 된다고 아무리 생각해도 멈출 수 없다. 다른 여자는 눈에 들어오지 않게 되었다. 중학생이라도 된 것처럼 사쿠라와 둘이 있는 모습을 몇 번이고 망상했다. 힘든 일, 괴로운 일, 모든 것을 사쿠라에게 얘기하고 싶었다. 후쿠후쿠도 홈페이지의 사진 속 사쿠라를 보는 일이 습관이 되었다. 그걸 편집해서 스마트폰의 배경화면으로 설정해 언제든 볼 수 있도록 했다. 마사지를 받지 않을 때도 후쿠후쿠도 앞을 지나갔다. 접수대에 있는 사쿠라를 보는 것만으로도 기분이 좋아졌다.

후쿠후쿠도에 가면 언제나 사쿠라는 웃는 얼굴로 나를 맞이하고 다정하게 대해줬다. 그 어떤 순간에도 나에게 마음 써주는 사쿠라와 사랑에 빠졌다.

처음으로 내가 먼저 좋아하게 된 것이다.

그런데 그 감정을 어떻게 전해야 좋을지 알 수 없었다. 고백 같은 건 해본 적이 없다. 후쿠후쿠도에서 여러 번 만나면서 서로 마음이 통하고 있다는 건 느꼈다. 이대로 자연스럽게 사귀게 되지 않을까 생각했다. 그래도 남자인 내가 마음을 분명하게 전달해야 하는 법이다. 어느 타이밍에 말하면 좋을지 계속 생각했다. 4월에 마사지를 받으면서 대화할 때 마침 그날이 그녀의 생일이라는 걸 들었다. 자연스레 나이도 물었다. 훨씬 연하일 거라고 생각했는데 나보다 세 살 아래였다. 결혼 상대로 적당하다. 주저할 필요가 없을 듯해 선물을 주기로 했다. 스미요시의 아이들이 태어났을 때나 생일을 맞았을 때 외에는 누군가에게 선물을 해본 적이 없다. 뭐가 좋을지는 어머니에게 물었다. 조신하고 착실하며 상냥한 사쿠라를 소개하면 이번에야말로 어머니가 정말로 좋아해줄 것 같았다. 다음날, 프리저브드플라워에 연락처를 적은 카드를 넣어 후쿠후쿠도로 가서 사쿠라에게 건넸다. 그게 최선이었다. 사쿠라에게 답례 메시지가 왔고, 메신저를 주고받는 사이가 되었으며, 그렇게 둘이서 식사를 하러 갔다.

사쿠라는 조금 화려하지만 예쁜 분홍색 원피스를 입고 레스토랑에 왔다. 평소와 다른 모습을 보니 긴장되었다. 그러나 긴장하고 있을 때가 아니다. 고백하겠다고 마음먹었으니까. 식사를 주문하고 샴페인이 나왔을 때 내 감정을 전했다. "가와구치 선생님을 좋아합니다" 하고 분명히 말했다. 후쿠후쿠도의 홈페이지를 보고 이름을 알고 있었기에 마음속으로는 '사쿠라'라고 불렀지만, 그녀 앞에서는 "가와구치 선생님"이라고 했다. 사쿠라는 고개를 끄덕여줬다. 그와 동시에 앞에서도 그녀를 "사쿠라"라고 부를 수 있게 되었다.

내 바람이 이뤄졌다.

앞으로는 모든 일이 잘될 것이다.

식사하는 내내 사쿠라는 수줍은 얼굴로 웃고 있었다.

오직 사쿠라가 나의 빛이다.

나는 어둠 속에 홀로 있다.

하지만 눈을 감으면 사쿠라의 웃는 얼굴이 떠오른다.

밤하늘에 반짝이는 달처럼 그곳에만 빛이 있다.

그 빛은 두 번 다시 사라지지 않을 것이다.

消えない月

고바야카와 아키코[*]

오묘한 제목이라고 생각했다. 달과 스토커를 나란히 두고 생각했더니 보름달과 '늑대 인간'이 떠올랐다. 하지만 소설 속 스토커는 희고 가는 달이 뜬 밤에 "뒤에는 밤하늘이 펼쳐져 있다. 달이 빛나고, 벚꽃잎이 흩날"리는 배경으로 마지막 모습을 나타냈다. 반짝하고 빛나는 초승달이 스토커의 위험성을 두드러지게 한다.

---

[*] 스토킹 범죄 및 가정폭력 등 다양한 폭력 문제 상담에 응하는 일본의 비영리단체 '휴머니티' 이사장. 1999년 활동을 시작한 이래 500명 넘는 스토킹 가해자를 만나 카운슬링을 했다.

'늘대 인간'으로 말하자면 프로이트의 가장 유명한 환자 사례인 세르게이 판케예프의 이름이 생각난다. 이 별명은 환자 본인이 얘기한 늘대 꿈에서 기인해 붙여진 것으로, 프로이트와 늘대 인간은 오 년이라는 긴 시간에 걸친 치료 후 프로이트가 죽기 전까지 관계를 이어갔다. 두 사람은 '전이'(환자의 성적 환상이 치료자에게 투사)와 '역전이'(치료자의 성적 환상이 환자에게 투사)의 관계였다고 일컬어진다.

소설의 두 주인공이 만난 곳은 마사지숍. 마쓰바라는 고객이고 마사지사인 사쿠라가 그를 담당했다. 마사지숍에서의 만남을 우연이라고 한다면 그걸로 그만이겠지만, 스토킹 범죄 상담에 몸담아온 경험에 비춰봤을 때 마사지사와 고객 관계에서의 스토킹 사건은 전형적이라고까지 단정할 수 없어도 적지 않게 일어난다. 치과의사와 환자 간의 스토킹 사례도 많이 보아왔다. 마사지숍이나 치과는 생명과 직결될 만큼 위중하지는 않은, 심지어 건강하다고 해도 좋을 신체를 대상으로 한다. 그곳에서는 도마 위의 생선처럼 누워야 하는 쪽과 어쩔 수 없이 밀착해야 하는 쪽으로 나뉜다. 그 비일상적인 상황에서 어느 한쪽의 혹은 양쪽의 '욕동欲動'(성=생의 에너지)이 꿈틀거릴 때 대상을 향한 강력한 '접근 욕구'가 생겨나고 그것이 이성理性을 능가하면 그 관심이 '고착'된다. '접근 욕구'가 성취되면 연애가 되지만, 거부당하는 '마찰'이 생겨나면 욕구는 한층 더 커져 스토킹 사건이 된다.

프로이트가 창시한 정신분석요법에서도 환자는 긴 의자에 눕고 치료자는 머리 뒤쪽에 앉는다. 심적 부조의 원인은 무의식에 갇힌 갈등에 관한 기억이라고 한다. 치료자가 말을 걸고 환자의 연상에 동행하며, 그것을 밝혀내고 의식으로 끌어내 언어화한다. 그렇게 하면 갈등의 기억은 자아에 지배되고, 심적 부조의 모든 증상이 해소된다는 수순이다.

마지막 장의 마쓰바라의 고백에서 보이는 것은, 차가운 달빛처럼 냉랭한 가정에서 자란 마쓰바라가 허세를 부리고 자신의 싫은 면을 감추며 살아온 광경이다. 내가 카운슬링하는 스토커의 대다수도 부모로부터 받아야 했던 무조건적인 사랑의 부재에 대해 언급한다. 그들과 마쓰바라 사이에 차이는 없다. 그들의 이너차일드(내재된 어린 시절의 인격)는 절규한다. 사랑해달라며 울고 있다. 자신이 안심할 수 있는 누군가를 원하고 있다. 그들이 갈구해온 것은 햇살 같은 온기다.

그때 사쿠라가 내밀어준 따뜻한 손길, 목소리, 자아내는 분위기. 그것들은 마치 독처럼 순식간에 마쓰바라의 온몸을 휘감았을 것이다. 정이 넘치는 가족들 사이에서 자란 사쿠라에게는 순박함, 순수함, 수동적 성향이라고 특필할 만한 구시대적 가치관이 있다. 과거 자신에게 적극적으로 다가온 여성들에게는 감정을 느끼지 못하고 함부로 대해온 마쓰바라가 사쿠라에게는 격렬히 동요하며 시간과 돈과 노력을 아끼지 않는다. 어딕션(열중, 기벽, 탐닉)이 시작된다.

이 소설은 두 주인공이 각자 일인칭 시점으로 서술하는 형식으로 구성되어 있고, 스토킹 가해자와 피해자의 의식 격차를 놀라울 정도로 소상히 밝히고 전개한다. 꿈꾸듯 황홀한 기분으로 시작한 교제가 순식간에 사고 현장 같은 상태가 된다. 전혀 예상치 못한 지배자로서 군림하는 마쓰바라의 모습에 놀라는 사쿠라. 고뇌 끝에 "헤어지고 싶어"라는 단 한마디의 메시지를 보냈지만 지나치게 순진한 처사였다. 스토커가 날아오를 활주로를 만들어버린 것이다.

스토커가 양의 탈을 벗고 늑대의 본성을 드러내기까지는 대체로 교제를 시작하고 두세 달에서 반년 정도 걸린다. 뭔가 이상하다, 상식이 통하지 않는다는 느낌이 엄습했다면 헤어질 결단은 빠르면 빠를수록 좋다. 단, 스토킹을 당하지 않도록, 혹여 당하더라도 대응할 수 있도록 이별 방식을 계획적으로 실행해야 한다. 사쿠라가 하지 못했던 것을 해야 한다. 금전 문제 등의 대차 관계 정산(사쿠라가 받은 반지와 프리저브드플라워처럼 특별한 물건은 이별을 통보한 후 타자를 통해 정중하게 돌려주는 편이 좋다), 서로의 물건을 돌려주는 작업(옷은 깨끗하게 세탁해서 택배로 보내도 좋다), 집 열쇠를 건넸었다면 자물쇠 교체하기 등 이러한 일들을 이별 얘기를 꺼내기 전에 조금씩 진행해간다. 그리고 유사시에 머물 만한 장소를 확보하고(마음속으로 지정해두고), 상대가 전화를 걸어오거나 쳐들어올 가능성이 있는 장소(직장, 학교, 본가 등)에도 미리 의논해둬야 한다.

모든 것이 준비되면 한번은 카페 같은 공공장소에서 만나 "헤어지자"라는 의사를 전달할 필요가 있다. 상대가 폭력적인 사람이라면 절대 만나지 말고 메시지만 보낸다. 상대방의 문제점을 조목조목 지적해선 안 된다. "내가 다 고칠 테니까 헤어지지만 말아줘"라고 할 것이 뻔하다.

스토커는 교제중에 상대가 자신에게서 떠나지 않도록 자유를 빼앗고 그것이 정당한 행동이라고 생각한다. 상대가 떠나면 "돌아와주기만 하면 모든 게 잘 해결될 것이고, 그것이 그 사람을 위한 일"이라고 생각한다. 지나치게 강렬한 욕구를 무의식적으로 정당화하기 위해 비뚤어진 사고를 한다. 아무리 오래 말로 설득해도 스토커의 생각은 결코 바뀌지 않는다. 마지막으로 한 번만 만나고 싶다고 하지만, 막상 만나면 마지막이 되지 않는다.

그러니 대화는 15분 안에 끝낸다.

이별을 통보한 날은(가능하면 몇 주간은) 자택으로 돌아가지 않도록 한다. 적어도 자택 부근에서 혼자 걷지 않는다. 모바일 메신저와 문자메시지는 차단하지 말고 상대의 대처 방식, 감정의 악화 양상을 파악할 수 있도록 한다. 어떤 메시지가 오더라도 "내 생각은 변함이 없습니다. 헤어지겠습니다. 연락하지 마세요"를 되풀이한다. 그럼에도 메시지가 지속되고 직장 등으로 연락해온다면 법률 전문가에게 대리인을 부탁해 "직접적인 접촉은 거절합니다"라는 내용 증명을 보낸다. 또는 경찰한테 스토커 규제법에 따른 경고를 해달라고 요청한다. 상황이 여기까지 왔다면 모바일 메신저는 차단하고 이사를 하는 것이 최선이다.

하지만 그렇게 해서 스토킹 행위가 멈췄더라도 안심해선 안 된다. 스토커에게 '풍화'는 없다. 스토커가 자취를 감췄을 때야말로 위험하다고 생각해야 한다. 카운슬링이나 치료를 받지 않는 한, 스토커가 욕구를 포기하거나 줄이는 것은 극히 어려운 일이다. 어디선가 지켜보고 있다, 기회를 노리고 있다고 상정하고 행동해야 한다.

소설은 종말로 향하고, 마쓰바라는 사쿠라를 바짝 뒤쫓으며 스스로도 점점 궁지에 몰린다. 스토커의 호흡은 아주 얕다. 모습을 감추고 숨을 죽이며 표적을 향해 필사적으로 접근하기 때문일까. 집념을 불태워 사쿠라가 있는 곳을 찾아낸 마쓰바라는 사쿠라와의 만남을 "운명이라고 생각할 수밖에 없다"라고 확신했지만, 사쿠라가 이미 자신의 손아귀에서 벗어나 다른 운명에 몸을 맡겼다는 사실을 안 순간 "용서할 수 없다"라는 감정으로 순식간에 돌변한다. 실은 처음부터 사쿠라의 마음이 떠났다는 건 알고 있었다. 알면서도 받아들이기를 거부하고 만들어낸 '망상'이 끝내 붕괴된 것이다.

사쿠라는 자신을 지켜주는 사람들과 함께 행동하고, 다가오는 스토커의 기척을 알아차리지 못한 채 약간의 안도감을 얻고 있었다. 그 틈을 치고 들어오는 장면에서는 마치 사쿠라의 심장박동 소리가 들려오는 듯한 생생한 묘사로 몸이 떨렸다. 작가 자신도 떨리는 마음으로 썼을 것이 분명하다.

예전에 한 사람이 나에게 "카운슬러는 정신적인 위안부"라고 말한 적이 있다. 위화감이 들어 반론하고 싶었으나 그 위화감의 이유를 몰라서 하지 못했다. 그런데 이 소설을 읽고 조금 이해할 수 있을 것 같았다. 그 사람이 발언한 그 어휘에는 '유혹하는 사람'이라는 뉘앙스가 담겨 있던 것이 아닐까? 그는 나에게 무의식적으로 위안을 바라는 인간이었다. 그리고 나에게서 위안을 제

공받자 자신이 하위에 놓일지 모른다는 경계심에서 벗어나 이번에는 유혹당했다고 인식한 것이 아닐까? 마쓰바라가 사쿠라에게 매료된 것도, 거절당해서 상처 입은 것도 사쿠라의 책임이 아니다. 마쓰바라 본인이 멋대로 매료되고 멋대로 상처 입은 것이다. 그 상처를 치료하고 싶다면 카운슬링이 도움이 된다.

인간은 타자에게 뭔가를 바라는 존재다. 바라지 않는 인간은 없다. 그렇기에 자신이 뭔가를 바라고 있다는 사실에 책임을 져야 한다. 그러기 위해서는 "나는 외롭다(괴롭다, 돈이 없다, 죄를 지었다, 일자리를 잃었다 등). 당신이 이렇게 해줬으면 좋겠다. 하지만 그렇게 해주지 않는 것도 당신의 자유다. 나는 포기할 것이다. 그런데 만약 내 바람을 들어준다면 크나큰 고마움을 느낄 것이다"라고 언어로 표현할 수 있는 용기가 필요하다(실은 꼭 그렇게 생각하지 않더라도 말로 표현하면 그런 것처럼 느끼게 된다). 여기에는 산뜻함이 있다. 카운슬링을 받으면서 "카운슬러는 정신적인 위안부" 같은 말은 하지 않게 될 것이다.

마쓰바라는 마지막으로 친구에 대한 생각을 진술한다. "스미요시는 꼭 운다. 그 눈물에 구원받은 기분이 들었다. 좀더 빨리 나를 만나러 와서 울어줬다면 좋았을 것이다"라고. 마쓰바라는 자신이 실은 따스함을 갈망했다는 것을 이해하지 못했다. 그렇더라도 누군가가 그를 온기 속으로 불러들여줬다면, 마쓰바라는 카운슬링이나 의학적 치료의 도움을 받을 수도 있었고 사건을 일으키지도 않았으리라.

이 소설은 스토커에 관한 이야기지만 두 주인공을 둘러싼 인물들의 개성과 온도 차 같은 시점에서 보아도 대단히 흥미롭다. 스토커와 연을 맺지 않기 위해, 또한 스토커가 되지 않기 위한 텍스트로서, 이 소설이 많은 사람에게 읽히기를 바란다. 그와 동시에 등장인물 중 누구에게 공감할 수 있고 할 수 없는지를 느껴봄으로써 자신이 어떻게 살아가고 싶은지, 타자에게 어떠한 것을 바라는지 생각해볼 수 있는 즐거움을 맛보길 바란다.

옮긴이 **김영주**
상명대학교 일어교육과를 졸업하고 한국외국어대학교 대학원에서 일본 근현대문학
으로 석사과정을 졸업했다. 옮긴 책으로 『낮술』(전3권) 『탱고 인 더 다크』 『엄마가 했
어』 『신을 기다리고 있어』 『결국 왔구나』 등이 있다.

문학동네 세계문학
지지 않는 달

초판 인쇄 2023년 11월 23일 | 초판 발행 2023년 11월 30일

지은이 하타노 도모미 | 옮긴이 김영주
기획·책임편집 고선향 | 편집 송원경
디자인 김문비 유현아 | 저작권 박지영 형소진 최은진 서연주 오서영
마케팅 정민호 서지화 한민아 이민경 안남영 왕지경 황승현 김혜원 김하연 김예진
브랜딩 함유지 함근아 고보미 박민재 김희숙 박다솔 조다현 정승민 배진성
제작 강신은 김동욱 이순호 | 제작처 영신사

펴낸곳 (주)문학동네 | 펴낸이 김소영
출판등록 1993년 10월 22일 제2003-000045호
주소 10881 경기도 파주시 회동길 210
전자우편 editor@munhak.com | 대표전화 031)955-8888 | 팩스 031)955-8855
문의전화 031)955-1927(마케팅), 031)955-1917(편집)
문학동네카페 http://cafe.naver.com/mhdn
인스타그램 @munhakdongne | 트위터 @munhakdongne
북클럽문학동네 http://bookclubmunhak.com

ISBN 978-89-546-9694-4 03830

잘못된 책은 구입하신 서점에서 교환해드립니다.
기타 교환 문의 031)955-2661, 3580

www.munhak.com